Un dia maravilloso

Date: 12/26/18

SP FIC GIUSTI
Giusti, Amabile,
Un dia maravilloso /

Título original: *È un giorno bellissimo*
Publicado originalmente por Amazon Publishing, Luxemburgo, 2017

Edición en español publicada por:
AmazonCrossing, Amazon Media EU Sàrl
5 rue Plaetis, L-2338, Luxembourg
Septiembre, 2018

Impreso por: Ver última página
Primera edición digital 2018

ISBN: 9782919802999

www.apub.com

A m a b i l e

Un d

maravillo

Traducción de Patricia Orts

amazoncrossing

SOBRE LA AUTORA

Amabile Giusti es una abogada calabresa con alma y mente de escritora. Por eso, en el maravilloso entorno donde vive, entre el mar y las montañas, su espíritu se evade de la vida cotidiana para inventar constantemente historias llenas de aventuras, romance, amores contrariados y pasiones desatadas. Si queréis hacerla feliz, regaladle un ensayo sobre Jane Austen, un juguete de cerámica azul, un manga japonés o una planta crasa. Espera envejecer lentamente (por lo visto es la única manera de vivir muchos años), pero confía en conservar la juventud interior hasta el último día. Escucha mucho y habla poco, pero cuando escribe no hay quien la pare.

Desde 2009 ha publicado numerosas novelas: *Non c'è niente che fa male così*, *Cuore nero*, la serie de Odyssea (*Oltre il varco incantato*, *Oltre le catene dell'orgoglio*, *Oltre i confini del tempo*), *L'orgoglio dei Richmond*, *Treintañera y a mucha honra*, *La donna perfetta*, *Si me quieres, no me dejes ir* o *Hay algo en tus ojos*.

Que el amor es todo lo que hay, es todo lo que sabemos del amor.
Con eso basta, la carga debe ser proporcionada al surco.

EMILY DICKINSON[1]

1   Emily Dickinson (1839-1886), traducción de Ana Mañeru Méndez, Ediciones del Orto (*N. de la T.*)

CAPÍTULO 1

Grace Gilmore estaba convencida de que su vida era como un mosaico: un conjunto de fragmentos de finísimo cristal, de alabastro, de cerámica esmaltada y de oro puro que encajaban a la perfección. A fin de cuentas, las únicas piedras que habían entorpecido el quieto fluir de su río tenían más bien el aspecto de cristales Swarovski que de auténticas piedras. Nada podía hacerle pensar que esos días de apariencia esplendorosa eran simples teselas de plástico que el tiempo había agrupado con sádica paciencia para desencadenar un preciso efecto dominó en una fecha precisa.

La fecha precisa fue la de su graduación. El efecto preciso la sacudió como si el cielo se hubiera desplomado.

En esa mañana de junio no había habido señales premonitorias: de hecho, parecía sacada del escritorio donde Dios guarda «los ingredientes que componen los días perfectos destinados a las jóvenes afortunadas». El cielo estaba despejado, el aire olía a flores y Grace lucía un vestido de seda y organza de color verde Tiffany con minúsculos pétalos estampados en la orilla, una toga, un gorro de raso burdeos y gris y una sonrisa con todos los colores del arcoíris. Sabía cuál iba a ser su regalo, porque, entre otras cosas, lo había elegido ella: un Mini Cooper descapotable a juego con su vestido. En ese momento la esperaba en el aparcamiento que había delante de la Hopkins School, adornado con un enorme lazo rojo en el capó, junto a las docenas de coches que habían regalado los demás padres a sus respectivos hijos.

Tras recibir el diploma de manos del director y posar para un millón de fotografías con sus compañeros y parientes, se dio cuenta de que Cedric había desaparecido.

Cedric Anderson era su novio: cualquier joven habría fruncido los labios al oír una palabra tan anticuada y solemne, pero ella no. A pesar de su juventud, Grace tenía alma de princesa de cuento. Creía en los buenos sentimientos, en el final feliz, en los ramos de rosas regalados sin un motivo concreto y en el valor terapéutico de la puesta de sol y estaba convencida de que el gran amor podía presentarse a cualquier edad. En su caso, había llegado cuando apenas tenía quince años, cuando aún se cortaba los rizos rubios a lo chico y vestía unos vaqueros *skinny* rotos en las rodillas y unas zapatillas de tenis pintadas con rotuladores indelebles. Sus familias se conocían desde hacía tiempo y había sido fácil, casi fatal, pasar de una amistad infantil a una relación hecha de latidos más apasionados. A pesar de que Grace había cambiado mucho desde entonces —ahora llevaba la melena larga, rozándole los hombros, con unas elegantes ondas, lucía faldas *bon ton* y bailarinas de color pastel—, seguía pensando que Cedric era el hombre de su vida.

Cedric era el chico más guapo de New Haven, recordaba tanto al príncipe Felipe de *La bella durmiente* de Disney que parecía su versión en carne y hueso. Sus maneras habrían puesto en un aprieto a cualquier monarca de verdad: no existía un joven de dieciocho años que fuera más caballeroso que él. Ella era menuda, delgada, tímida, con grandes ojos claros y bastante mona, pero su belleza resultaba insignificante al lado de la radiante belleza de él. Que un ejemplar de semejante perfección hubiera puesto sus ojos en ella y la hubiera elegido, como se percibe y se elige una aguamarina entre diamantes, era, sin duda, digno de un cuento de hadas. Grace había subido al caballo blanco de su príncipe con el abandono propio de una doncella a la que acaban de salvar de un dragón. Además, sus proyectos vitales eran idénticos: los dos querían matricularse en Yale, trabajar en el bufete del abogado Anderson, casarse, tener muchos hijos y vivir en una casa de estilo colonial con parqué de madera oscura, chimenea de ladrillos y muebles de color marfil.

En cualquier caso, en ese momento a Cedric no se lo veía por ninguna parte. Grace se acercó a los grupos de amigos más íntimos, que también se estaban inmortalizando en el prado, pero no lo vio.

De repente, le pareció divisarlo, era tan alto y guapo que resultaba inconfundible. Se dirigía hacia el edificio. Aún llevaba puesta la toga, pero se había quitado el gorro y su pelo rubio miel resplandecía como terciopelo de seda bajo los rayos del sol.

Grace sonrió, atraída por aquel fulgor.

Echó a correr y llegó a la puerta trasera, que estaba entre unas columnas blancas y unos armoniosos faroles de bronce. Apenas le dio tiempo a ver el perfil de Cedric, que en ese momento enfilaba la escalinata central y desaparecía tras haber subido el primer tramo.

En ese mismo instante, una avioneta zumbó por encima de los tejados. Además del estruendo, una pancarta publicitaria, similar a la cola de una cometa, de color rojo manzana y letras de colores, dio unas vueltas en el cielo, cerca del campanario de la escuela Hopkins. No anunciaba nada o, al menos, nada que nadie pudiera querer comprar ni recordar. Solo se leía una advertencia en latín: «*Memento mori*».

«Recuerda que debes morir».

Grace observó el vuelo, casi rasante, a través de los recuadros de cristal de la ventana, y se estremeció. ¿A quién se le podía haber ocurrido esa broma de pésimo gusto? Además, ¿y a santo de qué? ¿Se trataba de un loco obsesionado con el Apocalipsis que, en lugar de apostarse en una esquina con un cartel en el pecho, había preferido ese sistema para echar un jarro de agua fría a sus semejantes? ¿O, simplemente, era alguien que no había logrado graduarse y se divertía tratando de arruinar la felicidad de los demás?

No, ella no iba a dejarlo arruinar la suya, así que siguió subiendo la escalinata, frenando el paso intencionadamente en un ascenso que tenía algo de nostálgico. Se vio a sí misma subiendo los mismos peldaños de roble rojizo en aquellos últimos cuatro años, aferrando el pasamanos adornado con hojas de laurel talladas, inspiró el familiar aroma a madera encerada y a tapicerías buenas, recordó los pasos y las voces en los pasillos y en las salas, ahora vacías y mudas, con la esperanza de que ese lugar no la olvidara.

Su mente era un caleidoscopio de imágenes, como si el espacio estuviera lleno de recuerdos anidados en todos los rincones. De improviso, oyó la voz de Cedric en el interior de una de las aulas de artes visuales, susurrando: «Ven aquí. No puedo esperar a esta noche».

La puerta de la clase de pintura estaba entornada. La sala era amplia, tenía una gran ventana de tres hojas, una mesa en el centro y las paredes cubiertas de estanterías y cuadros. La luz externa se filtraba formando densos conos de polvo y parecía a su vez cómplice de una intención artística: pintaba el suelo, el gran banco, que parecía una paleta gigantesca, y los cuadros, en parte colgados y en parte amontonados en los rincones, a grandes pinceladas, creando un efecto casi mágico.

Por desgracia, Cedric no estaba allí, pero estaba segura de que había entrado justo en esa sala.

Después notó que la puerta que daba al laboratorio fotográfico estaba entreabierta. Nadie estaba utilizando el cuarto oscuro, pero, por lo visto, alguien estaba trajinando allí dentro.

Sonrió, pensando que Cedric debía de estar preparándole una sorpresa. A Grace le apasionaba la fotografía y algunos de sus trabajos habían gustado tanto a sus profesores que la habían animado a seguir ese camino. Los cursos de la Yale School of Art eran magníficos y en cierto momento había incluso pensado en informarse sobre el procedimiento de admisión, pero a sus padres no les había entusiasmado la idea y Cedric, con gran sentido práctico, le había hecho ver que, además de ir en contra de todos sus proyectos, la fotografía no podía considerarse una auténtica profesión. Podría cultivarla como afición de vez en cuando, pero como carrera era patética, además de poco creíble como arte.

Ante tanta oposición y temerosa de haberlos decepcionado, Grace había desechado su sueño como si no fuera más que añicos de cristal. En el fondo, se había dicho, era un sueño muy estúpido, una locura pasajera, y, por suerte, contaba con quien le hacía ver la inutilidad de sus fantasías infantiles. De esta forma, se había deshecho de la pequeña máquina fotográfica compacta que sus padres le habían regalado en su decimosexto cumpleaños y había dejado de observar el mundo y de buscar flores en el asfalto, gotas de lluvia en los cristales y arcoíris despedazados entre los rascacielos. Es inútil cultivar un falso talento que no lleva a ninguna parte y que, por encima de todo, no hace feliz a nuestros seres queridos.

En ese momento, pensó que Cedric quizá había cambiado de opinión, que le había comprado la cámara réflex que deseaba desde hacía tanto tiempo, y que la había hecho seguirlo hasta allí para darle el regalo. Un lugar simbólico para un gesto mucho más que simbólico.

Con el corazón retumbando de emoción, se acercó a la puerta entornada y parcialmente cubierta por un cuadro que representaba una extraña transposición manga de *El grito* de Munch. Una chica en versión cómic —con el uniforme escolar femenino típico de las escuelas japonesas y el pelo como Sailor Moon— observaba algo y gritaba, con las manos apoyadas en las mejillas, rodeada de olas marinas en forma de garras, como en el cuadro *La gran ola* de Hokusai.

Grace miró por la rendija y, en un instante, su cara de contornos suaves, más apropiada para posar en un retrato de Vermeer, asumió la misma expresión que la de la chica vociferante.

Cedric estaba en el cuarto oscuro, pero no estaba solo. Podía ver sus hombros, su pelo dorado, su cabeza, que se iba doblando poco a poco mientras besaba a una chica. Además de su espalda, entreveía una figura femenina sentada en la mesa, en medio de los elementos necesarios para el revelado. Casi no podía distinguir nada de ella, salvo una melena larga y morena y la mano fina, con las uñas pintadas de color morado, que había apoyado en la espalda de él. Además, tenía un tatuaje entre la muñeca y el antebrazo. Una rosa de los vientos de estilo *steampunk*: una rueda dentada, gris y negra, con las agujas puntiagudas marcando los vientos, la estrella polar y los puntos cardinales.

Grace hizo amago de gritar, pero al final se contuvo, tapándose la boca con las manos. Permaneció inmóvil unos segundos, sintiendo algo nuevo en el corazón, una emoción a la que no estaba familiarizada, un principio de rabia y tristeza, la tentación desconocida y torpe de soltar un insulto.

No estaba acostumbrada al dolor, no sabía cómo afrontarlo. Por primera vez en su vida, que hasta entonces había transcurrido entre algodones, de forma que los disgustos eran leves pinchazos de aguja, se había insinuado una cuchilla profunda. Una parte de ella quería entrar, descubrir quién era ella e interrogar a Cedric con una mirada que revelase su decepción, la traición, pero otra deseaba retroceder sigilosamente, procurando no hacer crujir las tablas del suelo, sin levantar siquiera polvo, y recorrer en sentido contrario el camino que llevaba al jardín. Para pensar, para comprender, para prepararse para esa guerra inesperada. Quizá para despertarse y descubrir que solo había sido una pesadilla.

Al final, venció la mitad silenciosa. Salió de la sala, bajó la escalinata y abandonó el edificio. Apenas estuvo fuera, vio que tenía una minúscula mancha de pintura azul en la falda y, como si pudiera soportar con más valor la traición de su novio que ese insignificante melodrama, se escondió detrás de un árbol apartado para llorar las primeras lágrimas de verdadera angustia de su vida perfecta.

Al cabo de media hora, nada parecía haber cambiado. Con el aire inocente de quien no acaba de besar a una chica en un cuarto oscuro, Cedric volvió a confundirse con la multitud que abarrotaba el parque. Desde detrás del árbol, guarecida aún como una ardilla herida, Grace vio que se reunía con su familia, ajustándose un mechón y el cuello de la camisa con los dedos, con una suave sonrisa dibujándose en sus mejillas.

Por un instante, el miedo a que todo estuviera a punto de terminar la dejó sin aliento. ¿Acaso pensaba dejarla para empezar a salir con esa chica?

Los proyectos que habían hecho juntos se derrumbaron ante sus ojos y sintió que sus sueños morían en medio de un estruendo metálico, como si varios vasos de plata hubieran caído de un estante mal clavado.

Se llevó una mano a los párpados recordando —según había oído decir, ya que ella jamás había experimentado esa desazón— que llorar estropea el maquillaje y se preguntó qué cara tendría en ese momento. ¿Se habría transformado el rímel en un goteo de lágrimas negras? ¿Tenía la nariz roja como un payaso?

Notaba que una gota de sudor le resbalaba por el cuello y se sentía como si le hubieran metido una nuez en la boca, hasta el fondo. Estaba convencida de que en ese momento tenía un aspecto horrible. Estaba segura de que, en su interior, donde no podían llegar las miradas ajenas, su alma tenía el maquillaje corrido, la garganta hinchada, el pelo como grama mojada y el vestido lleno de manchas robadas a la versión manga de *El grito* de Munch.

—¿Qué haces aquí detrás?

La pregunta de Cedric la sobresaltó.

Grace salió en búsqueda de su voz y tuvo la terrible impresión de que la había perdido en el laboratorio fotográfico, cuando había intentado gritar y no lo había conseguido. La imaginó prisionera de ese cuarto, ya vacío, entre las bandejas de revelado, las pinzas, los tanques, las tijeras y los vasos medidores graduados. Tosió apurada, pero luego esbozó una de sus sonrisas más radiantes. Al hacerlo, una parte de sí misma le preguntó por qué estaba sonriendo, por qué seguía fingiendo, por qué se comportaba como si ella tuviera la culpa.

—¿Has llorado? ¿Qué ha pasado? —insistió Cedric, con una preocupación inaudita en un traidor.

El deseo de contarle todo era tan fuerte que su corazón latía como si hubiera corrido por la arena, pero aún estaba demasiado alterada como para tomar una decisión. Debía pensar y en ese momento no podía hacerlo.

Así pues, para no decir ni hacer cosas de las que luego podía arrepentirse, prefirió afrontar la trampa mintiendo.

—Es la nostalgia, es nuestro último día en esta escuela.

—Mi pequeña princesa sentimental —murmuró él, a la vez que le acariciaba una mejilla con dos dedos.

Grace lo observó frunciendo el ceño de forma casi imperceptible. Parecía sincero, tan afectuoso como siempre, quizá hasta más de lo habitual, entonces, ¿qué sentido tenía la escena que acababa de presenciar? Era evidente que no estaba practicando la respiración boca a boca a esa chica ni tratando de quitarle un grano de polen de un ojo, así que…

«¿Es posible que un hombre sea desleal y amable al mismo tiempo?».

Quería descubrirlo ya, pero, a la vez, quería ignorarlo hasta el final de sus días. Le parecía un misterio que en ella pudieran convivir dos deseos tan opuestos. Y, sin embargo, sentía los dos con igual ímpetu: el deseo de abofetearlo allí mismo, a la sombra vaporosa del árbol, y, a la vez, de agarrarle una mano y de volver a la vida de siempre, hacer como si nada hubiera pasado.

Una vez más, entre los dos deseos enfrentados prevaleció el más sabio. O el más cobarde. Aferró el brazo de Cedric, que este había doblado en un gesto galante, y trató de tapar —apoyando una mano en el costado— la pequeña mancha de color azul ola que podía delatarla y revelar dónde había estado y qué había visto desde detrás de la puerta.

Mientras se dirigían hacia sus parientes, todos ellos de celebración, y hacia los regalos de ambos con sus correspondientes lazos, que estaban al otro lado de la verja, el avión volvió a zumbar por encima de sus cabezas dejando su amenazadora estela. Grace lo miró por última vez, repitió en su mente la frase latina y pensó que existían varios tipos de muerte.

Si le hubieran dicho que viviría el día de su graduación, un día que debería haber sido exageradamente feliz, intentando contener las lágrimas, la rabia, y, de nuevo, las lágrimas, no se lo habría creído. Habría pensado que se trataba de otra broma de pésimo gusto.

En cambio, pasó el día fingiendo que se alegraba de cosas que, hacía solo doce horas, le habrían alegrado de verdad. El paseo en el coche nuevo con su padre, que le decía que frenara, a pesar de que Grace no podía ir más lenta. La comida con su familia y con la familia de Cedric en el jardín de los Anderson, debajo de un cenador cubierto de yedra y jazmín, con una canción de Michael Bublé, que les llegaba desde la sala, como música de fondo. Cedric, que parecía de nuevo un príncipe, que solo tenía ojos para ella y que volvía a hacer gala de una antigua galantería: se ponía en pie cuando ella se levantaba de la mesa y volvía a hacerlo para ayudarla a sentarse, le ponía flores de pasionaria en la servilleta o le aferraba una mano y le besaba la palma delante de todos.

Si le hubieran dicho que iba a pasar esas horas con la fatiga de quien escala una montaña, sin dejar de pensar en un tatuaje, tratando de averiguar a quién pertenecía, se habría reído como solía reírse, con la gracia de una pequeña pero auténtica señora. Sin embargo, en ese momento no tenía muchas ganas de reírse. No podía apartar de su mente el beso infiel y las palabras que Cedric había susurrado a la desconocida: «No puedo esperar hasta esta noche».

Cuando él, al terminar la comida, la invitó a pasear por los senderos del jardín, una especie de laberinto de setos bajos de ligustro, Grace se preguntó: «¿Querrá contármelo todo?».

Pero Cedric no mostró la menor intención de hacerlo, al contrario. Comentó lo bonito que estaba siendo el día y alabó su elegancia. Mientras hablaba, la mente de Grace parecía un complicado engranaje que hasta ese instante se había movido chirriando al ralentí y que, por fin, había sido lubricado.

Si no hubiera sido por *ese* beso, aquellas mismas palabras le habrían parecido magníficas, pero lo había visto y no conseguía liberarse de la terrible impresión de que toda esa poesía era forzada, casi caricaturesca.

—Estás rara, Grace —comentó Cedric de repente—. Nuestros padres lo han notado también, lo dijeron cuando fuiste al cuarto de baño. Me preguntaron si te encontrabas mal, si estabas disgustada por algo. No quiero que piensen que te he hecho algo malo. ¿Puedes decirme qué te inquieta?

Ella aferró a hurtadillas una ramita que sobresalía de un seto y la apretó con fuerza hasta que la rompió. Le habría gustado hacer lo mismo con los dedos de Cedric y ese deseo la asustó como si un monstruo prehistórico hubiera aparecido de buenas a primeras entre los arbustos. Jamás le habían pasado por la cabeza unas ideas tan violentas: ella era Grace Gilmore, la niña dulce, la chica buena, la hija perfecta y la novia ideal.

—No debes estar triste porque se cierra un capítulo de nuestra vida —dijo Cedric interrumpiendo sus pensamientos—. Todo irá bien. En otoño empezaremos la universidad y será otra gran aventura. A propósito, ¿no has recibido aún la carta de admisión?

En otra época, al oír esa pregunta, Grace habría pensado que su novio era muy atento, que se preocupaba por ella, pues llevaba varias semanas preguntándole lo mismo a diario.

En ese momento, en cambio, le sonó tan repetitivo y desafiante que, además de los dedos, le habría gustado romperle también la nariz.

—Aún no, pero no tardará en llegar —contestó rompiendo otra rama.

—Deberías haber presentado la solicitud de admisión en varias universidades: es mejor tener un amplio abanico de posibilidades. A mí, como ya sabes, me admitieron en Harvard, Princeton, Stanford y Georgetown, pero al final elegí Yale. Supongo que, si el destino te ha hecho vivir justo al lado de una de las universidades más importantes del mundo, es por algo.

Grace lo escrutó a través de un mechón cobrizo que había abandonado su cómoda posición detrás de una oreja y le había resbalado por la cara. Ese día, hasta al pelo le había dado por la anarquía.

—¿Crees en el destino? —le preguntó.

Él se echó a reír con aire casi despectivo.

—Es una manera de hablar. El destino es un cuento infantil. Creo que en la vida sucede lo que uno hace que suceda moviendo las palancas apropiadas. Claro que vivir cerca de Yale es una verdadera suerte, pero la habría elegido, aunque hubiera vivido en Oregón.

Grace guardó silencio unos segundos y después dijo como si nada:

—Quiero hacerme un tatuaje.

Cedric arqueó una ceja.

—No me parece propio de ti.

—Ah, ¿no? ¿Y te parece propio de…? ¿Cómo es la gente que se tatúa?

—Alguien diferente a ti, Gracie.

—¿Cómo soy yo? —insistió ella.

—Sueles ser una persona tranquila, equilibrada, sin pájaros en la cabeza. Sueles ser serena y adorable, *por lo general*. En cualquier caso, creo que no te pega nada hacerte un tatuaje. Los que se tatúan tienen un espíritu más rebelde, impetuoso, pasional, más…

—¿Interesante? —lo atajó ella.

Cedric guiñó levemente sus ojos azules.

—No he dicho eso. No me gustan las chicas tatuadas.

—Ah, ¿no? Hoy en día muchas chicas tienen tatuajes. Algunos son muy bonitos.

—Puede, pero a mí me parecen horrorosos. Te ruego que te lo pienses. Te estropearías. Así eres perfecta. La verdad es que a veces se te ocurren unas cosas… como la obsesión por la fotografía. Por suerte, al final te dejas guiar.

—¿Vas a salir esta noche? —le preguntó ella cambiando de tema al vuelo.

—Jason me ha invitado para charlar un poco y escuchar música en su casa de la playa, pero le he dicho que no. Estoy muerto, ha sido un día lleno de emociones. Seguro que tú también querrás ponerte cómoda y descansar.

Grace se mordió los labios para contener una respuesta diferente, menos afable y más acorde con el humor caótico de sus últimas horas.

—Cómo me conoces. Eso es justo lo que pienso hacer.

—Claro que te conozco. Y quiero casarme contigo porque te conozco y porque he aprendido a estimar tus cualidades.

—Cedric, ¿no crees que… que este asunto de la boda es un poco prematuro? La verdad es que aún somos muy jóvenes. Sé que solo estamos hablando, pero ¿no te parece que incluso eso es temerario a nuestra edad?

—Podría serlo en abstracto, pero si hay algo de lo que estoy seguro es de que eres la mujer adecuada para mí y de que no podría casarme con nadie más. Eres encantadora. Cuando no se te mete en la cabeza la idea de ser fotógrafa o de hacerte un tatuaje, claro. —Se rio echando la cabeza hacia detrás, mostrando sus dientes blanquísimos y su boca carnosa, pero a Grace no le latió el corazón ni sintió un vacío ondulado bajo sus pies ni la certeza de que el futuro era una flecha que había dado en el blanco.

Solo pensó que faltaban pocas horas para el anochecer y que debía organizarse de alguna forma para seguirlo y descubrir quién era la joven rebelde, impetuosa, pasional y con un tatuaje en un brazo que iba a reunirse con él.

Un Mini de color verde Tiffany no era, sin duda, el coche más adecuado para pasar desapercibida, pero Grace no estaba para estrategias, los nervios se la comían. Así pues, se limitó a cambiarse de vestido: se puso unos vaqueros con los bolsillos tachonados de cristalitos y una camiseta de color rosa antiguo, dos prendas tan inadecuadas como el color del coche para pasar inadvertido en la oscuridad nocturna. Por lo demás, su guardarropa era así y, por otra parte, jamás habría imaginado que un día se dedicaría a «la persecución de un novio dado a las correrías», una actividad que exigía mimetizarse con el entorno.

Por eso, después de cenar, con la excusa de que quería dar una vuelta en el coche para enseñárselo a Jessica, su mejor amiga, salió, lista para la emboscada. Fue a recoger a Jessica de verdad, porque la mera idea de contar a sus padres una historia completamente falsa la hacía sentirse como un aspirante a asesino en serie. No podía dudar de Cedric, tratar de hacerse pasar por Mata Hari y contar una sarta de embustes a su familia al mismo tiempo. Era demasiado. Aunque ese día había sido prolífico en primeras veces —el primer golpe duro a la confianza que le inspiraba la humanidad, la primera necesidad de contar hasta diez para calmar los latidos de su corazón y no estallar, las primeras lágrimas que había probado con la punta de la lengua— no deseaba añadir a la lista la primera y auténtica mentira que había contado a sus padres.

Jessica era más pequeña que ella, pero no por eso menos espabilada. Ya estaba en el último año de instituto y, al verlas juntas, uno no podía por menos que preguntarse cómo era posible que fueran amigas, porque no podían ser más diferentes. Grace era mona y elegante, hija única de una familia acomodada y, sin llegar a ser un genio incomprendido, era bastante buena estudiante. Jessica, en cambio, era una pálida empollona que siempre vestía de oscuro, tenía cinco hermanos y unos padres que llegaban a duras penas a final de mes, sacaba solo sobresalientes, le apasionaba la ciencia y esperaba conseguir una beca para matricularse en el Instituto Tecnológico de Massachusetts, el famoso MIT, cuando acabara el bachillerato. Así pues, las dos amigas se compensaban y se completaban como el día y la noche, el blanco y el negro, la primavera y el invierno.

—¿A qué viene tanta prisa por enseñarme el coche color pastel? —le preguntó su amiga mientras subía al vehículo, en ese momento con la capota levantada. Aun ignorando el verdadero objetivo de la salida, con unos vaqueros oscuros y una cazadora marrón, Jessica iba mejor vestida para espiar a Cedric que Grace. Jessica era un poco regordeta, llevaba unas gafas rectangulares y la melena castaña, tan lisa como un puñado de espaguetis, recogida a un lado con una hebilla en forma de tapón de botella.

Grace arrancó sin contestarle. Se sentía extraña, agitada, pero a la vez eufórica y casi agonizante. Estaba segura —con una certeza similar al que identifica a un criminal basándose en su ADN— de que esa noche iba a hacer un descubrimiento desagradable, pero no tenía la menor intención de echarse atrás.

—¿Pasa algo? —volvió a preguntarle Jessica.

—¿Por qué me lo preguntas?

—Me gustaría responderte que soy un genio de la deducción como Sherlock Holmes, pero me temo que los indicios son muy banales: no te has maquillado, tú, que sueles parecer salida de una revista de papel cuché, tienes los ojos hinchados de haber llorado, cuando deberías estar radiante, y te estás mordiendo los labios. ¿Cedric ha hecho algo malo?

Grace no pudo por menos que estremecerse al comprobar lo intuitiva que era su formidable amiga.

—Sé que no lo soportas, aunque no entiendo por qué —comentó entre dientes. Era cierto, a Jessica nunca le había gustado Cedric: como mucho, había concedido a su amiga el favor de tolerarlo y de limitarse a refunfuñar sobre él. Por su parte, Cedric compartía este sentimiento: más de una vez le había pedido a Grace que renunciase a esa amistad tan inadecuada, que, según sus propias palabras, era un auténtico «puñetazo en el ojo». Grace, una joven tan maleable como la arcilla, en esa cuestión se había mostrado de acero. Necesitaba a Jessica, necesitaba su extraña manera de comportarse, incluso su franqueza, que, en ocasiones, era agresiva: su amiga era como una parte remota de su conciencia, una especie de grillo parlanchín al que no quería golpear con un martillo.

—También en este caso me veo obligada a responderte de manera banal —contestó Jessica encogiéndose de hombros—. Porque es un cabrón.

—¿Cómo puedes decir eso? Pero ¡si siempre es amable y atento!

Mientras le hacía esa pregunta, se sintió aún más estúpida e inútil de lo que ya se había sentido en ciertos momentos ese día. Que Jessica, que era más pequeña que ella, más eremita, que vivía perdida en mundos llenos de números y extrañas invenciones, hubiera notado algo antes que ella, cuando ningún indicio apuntaba a la existencia de un misterio, era una humillación anunciada.

15

Su amiga sacó un chicle de canela de un bolsillo y empezó a masticarlo de forma llamativa. No le ofreció uno: Grace detestaba «mascar chicle», se decía que aquello era demasiado vulgar para una joven. O puede que Cedric fuera quien lo considerara vulgar: recordaba que, hasta secundaria había mascado chicle y que de niña sabía hacer bolas que brillaban al sol y estallaban quedando como flores marchitas.

Jessica inició su explicación como si, en realidad, se dispusiera a echarle un buen sermón:

—Por las mismas razones por las que te gusta a ti, porque es amable y atento, ordenado y sonriente. Puede que sea por mis padres: trabajan los dos y tienen seis hijos, así que no pueden pasarse el día haciéndose carantoñas. En resumen, creo que quererse mucho es compartir tres huevos entre ocho, ayudar a tu hermana a hacer los deberes aunque te estalle la cabeza, regalar al más pequeño el último pedazo de lápiz azul que te queda para que pueda pintar el mar. No sé una palabra de gestos ni de ceremonias, pero, si estás mal y vomitas, te sujeto la frente y luego limpio el suelo sin parpadear. Cuando estuviste enferma de varicela, el año pasado, el muy capullo no fue a verte una sola vez, a pesar de que ya la había pasado, y después te examinó la cara como si estuviera comprando un caballo, para asegurarse de que no te había quedado una sola marca. Si no vas peinada como se debe, te mira como si tuvieras el culo de un burro pegado en la frente. Cuando hace algo por ti se asegura de que los demás lo vean: es como si estuviera siempre en modalidad «Veamos cuantos *like* consigo». No se saca *selfies,* va más allá: su vida es un *selfie* permanente. No me gusta, me parece falso y afectado, además de arrogante. Si llegáis a casaros, y espero que no, estoy segura de que encontrará la manera de que te quedes en casa como una buena mujercita, de que te dediques a limpiar los lavabos hasta dejarlos como los chorros del oro y a organizar fiestas de beneficencia con una pandilla de brujas vestidas con abrigos de pieles.

16

Grace murmuró de forma instintiva:

—¡No es verdad! Acabaré la universidad, trabajaré y…

Jessica hizo un gesto de rabia y dio una leve patada a la parte baja del salpicadero.

—¿Qué me dices de cómo reaccionó cuando le hablaste de tu pasión por la fotografía? Se rio como si le hubieras dicho que querías plantar remolachas en Alaska, pero no creas que el diploma en Derecho te llevará más lejos. Como mucho, podrás usarlo para decorar un jarrón con *découpage*.

Los dedos de Grace apretaron el volante. Sintió que el estómago se le encogía un instante, mientras embocaba la calle arbolada de olmos que llevaba a la casa de la playa de Jason, el mejor amigo de Cedric.

—Cuando hablas así crees que ofendes solo a Cedric —murmuró—. Me ofendes también a mí. Yo soy como él, soy amable y atenta, ordenada y sonriente.

—Eres amable y atenta, desde luego, pero no eres la muleta con sonrisa bótox que pretende Cedric. El problema es que lleváis juntos casi cuatro años y que has crecido a su imagen y semejanza —objetó Jessica en un tono aún más peleón—. El problema es que dentro de ti hay un terremoto que mantienes a raya con almidón. El almidón es él. ¡Un hombre debe ser fuego, no pegamento, si no, no vale la pena! Lo sé, no tengo experiencia, así que, supongo que no puedo hablar mucho, pero quiero que sepas una cosa: prefiero seguir aprendiendo de memoria la tabla periódica que salir con un chico hasta que no encuentre a uno que me guste de verdad. Por suerte que aún… no lo habéis *hecho*. Claro, él es uno de esos tipos que exigen virginidad hasta la boda, no descarto que te obligue a que te examine una ginecóloga antes de presentarte a su noble *amiguito* —no vaya a ser que Dios y la patria se ofendan—, pero estoy segura de que, entretanto, él se lo pasa de miedo.

Grace se sobresaltó con tanta vehemencia que el coche dio un bandazo. Mientras el Mini trazaba una gran ese en el asfalto, un todoterreno enorme que llegaba en dirección contraria dio un bocinazo intimidatorio. Con el corazón desbocado hasta en los párpados, Grace arrimó el coche a la acera, lo paró y soltó el volante. Temblaba, tenía las palmas de las manos sudadas y jadeaba un poco.

—¡Grace! —exclamó Jessica—. Siempre has sabido que detesto a Cedric: ¿por qué te has alterado tanto? ¡Dios mío, estás más pálida que un irlandés con un virus intestinal!

La necesidad de llorar, tan intensa que le había nublado la vista, se transformó en una carcajada. No conseguía enfadarse con Jessica, con sus salidas sinceras, sin pelos en la lengua, a pesar de que la herían, nunca la traicionaban. No se sentía bien, el peso de sus dudas aumentaba a cada paso que daba en ese día cargado de pasos, pero se permitió soltar una enorme carcajada.

Se detuvo de golpe cuando Jessica le apoyó una mano en el brazo.

—¿Qué pasa? Te ríes como si estuvieras histérica. ¿Ha ido algo mal? Por teléfono me dijiste que debía acompañarte en una misión. ¿De qué se trata? ¿Quieres que nos suicidemos tirándonos bajo un camión?

Grace le contó lo que había ocurrido esa mañana, casi susurrando: hablaba con ronquera, como si hubiera estado gritando durante horas y solo le quedara un hilo de voz.

Cuántas emociones nuevas e intensas estaba experimentando en pocas horas: palpitaciones que le quebraban el pecho, una rabia feroz, como el hambre de un lobo, desilusión, tristeza y el descubrimiento de que nadie es perfecto. Tampoco ella que, en lugar de afrontar el problema como una adulta, se apostaba detrás de unos setos para espiar a su casi exnovio con la esperanza de pillarlo in fraganti y temiendo, al mismo tiempo, que fuera así. Otra mujer habría entrado en la casa con aire resuelto y habría sacudido a los presentes, habría preguntado dónde estaba Cedric y lo habría apuntado con un dedo acusador, pero Grace no. Grace vivía con la gracia de la bailarina de una caja de música comprada en una tienda de antigüedades de Malacca. La rabia incandescente que había sentido después de comer se había debilitado y se había transformado en ansiedad.

La mansión de Jason Rogers era una joya de madera y pizarra encajada entre las rocas, la arena y la hierba. Como la familia pensaba que estaba mucho más de moda pasar el verano en Martha's Vineyard, Jason era casi el único que utilizaba la casa —una de las numerosas que los Rogers poseían entre Connecticut y Massachusetts— para divertirse. Y, como era un joven propenso a hacerlo, solía organizar juergas en ella con sus amigos. Esa noche, la juerga debería haber consistido en una reunión tranquila de chicos, pero saltaba a la vista que Cedric había mentido también sobre ese detalle. En el sendero que había en la parte posterior de la casa se veían muchos coches aparcados, muchos más de los que debería haber habido en caso de que se hubiera tratado de verdad de una charla entre amigos.

Estaban preparando una fiesta, los chicos entraban en la casa cargados con latas de cerveza y las chicas contribuían con su presencia y su alegría. Grace conocía a casi todos, pero mientras los observaba desde ese extraño ángulo, comprendió de repente que no conocía realmente a nadie: todos eran amigos de Cedric, se habían convertido en amigos suyos por reflejo. No tenía una relación de verdadera confianza con ninguno de ellos. ¿Con cuántas de esas chicas había intercambiado palabras que no fueran de circunstancias?

«¿Por qué he pasado tanto tiempo con ellos si no me caen bien?»

«El problema es que lleváis juntos casi cuatro años y que has crecido a su imagen y semejanza».

¿Era cierto? ¿De verdad se había anulado a sí misma para sentirse digna de Cedric?

¿El mismo Cedric que besaba a chicas con los brazos tatuados?

Su Audi descapotable de color rojo tango metalizado no apareció. De la casa les llegaron las notas altas de una música bailable, risas de borrachos y gritos divertidos, pero de Cedric no había ni rastro.

—Puede que de verdad se haya quedado en casa a descansar —susurró Grace.

—Seguro —comentó Jessica en voz baja, en un tono cargado de ironía—. Me lo imagino durmiendo después de haberse bebido dos pintas de manzanilla. No, ya verás como viene. Más tarde, como hacen los invitados de honor, con su bonita cara de culo.

—Habría venido con Jason. No, no vendrá. Además, no es tan estúpido. Si de verdad está con otra, no se la enseñará a todos, no actuará de forma tan abierta.

—En eso tienes razón. Se le dan bien las artimañas. Entonces, ¿qué hacemos? ¿Entramos, damos una tunda a alguien y lo obligamos a contárnoslo todo?

Grace cabeceó con aire distraído, mirando algo que había delante de la casa. En la penumbra vio que una figura femenina salía por la puerta y se dirigía hacia ellas. No, en realidad no se estaba acercando a ellas, sino al sendero que llevaba a la playa.

La reconoció: era la hermana mayor de Jason, Michelle, que tenía dos años más que él y que, a su manera, era una especie de oveja negra de la familia. No se había querido matricular en la facultad de Derecho y asistía al Culinary Institute of America para convertirse en chef. Aquello no es que fuera nada especialmente escandaloso, pero para el abogado Rogers había sido un duro golpe saber que su hija aspiraba a convertirse en cocinera. En un primer momento, la había repudiado y se había negado a financiar aquella mediocre ambición. Solo más tarde, cuando había profundizado en el tema y había descubierto que muchos personajes relevantes eran chefs, incluso auténticos vips, se había resignado a acogerla de nuevo y a pagarle los cursos necesarios.

En ese momento, Michelle pasaba en Nueva York la mayor parte del año, salvo el verano. Había viajado a New Haven para asistir a la graduación de su hermano y salía con sus amigos. Por desgracia, parecía que no había dejado de apuñalar a su padre por la espalda: en los últimos tiempos había corrido otro rumor sobre ella, mucho más fuerte que el anterior. Algunos aseguraban que era lesbiana. Su carácter resuelto, su forma informal de vestir y el hecho de que aún no hubiera llevado a casa a ningún joven habían inducido a los chismosos a inventarse también esa historia.

La luna tiñó de plata los setos al salir de detrás de las nubes. Grace contuvo la respiración.

Mientras su corazón latía enloquecido en la caja torácica, pensó que, al menos en ese punto, el abogado Rogers podía estar tranquilo. Michelle no era lesbiana, desde luego.

La luz lunar la había iluminado casi por completo por un instante, poco antes de que embocase el sendero que llevaba a la playa: en el brazo que había levantado para ponerse un mechón de pelo detrás de la oreja, encima de la muñeca, tenía tatuada una rosa de los vientos estilo *steampunk*.

CAPÍTULO 2

Grace volvió a sentir las lágrimas quemándole los párpados y quiso volver a casa e intentó una contramarcha militar en dirección al coche, pero Jessica la retuvo. En la oscuridad, su figura baja y robusta, una sombra entre las sombras, le pareció por un instante más alta y más fuerte que un árbol.

—No, ahora la seguiremos —se emperró su amiga—. Debes verlo con tus propios ojos. Si te marchas, permitirás que te convierta en su prisionera. Si no lo afrontas cara a cara, si no lo pillas con las manos en la masa, te tragarás los embustes que te contará cuando le pidas explicaciones. Sería capaz de decirte que estaba ayudando a Michelle a recoger un tipo especial de alga, que solo crece en estas rocas, para preparar la sopa *grand gourmand* que ella debe presentar en el próximo examen. Y que esta mañana no la besó, de eso nada, ¿dices que viste que sus labios se tocaban? ¡Qué desconfiada eres! Solo le estaba enseñando un ejercicio perfecto para las cervicales, eres una malpensada. Si no ves con tus propios ojos cómo le mete la lengua en la boca, seguirás esperando que todo sea un error, de manera que inspira hondo, aprieta los dientes y vamos allá.

Grace asintió con la cabeza y se dejó guiar por el sendero. No estaba muy segura de que Jessica tuviera razón, de que él la estuviera engañando, pero, ante la duda, era mejor enfrentarse a la cruda verdad.

El camino flanqueado de setos se bifurcaba en cierto punto. Por un lado, llevaba al muelle de madera inmerso en el agua en calma; por el otro, a una playa, a cuyo fondo se erigía un faro en desuso. La luz de la luna inundaba por completo la arena hasta el faro, blanco como el marfil, pero no se veía a Cedric y a Michelle por ninguna parte. En esa extensión no había ningún escondite, ni una duna, ni un barranco, ni un macizo; en el agua no había ninguna embarcación.

—Seguro que están dentro del faro —afirmó Jessica en voz baja—. A menos que se hayan tirado al agua con una piedra atada al cuello.

—Puede que solo esté ella, quizá Cedric no haya venido.

Al decirlo se mordió los labios, un gesto nervioso que empezaba a convertirse en un tic. En el camino que bordeaba la playa, al lado de un olmo doblado hacía años por el viento, había un coche rojo. El coche de Cedric.

Grace apretó con fuerza la mano de Jessica. Sus ojos apuntaron hacia esa dirección, buscando una o varias figuras humanas, pero solo vieron el perfil del automóvil y el reflejo de las frondas vibrando en el parabrisas.

—Están dentro del faro —repitió Jessica señalando el enorme cono blanco que se encontraba a unos metros de distancia de ellas.

Recorrieron la cala cogidas de la mano. El mar era una plancha metálica, el viento soplaba en el agua en tibias ráfagas salobres. A los pies del faro había una puerta pequeña, que debería haber estado cerrada pero que solo estaba entornada.

El interior era de piedra viva y en él había una larga escalera de caracol que, vista desde abajo, en perspectiva, parecía la sección de una caracola gigantesca. El silencio era tal que, cuando oyeron una risa en lo alto, les pareció el retumbar de un trueno.

Grace y Jessica subieron la escalera con emociones contrastadas. La cara de la primera reflejaba un horror infantil, como si pensara que estaba a punto de asistir a una escena macabra. La expresión de Jessica, mientras arrastraba literalmente a su amiga, un peldaño tras otro no revelaba tanto miedo, al contrario, era más bien intrépida. De repente, las risas fueron dos, unidas a unos gritos íntimos y a un sonido inequívoco de goce físico.

Grace estrechó aún más la mano de Jessica y miró hacia arriba. En lo alto de la torre había una sala rodeada de placas de cristal, con una antigua lámpara en el centro, que ya no se utilizaba. En el otro lado, hacia el mar, pegado a los cristales, se intuía el movimiento de unos cuerpos.

Los pasos que necesitaron para dejar atrás la gran linterna fueron, en realidad, pocos, pero les parecieron muchos. Grace tuvo incluso la sensación de que se movía al ralentí, tambaleándose, como si estuviera caminando por la luna. Suplicó hasta el final que Michelle estuviera en compañía de otro chico, un amigo al que Cedric hubiera prestado el coche mientras él se quedaba en casa leyendo un libro o, como mucho, jugando a la Wii; quizá fuera alguien que tenía un coche parecido al de su novio.

Pero las esperanzas de Grace no tardaron en hacerse jirones.

A pesar de que en lo alto estaba oscuro, la luna hizo de faro en el faro. Eran Cedric y Michelle, y él no se limitaba a meterle la lengua en la boca: su posición no era la propia de alguien que está enseñando al otro un ejercicio para evitar el dolor en las cervicales. Al contrario, era más que probable que esa posición retorcida, invertida, que casi les hacía parecer un monstruo con cuatro piernas, cuatro brazos y ningún corazón, fuera terrible para las vértebras del cuello.

Grace se quedó parada a pocos metros, ellos aún no se habían dado cuenta de nada. Apenas a unos centímetros del montón de ropa que rodeaba dos latas de Guinness. A miles de kilómetros de su corazón, que se le había caído del pecho y se había hundido en el mar. A una distancia inconmensurable de la vida de antaño y de la Grace de antaño.

Aquella silenciosa parálisis duró unos segundos y un siglo. De repente, su presencia produjo una reverberación, reveló una respiración, filtró un ruido: Cedric se dio la vuelta, la vio, lanzó un grito casi ridículo y se puso en pie de un salto. Tenía el pelo revuelto, los pantalones bajados a la altura de los gemelos, y se protegía las partes íntimas con las manos mientras las miraba aterrorizado.

Apenas exclamó: «¡No es lo que parece, Grace!», la joven abrió aún más los ojos mientras los músculos de su cara se liberaban y decidían abandonar la expresión de abatimiento por otra.

Al oír esa especie de broma se echó a reír como si estuviera loca.

Por unos minutos, en la cima del faro retumbó el eco de una carcajada. De dos carcajadas, mejor dicho, porque Jessica no tardó en unirse a la primera. Grace no podía dejar de reírse: se reía de forma histérica, pero, por lo absurdas que habían sido las palabras de Cedric, su risa era también sincera.

—¿Os estabais entrenando en la lucha greco-romana para las próximas Olimpiadas? —les preguntó.

En ese momento, Michelle se levantó. Al ver su belleza escultural, Grace se sintió, sobre todo humillada, a tal punto que su risa murió casi por completo. Cedric había preferido una mujer completamente diferente a ella: alta, morena, con curvas, más adulta y, con toda probabilidad, experta. Sus numerosos tatuajes en el cuerpo —la rosa de los vientos en el antebrazo, un marco tribal alrededor del otro brazo, justo debajo del hombro, y una tobillera de color verde esmeralda rodeando un tobillo— demostraban que, después de todo, a él no le horrorizaban tanto.

De repente, decidió que no quería escuchar ninguna explicación: sentía náuseas y quería marcharse. Con Jessica pisándole los talones, bajó la escalera corriendo. A lo lejos oyó las voces alteradas de Cedric y de Michelle, que se echaban en cara que ninguno de los dos hubiera cerrado la puerta del faro.

Cuando llegó a la playa, siguió corriendo por la arena, con el fragor de su respiración en los oídos, similar al ruido del mar en las conchas. En cierto momento, tuvo que detenerse para recuperar el aliento. Jessica le dio alcance y la abrazó: se observaron en la oscuridad quebrada por la luz lunar, sin decir nada, porque ya no había nada que decir.

Cuando se disponían a echar a andar de nuevo, una voz las detuvo.

—¡Gracie! —Cedric se acercaba a ellas corriendo desde el faro. Se había vuelto a vestir a toda prisa, pero aún iba descalzo—. ¡Espera! —repitió varias veces, al principio en tono implorante, pero luego cada vez más autoritario, como si, mientras recomponía las piezas de sí mismo, se peinaba el pelo con los dedos y se ponía el resto de la ropa de marca, fuera recuperando la habitual seguridad en sí mismo. Grace se preguntó si siempre le había hablado de esa forma despótica, haciendo pasar las órdenes por sugerencias, y si, en definitiva, siempre había sido el capullo arrogante que le parecía en ese instante. Se paró, pero no porque se lo hubiera impuesto él: le intrigaba saber cómo pretendía justificarse.

Jessica le apretó la mano con rabia.

—¡No dejes que te engatuse! —exclamó.

Entretanto, Cedric les había dado alcance. Miró con disgusto a Jessica y después sentenció:

—Estoy seguro de que esta miserable escena es obra suya.

Cuando Jessica se disponía a responderle en el mismo tono, Grace se le adelantó.

—Detrás de esta escena miserable estáis Michelle y tú, desnudos —replicó. Le sorprendió el tono de su voz, tan frío como un cuchillo de hielo.

—¡No deberías haberlo descubierto, maldita sea! —exclamó él, cada vez más irritado, como si la verdadera culpa no fuera la culpa cometida sino el hecho de que se hubiera descubierto—. ¡Jamás te habrías enterado de nada! Entre Michelle y yo no hay nada importante, solo sexo. Y el sexo no es todo, Grace.

—No es todo, pero es suficiente.

—Te repito que Michelle me importa un comino. De no ser así, te habría dejado y habría salido con ella, ¿no crees? ¿Crees que no soy capaz de dejar a una chica que no quiero o que soy un desgraciado que no tiene elección? Pero ahora ven aquí, dime qué has entendido y… —No se movió, se quedó parado en la playa, esperando, a todas luces, a que ella se acercara a él como un cachorro afectuoso y dócil.

Grace oyó el gemido de frustración que emitió Jessica. Le habría gustado volverse para tranquilizarla, pero el viento le sacudió el pelo y le llevó a la nariz el aroma del mar. Olía a sal y a sirenas, a tesoros enterrados y a aventura. Por un segundo, su mente se alejó de ese momento paradójico, como si todo aquello no formara parte de su vida sino de una pésima película que debía ver en el cine por obligación. Habría sido maravilloso estar en otro lugar, lejos de todos, lejos de ese horrible día y…

—¿Gracie? —insistió Cedric, casi exasperado.

Ella lo escrutó con aire inexpresivo. Su frente estaba tan lisa como la superficie de una taza de porcelana blanca, sin marcas que expresaran una sola emoción, ya fuera estupor, rabia o perdón.

—No puedo pasar por alto esto —le dijo, por fin.

—No digas tonterías, ¡claro que puedes! —la reprendió él.

—Adiós, Cedric, te felicito de nuevo por el diploma —continuó Grace en un tono cada vez más indiferente.

Cedric maldijo con rabia. Aquella fue la primera vez que Grace lo oía pronunciar una frase vulgar. ¿Estaba furioso porque no conseguía arrastrarla con la correa de siempre, una correa que ella no había visto hasta entonces, que ni siquiera había imaginado que existiera, pero que en ese momento se le aparecía con todo su inquietante esplendor?

«¿Es posible que siempre haya sido su monito equilibrista y que nunca me haya dado cuenta?».

—¡A fin de cuentas, yo he pasado por alto cosas mucho más graves! —prosiguió Cedric gritando a sus espaldas.

Grace se detuvo y se volvió. En ese instante, la luna se escondió detrás de unas nubes y Cedric se le apareció como una sombra tridimensional cercana. Se irritó porque no podía verle los ojos: le habría gustado comprobar con qué mirada se había permitido afirmar algo semejante.

—Ah, ¿sí? —exclamó—. ¿Qué es lo que has tenido que soportar de mí? ¡Vamos, soy toda oídos! ¿Qué gran error he cometido? ¿Qué culpa tengo yo?

En la penumbra, vio que se pasaba una mano por el pelo. El viento le hinchaba la camisa de seda y así parecía más robusto de lo que en realidad era. Su voz le llegó con una salpicadura salobre.

—Ninguna, en realidad, pero… bueno, ¡ya sabes cuánto aprecio ciertas cosas!

—¿A qué coño te refieres? —Aquella fue la primera vez que soltaba un taco en voz alta. Lo había hecho mentalmente alguna vez, pero nunca lo había pronunciado: cuando el peluquero la había peinado como una doble más joven de Ivana Trump; cuando, en su decimosexto cumpleaños, que habían celebrado en el barco de los Anderson, Cedric le había impedido comer un segundo pedazo de tarta, arguyendo que, si lo hacía, podía hundir la embarcación; cuando sacaba una nota menor de la que creía merecer, pero, siendo honesta, también cuando sacaba una alta, porque tampoco se creía merecedora de la misma. Cuando era niña, cuando sus padres le habían prohibido tener un perro, mentalmente dijo un revolucionario «maldita sea». Y, en una ocasión, a los doce años, se enamoró perdidamente de uno de sus compañeros del colegio, un tipo descarado, y lo había llamado varias veces «cabrón» en la intimidad de sus pensamientos pecaminosos, pero jamás había masticado una palabrota apreciando su sabor. Era picante, agradable y liberatorio. A Cedric pareció molestarle su desenvoltura verbal y volvió al ataque en un tono más desabrido, casi vengativo.

—El origen, los vínculos de sangre, la certeza de que, cuando me case y tenga hijos, no tendré que enfrentarme a extrañas enfermedades genéticas, porque en mi familia no hay ninguna.

—¿Y eso qué tiene que ver conmigo?

—No finjas que no lo sabes, Gracie.

Ese apodo, en apariencia afectuoso, que siempre la había hecho sonreír, porque solo él la llamaba así, la azotó como la punta de un látigo.

—No me llames Gracie y explícame qué quieres decir.

Él respondió sin pensárselo dos veces:

—No te pareces en nada a tus padres.

—¿Y bien?

—¿Te haces la tonta? ¡Es evidente que te adoptaron! Más que evidente, es cierto, porque cuando mi padre hizo averiguaciones sobre ti…

—¿Tu padre ha hecho averiguaciones sobre mí?

—Hizo lo mismo con el novio de mi hermana. No tenía nada en especial contra ti, pero de esa forma descubrió que tus padres no son tus verdaderos padres. Te adoptaron o a saber qué pasó. Yo, en cualquier caso, decidí correr un tupido velo. ¿Y tú no puedes pasar por alto una tontería como la de esta noche? Razona, Grace, razona, por Dios. A pesar de la incógnita sobre tu verdadero origen, eres perfecta para mí. Eres mona, sencilla, pero a la vez refinada, estudiosa, sin llegar a ser un genio con ambiciones desmedidas, sin pájaros en la cabeza, eres tranquila, leal, obediente y…

Grace tenía mil motivos para acribillarlo a preguntas, pero, empujada por quién sabe qué tortuoso razonamiento, solo fue capaz de decir algo sumamente estúpido e irrelevante, dadas las circunstancias.

—¿Obediente? —exclamó, mientras el resto de las noticias se acomodaban en su cabeza sobrecargada, zumbando como cables eléctricos al descubierto—. Sometida, no demasiado guapa, no muy inteligente… ¿y aburrida?

—¡Yo no he dicho eso!

—¡Vaya si lo has dicho! Yo lo entiendo así. ¿Te parezco aburrida, Cedric?

—No eres aburrida, eres pacífica, no eres una loca imprevisible, razonas debidamente las cosas, sabes escuchar los consejos que te damos por tu bien: en fin, a mí todas esas cosas me parecen virtudes. No quería ofenderte, sino alabar tus cualidades, pero ¡tú reaccionas como si te hubiera insultado!

—Me gustaría preguntarte por qué, ya que, por lo visto, soy un dechado de virtudes, tenías tanta necesidad de echarte en brazos de Michelle, pero me asusta la respuesta. Por otra parte, a estas alturas, me importa un comino. Me marcho. Te ruego que no intentes detenerme.

Se volvió con aire resuelto y echó a andar sobre la arena. Cedric no la siguió, pero su voz la atrapó como un anzuelo.

—Mañana volveremos a hablar. Esto no se acaba así, pero, por curiosidad: ¿lo sabías? ¿Sabías que te habían adoptado?

Grace no solo no se paró sino que echó a correr y sus huellas se hicieron más profundas en la arena y se distanciaron, como pequeños remolinos vacíos, mientras exclamaba:

—¡Claro que lo sabía!

Después siguió caminando, con Jessica a unos pasos de ella, delante, volviéndose de cuando en cuando para mirarla de reojo, pero sin poder verla, porque las nubes habían vuelto a derrotar a la luna.

Sin embargo, cuando llegaron de nuevo al coche, jadeando las dos, y Grace abrió la puerta, la luz del interior del vehículo la envolvió como el resplandor lácteo de un espectro y sus ojos turbados revelaron la verdad.

Jamás habría imaginado que podía suceder algo así. Con los brazos cruzados sobre el volante, que olía a cuero nuevo, la cabeza apoyada, el pelo colgando a ambos lados y una mancha de sudor helado en la espalda, Grace no conseguía siquiera llorar. Había llorado tanto ese día y tanto había reído para dejar de llorar, que se había quedado seca. Tenía la impresión de que había pasado una era desde el momento en que el director de la Hopkins le había entregado el diploma y que, entretanto, algo se había extinguido. Los dinosaurios, algún tipo de helecho, la amabilidad, la paciencia y el valor. El valor, por descontado. Nunca se había sentido tan cansada y tan débil.

Jessica le acarició el pelo como si fuera una gatita asustada.

—No te creas todo lo que ha vomitado por la boca, podría ser una mentira para herirte. El muy capullo se enfadó porque no reaccionaste como quería, es decir, como una imbécil desesperada.

—Pero yo *soy* una imbécil desesperada —masculló Grace.

—No es verdad. Hoy te han zurrado un poco y debes acostumbrarte al cambio.

Siguió hablando varios minutos más en el mismo tono, tratando de que viera las cosas bajo una luz menos lúgubre y más animosa, pero Grace apenas la oía, la voz de su amiga parecía llegarle de un mundo remoto y desconocido.

—¿Me prometes que lo consultarás con la almohada y que no intentarás suicidarte? —le preguntó, por último, Jessica cuando se detuvieron delante de su casa.

—Te lo prometo.

—Mañana por la mañana te llamaré. Hasta entonces, pórtate bien.

Grace asintió con la cabeza e hizo un esfuerzo para sonreír mientras su amiga se apeaba del coche y entraba en una casa modesta, encajada entre dos casas idénticas. No fue directa a la suya y dio un largo paseo, con más lentitud de la que solía ser habitual en ella. Tenía miedo de volver, miedo de ver de nuevo a sus padres, que quizá no fueran sus padres, terror de la necesidad de hacerles unas preguntas para comprender si Cedric, además de ser pérfido, estaba loco, pero, por encima de todos esos dilemas, predominaba el deseo infantil y ridículo de poseer una máquina del tiempo para cancelar las últimas veinticuatro horas y recuperar la felicidad de su penúltimo anochecer.

«¿Por qué es indispensable saberlo todo, afrontarlo todo, atravesar círculos de fuego y puertas que esconden leones? ¿No es posible vivir rodeado de un número razonable de mentiras piadosas?».

Tardó casi una hora en salir del coche, que había aparcado delante de su casa. Antes era una casa bonita y su vida era bonita. Y, ahora, ¿qué era? ¿En qué se convertiría?

Los ojos de su padre eran oscuros como el azabache. Los de su madre parecían pequeñas bolas de regaliz. ¿Por qué nunca había notado esa pequeña diferencia? Sus abuelos también habían sido morenos y ninguno de sus primos tenía los ojos azules ni el pelo rubio cobrizo como el suyo. ¿Por qué jamás había prestado atención a ese detalle? Mientras los observaba, sentados delante de ella en el sofá del salón, Grace pensó con rabia que una ley federal debería obligar a los que pretendían adoptar hijos y no decirles nunca la verdad que eligieran niños que contradijeran todas las leyes de Mendel.

Su padre se movió nervioso en el sofá. A pesar de ser un hombre autoritario y seguro de sí mismo, como correspondía a un agente de seguros sumamente persuasivo, en ese momento parecía un naipe doblado por la mitad. Su madre, una mujer de cincuenta años que, de joven, había sido parangonada con Ava Gardner, parecía descompuesta. Estaba hundida en los cojines de seda, envuelta en una lujosa bata con estampado de cachemira, sujetando un pañuelo entre los dedos y una lágrima en el pañuelo.

—¿Es cierto? —les repitió Grace.

En el silencio que siguió a su pregunta pensó que su belleza también debería haberle dado una pista: no puedes ser la hija natural de Rock Hudson y de Ava Gardner, tener como prima hermana a la doble de Catherine Zeta Jones cuando tenía veinte años y ser solo una rubia mona.

Mona.

Dicho en el tono poco menos que misericordioso que había empleado Cedric, ser mona parecía la antesala de la fealdad. Mona, sin pájaros en la cabeza, sin grandes ambiciones, obediente.

Apretó los puños debajo de las piernas y aguardó a que sus padres hicieran acopio de valor para responderle.

Su madre fue la primera en hablar, con los ojos hinchados y los labios trémulos.

—Es cierto —admitió.

—¿Por qué no me lo habíais dicho? —preguntó Grace con un hilo de voz, similar a un susurro, como si alguien estuviera durmiendo y no quisiera despertarlo: habló sin mirarlos, concentrada en el respaldo del sofá de rayas blancas y doradas estilo *regency*.

—Esas cosas no se dicen —objetó su padre, como si se tratara de un chisme escandaloso—. ¿Qué deberíamos haber hecho? ¿Contártelo todo? ¿A qué edad? Además, ¿qué podíamos decirte?

—La verdad.

—La verdad es que somos una familia. Revelarte ese insignificante detalle, habría sido como admitir una diferencia, como si por ser adoptada fueras menos hija. Dejamos el tema a un lado y, en cierto sentido, lo olvidamos. Y cuando no lo dices, no lo dices. Entre otras cosas, porque no es importante, querida. Piénsalo bien y verás que no es importante.

—No lo sé... —murmuró Grace. No sabía qué pensar, le estallaba la cabeza. Se llevó una mano a una sien y, al hacerlo, sintió que le crujían los hombros: estaban tan rígidos que parecían de yeso.

—¿Cómo te has enterado? —le preguntó su madre.

No le respondió. Y no porque quisiera proteger a Cedric, sino porque no quería que la sometieran a un interrogatorio. Aún no. Prefirió responder a la pregunta con otra pregunta.

—¿Quién era ella? ¿Quién era la mujer que me dio a luz? —No dijo «mi verdadera madre». Le pareció una delicadeza necesaria.

—Una cría como tú —contestó su padre—. Una chica muy joven, que no estaba preparada para enfrentarse a la maternidad.

«¿Padecía alguna enfermedad rara? Lo digo solo para tranquilizar a Cedric sobre la herencia genética. A él le preocupan mucho esas cosas».

—¿Dónde está? ¿Ha preguntado alguna vez por mí? ¿Cómo se llama?

—Se llamaba Barbara Olsson. Vivía en un pequeño pueblo de Kansas, pero su familia era originaria de Suecia, pero ahora... está muerta —dijo su padre——. Lo supimos varios años después de que muriera. Ella y el joven que, probablemente, era tu padre tuvieron un accidente y...

El dolor de cabeza de Grace se convirtió en un vampiro chupasangre. Se apoyó en el respaldo del sillón y sintió un sabor acre en la garganta y una punzada en el estómago parecida a la patada de un oso. Se miró las manos: aún las tenía tan apretadas que parecían piedras blancas. Qué extraño era ser huérfana sin serlo. Era como si hubiera perdido las piernas, pero siguiera sintiéndolas.

—¿No estás bien, cariño?

«No estoy bien. Me gustaría mandar a la mierda al universo, pero no sería un gesto amable. Y yo soy muy amable, simpática y obediente.»

—Voy a descansar —murmuró, a pesar de que era consciente de que estaba mintiendo, porque no iba a descansar en absoluto. Su madre se ofreció a llevarle un vaso de leche caliente y una aspirina, pero ella lo rechazó.

Su padre concluyó:

—No pienses en eso ahora. Mañana te encontrarás mejor y volveremos a hablar.

Pero se equivocaba más que los que pensaban que el mundo terminaba en las Columnas de Hércules.

Su habitación era la habitación de una buena chica. Al entrar odió aquella estancia tanto como odiaba muchas cosas de ese día, especialmente ser una buena chica. A pesar de estar pintada y decorada con los matices más suaves de los colores violeta y verde pistacho, además de un leve toque de rosa, el decoroso dormitorio le pareció un agujero negro que ardía en deseos de engullirla. Incluso el aroma a mora y a vainilla que emanaba de un incensario de bambú le produjo náuseas.

Se sentó en la cama de golpe sin que chirriara un solo muelle de aquel colchón perfecto. Se quedó quieta unos minutos, pensando en todo y en nada, porque los pensamientos se agolpaban en su mente exigiéndole a voz en grito que les diera prioridad.

Era casi medianoche, el día estaba a punto de terminar, y, quién sabe, quizá cuando sonara la última hora se produjera un milagro que pusiera en pie las piezas de ese dominó catastrófico y volviera a convertir su vida en un mosaico precioso.

Por desgracia, sonó la medianoche, sus padres se durmieron después de haber hablado largo y tendido en su habitación y la casa quedó sumida en el silencio, pero nada cambió. Ella era la misma y seguía allí, triste y confusa. Estrangulada por una soga invisible.

De repente, se dio cuenta de que Silvy, la criada, había dejado en su mesilla el correo del día antes de marcharse. Lo cogió no tanto porque le interesara sino porque deseaba hacer algo que no fuera echarse a llorar de nuevo y miró de pasada las que, en su mayoría, parecían tarjetas de felicitación por haberse graduado.

«Como si hubiera algo que celebrar.»

De repente, reconoció el escudo de Yale en un pequeño sobre rectangular. Lo abrió, leyó la carta, abrió desmesuradamente los ojos, perdió el ritmo de su corazón, y corrió al cuarto de baño para vomitar el alma.

Si alguien la hubiera oído y hubiera corrido a socorrerla y a dejar que se desahogara, no habrían sucedido muchas cosas, pero nadie la oyó sollozar en silencio y nadie la levantó del suelo, donde se había acurrucado a los pies de la taza del váter, en el cuarto de baño alicatado de color verde menta, con la bañera revestida de cobre, las toallas de color turquesa y el estante que coronaba el lavabo tan abarrotado de productos cosméticos que uno no podía por menos que preguntarse para qué necesitaba una joven de dieciocho años tantos.

Pero nadie apareció por allí, salvo una infelicidad desgarradora.

No era por una cosa en particular, sino por todas las que habían sucedido en un lapso demasiado breve de tiempo como para conseguir aceptar una y prepararse para la siguiente. Una mujer más adulta, más acostumbrada a las zancadillas de la realidad, habría afrontado ese aluvión sin sentir que su vida había terminado, pero si tienes dieciocho años y siempre has vivido en una urna de cristal, sin sospechar mínimamente que la vida puede hacerte daño, cualquier agravio parece una derrota definitiva. El rechazo de Yale, que, por si fuera poco, había llegado tarde debido a un percance del que el centro se disculpaba con un sinfín de palabras refinadas, fue la gota que colmó el vaso.

De esta forma, abrumada por los acontecimientos, tomó una decisión disparatada.

Amanecía casi cuando salió de casa en silencio, cargada únicamente con una pequeña mochila con lo mínimo indispensable. No sucedió nada que pudiera hacerle cambiar de idea: sus padres —ya fueran verdaderos o falsos— no se despertaron ni la pillaron en la escalera como a una ladrona, Cedric no la estaba esperando en la calle con una mirada de sincero arrepentimiento ni recibió, como caída del cielo, una segunda carta de Yale en la que la universidad le comunicaba que la primera era solo una broma.

No sucedió nada y Grace no vaciló.

La oscuridad y la luz hendían el aire como cuchillas gemelas. Grace sintió un escalofrío en la espalda mientras recorría a pie el breve tramo de calle del barrio residencial, silencioso y seguro, hasta llegar a su coche. Sentía un lastre en lugar del corazón, pero, aun así, no tenía la menor intención de detenerse.

El Mini de color verde Tiffany, que dejó aparcado en la explanada que había delante de la Union Station, la miró como un cachorro abandonado en un bosque. Grace contuvo una lágrima. No quería llorar más, pero tampoco quería llevárselo. El coche pertenecía a su vida pasada, a un día maravilloso, a un castillo de cuento que había resultado ser de naipes. Lo ató de forma simbólica al guardarraíl de su vida precedente y se alejó dándole la espalda.

Se arrebujó en la ligera cazadora vaquera con las mangas deshilachadas y un parche en un codo que había sacado de lo más profundo de su armario, aquella prenda formaba parte de su pasado de quinceañera. Al pensar que a Cedric le habría espantado, le brillaron los ojos y caminó con más determinación hacia la estación de la Greyhound, que se distinguía por el letrero de color azul con un galgo de carreras.

Había tan pocos viajeros, que se podían contar con un solo vistazo: ninguno tenía pinta de ser un gamberro con cadenas que insulta a las chicas. Cedric y sus padres siempre le habían dicho que las estaciones estaban llenas de bandas peligrosas que degollaban a la gente para robarle. En ese momento, sentados en los silloncitos metálicos de la sala de espera, solo había tres hombres conversando con aire fatigado, una mujer de mediana edad de rasgos latinos y un treintañero obeso, que bebía Coca-Cola y lanzaba grandes bostezos entre un sorbo y otro.

Grace avanzó con el paso educado y algo tímido del que entra en una casa que no conoce. No tenía una meta precisa, había decidido seguir los dictados del destino. Subiría al primer autobús que saliera de la estación, dondequiera que fuese.

El primer autobús iba a Nueva York. Vaciló solo un instante delante de la taquilla y de los ojos cansados del empleado con camisa azul y corbata roja que le atendió y que tuvo que repetirle dos veces: «¿Adónde va?». Al final, tuvo el valor de responderle.

Había cogido dinero en efectivo y la tarjeta de crédito, pero no pensaba usarla salvo en caso de emergencia extraordinaria y pagó treinta dólares y esperó su turno para subir al autobús. En esos escasos minutos, la ansiedad casi hizo estallar su corazón. Lo estaba haciendo, lo estaba haciendo de verdad.

«Aún estoy a tiempo de volver atrás y nadie sabrá nunca nada de esta locura.»

Pero no volvió atrás. Subió al autobús con la mochila y se sentó en una fila central, al lado de la ventanilla. Le silbaban los oídos debido a la agitación: por un segundo tuvo miedo de estar siendo víctima de un ataque de pánico.

Pero cuando el autobús salió de la estación y embocó, casi enseguida, la autopista, la tensión se fue diluyendo poco a poco y se estremeció al pensar en lo que la esperaba.

Contempló el mundo perseguido por el viento que estaba al otro lado de la ventanilla, con la sonrisa excitada de una niña en fuga y los ojos brillantes, pero ya no de angustia sino de emoción. Se había convertido en una rebelde, en una joven que no respeta las reglas, en una desobediente que deja a sus padres un mensaje lacónico en la almohada y luego emprende un viaje sin rumbo fijo. Ya no era la hija perfecta ni la novia ideal. Después de todo, ni siquiera sus padres se habían comportado demasiado bien y Cedric había resultado ser todo menos un novio ideal.

Podía darse el lujo de devolvérsela con una pequeña locura, pero, por encima de todo, podía regalarse la primera aventura de su corta vida.

CAPÍTULO 3

—¡Nueva York!

Se incorporó sobresaltada, con el corazón en la garganta. A pesar de estar resuelta a no pegar ojo para que no le robaran la mochila, había caído rendida y se había dormido tumbada en los asientos como si estuviera en el sofá del salón de su casa. Dada la escasez de viajeros y el exceso de asientos libres, nadie la había despertado ni se había despertado al oír ningún leve crujido: había sido necesario el tono firme, casi marcial, del chófer cuando habían llegado al final de la línea, para que saltara como un muñeco con resorte del interior de una caja de sorpresas.

Miró alrededor: los demás pasajeros se habían apeado ya y el chófer, un hombretón que, a buen seguro, pesaba más de un quintal, se cernía sobre ella desde un asiento cercano.

—¿Ha confundido la Greyhound con un hotel, señora? Hemos llegado, creo que debe bajar, ¿no le parece?

Grace balbuceó unas palabras de disculpa, se alisó el pelo con los dedos y comprobó que la mochila estaba en su sitio. Se dirigió poco menos que tambaleándose hacia la puerta abierta y, una vez fuera, comprendió de golpe el significado de la palabra «ruido».

La estación Port Authority de Nueva York estaba en el corazón de Manhattan y era casi tan caótica como un aeropuerto internacional. Grace caminó a tientas en medio de la multitud, un poco aturdida, y apenas vio el letrero de unos servicios, se apresuró a refugiarse en ellos.

Al ver su imagen reflejada en el gran espejo rectangular se asustó. Tenía los ojos tan rojos y los párpados tan hinchados que parecía que le hubieran dado una buena tunda. ¿Qué había sido de la princesa vestida de organza, con maquillaje de color melocotón, pintalabios rosa perlado y una sonrisa dulce en los labios? ¿Quién era esa extraña?

«Es una joven que ha llorado, que se ha escapado de casa, que ha dormido unas dos horas en el asiento de un autobús. Supongo que no esperarías parecer Cenicienta después del hechizo del hada madrina.»

Se hizo una mueca y se obligó a sonreír. A continuación, se señaló en el espejo, se dio unos golpecitos en una sien con un dedo y se dijo: «Estás como una cabra, chica».

En ese momento, dos mujeres entraron en el baño y Grace tuvo miedo de que le preguntaran con quién demonios estaba hablando, así que se puso a hurgar en la mochila como si estuviera buscando algo. Las recién llegadas, una señora gorda, que arrastraba jadeando una maleta con ruedas, y una chica, que escuchaba música con los auriculares, se encerraron en las cabinas sin hacerle el menor caso. Grace vio entonces el móvil: la noche anterior lo había puesto en silencio y en ese momento se dio cuenta de que tenía un sinfín de llamadas de sus padres y de Cedric.

Esperó a que las dos mujeres salieran y después llamó a su casa. Le respondió de inmediato la voz ansiosa de su madre:

—¡Grace! ¿Dónde estás?

Necesitó más de diez minutos para poder tener una conversación que no estuviera marcada por suspiros y sollozos, órdenes y súplicas de que regresara a casa, superpuestas en una maraña tan caótica que era incluso difícil comprender qué estaba diciendo.

—Estoy bien, mamá. No me han secuestrado y no tengo la menor intención de hacer ninguna tontería. Solo necesito un paréntesis. Unas vacaciones solo para mí. Me sentarán bien.

—¡Nunca has viajado sola!

—Un motivo más para empezar a hacerlo.

Del otro lado de la línea le llegó el enésimo suspiro de angustia.

—Cedric ha estado aquí esta mañana, te buscaba. ¿Habéis reñido? Llámalo, estaba muy preocupado por ti.

—No, mamá, no. Os llamaré a ti y a papá para tranquilizaros, pero a él... a él prefiero no hacerlo.

—¿Qué te ha hecho?

—No quiero hablar de eso ahora, pero tranquilízate, estoy bien, tengo bastante dinero, comeré y dormiré y estaré atenta cuando cruce la calle.

—¡No te has llevado casi nada! ¿Tienes alguna muda? ¿Un paraguas? Además, ¿dónde has dormido esta noche? ¿Dónde estás ahora?

—Tengo todo lo que necesito. Te repito que estoy bien y mañana estaré aún mejor.

Por lo visto, su padre debió de arrancar el auricular de manos de su madre, porque en ese momento oyó su voz.

—Hemos encontrado la carta de Yale, Grace. Es muy, muy desagradable, pero no es el fin del mundo.

A saber por qué, el aplomo forzado de su padre la conmovió más que la agitación de su madre. Se lo imaginó tan grande y robusto como un árbol con raíces profundas, tratando de animarla a pesar de tener aún el corazón destrozado.

—Nada es el fin del mundo, papá, pero muchas cosas a la vez pueden convertirse en el principio del final si uno se queda quieto mirándolas, por eso he decidido moverme.

—¿Muchas cosas? ¿Te refieres al asunto de Yale y a... bueno, al descubrimiento de que...? Nosotros te queremos, lo sabes, ¿verdad? La sangre da igual, Grace, tú eres nuestra hija.

Grace tragó saliva, sofocando un sollozo infantil.

—¿Te acuerdas de cuando era pequeña y me hice daño en una rodilla corriendo con los patines de la prima Angie, a pesar de que me habías prohibido que los usara? Me salió un hematoma tan grande como una manzana. Habrías podido decirme: «Te está bien empleado», pero, en lugar de eso, me dijiste: «Es una herida pequeña, se curará enseguida». ¿Puedes hacer ahora lo mismo? ¿Puedes no regañarme y decirme que la herida se curará?

—¿Y estar lejos de nosotros ayudará a que se cure? ¿Cómo?

—Ayudándome a crecer y a ser más fuerte. Lo necesito, ¿me entiendes?

—Lo entiendo, pero ¿así? ¿De buenas a primeras? Si querías hacer un viaje, habríamos podido organizar un itinerario y…

—No quiero *ese* tipo de viaje, con todos los hoteles reservados y las excursiones fijadas por adelantado, con alguien que carga con mi equipaje y con alguien que cuida de mí. Además, lo decidí ayer, de buenas a primeras, sí, eso es lo bueno. Quiero aprender a cuidar de mí misma, a protegerme sola y a improvisar. ¿Tan mal te parece?

—No tiene nada de malo, pero es sin duda irracional. Sí, comprendo que ciertas noticias te hayan alterado. No quiero echarte un sermón, solo… bueno, ten cuidado, ten mucho cuidado. El mundo puede ser un nido de serpientes.

—Por eso debo aprender a distinguir sola las culebras de las víboras: no siempre tendré a alguien que cuide de mí. No te preocupes, me las arreglaré.

Cuando se despidieron, después de un sinfín más de recomendaciones de su madre, Grace sintió un nudo en la garganta y un vago, pero intenso, sentimiento de culpa. No estaba tan segura de saber arreglárselas sola.

«¿Esta pequeña locura vale la ansiedad que van a sufrir mis padres?».

Por un instante, tuvo la tentación de llamarlos de nuevo, de llorar, de decirles dónde estaba y rogarles que fueran a recogerla. La imagen de sus padres en medio de la multitud, buscándola con la mirada, le llenó los ojos de lágrimas.

Sacudió la cabeza con energía, para desechar ese deseo cobarde. No debía rendirse, debía seguir adelante.

Rebuscó en la mochila, encontró el pintalabios perlado al aroma de fresas salvajes, se lo pasó por los labios y se forzó a sonreír al reflejo de sí misma, un reflejo pálido en aquel espejo. Después volvió a la estación para proseguir su extraño viaje.

Quizá su padre no iba tan desencaminado cuando le había hablado de trazar un itinerario. Al menos, uno aproximado. Tras deambular un buen rato por aquella mastodóntica estación, rodeada de una multitud que se movía en todas direcciones, pensó que no podía seguir vagando sin rumbo fijo.

Así que, para empezar, decidió salir a las calles de Nueva York. Había estado ya en esa ciudad con sus padres, pero en esa ocasión habían ido de compras a la Quinta Avenida, a Broadway, al Metropolitan Museum y al Lincoln Center, donde habían asistido a un concierto de la New York Philharmonic Orchestra y, como habían ido de un sitio a otro en taxi, no había visto mucho.

Buscó un mapa de Manhattan en el móvil, algo avergonzada por sentirse más perdida que una extranjera. Cuando se dio cuenta de que Central Park estaba cerca de Port Authority se le iluminó la mirada: podía llegar allí caminando en menos de media hora y eso le evitaría tener que coger un medio de transporte. No quería gastarse todo en taxis y temía ir en metro. Recordaba las historias apocalípticas que le había contado su padre sobre las cosas terribles que podían ocurrirles a los viajeros subterráneos en una ciudad como esa: a pesar del deseo de aventura que sentía, debía liberarse poco a poco de sentirse sugestionada ante ciertas situaciones. El valor se conquista paso a paso, osando un poco cada día, y en las últimas veinticuatro horas ya había hecho bastante escapando, así que caminar era una buena solución de compromiso.

Times Square la deslumbró: no tenía nada que ver con la ordenada elegancia de New Haven. Se sintió catapultada al interior de un cuadro obra de un artista enloquecido: los letreros luminosos de las fachadas de los rascacielos parecían salpicaduras de colores ácidos lanzadas desde unas alturas vertiginosas.

Cuando entró en Central Park estaba cansada y hambrienta y, por primera vez después de todos los acontecimientos que la habían llevado a ese lugar, pensó en algo tan prosaico como su estómago vacío y lloriqueante.

Si hubiera estado con sus padres o con Cedric, habría entrado en un local, sin duda alguna, el más refinado y caro, pero, como estaba sola, se conformó con un puesto ambulante coronado por una sombrilla a rayas verdes y blancas donde compró un pedazo de *pizza* con aceitunas, un *bretzel* y una lata de Coca-Cola. A continuación, con esos dos cucuruchos grasientos en las manos, se sentó en un banco.

Muchas personas estaban haciendo lo mismo que ella, sentadas en los bancos o en la hierba: Grace comprobó encantada que no le prestaron la menor atención cuando le cayó un poco de tomate en la camiseta, cuando el azúcar glas le manchó la barbilla o cuando la Coca-Cola, al abrirla, quizá porque la había agitado sin darse cuenta, la salpicó como un pequeño géiser y le entró por la nariz. Nadie se precipitó hacia ella para ayudarla a resolver esos insignificantes contratiempos, pero, sobre todo, nadie la juzgó por comer como una mendiga que no ha probado bocado en un siglo.

Cuando terminó de comer —la cosa más rebelde que había hecho en mucho tiempo, quizá por primera vez en su vida, exceptuada, claro está, la fuga de New Haven—, echó de nuevo a andar.

De repente, mientras miraba alrededor, sonó el móvil. Temía que fuera de nuevo Cedric, pero, por suerte, era Jessica.

—Eh, loca, ¿qué estás haciendo? —dijo su amiga—. Tus padres me han llamado para preguntarme si sé adónde has ido. ¿Te has escapado?

—Me he marchado —especificó Grace y a continuación añadió—: Bueno, la verdad es que me he escapado, sí, las cosas como son, pero la fuga se ha convertido en un viaje.

—Ayer parecías una zombi y por un momento me vi recogiendo tus pedazos del suelo, pero hoy tienes una voz distinta. Aún no has resucitado, pero ya no eres una muerta ambulante. ¿Hablaste con tus padres?

—Hablé con ellos, sí, y Cedric no mintió sobre eso. Quizá pienses que estoy loca, pero no tuve ganas de ahondar en el tema. En este momento no quiero escuchar explicaciones. Lo único que quiero es escapar, marcharme, como prefieras.

—Al menos dime dónde estás y qué piensas hacer.

—Es mejor que no sepas dónde estoy. Mi madre sabe ser muy persuasiva: no sé si sabrás mentirle si te mira con los ojos llenos de lágrimas. En cuanto a lo que pienso hacer, aún no lo sé. Puede que esté esperando una señal del destino que me diga cuál es el próximo paso.

Jessica soltó una carcajada.

—¡Así me gusta! Nada de lágrimas y una aventura entre manos. ¿Cómo te sientes?

—Un poco aturdida, pero con ganas de seguir adelante. En ciertos momentos tengo la impresión de no ser yo, de estar viendo una película.

—¡Esa sí que es una forma magnífica de celebrar el diploma, en lugar de esos coches de color pastel! A propósito, ¿estás viajando con el Mini?

—No, lo dejé en la estación.

—Hum —masculló Jessica pensativa—. En ese caso, debes marcharte lo antes posible de donde estés.

—¿Por qué?

—Un Mini de ese color absurdo llama mucho la atención, sobre todo si lleva varios días en un aparcamiento: les bastará dar una vuelta con tu foto y preguntar para dónde era el billete que compraste. Como te marchaste en plena noche o, como mucho, al amanecer, el autobús debía de ir medio vacío. Luego harán lo mismo en la estación de destino, y así hasta que te encuentren.

—Les pedí a mis padres que me dejaran un poco de tiempo, no creo que me busquen. Los llamaré todos los días, así estarán tranquilos.

—No me refería a ellos, sino a Cedric. Se cabreó como un mocoso al que le han quitado un juguete. Quiere encontrarte como sea. Solo te digo que vino a mi casa para interrogarme, así que ya puedes imaginarte hasta qué punto está decidido a dar contigo, de manera que te conviene levar anclas.

Grace se sintió atraída por un remolino de malos sentimientos: la idea de que Cedric la estuviera buscando la irritó y la inquietó por igual. Tuvo la impresión de que una red caía sobre ella desde lo alto. Miró alrededor de forma instintiva, como si él pudiera estar ya allí, aferrarle un brazo y llevarla de nuevo a su vida de siempre, llena de mentiras.

En ese momento, algo llamó su atención. Mejor dicho, alguien. Y no se trataba de Cedric.

A unos metros del sendero se erigía una roca gris majestuosa, una pared natural para que practicaran los aficionados a la escalada libre. Numerosos jóvenes se agarraban a los salientes de ese coloso, valiéndose de las manos para llegar a la cima. Algunos caían en los primeros apoyos y terminaban riéndose al aterrizar con unos saltos acrobáticos, otros seguían con estoicismo hasta lo alto.

De los miembros del pequeño ejército de escaladores, uno en concreto atrajo la mirada de Grace como si fuera un imán.

Era un joven de una belleza tan descarada que le hizo abrir los labios con sorpresa y admiración. Alto y musculoso, pero también esbelto y armónico, subía por las crestas de pizarra con una agilidad extraordinaria: de repente, saltó de un saliente a otro como si fuera un poderoso corzo. Casi voló por un instante, hasta que se aferró a otro saliente. Vestía solo unos vaqueros y unas zapatillas de escalada azules y amarillas. Su espalda morena era un trenzado de músculos perfectos. Sus brazos y sus piernas debían de haber sido esculpidos por Dios en persona. El pelo negro, largo hasta el cuello, maravillosamente liso, parecía hecho de raso cortado a tiras, y el sol lo iluminaba como si tampoco pudiera mirar hacia otro lado.

Quizá el sol no fuera tan parcial e iluminara a todos los escaladores, pero Grace solo lo veía a él. Por un misterioso motivo, ese conjunto de piel, pelo, músculos y luz la encadenó.

—Eh, ¿qué pasa? —le preguntó Jessica al teléfono—. ¿Te has quedado muda?

—Él es… él es… —murmuró Grace como hipnotizada. No conseguía atinar con la palabra, sentía que las mejillas le ardían y una difusa sensación de languidez, como si estuviera hecha de cera caliente, como si fuera una magdalena recién sacada del horno.

—¿Quién? No me digas que Cedric te ha encontrado ya.

—No, no… —masculló Grace tragando saliva—. Es que he visto a un chico tan guapo que… no parece de verdad.

Jessica se volvió a reír.

—¡Genial! ¡No ha pasado ni un día y ya te has puesto manos a la obra! ¡Me gustas, chica, VE A CONQUISTARLO!

—¿Qué conquista ni qué ocho cuartos? —dijo Grace con pesar—. Solo lo estoy mirando, pero está de espaldas: seguro que cuando se vuelva parecerá un ratón. No puede ser tan guapo de cara, con ese cuerpo.

—¿Con qué cuerpo? Pero ¿está desnudo?

—Casi.

—¿Dónde estás, mi querida loca? ¿Ayer bailabas el minueto y ahora te dedicas a mirar a los chicos guapos desnudos?

Grace no le contestó: estaba demasiado ocupada observando a aquel desconocido, que en ese momento llegó a la cima y se volvió.

Su corazón estuvo a punto de hacer una carambola en la caja torácica como una bola dentro de un *flipper*.

Por delante también era guapo. A pesar de que no lograba distinguir los detalles, a lo lejos parecía una escultura bronceada y sonriente. En el pecho se entreveía un gran tatuaje que podía ser la imagen de un dragón.

Vio que se pasaba los dedos por el pelo para echárselo hacia detrás, y que, a continuación, estrechaba la mano de un joven que acababa de alcanzar también la cima y con el que empezó a hablar con desenvoltura, como si no estuviera en un equilibrio precario encima de una roca.

—¿Estás viva? —le volvió a preguntar Jessica.

Grace le contestó distraída y se despidió de ella, mientras Jessica seguía riéndose y animándola a pasar al ataque para no perder la ocasión.

—Podría ser el hombre de tu vida —le dijo antes de colgar.

«Ok, ahora dejaré de mirarlo. No puedo reaccionar como si hubiera vivido siempre en un convento subterráneo y nunca hubiera visto un chico guapo».

Sin embargo, no lograba salir de esa especie de trance. No solo la atraía su aspecto, sino algo que superaba el prodigioso conjunto de facciones y proporciones.

El joven le transmitía una sensación de fuerza, de valor y de libertad. Sus gestos manifestaban energía y audacia, algo salvaje e insolente, natural y sencillo. No se movía como si la vida fuera un escenario y él un actor, sino como si la vida fuera el cielo y él un halcón.

Grace no sabía cómo podían haber sucedido tantas cosas en un minuto, pero estaba segura de que era así. Quizá se debía a que ella no era así, fuerte, libre y valiente. Ella era frágil, prisionera y timorata y casi envidiaba toda esa luz.

Al cabo de un rato, el joven bajó por la misma pared. Ella siguió contemplándolo. Apenas los pies tocaron el suelo, Grace corrió el riesgo de asfixiarse: él se volvió, como si hubiera notado los ojos de ella clavados en su cuerpo, devolvió la mirada que lo perforaba, frunció el ceño y se dirigió hacia ella.

Grace dio unos pasos hacia atrás, mientras el joven se acercaba dando zancadas con una firmeza amenazadora. Era mucho más alto de lo que parecía de lejos y su belleza, además de extraña, revelaba un increíble origen mestizo: en su ADN debía de haber sangre asiática. Sus ojos rasgados eran de un intenso color azul aciano. El tatuaje de su pecho no representaba un dragón, sino un fénix verde, rojo y añil, pero con una expresión tan feroz como la de un dragón echando fuego por la boca, con las alas desplegadas hasta tocarle el esternón.

Por desgracia, no pudo seguir disfrutando en paz de aquel fascinante panorama. El joven corría hacia ella con aire furibundo. El calor que Grace sentía en las mejillas se convirtió en una hoguera. La vergüenza casi le hizo sentir fiebre en las orejas. Apenas tuvo tiempo de balbucear:

—Yo… no… no quería…

Mientras él le exclamaba:

—¡Ten más cuidado!

Antes de dejarla atrás y seguir corriendo por el sendero.

Decir que Grace estaba confusa habría sido una manera muy blanda de expresar su estado de ánimo. Como una exhalación, el escalador dio alcance a un tipo vestido con una cazadora morada y el pelo rasta, se abalanzó sobre él y le dijo algo a la vez que lo sacudía.

Después volvió a su lado, mientras el hombre con la cazadora morada ponía pies en polvorosa.

Apenas lo tuvo delante, veinte centímetros más alto que ella, con el fénix que parecía rugir en su pecho desnudo, dijo:

—No niego que estoy bueno, pero deberías estar atenta también a otras cosas, ¿no te parece?

—¿Qué? —balbuceó Grace pensando que, además, tenía una bonita voz. Ronca e irónica, más madura que la edad que parecía tener, que no debía de superar en mucho los veinte años.

—¿Esto no es tuyo?

Le tendió la cartera de falsa piel de avestruz, de color burdeos, con un lazo en relieve delante. Ella la agarró cada vez más aturdida, con los labios entreabiertos, conteniendo la respiración, mientras los latidos de su corazón hacían tanto ruido como un tren en un túnel.

—Sí, pero…

—Mientras me comías con la mirada, ese tipo metió la mano en tu mochila sin que te dieras cuenta.

—¡Yo no… no te comía con la mirada! —protestó Grace.

—Ah, ¿no? Entonces, además de distraída, eres mentirosa. Yo en tu lugar miraría siempre donde piso y a quién tengo a la espalda. Puede que en tu pueblo puedas ir mirando las musarañas, pero si no estás atenta, en Nueva York te roban hasta las bragas sin que te des cuenta.

Grace sintió una extraña agitación, una mezcla de gratitud y respeto. Replicó con una verdad y una mentira:

—¡No vengo de un pueblo y no te miraba a ti, sino a todos los escaladores!

—Qué extraño. Pareces una colegiala que acaba de escapar de una madre superiora pérfida y bigotuda. No pareces neoyorquina, desde luego.

—¿Por qué? ¿Cómo son los neoyorquinos?

—Gente que no permite que le rebusquen en la mochila en pleno día en Central Park. Comprueba si está todo —dijo señalándole la cartera.

Grace sintió la tentación de responderle en el mismo tono, de decirle algo fulminante que lo convenciera de que no estaba con una provinciana mema, pero no se le ocurrió nada. Abrió la cartera con manos temblorosas.

Un pequeño grito, que aglutinaba un sinfín de tomas de conciencia —«soy una idiota, me han robado, tendré que volver a casa derrotada, mi fuga ha durado menos que la de un niño con un hatillo al hombro, mi padre tenía razón y, probablemente, Cedric también»— salió de su garganta al ver que los billetes habían desaparecido. Le habían volado casi quinientos dólares.

Su expresión de aturdimiento, rayana en una rabia lacrimosa, fue tan elocuente que él debió de comprenderlo al vuelo.

—Me lo imaginaba. Ha debido de pasar lo primero que encontró a un cómplice. Después habrá seguido rebuscando para encontrar el resto. ¿Cuánto era?

Grace, presa de una duda, lo miró a la cara.

—¿Seguro que tú no lo sabes?

—No sé leer en el pensamiento —le contestó—. Ah, ahora lo entiendo, ¿crees que te lo he birlado yo? ¿Que fingí que perseguía al ladrón? ¿Y dónde se supone que lo he escondido? ¡Dime! ¿Te parece que puedo habérmelo metido en alguna parte? Si quieres comprobarlo, adelante, regístrame.

A pesar de la humillación que sentía, Grace se ruborizó. Salvo por el pantalón sin bolsillos, iba casi desnudo y pensar en el único lugar en el que podría haber escondido los billetes hizo que le sudaran las manos.

—Disculpa —murmuró—. Es que no sé…

Entonces recordó la tarjeta de crédito. La había escondido en un bolsillo interno, cerrado con una cremallera y un imán. ¿Habría tenido tiempo el ladrón de cogerla también?

Sus ojos rebosaron felicidad. La tarjeta de crédito seguía en su sitio. La sacó excitada. Al alzar la mirada, vio que él la estaba observando con una sonrisita irónica en los labios.

—Oye, Bambi, a menos que quieras que te la birlen también, no la agites de esa manera. Y, cuando estés en un lugar lleno de gente, ponte la mochila delante, como una riñonera, o haz como yo: camina como si llevaras pocos dólares en el bolsillo, así nadie te robará. El dinero huele.

Grace metió a toda prisa la cartera en la mochila. Lo mejor habría sido darle las gracias, despedirse de él y volver a la estación para elegir la próxima meta de un viaje que había iniciado de manera bastante rocambolesca.

Eso, desde luego, habría sido lo mejor.

Sin embargo, al mirar con fingida indiferencia el fénix húmedo y brillante en su tórax y sus ojos, que parecían almendras de color marfil y azul, Grace no pudo hacer lo mejor.

—Me llamo Grace —dijo—. ¿Y tú?

—Channing.

Por alguna oscura razón, ese nombre hizo palpitar su estómago, como si en este anidase una forma alienígena.

—Bueno, ante todo, gracias, Channing. ¿Y podrías acompañarme mientras saco dinero en un cajero ATM? Me sentiré más tranquila si alguien viene conmigo. No obstante, si no tienes tiempo, da igual. Ya has hecho bastante y…

—Ok.

—¿Ok?

—Me pongo la camiseta y te acompaño. Procura que no te vuelvan a robar hasta que vuelva.

—¡No sucederá! —replicó ella, picada.

—También por eso me pongo la camiseta. Así no te distraerás.

Grace contuvo la respiración un instante, terriblemente avergonzada por el comentario y, al mismo tiempo, irritada por la presunción de él.

—No eres tan maravilloso, ¿sabes? —murmuró entre dientes.

—Sí, sí, claro —dijo él—. No te muevas de aquí, Bambi.

—¡Deja de llamarme así, no soy un animalito asustado!

—Sobre eso habría mucho que decir. Sea como sea, tienes unos fantásticos ojos de cervatilla.

Tras decir esto, Channing volvió a las rocas. Grace lo miró mientras se acercaba a un grupo de escaladores, se despedía estrechándoles la mano y dándoles palmaditas en los hombros, como se hace entre compañeros, y luego se inclinaba hacia una mochila de color verde caqui que estaba en el suelo, entre muchas otras. Sacó una camiseta celeste y se la puso a toda prisa. Acto seguido, se cambió también las zapatillas.

Grace estuvo en apnea en ese paréntesis.

«Me ha dicho que tengo unos ojos fantásticos.»

Su racionalidad le decía que era una absoluta inconsciente. No debía fiarse. Podía ser también un ladrón y robarle la tarjeta de crédito y, además, era fuerte, corría muy rápido y…

«Y me ha dicho que tengo unos ojos fantásticos.»

—Haces bien sacando dinero, en lugar de usar la tarjeta de crédito para pagar —le dijo Channing mientras caminaban por el parque, buscando una tienda que tuviera un cajero ATM—. Usarla sería como ir contando adónde vas y qué haces y tú tienes pinta de querer borrar tu rastro. ¿De verdad te has escapado del internado?

—Por supuesto que no —replicó ella—. Además, podría hacerte la misma pregunta. Sabes muchos trucos para evitar que te roben y te descubran. Tú también tienes pinta de querer borrar tu rastro.

Channing se rio divertido.

—No te equivocas, Bambi. —Se quitó la goma que llevaba en una muñeca y, con unos cuantos gestos expertos, se hizo una coleta—. ¿De quién huyes?

—Eso no es asunto tuyo.

—Pero estás huyendo.

—Puede.

—No llegarás muy lejos con esa cara.

—¿Qué cara tengo? —gruñó Grace.

—Cara de ingenua. De mema lista para ir al matadero.

Grace lo fulminó con la mirada.

—No soy mema y, ahora, cállate, eres insufrible.

—Sé mimetizarme. Si quieres que tus perseguidores no te pisen los talones, debes confundirte con la masa hasta ser casi invisible. Deberías ir a Walmart y comprarte ropa menos formal. Además, aprende a hablar como una mujer de la calle. Si dices: «Y ahora cállate, eres insufrible» atraerás a los estafadores como la miel a las moscas. Debes decirme: «Cierra el pico, estoy hasta los huevos». Y, cuando mires alrededor, trata de hacerlo con una mirada dura. Como si no te gustara nada, como si el mundo fuera una mierda y llevaras escondida en la mochila una pistola de calibre 22. Si sigues mirando todo como una extraterrestre con sangre de querubín, volverás al redil enseguida, viva, si todo va bien, pero quizá lo hagas en un saco amarillo.

—Estás exagerando. ¡No me he escapado de la cárcel y el mundo no es una trampa!

—Eso es lo que dices tú, Bambi. Fuera hay millares de hijos de puta buscando la manera de joder a otros hijos de puta. Cuando pillan a uno como yo se quedan tiesos, porque nos olfateamos y guardamos las distancias, pero, si se topan con un ángel, lo despluman. En ese local hay un cajero. Entremos, saca rápidamente el dinero y no enseñes los billetes como si fueran las varillas de un abanico.

—¿Eres un ladrón o un policía?

—Aún no lo he decidido, pero ahora date prisa.

Grace habría preferido no tener que reconocerlo, pero, por alguna extraña razón, se sintió segura mientras realizaba la operación con él a su lado. Sacó el dinero, lo metió en la mochila y se volvió a prometer que, de ahora en adelante, tendría más cuidado. Después, volvieron a la avenida principal. Una vez allí, se volvió hacia su extraño ángel de la guarda y le sonrió.

—Gracias, Channing. Puedes marcharte, tienes mi bendición.

Él se dio una palmada en la frente y la miró entre irónico y resignado.

—Pero ¿es que no te he enseñado nada? Deja las bendiciones para el papa. Debes decirme: «Vete, desaparece, ya no te necesito, esfúmate».

Grace frunció ligeramente el ceño.

—Quizá no seas ni policía ni ladrón, puede que solo seas un pelmazo.

Channing se volvió a reír.

—Cada vez lo haces mejor, pero ahora te invito a tomar algo antes de despedirnos. Por lo que veo, toda la comida te fue a parar a la cara y a la camiseta.

Grace se llevó una mano a una mejilla: aún estaba sucia de salsa y de azúcar glas. Creía que, al menos, se había limpiado bien la cara —la camiseta no tenía remedio—, pero era una descuidada que, además de dejarse robar, iba por ahí tan sucia como una niña de dos años.

—No te asustes, no ha sucedido nada grave, no pongas esa cara. Ahora pareces una cervatilla que acaba de recibir una perdigonada.

—Mientras hablaba, Channing rebuscó en su mochila, que, contradiciendo sus consejos, llevaba poco menos que colgada de un dedo, echada a un hombro, y le tendió un pañuelo. Era una bandana azul con una especie de mapa del tesoro estampado—. Te invito a un helado.

—No quiero nada, gracias, tengo que marcharme.

—¿Qué pasa? ¿El enemigo te pisa los talones?

—No tengo enemigos.

—Todos los tenemos. Y, si no están fuera, están dentro, créeme.

—Se acarició el pecho y el gesto hizo volver a la mente de Grace el espléndido tatuaje.

—¿Por qué tienes un fénix?

—¿Qué te ha llamado más la atención? ¿El tatuaje o lo que hay debajo?

—¿Siempre eres tan presuntuoso?

—«Cabrón», Bambi, debes decir «cabrón».

—Sí, «cabrón» te va más. ¿Qué significa el fénix? Un fénix, además, con una expresión tan agresiva o, mejor dicho, tan de cabreo. ¿Te parece bien «de cabreo»? En cualquier caso, yo me imagino a los fénix como unos seres casi celestiales. El tuyo, en cambio, tiene aire pendenciero.

—Como corresponde a un fénix. Si pudieras metérsela en ese sitio al destino, que desea verte muerta y te hace arder como una bruja en una hoguera, y renacieras de tus cenizas más fuerte que antes, ¿no tendrías una expresión que dijera, más o menos, «a tomar por culo todo»?

—Sí, creo que sí.

—¿Qué sabor quieres?

—¿Qué?

—Me refiero al helado, ¿qué sabor te apetece?

Se habían acercado a un carrito pintado de colores rojo cereza y azul zafiro, con el techo de tela a rayas de los mismos tonos. No se movía accionado por un motor, sino por un cómico triciclo, también azul. A espaldas del heladero ambulante se oía una música alegre, como de feria de atracciones, que procedía del interior de un edificio.

—Fresa —dijo Grace—. ¿Qué hay ahí dentro?

—Un tiovivo para niños. El famoso carrusel de Central Park. Apuesto a que te tienta.

—No soy una niña, así que no me tienta. —El heladero le tendió un cucurucho que brillaba como si fuera de cola, de color fucsia resplandeciente. Channing eligió el suyo: menta, jengibre y nata, una combinación bastante insólita. Grace se preguntó si también él sería así, un conjunto de contrastes, picante y fresco, suave y dulce a la vez. Se avergonzó de su atrevimiento, pero más de haber elegido un sabor tan soso: Channing debía de pensar que era previsible y aburrida. Lo mismo que pensaban Cedric y sus amigos. Rabiosa por ese humillante recuerdo, se acercó al edificio donde se encontraba el tiovivo. Miró a través de los ventanales enrejados y sus ojos se llenaron de luces y colores. Docenas de variopintos caballos de resina, fijados a unos tubos de acero, daban vueltas una y otra vez. Los jinetes eran, en su mayoría niños, aunque también había varios adultos, que parecían divertirse más que los pequeños.

Grace lamió el helado sin sentir el sabor, atraída por el juego de sonidos y colores intensos, por los potros blancos y negros que arrastraban carros decorados con dibujos inauditos de dragones y de pieles rojas, por las risas que retumbaban y, en general, por la sensación de aturdimiento, que sabía más a libertad que a confusión.

Se volvió de forma instintiva hacia Channing, pero no lo vio. Ya no estaba allí, se había marchado.

Sintió un nudo inexplicable en la garganta y tiró el resto del cucurucho a una papelera. Miró el reloj y vio que eran casi las cinco. Debía volver a Port Authority e inventarse un nuevo destino. Tan cansada como estaba, tardaría más de una hora en volver. No podía quedarse allí, enojada porque un desconocido se había marchado sin despedirse de ella.

—¿Adónde vas, Bambi?

Grace se sobresaltó como un yoyó que, tras caer al suelo, vuelve a subir con un movimiento rápido de la muñeca.

—¿Qué?

—A pesar de que me dijiste que me esfumara y de que, incluso, me bendijiste, no me habría marchado sin despedirme. He ido a por esto. —Levantó un brazo para enseñarle dos rectángulos de cartón rojo—. ¿Te apetece dar un paseo?

Grace lo miró con una mezcla de sorpresa y felicidad, además de con una alada esperanza. Cuando era niña, sus padres nunca le habían permitido divertirse de forma tan arriesgada. Después, cuando había crecido, Cedric se lo había impedido también, no porque tuviera miedo de que se hiciera daño, sino porque temía que hiciera el ridículo divirtiéndose de forma poco apropiada para una joven respetable. Incluso jugar al tiro deportivo en el parque de atracciones le parecía una actividad reprobable. Grace siempre había aceptado esas decisiones sin replicar, porque, en el fondo, no eran importantes, no eran cuestiones de vida o muerte, y le parecía mucho más agradable deambular entre las casetas cogida de la mano de Cedric que hacer locuras en medio de la multitud.

Al recordar esas pequeñas manifestaciones de tiranía, sintió una profunda amargura y una rabia hacia sí misma más fuerte que la que le provocaba Cedric. No estaba enfadada con sus padres, al menos no demasiado: habían sido demasiado protectores y, de esta forma, habían contribuido a convertirla en la frágil criatura contra la que ahora debía combatir, pero era más fácil perdonar los errores cometidos por afecto. Cedric, en cambio, ¿en qué basaba sus tácitos *diktat*? Antes pensaba que el celo con el que la cuidaba era una manifestación de amor, pero ahora sabía que ese amor olía a plástico y que él, en realidad, no la cuidaba, lo único que pretendía era convertirla en una muñeca para exhibirla.

—Gracias —dijo a Channing desechando los pensamientos cargados de rencor—. Luego me dices cuánto has pagado.

—Es un regalo. Tengo la impresión de que tienes muchos tiovivos retrasados. En cualquier caso, me pido el caballo negro. Vamos. Ah, está permitido reírse como idiotas y mirar alrededor con cara de payaso.

En la tímida galaxia de su pecho, el corazón de Grace se transformó en una cometa carmesí. Se dirigieron hacia el carrusel y Grace tuvo que mirar unos segundos hacia otro lado para ocultarle dos lágrimas repentinas, causadas por una alegría ridículamente infantil.

—De acuerdo, yo subiré al blanco que tiene las riendas verdes —dijo, al final.

Él le guiñó un ojo. Un mechón negro le caía por la frente. Su boca parecía tan suave como los pétalos de las rosas trepadoras que su madre cultivaba en su rincón preferido del jardín. Grace tuvo que contenerse para no ponerse de nuevo a mirarlo como si estuviera hipnotizada.

Que un desconocido del que solo sabía el nombre —siempre y cuando fuera su verdadero nombre— la hiciera tan feliz era tan conmovedor como terrorífico.

Que un desconocido la atrajera tanto solo era terrorífico.

Anochecía y las sombras se alargaban como cipreses en los senderos. Mientras caminaban hacia la salida, Grace se preguntaba cuál sería el momento perfecto para despedirse de Channing, darle las gracias y marcharse con una inexplicable piedra secreta ocupando el lugar del corazón.

Apenas habían pasado juntos una hora, pero Grace se sentía como si hubieran compartido mucho más tiempo y como si ese tiempo fuera muy importante. Era absurdo que sintiera esa melancolía, una especie de guerra de mariposas armadas en su estómago, y se preguntó si la causa era algo que había sucedido o el hecho de ser una fugitiva y, por tanto, más propensa a dejarse dominar por las emociones.

Había sonreído mucho ese día, como si tuviera que compensar cuanto antes las lágrimas que había vertido hasta el amanecer. No obstante, sentía la incomprensible certeza de que le resultaba más fácil superar el dolor del día anterior que la felicidad de ese momento. ¿Por qué?

Solo entonces cayó en la cuenta de que quería hacerle un sinfín de preguntas, de que quería saber quién era, de dónde venía y qué perseguía, pero ya era demasiado tarde.

De repente, Channing se paró en medio de una avenida, dejó la mochila en el suelo y sacó una sudadera azul con cremallera. Cuando se la puso, Grace notó que resaltaba sus ojos almendrados, que parecían aún más espléndidos.

—Tengo que marcharme —murmuró Grace—. Me queda bastante camino.

—Para un taxi.

—No, prefiero ir a pie.

—Hazme caso, para un taxi.

—No pienso hacerte caso, tengo ganas de andar.

Él le agarró un brazo y se inclinó hacia ella como si quisiera hablarle al oído.

—El tipo que te robó antes ha vuelto al ataque. —Grace miró alrededor asustada, pero no lo vio. Lo habría reconocido en cualquier parte por la absurda cazadora morada. Como si le hubiera leído el pensamiento, Channing prosiguió—: Se ha quitado la cazadora, pero es él. A tu derecha, cerca del vendedor ambulante de *falafel*. Está esperando a que me vaya para completar el trabajo que dejó a medias.

Grace se estremeció al ver detrás del carro oriental varios mechones rasta debajo de una gorra negra con la visera calada casi hasta la nariz.

—¿Acabas de verlo?

—No, hace rato que está ahí.

—Ah... —fue lo único que pudo decir Grace. La idea de ser aún una presa era terrible, pero menos que la sospecha de que Channing se había quedado a hacerle compañía porque se compadecía de su incapacidad de cuidar de sí misma. En cualquier caso, debería sentirse agradecida, pero habría preferido creer que la había retenido por algo más romántico y novelesco que ocuparse de una mocosa—. Ok —añadió—. Pararé un taxi.

—Así me gusta, es más seguro.

—Para dedicarte a trepar con las manos, te obsesiona mucho la seguridad.

—Digamos que prefiero ser yo el que elige la manera de morir. Si quiero apuntarme una pistola a la sien es una cosa, pero si el que la apunta es otro, le rompo la muñeca. Detesto cuando algo o alguien decide qué dirección debe tomar mi vida. Además, trepar por las rocas con las manos es mucho más seguro que caminar por Nueva York con un tipo que pretende robarte pisándote los talones. —Llegaron a la gran verja de la entrada, que estaba al sur del parque. Channing se asomó a la acera con la desenvoltura de quien está acostumbrado a viajar, a parar taxis y elefantes, a cruzar puentes de cuerda, a estar en apnea el tiempo necesario para pronunciar un trabalenguas difícil y a subir a pie a la cima del Everest. Un coche se paró casi enseguida—. No le digas adónde quieres ir hasta que no estés dentro y haya arrancado, ¿ok?

Ella asintió con la cabeza, incapaz de decir una palabra.

No obstante, cuando estaba a punto de subir al taxi, conducido por un indio, experimentó una necesidad repentina, desesperada. La decisión fue tan rápida que no tuvo tiempo de morirse de vergüenza al pensar en lo que iba a hacer. Tenía una pierna dentro del taxi y otra en la acera. Channing estaba detrás de ella y la miraba con sus ojos milagrosos. Parecía extraño, un poco triste, y Grace prefirió imaginar que le pesaba la idea de no volver a verla, en lugar de pensar que estaba concentrado en sus cosas y que su ceño no tenía nada que ver con ella. ¿Qué tenía de malo cultivar un pequeño sueño? Además, ¿por qué no hacer un gesto que convirtiera aquel encuentro en algo realmente inolvidable?

Así, en un abrir y cerrar de ojos, pidió al taxista que esperara un momento y se acercó a Channing. Se sentía ligera y excitada, y el brevísimo tramo que la separaba de él le pareció tan inmenso como el Atlántico. El mundo había enmudecido: ya no oía las bocinas de los coches, las voces que componían el incesante murmullo de fondo, los pasos de millones de hombres y mujeres ni el caos continuo de una ciudad insomne.

Le agarró la sudadera y lo besó. Channing no se resistió, no la rechazó, no le dijo: «Gracias, Bambi, pero me atraes como una pistola apuntada a la sien por un tipo al que me gustaría romperle la muñeca». La besó, sin más. Sus labios eran tibios, lisos, y su lengua sabía a helado de menta.

Grace tuvo miedo de derretirse en la acera y de echarse a llorar después, víctima de una nostalgia insensata. Tenía que poner punto final a esa situación, tenía que marcharse. Hechizo terminado. Adiós.

Se separó de él a toda prisa, le dio las gracias y subió al taxi. Dijo al taxista adónde iba y luego se volvió a mirar por la ventanilla posterior.

Channing seguía allí, alto e inmóvil como una estatua de contorno bien definido. No podía ver su expresión, no sabía cuál era su estado de ánimo, pero ella era libre de pensar que lo echaría de menos.

No fue difícil elegir el siguiente destino, y no porque tuviera una meta precisa, sino porque se había prometido que subiría al primer autobús que partiera de la ciudad y el primer autobús salía para Filadelfia en una hora. Jamás había estado allí y no se le ocurría nada qué visitar, aparte del Independence Hall, que no le interesaba mucho. Lo fundamental no era hacer turismo, sino partir, moverse sin cesar. Compró el billete y un sándwich por si luego tenía hambre.

En ese momento no le apetecía comer nada. Mientras esperaba en compañía de un número superior de viajeros que el del trayecto desde New Haven, solo pensó en Channing, con la impresión de que su recuerdo podía saciarla durante mucho tiempo. Nunca olvidaría su cara, su cuerpo, el rabioso fénix mandando «a tomar por culo» a las cenizas.

De repente, recibió un SMS de Jessica.

«¿Todo ok? ¿Cómo era el chico medio desnudo?»

«Muy interesante, pero no volveré a verlo. Creo que no era el hombre de mi vida.»

«¿Dónde estás ahora?»

«No te lo digo, así, si alguien te somete al tercer grado, no tendrás que mentir ni te arrancarán los dientes para que digas la verdad.»

«Me inventaría una mentira tan perfecta que me creerían. En cualquier caso, lo entiendo, la aventura es más aventura si nadie sabe dónde estás, pero cuídate.»

«Channing también me lo dijo.»

«¿Quién es Channing?»

«El chico medio desnudo.»

«Mmm, el nombre es guay.»

«Su propietario también, pero no debo pensar más en él.»

«No sé por qué, pero pensarás en él más de lo que crees.»

«Quizá durante dos o tres décadas, pero luego se me pasará.»

«¿Y Cedric?»

«¿Quién es Cedric?»

«Genial, así me gusta, borrón y cuenta nueva. Haz como los marineros, ten un Channing en cada puerto.»

«Creo que Channing es único.»

«¡Debes divertirte, no enamorarte!»

«Ok, trataré de darme la gran vida ☺.»

Tras varias ocurrencias más por el estilo, las dos amigas se despidieron.

Al cabo de unos minutos, Grace oyó que recibía otro mensaje y pensó que debía de ser de nuevo Jessica, pero era un SMS de Cedric.

«He intentado llamarte al menos una docena de veces, pero es evidente que no quieres responderme. Estás montando una tragedia de una tontería. Te repito que Michelle me importa un comino, tampoco me importa que seas adoptada. Claro que esta fuga me hace dudar de tu salud mental, pero prefiero pensar que solo estás aturdida, que eres infantil y que, cuando recuperes la cordura no volverás a hacer este tipo de cosas. En cualquier caso, he descubierto que compraste un billete para Nueva York. Voy a ir a buscarte. Eres la mujer que quiero, resígnate.»

Esa promesa la asustó. No quería verlo, oírlo, tampoco pensar en él. Por encima de todo, deseaba estar sola, su viaje acababa de empezar, no soportaba la idea de tener que escuchar reprimendas ni sermones que la hicieran sentirse culpable, loca o caprichosa.

Entró a toda prisa en los servicios y permaneció allí hasta la hora de salida del autobús, con la intención de despistar a un posible perseguidor. Esperó encerrada en el baño, como un ratón en el agujero de un árbol.

Salió justo a tiempo para subir al autobús y, como los asientos no estaban numerados, la mayoría ya estaban ocupados. Solo quedaban sitios vacíos en las últimas filas, uno al lado de un joven obeso que comía barritas de regaliz, otro al lado de una monja de aire sombrío y otro al lado de un tipo vestido con unos vaqueros y un anorak que se había dormido ya con la cabeza ladeada y la capucha calada hasta la nariz. Desechó al joven del regaliz, que ocupaba casi por entero el asiento adyacente y que la habría aplastado contra un rincón, y vaciló entre la monja y el tipo que dormía. Optó por la monja. En el fondo, era un peligro menor.

Cuando se disponía a sentarse a su lado, alguien le tiró de la chaqueta por la espalda. Aunque llevaba la mochila delante, ese contacto la alarmó. Se volvió de golpe, tratando de parecer lo más contrariada posible, dispuesta a fulminar con la mirada a quienquiera que se hubiera tomado esa confianza.

Estuvo a punto de lanzar un grito.

El tipo dormido, en realidad, no dormía.

En realidad, no era un tipo cualquiera.

Era Channing.

Lo miró boquiabierta.

—Te he guardado el asiento de al lado de la ventanilla, Bambi —le dijo dedicándole una maravillosa sonrisa canallesca.

CAPÍTULO 4

Al otro lado de la ventanilla, el panorama recordaba mucho al que aparecía en las escenas de las películas de viajes. Por unos minutos, Grace se concentró en la lisa cinta asfaltada de seis carriles y en los carteles publicitarios que transmitían mensajes de todo tipo a los conductores.

Por desgracia, sin embargo, daba la impresión de que los *billboard* le tenían manía. Daba la impresión de que los gestores de la autopista y Dios en persona se habían puesto de acuerdo para recordarle que su vida estaba en otra parte. Un enorme cartel de índole social alababa la importancia de la familia, incluso adoptiva, mostrando una pareja que abrazaba con igual afecto a un niño rubio y a otro afroamericano. En otro aparecía un hombre al volante de una camioneta, delante de una granja y de una mujer que llevaba en brazos a un recién nacido, y promocionaba la venta de coches con navegador vía satélite para poder volver a casa. El siguiente publicitaba los servicios de un investigador privado especializado en encontrar a personas desaparecidas. El último invitaba a los jóvenes a obedecer a sus padres y a servir a la patria.

Grace desvió la mirada de esa irritante sucesión de advertencias y, al hacerlo, vio que Channing la estaba observando.

—¿No me preguntas qué estoy haciendo aquí, Bambi? —le dijo en voz baja.

Quería preguntárselo, por descontado: sus pensamientos pulsaban al mismo ritmo enloquecido de su corazón, mezclados en una olla llena de «ojalá esté aquí por mí» y «deja de imaginarte esas cosas», pero había decidido no hacerlo, como si el hecho de haber coincidido en el mismo autobús y de viajar con el mismo rumbo fuera una coincidencia que no tenía nada de extraordinario, una menudencia.

—Entiendo —prosiguió él—, prefieres hacerte la tonta. ¿O te mueres de vergüenza por haberme besado?

—¡Creía que no iba a volver a verte! —exclamó ella de forma instintiva.

—¿Es una manera de decirme que no te he fascinado? Y pensar que había pensado que… Creí que, después de haberme besado al cabo de una hora, tardarías tres en pasar directamente al paso siguiente.

—¡Pues te equivocaste de medio a medio!

Channing se echó a reír dejándose caer en el respaldo del amplio asiento. Ella observó su perfil con el rabillo del ojo: la línea de sus labios se arqueaba hacia arriba, en un gesto eternamente burlón. Al verlo de cerca, notó que tenía un velo de barba en las mejillas, tan leve como el reflejo de un finísimo bordado.

—Estoy bromeando, Bambi. No necesito molestar a los ángeles para tirarme a una tía.

Si solo una semana antes le hubieran dicho que iba a sentirse terriblemente decepcionada porque un joven al que acababa de conocer le había dicho que no tenía la menor intención de probar con ella, no se lo habría creído. Como mucho, habría apreciado su educación y habría suspirado aliviada.

En ese momento, en cambio, quién sabe por qué, solo deseaba darle una patada. No obstante, no quería darle el gusto de que la viera decepcionada.

—Bien —dijo fingiéndose complacida—. Me alegro de que no haya equívocos. Ese beso no tenía nada de provocador. Era solo una manera de decirte adiós, no una invitación a seguirme.

—Lo entiendo perfectamente y no te he seguido. ¿Cómo habría podido hacerlo? No sabía adónde pensabas ir y juro que no te vi en la estación. Tenía pensado viajar en autobús: debo ir a Kentucky. Me da igual que te lo creas o no, pero que hayamos subido al mismo autobús es una coincidencia increíble. Sí, reconozco que cuando te vi entrar me tapé la cabeza con la capucha para gastarte una broma, pero te juro que al principio la sorpresa casi me dejó petrificado.

—¿En serio?

—No suelo mentir.

—¿Qué tienes que hacer en Kentucky?

—Hay un sitio fantástico para escalar. ¿Y tú? ¿Adónde piensas ir?

Grace se mordió el labio inferior. Si mentía sobre todo, se iba a hacer un lío. Ya le costaba ocultar que su corazón estaba a punto de estallar. Ya era difícil no comprender por qué le estaba estallando. Así pues, decidió contarle unas cuantas verdades.

—No lo sé. Este viaje es una aventura. Iré adonde me lleve el destino.

—No deberías fiarte tanto del primer tipo que conoces. Podría ser un psicópata y, ahora que sé que viajas sola y sin rumbo fijo, podría violarte y estrangularte cuando lleguemos a Filadelfia.

—Si fueras un psicópata con esas intenciones, no me habrías puesto en guardia como el dinosaurio de la seguridad desde que nos conocimos.

—¿Qué es el dinosaurio de la seguridad?

—En el barrio donde vivo, suele ser un agente de policía o un bombero disfrazado con un ridículo vestido de tricerátops de color lila, que visita las escuelas de primaria para decir a los niños que no deben aceptar caramelos de los desconocidos ni otras cosas por el estilo.

—Podría ser un psicópata con remordimientos.

—Es inútil que trates de asustarme, me fío de ti y basta.

—¿Y sueles dar en el clavo?

Grace se volvió a morder los labios y miró de nuevo la calle. No, no solía dar en el clavo. Con Cedric no había dado en el clavo: había salido cuatro años con él sin notar, en el fondo, la nota estridente que lo caracterizaba. Quizá tuviera la cabeza ofuscada y su ingenuidad natural y la vida entre algodones que había llevado hasta ese momento no habían ayudado a despejarla.

Channing debió de percibir su apuro, porque le dijo con firmeza:

—Esta vez, sin embargo, has dado en el clavo. Puedes fiarte de mí. Sé que un psicópata también te lo diría, pero soy sincero. —A continuación, se puso en pie de golpe y dijo en voz alta a los ocupantes del autobús—. Juro solemnemente que no soy un psicópata y que no quiero asesinar a esta chica, pero, por si acaso, miradme bien la cara, ¡así podréis dar mi retrato robot al FBI! —dijo riéndose mientras en el vehículo se elevaba en un rumor de asombro y descontento.

Grace le agarró un brazo y lo obligó a sentarse. Al cabo de unos minutos, un par de hombres que estaban sentados delante, con aspecto de guardabosques de Vermont, se acercaron a ellos.

—¿Todo en orden, señorita? —preguntó uno de ellos.

—¿Le está molestando este tipo?

—Todo bien, gracias —contestó ella, roja como un tomate—. A mi... novio le gusta bromear. ¿Lo disculpan? —Esbozó una de sus sonrisas más refinadas, una sonrisa que no habría desentonado en los labios de una princesa asomada a un balcón para saludar a sus súbditos, y los dos hombres se marcharon—, pero ¿se puede saber qué tienes en la cabeza? —susurró a Channing.

Él le sonrió divertido.

—Quería demostrarte mi buena fe. Un psicópata trataría de pasar desapercibido.

—Estás como una cabra.

—No lo niego.

—¿Cuántos años tienes? ¿A qué te dedicas?

—¿Hemos llegado a la fase «he hecho esto y lo otro»?

—Dado que debemos viajar un buen rato juntos y que hemos aclarado que ninguno de los dos tiene intenciones homicidas, no veo nada malo en que intercambiemos algo de información. Si quieres, puedo empezar yo. Ya te he dicho que me llamo Grace. Vengo de New Haven, tengo dieciocho años, me acabo de graduar y este viaje sin rumbo fijo es mi regalo de bachillerato, de entrada en la madurez. Quiero demostrarme a mí misma que puedo arreglármelas sola.

Channing rebuscó en su mochila, sacó un paquete de chicles y se metió uno en la boca. A continuación, le ofreció otro a Grace. Ella cogió uno con aire tímido y, cuando lo masticó, sintió una sensación agradable de rebelión. Si Cedric la hubiera visto, habría palidecido. Masticó el chicle con más fuerza, por despecho.

—De acuerdo —aceptó él—. Vengo de Providence, tengo veintidós años y este viaje es mi regalo de inmadurez.

—¿De inmadurez?

—Me gradué hace poco y después apenas he hecho nada. Soy lo que se llama «un díscolo». Alguien que viaja por el mundo, practica deportes extremos y saca de sus casillas a su madre porque no quiere sentar la cabeza.

—¿Has estado en muchos países?

—Acabaré antes si te digo dónde no he estado. En Australia, pero pienso colmar esta laguna muy pronto. Por lo demás, he recorrido todos los continentes. Me gusta ir de un lado para otro con la mochila en la espalda y adrenalina en el cuerpo. Suelo parar en invierno, trabajo en una oficina para ahorrar unos dólares y la primavera siguiente parto de nuevo. Es divertido.

Grace observó con melancolía un cartel publicitario en el que una agencia inmobiliaria ofrecía casas de ensueño en países exóticos y murmuró:

—No podemos ser más diferentes.

—¿Eres una buena chica que llena de orgullo a su familia?

—Hasta ayer sí.

—Lo dices como si lo lamentaras. En cualquier caso, consuélate: es mucho más fácil ser como yo que como tú. Para decepcionar a alguien basta con una menudencia, pero para enorgullecerlo quizá no baste con toda una vida y todo el esfuerzo de este mundo, así que tú aún estás a tiempo de convertirte en una díscola, pero yo nunca seré ya un buen chico.

—Podemos ser muchas cosas al mismo tiempo. ¿Por qué debemos limitarnos a una u otra? También puedo ser una buena chica haciendo lo que me gusta y no lo que gusta a los demás. Y, por muy perfecto que parezca, cualquiera puede ser un mal chico, alguien de quien no puedes sentirte orgulloso a menos que te tapes los ojos con unas lonchas de jamón.

—¿Te refieres a alguien en concreto?

Grace enrojeció, como si la hubieran pillado in fraganti mientras robaba.

—No, claro que no.

—Para ser una buena chica, dices demasiadas mentiras. ¿Quién es ese tipo de aspecto perfecto que, sin embargo, ha resultado ser una pésima persona? ¿Tu novio? Me decepcionas, Bambi. Confiaba en que te hubieras escapado por un motivo menos banal que un noviete que te ha puesto los cuernos.

—¡No es solo por eso!

—De manera que, ¿en parte sí lo es?

Grace se irritó por su insistencia. Y no porque se equivocase, sino porque tenía razón. A pesar de que el descubrimiento de ser hija adoptiva y el rechazo de Yale la habían herido, la causa principal de su fuga —y de la rabia que seguía apareciendo armada en medio de una tristeza inerme— era Cedric.

—Prefiero no hablar del tema. Y tú, no chulees tanto. ¿Qué motivos más grandiosos que los míos tienes para ser rebelde? ¡Vamos, soy toda oídos!

—Estoy gravemente enfermo y no me queda mucho tiempo de vida, así que trato de disfrutar al máximo.

Lo miró como si se hubiera vuelto loco o como si fuera un moribundo o como si fuera un loco moribundo. Con miedo y dolor.

—Dios mío…

Channing guardó la compostura un instante y luego soltó una carcajada.

—¡Te lo tragas todo! ¿Te parezco un tipo con un pie en la tumba?

—No, pero…

—Tranquila, Bambi, mis motivos son tan superficiales como los tuyos. El pueblo, que se me queda pequeño, mi madre, que no soporta que lleve el pelo largo, mi novia, que me dejó, y otras idioteces por el estilo. Por suerte, el mundo parece dispuesto a distraerme de esas gilipolleces.

—No se bromea sobre ciertas cosas.

—¡No te tomes las cosas tan en serio!

Channing siguió riéndose un poco, tomándole el pelo por su expresión alterada, que la hacía parecer un lémur con los ojos grandes y tristes. Grace se concentró de nuevo en la carretera, que huía hacia detrás, en los carteles publicitarios, en las gasolineras Valero y Sunoco, que se alternaban con sus letreros azules y amarillos, y luego en la oscuridad, que iba envolviendo todo.

—¿Puedo hacerte una pregunta? —le preguntó de repente.

—Eres totalmente libre de hacerlo. ¿Y yo? ¿Puedo no responderte, en caso de que sea sobre mi exnovia?

—No soy tan indiscreta —mintió ella, pero habría dado lo que fuera por saberlo todo sobre ella—. Solo quería preguntarte… ¿tienes algún pariente oriental? Tus ojos y tus pómulos…

—Me extrañaba que aún no me hubieras dicho nada. A mis antepasados les gustaba viajar incluso más que a mí y traer hijos al mundo bajo todos los cielos de esta tierra. Te puedo decir que tengo sangre china, irlandesa, holandesa, italiana y francesa en el ADN. Una bonita mezcla, ¿no te parece? Una chica con la que salí no dejaba de repetirme que soy igual que Ricky Kim.

—No lo conozco, pero te puedo asegurar que…

—¿Estoy bueno?

—Pasable.

—Eso es, Bambi, defiéndete. A propósito, antes has reaccionado de miedo.

—¿Cuándo?

—Cuando te tiré de la cazadora, nada más subir al autobús. ¡Así me gustas, capaz de arrancarme los huevos! Y ahora disculpa, quiero descansar media hora. Despiértame cuando lleguemos a Filadelfia y no aproveches que estoy dormido para besarme.

—¡Ni lo sueñes!

Él le dedicó una sonrisa desdeñosa y acto seguido se caló la capucha hasta los ojos. Fuera había anochecido.

Grace tecleó a toda prisa en el móvil el nombre del personaje que él acababa de citar. Channing apareció en las imágenes. No, no era él, se trataba de un modelo que, además, era actor, pero era cierto que se parecían muchísimo. Si hubiera tenido a mano su cámara fotográfica… Podía usar la del móvil, claro, pero no sin su permiso. La mera idea de inmortalizarlo le provocó un escalofrío en la nuca.

75

Era tan insólito e interesante, tan expresivo y arrollador, incluso en ese momento, en que respiraba quedamente y ya no sonreía, que no puedo evitar pensar que si lo fotografiaba, podía robarle el alma.

En Filadelfia llovía y, como era casi de noche y hasta el amanecer no partía ningún autobús, se planteó el problema de encontrar un lugar donde dormir.

—¿Qué te parece si pasamos la noche juntos? —le preguntó Channing bostezando repetidas veces, con la capucha aún en la cabeza y la mochila en un hombro.

—¿Qué?

—Quiero decir que podemos buscar un hotel para pasar la noche, tú en una habitación y yo en otra. ¿O prefieres seguir sola? No hemos hecho un pacto de sangre, puedes largarte cuando quieras.

—De acuerdo —dijo Grace—. Busquemos un hotel. —Llovía a mares, estaba muerta, quería dar con un sitio donde poder dormir hasta recuperar las fuerzas y no le disgustaba la idea de compartir la búsqueda con alguien.

Channing le agarró una mano de forma nada simbólica. El corazón de Grace se transformó en un molinete de fuego: por un instante se sintió como, cuando siendo niña, había escapado de la vigilancia de sus padres y había conquistado un tobogán prohibido. Aún recordaba la excitación casi febril que experimentaba mientras subía por la escalera, más escarpada que una montaña para sus piernecitas vacilantes, la satisfacción palpitante de la cima y luego, mientras se lanzaba por la pista plateada, el mismo calor que sentía en ese momento, el mismo corazón-molinete, la misma sensación de libertad.

Por suerte, estaba oscuro, por suerte, llovía, por suerte, Channing no notó nada. Estaba estudiando un mapa en el móvil. Cuando terminó le dijo:

—Hay un hotel a unos cien metros, en la plaza de enfrente. ¿Quieres que preguntemos si tienen una habitación libre?

—Dos habitaciones.

—Uy, es cierto, dos habitaciones —bromeó él.

Se adentraron en la lluvia: de la calzada se elevaban volutas de vapor que, iluminadas por los faroles, creaban un panorama singular que sabía a azufre. Llegaron al hotel enseguida y entraron sacudiéndose la lluvia como si fueran dos cachorros empapados.

El hotel era confortable, pero modesto. Ni sus padres ni Cedric habrían reservado jamás una habitación allí y, de nuevo, esa constatación reforzó su decisión. Les dieron dos habitaciones próximas en el último piso de un edificio vetusto.

—Buenas noches, Bambi —le dijo Channing—. Si necesitas algo, golpea la pared: tres golpes fuertes, tres ligeros y de nuevo tres fuertes. Es la señal Morse de socorro.

—Gracias, pero no es preciso. No creo que vaya a necesitar ayuda.

—Nunca se sabe —dijo él sonriendo de manera provocativa.

Grace le sacó la lengua y se encerró en su cuarto. Miró alrededor: en efecto, todo era sencillo, la moqueta de color amarillo mostaza, un pequeño televisor, varios muebles de estilo Liberty en bastante mal estado y un cuarto de baño que no tenía bañera, solo una ducha cerrada por unas mamparas de plástico opaco.

Pero en ese momento podría haber estado en una cueva llenas de murciélagos con los ojos rojos y cortinas hechas con telarañas viejas. Le daba igual. Lo único que quería era lavarse con agua hirviendo y un hectolitro de gel de baño perfumado y dormir como una marmota en invierno.

Por desgracia, tuvo que conformarse con un agua pasablemente tibia y un gel que olía a limón, polvo y perro mojado. Además, cuando se peinó delante del espejo, se dio cuenta de que, si se secaba el pelo con el débil chorro de aire del secador antediluviano que el hotel había puesto a disposición, sin el cepillo redondo ni los bálsamos que solía utilizar y que no llevaba consigo, se le iba a encrespar de forma irremediable. A Cedric le gustaban las melenas doradas, casi estilo años veinte, que ella conseguía gracias a sus citas puntuales con el peluquero o dedicando un montón de tiempo a «arreglarse» si lo hacía sola.

Una sonrisa espontánea, casi triunfal, se dibujó en sus labios mientras bajaba la cabeza y sacudía el pelo. Cuando volvió a alzarla, parecía una loca: el pelo se le había rizado, estaba despeinada. Sin embargo, bajo esos mechones, sus ojos jamás habían brillado tanto.

Poco antes de meterse en la cama envió un SMS a sus padres.

«Estoy bien. No me llaméis, por favor, lo haré yo. Todo va bien y no debéis preocuparos.»

Se los imaginó combatiendo contra la voluntad irresistible de teclear su número y hablar con ella, su padre vacilando entre la promesa y la tentación, su madre llorosa, los dos aún incrédulos y heridos por su fuga.

Por suerte, nadie la llamó, el ruido predominante siguió siendo el aterciopelado sonido de la lluvia.

Grace miró por los cristales no demasiado limpios de la ventana, vio los contornos oscuros de los edificios gigantescos y, como una flor rodeada de baobabs, el campanario dorado del Independence Hall.

«¿De verdad estoy sola en un hotel cualquiera de Filadelfia, mirando las cosas sin que nadie me diga qué debo mirar y por cuánto tiempo? ¿Puedo decidir sola en qué dirección quiero dar un paso y también el siguiente?»

El entusiasmo que le producía la conciencia de tanta libertad se derrumbó con el primer bostezo. Encendió la televisión que había encima de una repisa de cristal: zapeó cansada con el mando a distancia y se detuvo en un canal al azar, que transmitía viejas películas en blanco y negro.

A pesar de que los brazos de Morfeo se mostraron menos acogedores de lo previsto, no tardó en sentir los párpados pesados. Al cabo de una hora de sueño agitado, poblado de sueños sumamente extraños en los que volaba y se ahogaba a la vez, se despertó de repente con un hambre de lobo. El bocadillo que había tomado en Nueva York no había sido suficiente. Su estómago emitía unos sonidos similares al *scratch* de un *disc-jockey*.

Intentó llamar a recepción. Casi enseguida oyó unos golpecitos en la puerta: ¿habrían oído las protestas de su estómago en la planta baja?

Cuando abrió, hasta el mugido famélico enmudeció, paralizado, como ella, por Channing, que estaba en el rellano con una bolsa de plástico enorme. Estaba empapado, como si hubiera estado bajo la lluvia. Las gotas que caían de su pelo y se detenían en su boca parecían perlas translúcidas.

—He pensado que quizá tendrías hambre, Bambi —le dijo—. Yo también. ¿Puedo entrar? —Ella asintió con la cabeza y se apartó de la entrada con paso vacilante. Enseguida se dio cuenta de que llevaba puesto un camisón de algodón rosa, que le llegaba a las rodillas, con el dibujo de un cachorro moviendo el rabo en el pecho y una infinidad de corazones, y se avergonzó, como si Channing la hubiera encontrado jugando con sus muñecas, haciéndolas hablar con voz de falsete—. La cocina del hotel estaba cerrada, así que salí y encontré un *take away* chino. ¿Te gustan los espaguetis de soja y el pollo con almendras? He comprado también setas fritas, raviolis al vapor, arroz con gambas y plátanos caramelizados. También siete galletas de la fortuna.

—¿Siete?

—Sí, nunca se sabe. Si el primer mensaje no te gusta, lo tiras y buscas otro, así hasta que das con la frase que te gusta. Hay que ayudar a la suerte. ¿Comemos o prefieres estar sola? Estás tan roja como si solo fuera vestido con dos hojas de higuera.

—Entra... yo... voy a ponerme algo encima —le dijo.

Una vez en el cuarto de baño, se puso unos vaqueros y una camiseta, la menos cursi que tenía, sin cachorros ni volantes, con un solo tulipán escarlata al lado del corazón. Al volver a la habitación, vio que Channing había preparado una especie de pícnic encima de la cama, como si fuera un prado de hierba.

—Espero que no te moleste que lo haya puesto todo aquí —le dijo. Había diseminado por la cama una infinidad de cajitas de cartón plastificado de color amarillo, que parecían unas extrañas gerberas puntiagudas. Se había quitado la chaqueta y vestía una camiseta de camuflaje y unos vaqueros deshilachados en las rodillas.

Grace nunca se había atracado así. En un primer momento se avergonzó de estar sentada en la cama, con las piernas cruzadas y rodeada de aquellas flores de plástico, con Channing enfrente tan a sus anchas. Lo observó mientras trajinaba con los palitos y los tenedores de plástico y le pareció tan guapo en el centro de ese caos fragante, con el pelo húmedo y el aire de quien encaja a la perfección donde sea, que —una vez más— lamentó no tener la cámara fotográfica para robar varias partes de él. El mechón de pelo que le caía por los ojos. La curva irónica de sus labios. Un pedazo del ala escarlata del fénix, que asomaba por el escote de pico de la camiseta.

—No me mires así —le dijo él—... o mírame bien de una vez por todas. ¿Quieres que me desnude para que puedas examinarme a fondo? Así luego podremos dedicarnos a la cena sin distracciones.

—¡No!

—No sabía que aún existían chicas así.

—¿Así cómo?

—Capaces de ruborizarse de forma sincera. Eres una mujer insólita, además de muy mona.

—No... ¡No es cierto! —exclamó ella, como si acabara de insultarla.

—¿Qué es lo que no es cierto, que te ruborizas o que eres mona? Créeme, Bambi, he viajado mucho y, a pesar de no ser un viejo replicante y de que no puedo decir: «He visto cosas que vosotros, humanos, no podéis siquiera imaginar», te aseguro que he visto un poco de mundo. Y jamás he conocido a alguien como tú. Pareces surgida de un sueño.

—Si es una manera de decir que te parezco torpe, te lo agradezco de todas formas.

Channing devoró dos grandes bocados de arroz y luego prosiguió:

—No soy un tipo amable, quiero decir que no me las doy de educado. Puedo bromear y ser simpático si quiero, pero siempre digo lo que se me pasa por la cabeza. He peleado en todas partes con personas que tenían poco sentido del humor, porque nunca miento sobre lo que pienso y siento. No te considero torpe, sino una especie de cruce delicioso entre un hada y un extraterrestre. Enrojeces por la menor tontería, incluso comer en la cama de manera despreocupada te parece algo escandaloso. Con todo, creo que, detrás de esa fachada hay algo agresivo: un deseo secreto de sacar las garras. Si no fuera completamente inmune, podría enamorarme de ti.

Grace se quedó con un espagueti colgando de los labios, balanceándose hacia el recipiente amarillo, y con los ojos tan abiertos como girasoles.

—¿Por qué eres inmune? —le preguntó, comprendiendo enseguida que no debía haberle mostrado su curiosidad.

—Porque tengo demasiadas cosas que hacer como para perder tiempo enamorándome. Además, el amor es un engaño. Siempre acabas haciendo daño o haciéndote daño. El final feliz no existe. O te apuñalan por la espalda o apuñalas a alguien por la espalda o te aburres como una ostra.

—¿Te han apuñalado o has apuñalado?

—Sobre todo, me he aburrido como una ostra.

—¿Y la chica que te dejó?

—Creo que los dos nos aburríamos como ostras.

Mientras comían, Grace se preguntó cómo era posible que alguien se aburriera con él: no parecía que el aburrimiento hubiera dejado nunca sus armas y su equipaje en ninguna estancia de su vida.

—Creo que es imposible que no te aburras —comentó, por fin—. No creo que exista una persona capaz de llamar tu atención durante más de un segundo.

—¿Quién sabe? En cualquier caso, viajar es el mejor remedio para aplacar los pensamientos dolorosos. Bastan dos puestas de sol en el mar, una noche bajo las estrellas, un amanecer escalando hasta sentir fuego en los gemelos y en las yemas de los dedos, para que comprendas hasta qué punto todo es efímero. Tú, en cambio, pareces alguien que todavía tiene el cuchillo clavado en la espalda. ¿O acaso también has decidido convertirte en ciudadana del mundo por aburrimiento?

—Me marché sin pensar demasiado. Digamos que para escapar... bueno, no... marcharme me pareció la única manera de seguir respirando. Me sentía como si estuviera dentro de una bolsa de plástico, sin aire.

—¿Qué te pasó?

—Estoy segura de que no te interesa de verdad.

—Créeme, Bambi: jamás hago algo si no quiero hacerlo de verdad. Si te digo una cosa, es porque la pienso en serio. No sé fingir.

Por un motivo que solo tenía que ver con el instinto, con ninguna experiencia, Grace le creyó, confió en él y le contó todo. Lo hizo sin mirarlo, interrumpiéndose para comer un pedazo de pollo con almendras o una seta crujiente. Al fondo, el rumor de la televisión parecía la voz somnolienta de un enjambre encerrado en un cajón.

—Caramba —dijo él al final cuando Grace concluyó su retahíla de desgracias—. La verdad es que no te has privado de nada, pero das la impresión de haber encajado bien el golpe. Quizá lo estabas deseando de manera inconsciente.

—¿Qué estaba deseando? —Alzó la mirada y lo escrutó, empuñando los palillos como si fueran bastones—. ¿Descubrir que mi príncipe azul era, en realidad, un porquero o, mejor, todo un puerco? ¿Saber que no conozco a mis verdaderos padres y que, si quisiera conocerlos, no podría hacerlo, porque están muertos? ¿Comprender que Cedric no me valora como mujer y que la universidad me rechaza como estudiante?

Channing permaneció impasible ante la cólera de Grace. Siguió comiendo y hablando entre un bocado y otro, con una sonrisa imborrable en sus labios.

—Descubrir la verdad. Ser tú misma. Mandar a la mierda los cuentos. Dejar de dar vueltas alrededor de la vida y empezar a entrar en ella. Las cosas que suceden no son necesariamente desgracias: también pueden ser patadas en el culo que nos empujan a empezar a vivir de una vez por todas. Yo creo que nunca sucede nada que no seamos capaces de soportar. Puede que no lo entiendas enseguida, que en un primer momento te parezca ser víctima de la peor suerte del universo, pero, de repente, comprendes que todo tiene sentido, que tu destino solo quería obligarte a embocar cierto camino y que, como no te dabas cuenta, tuvo que darte un empujón.

—¿Y cuál se supone que es ese camino? ¡Dímelo!

—Por el momento, lo que estás viendo. La habitación 238 de un Holiday Inn en Filadelfia, saborear comida china y hablar de la vida. Ya veremos mañana. Y, ahora, ¿quieres un postre? Los plátanos caramelizados están buenísimos.

—Eres una persona realmente extraña.

—Como tantas. No más que tú, Bambi. Tú también eres extraña, solo que aún no lo sabes. ¿Compartimos las galletas? Seis para ti y una para mí. Quiero ser un caballero.

—¿Por qué me das tantas?

—Porque has pasado un mal día y necesitas más buena suerte que yo.

La rabia de Grace se desvaneció de un plumazo. Ese joven, ese extrañísimo joven, transmitía una especie de magia. ¿Por qué, por el mero hecho de escucharlo, los rayos que sentía en el pecho se convertían en cometas? ¿Por qué tenía la impresión de que lo conocía desde hacía siete vidas, cuando, en realidad, lo había conocido hacía solo unas horas?

Sacó las galletas de la bolsa de forma mecánica. Vio que Channing rompía la suya, echaba un vistazo al mensaje que había dentro, sonreía y lo tiraba después de haberlo arrugado.

—¿Qué hay escrito?

—«Tienes un nuevo amor en ciernes, sigue tu corazón, pero ármate bien.» ¿Crees que se refiere a ti? ¿Acaso quieres dispararme un tiro?

Ella no le respondió, en lugar de eso se concentró en las galletas.

El primer mensaje rezaba: «La suerte que buscas está en otra galleta».

El segundo: «Los viajes largos también empiezan con un paso».

El tercero: «Si existe una solución, ¿por qué te preocupas? Si no existe una solución, ¿por qué te preocupas?».

El cuarto: «Todo lo que deseas lo encontrarás superando el miedo».

El quinto: «Los problemas te brindan la posibilidad de mejorar».

Y el último: «Si la oportunidad no llama a tu puerta, haz una».

—Bueno —dijo Channing—, me parece que las galletas están de acuerdo conmigo. ¿Has visto que ninguna te dice: «Cágate de miedo y vuelve a casa»? Y a veces pueden ser crueles, te lo aseguro. No dicen solo lo que queremos oír. Por ejemplo, yo no tengo la menor intención de enamorarme.

—¿Y quién demonios está pensando en eso? Antes de volver a caer, prefiero caminar por carbones ardientes, teñirme el pelo de rosa *shocking* o andar a tientas en una cueva oscura y llena de serpientes.

—Qué raro, no pareces haber caído ya.

—¿Qué quieres decir?

—Que no pareces tener el corazón destrozado. Pareces decepcionada, confundida, despechada, incluso asustada, pero no pareces una Julieta sin su Romeo.

—¿Toda esa filosofía la has aprendido comiendo galletas de la fortuna?

—¿Dónde, si no? Pero ahora pásame el mando a distancia.

—¿Para qué lo quieres?

—Es una de mis películas preferidas —le explicó él subiendo un poco el volumen de la televisión.

Al ver que se apoyaba en la cabecera de la cama, que era de una madera, aunque, quizá no era madera, tan verde como la bilis, se preguntó si en internet no habría un tutorial que enseñase a las chicas como ella a no enrojecer con el ritmo de un interruptor de la luz manejado por alguien que ama los efectos psicodélicos. No podía disimular hasta qué punto era cándido su pasado y débiles sus defensas. Le habría gustado parecer desenvuelta, pero lo único que hacía era transformarse en una flor llamativa, de color rojo fuego, cada vez que él se movía de forma inesperada.

—¿No vuelves a tu habitación? —le preguntó.

—Claro que sí, Bambi. Si quieres que me vaya ahora, lo haré a más velocidad que la luz. —Hizo amago de levantarse, estirándose como un felino.

—¡No! Quiero decir…, no hace falta que te vayas ya, puedes quedarte un poco más, me gusta. ¿Qué película es?

Él se acomodó en la cama, en medio de una confusión de cajitas chinas vacías.

—*Ciudadano Kane*. ¿La conoces?

—Creo que no. No, seguro que no.

—Acaba de empezar. ¿Quieres verla?

Grace había visto muchas películas con Cedric, pero en el cine, sentada en los cómodos sillones de la multisala más famosa, nunca en una cama revuelta como el bolsillo de un niño y en plena noche.

Sintió un estremecimiento de euforia. Se sintió casi como una mujer perdida. Imaginó a Cedric cosiendo en la chaqueta una inicial enorme de color escarlata —«A de adúltera»— y se acomodó con el almohadón en la espalda y una banda de tambores en el corazón.

Durante dos horas exactas, en la penumbra de la habitación reinó un dulce silencio. Era agradable ver una película más compleja que *Batman vs Superman* sin que nadie le explicara el sentido de las escenas. Cedric solía hacerlo: daba por supuesto que ella no entendía los mensajes que ocultaban las escenas más complejas. ¿Cómo era posible que esa costumbre le hubiera parecido agradable? ¿Por qué, en lugar de considerar ese hábito una pedantería insoportable, le había parecido siempre un gesto amable, una señal de respeto, una prueba de aprecio?

«¿Tan idiota he sido?»

—¿No te ha gustado la película? —le preguntó Channing al final. Seguía sentado en la cama y, en la penumbra, su perfil parecía más grande, resultaba casi imponente.

—Me ha gustado mucho. Pensaba que…, que todos tenemos una Rosebud en nuestra vida. No me refiero a un trineo de madera, sino a un límite que nos hace perder la inocencia cuando lo cruzamos, un momento fundamental en que la infancia queda atrás. Por patético que pueda parecer, tengo la impresión de que la mía terminó solo ayer. Creo que tienes razón. Ya era hora. ¿Cuándo te sucedió a ti? ¿Cuál fue tu límite?

Él se pasó una mano por su larga melena, haciéndola crujir como un atrapasueños de plumas.

—Tenía dieciséis años y era verano. Estaba pasando las vacaciones en casa de mis abuelos, en el lago Winnipesaukee, en Nuevo Hampshire. Me habían prohibido alejarme después del anochecer, porque el lago es muy profundo y peligroso, pero una noche me pareció oír el grito desesperado de un animal: era un lamento muy fuerte, así que salí por la ventana para ir a ver qué pasaba. En el bosque, en medio de las frondas, había un cachorro de alce. A primera vista parecía que se había quedado atrapado en el hilo metálico de un recinto, pero al examinarlo comprendí que alguien lo había atado y torturado. En el suelo había un charco de sangre. Recuerdo que me observaba: la luna iluminaba sus grandes ojos aterrorizados. Si hubiera ido a pedir ayuda habría perdido demasiado tiempo, así que lo liberé solo y, al hacerlo, me herí también y empezó a salirme sangre. Tuve la impresión de que tardaba un siglo en soltarlo, arrodillado en el suelo tratando de deshacer la maraña, pero quizá solo fueran unos minutos. Cuando terminé, el cachorro había muerto. Ese pequeño alce fue mi Rosebud. Todo cambió a partir de ese momento.

—Lo siento. Tuvo que ser terrible.

Channing bajó de la cama.

—Ahora vamos a dormir. Mañana, a las diez, sale un autobús para Pittsburgh. Yo voy allí, pero tú…, tengo la impresión de que debes continuar sola.

—¿Es una manera de decirme que me esfume?

—Es una manera de decirte que no te apoyes en nadie. Acabas de dejar a tu Rosebud en la nieve, debes aprender a moverte sin volver a caer en la trampa de que alguien decida por ti adónde debes ir, pero no te miento si te digo que ha sido un placer conocerte.

Channing se acercó a ella: la luz que emanaba el televisor aún encendido iluminó su magnífica mirada. Se inclinó y Grace tuvo la esperanza de que fuera a besarla, tuvo miedo de que fuera a besarla, e imploró a su corazón que no golpeara las paredes de la habitación como un pájaro ciego, pero Channing se limitó a abrazarla un instante y a acariciarle el pelo. Después salió.

Soñó con cachorros de alce que cantaban como las sirenas de Ulises y con trineos que se hundían en charcos cenagosos.

Pensó mucho sobre lo que debía hacer, adónde debía ir y por qué tenía que hacerlo, y al final decidió recorrer otro tramo de camino con Channing. Se había lanzado a ese viaje dejándose guiar por el destino y el destino la había llevado a él.

«No hay que faltar al respeto a la suerte, no se pueden ignorar sus sugerencias. Además, si el destino fuera realmente una tontería con poderes mágicos eso es justo lo que quiero hacer. ¿Acaso no cuenta nada lo que deseo con todas mis fuerzas?»

La razón de que ese deseo fuera tan ardiente era harina de otro costal. No solía abandonarse así, pero quizá… quizá una vez que aflojas el nudo que cierra el saco de tu vida, este queda abierto y deja salir todas las emociones. Quizá un caballo sin riendas ni arreos vuelve al estado salvaje y corre hasta la línea del horizonte.

«¿Soy un caballo salvaje?»

Sonrió al pensarlo y dudó si, quizá, no sería solo un gato callejero. Con todo, quería volver a ver a Channing, tenía más cosas que preguntarle, quería volver a mirar sus ojos, ver cómo escalaba una roca de arenisca y sonreía de esa forma inolvidable. Con toda probabilidad, no era la decisión más sabia, pero se había nutrido de prudencia y sabiduría toda su vida: había llegado el momento de probar el intenso sabor de la locura.

Pasadas las ocho de la mañana, arregló sus escasas pertenencias y vio el montoncito de cajas trapezoidales del restaurante chino apiladas en un rincón. A pesar de que había decidido transformar el camino rectilíneo de su vida en otro lleno de curvas, no era justo que otro pagara el precio de su rebelión. Por ejemplo, la camarera tendría que ordenar la habitación. Metió todo en una bolsa, pero decidió guardarse los mensajes de las galletas de la fortuna. Los recogió uno a uno, como si fueran preciosas reliquias. Quería también el mensaje de Channing y lo buscó por el suelo, donde, según recordaba, este había lanzado el rectangulito de papel arrugado. De hecho, estaba allí, debajo de la cama: para recuperarlo casi tuvo que tumbarse en la moqueta.

No obstante, cuando alisó el papel para unir el mensaje a los demás en la carpeta de color rosa antiguo, su corazón dio un salto acrobático.

El mensaje no decía lo que Channing le había leído la noche anterior. No era un mensaje divertido y romántico. Al contrario, era una nota inquietante.

«La muerte sonríe a todos. Lo único que pueden hacer los hombres es devolverle la sonrisa.»

¿Por qué le había mentido?

Presa de una creciente agitación, golpeó la pared que separaba su habitación de la de Channing haciendo la señal Morse de socorro. Nadie le respondió. Grace fue a buscarlo. La puerta de la habitación estaba abierta y una camarera estaba cambiando las sábanas de la cama.

—¿Dónde está el chico que ocupaba esta habitación? —le preguntó.

La mujer, una mexicana de aire cansado llamada Juanita, según rezaba la placa que llevaba prendida en su uniforme azul, le respondió:

—Me parece que se marchó hace, al menos, un par de horas.

Grace entreabrió los labios, atónita. Reculó unos pasos, los oídos le silbaban como si todo el mundo estuviera hablando de ella.

¿Se había marchado sin esperarla?

—¿Señora? —le dijo de repente la camarera—. ¿Es usted Bambi?

—¿Qué?

—En el almohadón había un mensaje para Bambi. No sabía qué hacer con él. ¿Es usted?

—Sí, soy yo.

La mujer le tendió una hoja enrollada como un edicto papal, atada con la bandana que Channing le había prestado el día anterior, a modo de burda cinta. A un lado había escrito «Para Bambi», junto al dibujo un poco cómico de dos grandes ojos de cervatillo. Grace lo leyó con un triste presentimiento.

El mensaje era inapelable.

«Pensando que, quizá, ibas a querer venir conmigo, he preferido marcharme antes. No soy una opción ganadora, hazme caso. Conocerte ha sido algo mágico: tus ojos recuerdan a los del cachorro de alce que intenté salvar hace años, pero tú no morirás, eres fuerte, vivirás intensamente y harás morder el polvo a quienes quieran impedírtelo. Me siento feliz de haber podido compartir contigo este breve paréntesis, pero, ahora, apunta un dedo hacia el mapamundi y déjate guiar por la vida.»

CAPÍTULO 5
CHANNING

El primer infarto lo tuve a los diez años, a orillas del lago Winnipesaukee. No he vuelto a allí desde entonces.

El segundo infarto lo tuve a los dieciocho años, varios días antes de graduarme, mientras rellenaba el formulario de inscripción a la academia de policía de Nueva York. No hace falta que diga que la solicitud fue a parar a la papelera. Dada mi historia clínica, ya era improbable que entrara, después pasó a ser del todo imposible.

Aún estoy esperando el tercer infarto.

Llegará, sé que llegará, como llega la nieve, un día silencioso, aunque el aire aún huela a flores.

Sufro una de esas patologías cardíacas congénitas que hacen que las personas compasivas pongan los ojos en blanco, consternadas al pensar que un chico tan joven tenga una esperanza de vida que, siendo extremadamente optimista, no superará el golpe de timón de los treinta años.

Mi padre era policía y murió en un tiroteo cuando yo tenía ocho años, así que se ahorró la *alegre* noticia y, al menos, satisfizo la esperanza que tiene cualquier padre normal: morir antes que sus hijos. A mi madre, en cambio, le tocó la razonable certeza de sobrevivirme, y esto la destroza por partida doble: porque no es natural y porque yo no hago nada para tratar de posponer mi despedida de este mundo.

Cuando era niño me adapté a las prescripciones médicas: los cuatro años siguientes al primer infarto no hice otra cosa que entrar y salir de los hospitales, me atiborré de medicinas y llevé una vida aburrida y prudente, con todas las emociones encerradas en una caja para que no hicieran demasiado ruido y no destrozaran el pedazo de chatarra inconstante que llevaba en el pecho, pero la adolescencia es una leona que se niega a que la domestiquen. A los quince años me harté del aburrimiento y de la prudencia, con gran pesar de mi madre, que ya no pudo refrenarme. El fatalismo entró en mi vida con el sexo y con el deseo de hacer lo que hacían los demás chicos. Mi cuerpo, claro está, me castigó, pero, al menos, disfruté hasta ese día. Después del segundo infarto me dijeron que la única esperanza que tenía de prolongar mi viaje era someterme a un trasplante. Mi nombre acabó en una lista de espera con los nombres de otros desesperados, pero cuando, a los diecinueve años, me llamaron, dije que no. Mejor un día como león, que el corazón te estalle al anochecer y la muerte aparezca con un rugido, que cien días como conejo silencioso, lento, atiborrado de medicinas y sometido a controles continuos para que, al final, la muerte llegue en todo caso.

Aun sabiendo que no iba a convencerme, mi madre lloró, protestó. Para aliviar un poco su desesperación, accedí a volver a inscribirme en la lista de espera, pero los dos sabemos que, si me vuelven a llamar, me negaré de nuevo y dejaré mi puesto a alguien que desee vivir más que yo.

Llevo así tres años. En apariencia, estoy bien. Trabajo en invierno, soy un apasionado de los motores antiguos y de los coches *vintage* y me gusta repararlos. Ahorro un poco y luego viajo, no me ato a nadie ni dejo que nadie se ate a mí: no tengo relaciones sentimentales, solo brevísimos encuentros, un tramo de camino compartido, una cama con la huella cóncava de mi cuerpo sobre el de una chica de paso, ninguna lágrima y ningún juramento. Me he alejado incluso de mi madre. No sé cuánto durará, puede acabar dentro de un año o mañana mismo: pero, al menos, me pillará en movimiento, mientras combato, mientras sudo, salto, corro y respiro a pleno pulmón, mientras escalo hasta alcanzar la cima de una peña con el sol abrasándome la espalda. De repente, sentiré que mi cuerpo se vuelve pesado, que las manos se aflojan… y el aire me acompañará hasta el suelo.

Quiero morir viviendo apasionadamente.

Pero, sobre todo, no quiero vivir en la piel de otro.

Y, por eso, va bien así.

Sus ojos se parecen a los de un cachorro de alce herido o a los de un cervatillo que ha perdido a su madre, además del rumbo. Ayudándola me siento como si volviera a tener diez años y hubiera podido liberar a tiempo a esa criatura torturada. Me siento como si, inmediatamente después, no hubiera caído sobre la hierba manchada de sangre, presa de un dolor indescriptible, hecho de agujas, piedras, puños y una parálisis desoladora.

Aunque, bueno, ella no se parece a un alce: Grace es muy mona. Está tan perdida como un cisne en un bosque. Escapa de algo, con toda probabilidad, de una desilusión. Existen muchos tipos de viajeros, los auténticos son los que no saben cuándo regresarán, los que han huido por rabia o por desesperación. Los que no programan, los que viajan por la tierra ligeros de equipaje, los nómadas, los vagabundos, los que se buscan a sí mismos, los peregrinos del mundo.

Ella es una peregrina reciente. Necesita las sugerencias, los consejos de un vagabundo. También una sonrisa y yo estoy dispuesto a regalarle más de una.

Y yo, lo que, en cambio, no necesito es un beso, pero ella me lo da. Y me gusta. Me gusta su sabor trémulo, su dulce descaro, su cuerpo vacilante, estrechándose contra el mío.

«No la toques, no la toques, no la toques. No jugarías con las mismas armas que ella, es una niña extraviada, poco más. En el tiovivo se sentía tan feliz como si hubiera descubierto de golpe el sonido de su risa y este hubiera sido una agradable sorpresa. No sabe lo que quiere, salvo hacer daño a alguien que se ha quedado en casa.»

No la toco y dejo que se vaya.

Mientras el taxi arranca, me mira como un náufrago que ve alejarse un barco en el horizonte.

Yo, en cambio, la miro como miré a ese alce, con la misma sensación de dolorosa responsabilidad y la certeza de que podría haber hecho más para salvarla y de que he perdido de manera despreciable.

No suelo mentir, pero, a veces, omito ciertos detalles.

Por ejemplo, no me parece indispensable contarle que la vi decir Times Square al taxista. No la oí, la vi. Mientras observaba su perfil desde el otro lado del cristal, sus labios pronunciaron esas dos palabras reconocibles.

Ok, de alguna manera, la estoy siguiendo o, mejor dicho, antes o después me iba a marchar de esta ciudad, si bien es cierto que había pensado quedarme en Nueva York varios días más. Un pequeño cambio de programa, eso es todo.

Ok, espero volver a verla, pero la estación de autobuses es demasiado grande, hay un sinfín de compañías de viaje, la gente se apiña como granos de arena, no tengo la menor idea de cuál era su destino, así que me resigno. Mejor así. Se las arreglará sola, no soy su ángel de la guarda.

Pero luego, cuando la veo subir al autobús, tengo la impresión de ver también al destino, que la sigue y llena el habitáculo con su peso impertinente, como un viejo amigo que se divierte. Contengo la respiración un instante y me digo que va bien así, que las cosas que suceden solas van bien, porque van como deben ir, como habrían ido de todas formas, y la vida es un río que no se detiene.

Si estaba escrito que debíamos encontrarnos, ¿quién soy yo para oponerme?

Aun así, debo oponerme. Mientras vemos juntos la película, la observo sin que ella se dé cuenta: con el pelo revuelto y los ojos perdidos en las imágenes grises del televisor no es solo mona, es realmente guapa. Me atrae de forma irresistible.

Durante mis viajes con pocas metas y muchos estremecimientos jamás he sentido una afinidad tan inmediata y eso que, en apariencia, somos muy diferentes. Sin embargo, Grace me gusta más de lo que suele gustarme la gente que conozco. No sé cómo explicar esta atracción, lo único que sé es que un viento misterioso me empuja hacia sus ojos y su cuerpo. Sus labios tienen la redondez de las manzanas, su piel parece hecha de madreperla. Me muevo de manera imperceptible en la cama, presa de una extraña inquietud, sin dejar de preguntarme: «¿Por qué me gusta tanto esta tía?».

Por desgracia, estoy seguro de que yo también le gusto mucho, y este es el límite más insuperable. Sus miradas son francas. Parece una niña delante de un escaparate lleno de pasteles, juguetes y joyas. Y nada de todo esto debería ser así.

Acaba de escaparse de su casa.

Está decepcionada de su ex, que la ha engañado, de su familia, del rumbo que ha tomado su vida.

No sabe lo que quiere.

Podría enamorarse, o creer que se ha enamorado, de cualquiera que le tienda un brazo o una flor, pero yo no quiero ni puedo ser ese cualquiera, así que me marcho antes de lo que le dije. Ya la echo de menos. No sé por qué —esto es más absurdo que una tormenta en un vaso de agua—, pero ya le echo de menos.

Algunas cosas parecen inexplicables, un poco locas, mágicas y extrañas, pero no por eso son menos verdaderas.

Llego a la estación de la compañía Greyhound apenas pasadas las siete. Me espera un viaje más largo, hasta Pittsburgh hay, al menos, seis horas, que se alargarán por las paradas necesarias. Luego tendré que ir a Cincinnati y después a Kentucky: no creo que llegue a mi destino hasta mañana.

No suelo enumerar las etapas con el tono del que desgrana mentalmente una letanía neurótica. Suelo disfrutar del trayecto, sin el anhelo de alcanzar una meta, pero esta vez siento una extraña prisa.

Por un lado, temo que Grace aparezca de repente y no quiero que suceda. Por otro, me gustaría verla aparecer de repente, pero la idea no es, lo que se dice, genial. Así pues, trato de acelerar el tiempo pensando vertiginosamente en un sinfín de cosas, como si, dando gas a los pensamientos inútiles, el autobús pudiera arrancar antes.

De hecho, pienso mucho en ella, aunque sigo sin entender por qué. Para distraerme me pongo los auriculares y disparo en los oídos unas cuantas notas de viejo rock. Según los médicos, solo debería escuchar música *new age*, practicar deportes ligeros y someterme a exámenes cada tres meses con la esperanza de que alguien estire la pata y me done su corazón. En cambio, me atiborro de Deep Purple, Whitesnake y Black Sabbath, trepo como un mono enloquecido, solo voy al médico para pedirle las recetas de las medicinas y, desde luego, no le deseo la muerte a nadie. ¿Por qué mi vida debería valer más que la de cualquier otro? ¿Solo porque es la mía? Nunca me he sobrevalorado hasta ese punto, ni siquiera cuando ignoraba que era una bomba de relojería.

Por desgracia, no logro distraerme: la cara pálida y suave de Grace me vuelve a la mente sin cesar. Bueno, ya se me pasará, como pasa todo. Y seguro que ella también se olvidará de mí en dos días y se lanzará a una nueva aventura. Espero que tarde mucho en volver a casa. Espero que se encuentre a sí misma en el camino e impida que el mundo vuelva a domesticarla. Espero que aprenda a rugir y a vivir con intensidad, porque es la única manera justa de vivir.

De repente, mientras escucho *Long Way from Home,* cuando falta menos de un cuarto de hora para que el autobús salga con rumbo a Pittsburgh, algo llama mi atención. Mejor dicho, alguien.

Un tipo —unos veinte años, pelo rubio peinado con compás, suéter de cachemira y zapatos, sin duda, *made in Italy*— deambula entre la gente con aire de actor protagonista. Pregunta algo a los empleados, a los pasajeros, a la vez que les enseña una fotografía.

Lo miro a hurtadillas y tengo una intuición formidable. Siempre me he preguntado si la enfermedad me ha vuelto más perspicaz, la respuesta es que solo ha transformado el valor del tiempo: cuando tienes poco, debes hacer lo que sea para aprovecharlo. Minimizar los obstáculos en el camino, las molestias, los tropiezos, los peligros. Justo porque sé que quizá mañana no exista, hoy quiero llegar como sea al anochecer y, sobre todo, tratar de morir de forma grandiosa, casi épica, y no porque un imbécil me robe o porque un borracho se abalance sobre mí. Toda esta atención me ayuda a percibir detalles que otros ignoran y a hacer un sinfín de cosas en un segundo sin perder las riendas de ninguna: escuchar música, leer *Mr. Vértigo,* de Paul Auster, mordisquear un *brownie* Oreo, oír una risa al fondo de la manzana, devolver la sonrisa a una joven guapa y pelirroja que me mira desde la fila de enfrente e identificar al que —estoy seguro— es pariente cercano del cabrón que ha intentado convertir a Grace en una estúpida, siempre y cuando no sea él en persona.

Por otra parte, a pesar de que no pude entrar en el cuerpo, en mi ADN tengo algo de policía. Mi padre era policía, igual que mi abuelo y mis tíos, y también son policías algunos de mis primos.

Por todo esto y porque el tipo corresponde a la descripción que ella me hizo de él, estoy convencido de que es... ¿cómo se llamaba ese capullo? ¿Carter? ¿Cameron? ¿Griffin? Los nombres se me escapan más.

He de reconocer que es un tanto obstinado. Ha llegado hasta aquí. Debe de estar muy motivado. ¿Qué lo empuja? ¿El amor? ¿Un capricho? ¿El sentimiento de ofensa o el de arrepentimiento?

Al cabo de un rato —pero ¿cómo diablos se llama?— se acerca a mí. Finjo estar concentrado en la lectura. Tengo la música a tal volumen que se oye a distancia.

—¿Has visto por casualidad a esta chica? —me pregunta poniéndome su foto debajo de la nariz.

Bambi abrazada a él. Los dos parecen esculpidos en cera y en la mentira. Sonríen con dos sonrisas gemelas y hasta los colores de la ropa son los que dicta la moda. La camisa de él es de color celeste, igual que el vestido de ella. Los pantalones de él son blancos, igual que los zapatos de ella. La foto fue sacada en verano, los dos están morenos y al fondo se ve un puerto pequeño, donde hay amarrados varios barcos lujosos. Sin embargo, la imagen es artificial, da la impresión de que están posando y Grace parece recitar el papel de la mujercita buena y afortunada.

—¿Qué has dicho? —le pregunto quitándome el auricular.

—¿Has visto a esta chica por aquí?

Finjo que pienso.

—Creo que sí —respondo al cabo de unos segundos.

Él se sobresalta, como si mi respuesta le sorprendiera.

—¿De verdad?

—Iba con dos chicos rubios con pinta de surfistas. Intentaban convencerla de que fuera con ellos a Florida.

—¿Qué?

—Me fijé en ellos porque estaban sentados cerca de mí y ella se reía mucho. Los dos chicos querían llevarla a Cocoa Beach.

—¿Qué? —repite él con un aire grosero que no le va nada.

—Estuve allí el año pasado, así que me entrometí en la conversación y les dije que fueran a un Best Western Hotel con vistas al Atlántico.

Reconozco que, en este momento, casi me da pena. Está realmente alterado. Si en la foto parece un maniquí de cera, aquí es como un bloque de cemento de secado rápido.

—Pero ¿estás seguro de que era ella?

—Creo que sí. Claro que no podría asegurarlo bajo juramento. Quizá me equivoque.

—El nombre... ¿Dijeron su nombre?

—Espera, déjame pensar... ¿Es posible que sea Greta? O Grace... No lo recuerdo exactamente, lo siento. Vaya, tengo que subir al autobús.

Me alejo de él a toda prisa, dejándolo en medio de la sala de espera con aire bastante desorientado. Al cabo de un rato lo veo salir de la estación y dirigirse hacia un Audi rojo que está aparcado fuera. Espero que arranque, que vaya lo antes posible a Florida y se pierda en las Everglades.

Y, claro está, espero que Grace elija otro destino.

CAPÍTULO 6

Qué hacer antes del verano.

1.Marcharme sin decírselo a nadie

2.Besar a un desconocido fascinante

3. Sacar un montón de fotografías

4. Bailar como una loca en medio de la gente

5. Hacerme un tatuaje

6. Viajar por la Ruta 66

7. Ver la emigración de las mariposas

8. Hacer una sesión de espiritismo

9. Consolar a una persona triste

10. Ponerme un vestido raro

11. Pasar mi cumpleaños en Four Corners

12. Perderme en un bosque

13. Hacer algo absolutamente loco y peligroso

14. Salvar una vida

15. Enamorarme

Escribí la lista de golpe, presa de una furia creativa causada por las emociones fuertes que había experimentado la nueva Grace, hambrienta de vida y de experiencias. La leí, la releí y luego sonreí, como si no fuera una simple lista de palabras, sino de una persona de carne y hueso capaz de comprender cada una de esas esperanzas.

Había hecho ya las primeras dos cosas. Lástima que Channing se hubiera marchado. No se habían intercambiado los números de móvil y era imposible que volvieran a verse. Ignoraba incluso su apellido. Conocía el sabor de su boca, pero no sabía cómo se llamaba exactamente.

A pesar de que la razón le decía que era mejor así, no conseguía ahogar una vocecita interior que le aseguraba justo lo contrario.

Una camarera le sirvió con amabilidad más café en una taza grande de cerámica amarilla, mientras Grace, sentada a la mesa de una cafetería próxima al Liberty Bell Center, seguía releyendo la lista descabellada, llena de cosas que jamás se le había ocurrido hacer, pero que en ese momento le parecían indispensables.

Una cosa era segura, quería llegar a Pacific Grove, en California, donde, al principio del otoño, las mariposas monarca llegaban, procedentes de Canadá, en enjambres llenos de esperanza, para invernar abrazadas a los pinos. En una ocasión, cuando era niña, había visto un documental en el canal del National Geographic y le había impresionado el valor que tenían esos pequeños animales de color naranja, tan frágiles como pétalos de amapola, que recorrían miles de kilómetros con el único objetivo de seguir viviendo.

Quería estar a la altura de una sola de esas mariposas, quería ser tan valiente como la última de esa multitud, de forma que había decidido que el condado de Monterrey sería la etapa final de su viaje. Llegaría allí por la Ruta 66: un camino histórico que, en el pasado, habían recorrido caravanas de hombres no menos audaces que las mariposas, empujados por el mismo instinto de supervivencia. Sería su última etapa: debía llegar allí pletórica de emociones, experiencias y recuerdos. Tantas emociones, experiencias y recuerdos que le impidieran pensar en las emociones que había suscitado el encuentro con Channing, que no conseguía transformarse en un recuerdo inmóvil. Al contrario, era un recuerdo que daba codazos en su interior y ponía obstáculos a la decisión de pensar en otra cosa.

«¿Cómo se explica que sienta tanta nostalgia por alguien al que solo he visto una vez y con el que he pasado apenas unas horas? ¿Será por hacer un desaire a Cedric? ¿Es posible que sentirse atraída por otro chico sea una forma vulgar de revancha?»

Podía ser, es más, sin duda era así. Una manera un tanto infantil de afrontar el problema, pero acababa de empezar su viaje, de forma que eran admisibles ciertas concesiones pueriles.

Dio otro mordisco a la tarta de moras que había pedido y oyó que recibía varios mensajes en el móvil. Ya había hecho la llamada matutina que había prometido a sus padres, de manera que no podían ser ellos.

Al ver parpadear el nombre de Cedric se sintió como si le hubieran dado una bofetada. El tenor de sus palabras, en cambio, la dejó, a decir poco, perpleja.

«¿Es verdad que vas camino de Florida? ¿Quiénes son los dos chicos que te acompañan? ¿Te has vuelto loca? No lo hagas, Gracie, no lo hagas, porque quizá me encuentres en Cocoa

Beach cuando llegues allí. Estoy en Filadelfia, dime dónde estás, volvamos a casa. Basta ya de tonterías.»

Grace sintió un sinfín de emociones, en primer lugar, la sensación de asfixia de quien siente que lo están persiguiendo.

¿Cedric estaba en Filadelfia? ¿La había seguido? ¿Cómo se atrevía a tanto? Si sus padres habían aceptado su viaje —aunque fuera entre suspiros y sollozos—, ¿qué derecho tenía a perseguirla?

Además, se preguntó cómo podía ser tan estúpido. ¿Acaso creía que esas palabras arrogantes la harían recapacitar? ¿Movida por qué emociones? ¿Miedo? ¿Vergüenza? ¿Acaso era tan presuntuoso que no intuía que podían hacerle desear más la fuga?

No, no era presuntuoso o, al menos, no era *solo* presuntuoso: era más bien la fuerza de la costumbre. Se había acostumbrado a tener a su disposición un dulce corderito con una correa de oro. A una demente que no capta las señales que hay por todas partes, a la que se puede «camelar» —como diría Jessica— con dos frases poéticas y un regalo caro.

Por último, ¿por qué hablaba de Florida y de dos chicos misteriosos? Quizá, además de arrogante y falsamente educado, era también un desequilibrado. No, seguro que no, debía de ser que, durante su búsqueda obsesiva, alguien la había confundido con otra persona y le había dado una información incorrecta.

Por suerte, no había ido a la estación una hora antes. Si lo hubiera hecho, se lo habría encontrado allí.

Con todo, el equívoco le venía como anillo al dedo. Ahora tenía un lugar adonde enviarlo y donde ella no iría jamás.

Después de dos días de silencio absoluto, le envió un mensaje:

«No me llames más y no me sigas a Florida. Iré adonde quiera y con quien quiera. Soy capaz de elegir el destino y los compañeros de viaje sin tu ayuda. Adiós.»

Estaba segura de que esas palabras bastarían para que fuera a Cocoa Beach, un destino que, entre otras cosas, ni siquiera sabía dónde estaba.

Sonrió y pidió más café. Debía quedarse allí un rato más, darle tiempo para que organizara el viaje a Florida y se marchase de Filadelfia. Estaba convencida de que correría al aeropuerto para llegar antes que ella. Y que la esperaría allí un par de días, pensando que llegaría en autobús.

Estupendo. Lo único que debía hacer era ir en otra dirección.

Pasó todo el día admirando la larga e histórica grieta de la Campana de la Libertad, deambulando por los alrededores y bebiendo café. No era la terapia más adecuada para aplacar la borrasca de emociones que la sacudía, pero le convenía estar alerta en lugar de distraerse, por si Cedric había urdido algún truco misterioso para encontrarla.

A última hora de la tarde, se obligó a adoptar una solución más lógica que esconderse simplemente detrás de las espaldas de los turistas para pasar desapercibida y siguió la sugerencia de Channing: entró en un centro comercial, encontró una tienda pequeña que vendía ropa deportiva y se detuvo vacilante ante una pila de camisetas grandes con los personajes de Futurama, pantalones multibolsillos y gorras de los Philadelphia Eagles. No era el tipo de ropa que solía llevar, pero, justo por esa razón, era el mejor camuflaje del mundo, así que salió a la calle ataviada con una gorra verde, una camiseta con la cara sarcástica de Bender fumando un cigarro, unos pantalones de color caqui y unas zapatillas de color blanco.

Subió al primer autobús que salió, sin prestar demasiada atención a la meta: Columbus, Ohio. El destino da igual cuando viajas sin un programa concreto, dejándote llevar por el azar. Se sentó al fondo y, mientras se acurrucaba al lado de una ventanilla, su corazón latía con el anhelo de que Channing la tocase como había hecho ya en una ocasión, pero esta vez no sucedió, así que se acomodó en su asiento sin incidentes ni sorpresas. Debería haber puesto en marcha antes el mecanismo de cancelación: no del recuerdo de su recuerdo, sino de las palpitaciones que el mismo le causaba.

Apoyó la cabeza en el cristal, al otro lado de la puesta de sol y del nuevo camino que se disponía a recorrer. Vio su reflejo: la maraña de pelo —una crin leonina de color rubio cobrizo— la hizo sonreír de nuevo. Se preguntó qué habría hecho Cedric si la hubiera visto así, pero el pensamiento se convirtió casi enseguida en un fundido nebuloso y fue desplazado por la imagen de las manos de Channing acariciándole las mejillas, de sus labios besándola.

Cerró los ojos y se adormeció con el sabor de él aún en la boca.

Al cabo de un rato, el autobús se paró en una gasolinera y el movimiento de los pasajeros al apearse la despertó de golpe. Bostezando, miró un segundo fuera haciendo visera con las manos: las luces del bar, además de los surtidores de gasolina en los que destacaba el letrero rojo de Exxon, hacían que pareciera casi de día. Decidió salir para ir al cuarto de baño y comprar algo para comer.

El chófer había sido muy explícito: el autobús volvería a partir al cabo de veinte minutos con quien estuviera a bordo. Nadie podría llamar a nadie ni señalar la ausencia de su compañero de asiento, como se suele hacer en una excursión escolar. Por este motivo, Grace eligió casi al vuelo un paquete de Swiss Rolls, un tubo de Pringles y una lata de Pepsi. Hasta hacía dos días habría comprado galletas saladas sin sal y una botella de agua mineral sin gas, pero, dado que la suya era una auténtica aventura, no podía faltar un poco de comida basura.

Mientras se dirigía hacia la caja, algo, mejor dicho, alguien llamó su atención. Una pareja estaba metiendo monedas en una máquina de bebidas a la vez que pulsaba los botones correspondientes al té con ginseng. La escena no habría tenido el menor interés de no haber sido porque los dos ancianos estaban cogidos de la mano, se hablaban con dulzura y se sonreían como si tuvieran doce años. También iban vestidos como si tuvieran esa edad: ella, debía de tener más de setenta años, vestía una chaqueta de lino, una falda muy colorida y larga hasta los tobillos, un bolso pequeño en bandolera y unas bailarinas de color rosa chillón; él lucía una melena plateada y llevaba una camisa de cuadros, vaqueros y unas zapatillas de tenis de color morado, además de una mochila de tela colgada de un brazo.

De repente, mientras bebían el té en dos vasos de plástico, la atención de Grace se desvió a la mochila del anciano, porque esta había empezado a moverse de manera insólita, como si dentro hubiera algo vivo. El anciano sonrió y miró dentro. Un hociquito puntiagudo, unos ojos grandes y negros, unas orejas pequeñas y redondas de color gris perla aparecieron por el borde de la mochila. Alrededor del cuello llevaba una cinta fina, de color rojo cereza. El hombre sacó de un bolsillo una bolsa de plástico, que parecía contener frutos secos, y el animalito empezó a comer con avidez, frunciendo la nariz, rodeada por un abanico de bigotes larguísimos.

Grace lanzó un pequeño grito, entre estupefacta y asustada. El anciano se volvió hacia ella y se llevó el dedo índice a la punta de la nariz, como un niño de doce años pide a otro que no se chive de la travesura que acaba de hacer. Tenía los ojos azules y una sonrisa que aún prometía marcar hoyuelos.

—No nos delatarás por haber entrado con él en la tienda, ¿verdad? —preguntó la mujer con una voz tan dulce como los besos de una abuela.

Grace negó con la cabeza, encantada de ser cómplice de una trastada infantil, mientras el pequeño roedor seguía mordisqueando avellanas. Los observó varios minutos más, atraída por la complicidad que parecía unir a esa extraña familia, luego recordó el autobús y fue a la caja a pagar.

De repente, se quedó paralizada, como si le hubiera caído encima una pátina de hielo.

Cedric estaba a unos metros de distancia. Era él, sin duda, reconocía la forma de los hombros, el color del pelo e incluso el estilo de la ropa. Estaba en la cola para pagar algo y al ver lo que había comprado, comprendió que no se equivocaba. Una botella de cristal de agua Evian, un café en taza grande, pan integral y jamón italiano.

Grace se encogió atemorizada y retrocedió varios pasos. Se escondió detrás de un expositor de golosinas, entre una hilera de KitKat y de Milky Way.

Una parte de ella la agarró por el cuello de la camisa y la sacudió con fuerza, abrumándola con un sinfín de reproches.

«¿De qué tienes miedo? ¡No puede hacerte nada! ¡No puede obligarte a volver!

Pero puede herirme con las palabras y los ojos y aún no soy bastante "algo" para resistir a sus ataques. Bastante fuerte, valiente, aventurera e indiferente, bastante mujer. Aún soy "demasiado". Demasiado frágil, asustada, insegura, niña y presa.»

Permaneció escondida detrás del expositor un tiempo interminable. Vio que Cedric pagaba, se dirigía hacia la salida y luego se volvía para decir algo al cajero y... y no era Cedric. Se parecía muchísimo a él, visto de espaldas, pero de frente era otra persona. Tenía la nariz larga y aguileña, un lunar debajo de un ojo, los ojos oscuros y una cicatriz en la barbilla. A decir verdad, ni siquiera de espaldas era su clon: la chaqueta valía cuatro perras, era una simple imitación con los codos consumidos, y calzaba unas botas de vaquero que Cedric no se habría puesto ni muerto.

Con el corazón en la garganta y ganas de abofetearse delante de todos, Grace dejó las golosinas en el primer estante que vio y salió corriendo.

El autobús se había marchado.

Por unos instantes, se quedó atónita, con la boca entreabierta, guiñando los ojos como si, al encuadrar mejor el aparcamiento vacío que tenía delante, el ágil galgo azul pudiera reaparecer de repente. Por unos instantes no pudo siquiera razonar.

Al final, su mente volvió a llenarse de pensamientos entre los que predominaba el que la enfrentaba a una trágica verdad: estaba sola, de noche, en una gasolinera de la carretera I-76, rodeada de un montón de desconocidos y de la nada.

«Ahora daría cualquier cosa para que ese tipo fuera Cedric.»

Desechó esa punzada de cobardía de la mente. Debía salir de la modalidad Grace-se-caga-encima y pasar a la de Grace-encuentra-una-solución.

En la carretera, los vehículos corrían rápidos y ruidosos. Hacer dedo no era una opción, resultaba demasiado peligrosa en todos los sentidos. Volver al bar y preguntar a gritos si alguien podía llevarla a la primera ciudad era una alternativa igualmente arriesgada. Quizá fuera mejor esperar a que parase otro autobús.

Mientras reflexionaba, tratando de contener el llanto, oyó un grito a su espalda y se volvió de golpe. No tuvo tiempo de comprender lo que estaba pasando: sus ojos captaron el movimiento ondulante de una tela de colores, como si un pavo real hubiera desplegado su cola en medio de la explanada, y algo pequeño y frenético corriendo por el asfalto en dirección a la interestatal.

Si no lo hubiera visto hacía poco, habría pensado que se trataba de una rata: pero era, sin duda, aquel extraño animalito que los dos viejecitos románticos llevaban en la mochila. Lo reconoció, sobre todo, por la cinta de color cereza que le adornaba el cuello y porque los dos ancianos corrían detrás de él intentando pararlo.

Pero el animal no se paró. Vio un árbol en el margen de la explanada y trepó hasta lo alto.

—Fred siempre ha sido un niño travieso —afirmó la mujer calzada con las bailarinas de color rosa dirigiéndose a Grace. Lo hizo en el tono entre amoroso y abatido de una madre que constata que su hijo es revoltoso.

El hombre llamó al animal por su nombre, sin el menor éxito.

—Deberías intentarlo tú, Gladys, a fin de cuentas, es tu hermano —dijo sin vacilar, como si estuviera hablando de un niño de carne y hueso.

—A veces mamá debía gritar durante horas antes de que volviera de sus aventuras con los pantalones manchados de barro e incluso rotos en las rodillas —prosiguió la mujer pensativa—. Podríamos intentarlo con la comida. ¿Te quedan frutos secos?

Grace empezó a pensar que estaban locos, pero aun así resultaban tan encantadores, debajo del árbol, con la punta de la nariz apuntando hacia arriba, ella, vestida con una falda que parecía un pedazo de arcoíris y él con el pelo revuelto, mientras enseñaban al animalito rebelde trocitos de almendras y nueces para inducirlo a que bajara, angustiados cada vez que un coche pasaba como una exhalación por la mastodóntica carretera, que estaba a pocos metros, que Grace no tuvo valor para ignorar la suerte de Fred y concentrarse en la suya, así que se acercó a ellos y les preguntó si podía echarles una mano.

—¿Puedes quitarte el gorro, querida, y llamarlo tú? —le preguntó la mujer—. Cuando era joven tenía el pelo como el tuyo, del mismo color espléndido, quizá así Fred te confunda conmigo cuando tenía tu edad. Añora mucho esa época y, a veces, estoy segura, le cuesta creer que yo sea su hermana. Cincuenta años son cincuenta años. ¿Puedes decirle que, si baja, iremos al lago a ver los castores y a comer malvavisco?

—Esto… yo…—titubeó Grace, muy confundida.

La señora le sonrió divertida.

—No tengas miedo, pequeña, no estoy loca. Es muy sencillo, Fred no solo es un lirón, además es la reencarnación de mi hermano, que murió de difteria cuando era niño, pero quizá tú no creas en la reencarnación.

—Yo... no... nunca he pensado en eso y...

—¿Puedes pensar luego, niña? —le suplicó la anciana—. ¿Puedes pasarle la bolsa de frutos secos, Edward?

El hombre le tendió una bolsa de plástico.

—Prefiere las avellanas, pero también le vuelven loco las almendras.

En pocos minutos, Grace pasó de una situación angustiosa a otra surrealista. Con un pedacito de avellana en los dedos y el pelo suelto para que el animalito lo viera, empezó a llamarlo en un tono forzadamente persuasivo. Dudaba mucho que Fred la escuchara más de lo que había escuchado a Gladys y Edward, pero no tardó en cambiar de opinión: en un abrir y cerrar de ojos, el lirón se asomó entre las ramas, la observó, como si la hubiera reconocido *de verdad,* y se lanzó a sus brazos. Grace contuvo un grito: de acuerdo, era un lirón, pero se parecía muchísimo a un ratón y a ella le daban miedo los ratones.

Aunque, quizá, solo creía que tenía miedo de los ratones. No estaba segura. A fin de cuentas, nunca había visto ninguno. Los animales, fuera cual fuera la especie, no formaban parte de su aséptica vida. Y esa cosa similar a un ratón era bastante mona, suave, con la cola en forma de cepillo, y masticaba los frutos secos haciendo gala de una elegancia encantadora, que la hizo reír. Armándose de valor, le acarició la cabecita y no sintió escalofríos, solo una extraña ternura y una felicidad inexplicable.

—¡Muy bien! —comentó Gladys—. Estaba segura de que te confundirías conmigo. Jugábamos mucho juntos antes de que se pusiera enfermo. ¿Puedes meterlo dentro de la mochila, querida?

—¿No me morderá?

—Oh, no, era travieso, pero nunca mordía.

Grace contuvo la risa y apretó el animalito con las manos. Estaba caliente, vibraba, y se dejó agarrar con facilidad: es más, al sentir el contacto de sus dedos, casi se quedó dormido.

Los dos ancianos parecían radiantes por el final feliz que había tenido aquella aventura.

—¡Querida, has sido muy amable! —exclamó la mujer—. Como recompensa quiero regalarte una pulsera de la suerte. Las hago yo trenzando hilos de algodón. Llevo siempre varias para regalárselas a las personas más simpáticas que conozco. —Rebuscó, presa de una gran excitación, en el pequeño bolso de flecos adornados con cuentas y hojas de plástico, y sacó una pulsera de colores. A continuación, le preguntó cómo se llamaba. Al oír su nombre, lo alabó y afirmó que era principesco—. Te irá bien esta, pequeña Grace. Roja, verde y blanca. El rojo representa el amor, el verde la esperanza y el blanco la libertad. En mi opinión, estos son los colores que necesitas. Ahora te la ataré a la muñeca y, mientras lo hago, debes cerrar los ojos y expresar tres deseos. No debes quitártela nunca, tienes que esperar a que se rompa sola, así uno o todos tus deseos se cumplirán.

Grace asintió sintiendo una alegría mucho más intensa que la que había experimentado cuando había recibido regalos mucho más costosos. Bajó los párpados y no tuvo que buscar mucho en el archivo de sus sueños para encontrar los que más le iban a ese juego, cómico y mágico a la vez.

«Quiero ser fuerte y valiente, quiero encontrar mi camino en la vida, quiero vivir un amor inolvidable».

La cara de Channing apareció en su mente y la hizo sonreír.

—Has pensado en un chico guapo, ¿verdad? —le preguntó Gladys exultante—. ¡Ya verás cómo te casas con él!

—Oh… esto… Lo dudo mucho, además…

—Lo sé, los jóvenes de hoy en día no piensan en casarse, solo en divertirse. Y hacen bien, no digo que no, pero, al final, el amor es importante, es la razón de nuestra vida. ¿Él está contigo?

—No, él… La verdad es que no existe.

—Siempre existe uno y si aún no existe, aparecerá. No obstante, por la manera en que te has ruborizado, creo que existe ya. ¿Quizá estás yendo a verlo?

Grace se encogió de hombros con una punta de amargura.

—Sería como encontrar una aguja en un pajar.

«¿Por qué le respondo? ¿Por qué doy explicaciones a esta señora tan extravagante? ¿Por qué pienso en Channing cuando ella pronuncia la palabra «amor»? ¡Ninguna de estas cosas tiene el menor sentido!».

—No es tan difícil, pequeña. Basta con usar un imán y la aguja aparece. Cuando queremos de verdad algo, lo encontramos, puedes estar segura.

—¿Vamos, *milady*? —terció Edward en tono amable—. Se ha hecho de noche y tenemos que encontrar un sitio para dormir antes de que lleguen los lobos.

Gladys notó, por lo visto, la enésima expresión de estupor de Grace.

—Querido, si seguimos así, esta jovencita acabará pensando que somos unos locos —explicó con una risita—. No nos referimos a los lobos de verdad, pequeña. De esos no tendríamos miedo, pero llevamos viajando varias semanas y, a veces, de noche, nos hemos parado en lugares poco seguros donde hemos conocido personas poco recomendables, eso es todo. Así que vamos a tener que dar unas cuantas vueltas para encontrar un rincón tranquilo donde acampar con nuestra casita.

—¿Qué casita?

La dulce Gladys cogió a Grace de la mano y se dirigió con una lentitud casi solemne, como si ese gesto formara parte de un pequeño rito, hacia un vehículo que estaba aparcado debajo de dos árboles, al lado de los servicios del bar.

Grace contuvo la risa.

Delante de ella había una furgoneta Volkswagen, como las que se ven en las películas de jipis ambientadas en los años setenta, pintada con unos colores que no podrían atraer más a los lobos. Era imposible que tuvieran, al menos, ciento cuarenta años entre los dos, se vistieran como un arcoíris de bolsillo, viajaran en una furgoneta de color morado y rosa con un ala blanca pintada en cada lado, creyeran que un lirón era la reencarnación de un niño difunto y pensaran que podían pasar desapercibidos. Incluso alguien como ella, que siempre había vivido entre algodones alcanzaba a imaginar que semejante combinación podía incitar a delinquir a cierto tipo de personas.

En ese momento, sin embargo, otro pensamiento pasó por su mente. Mientras Edward abría la puerta lateral y le enseñaba el interior del vehículo, que parecía una bombonera, con una cama al fondo, justo debajo de la ventanilla posterior, cubierta por una manta de color rosa con largos flecos rematados en borlas, una cocinita coronada por un aparador de dos puertas, un sofá minúsculo de flores, una mesa pequeña y un biombo de bambú que quizá ocultaba un retrete microscópico, en los labios de Grace afloró una pregunta más rápida que dicho pensamiento.

—¿Puedo viajar con ustedes?

El sofá de flores era más cómodo de lo que parecía. En el aire flotaba una dulce fragancia a lavanda y, mientras observaba los minúsculos muebles perfectamente encastrados, Grace se sintió como si estuviera en una casa de muñecas. Se preguntó si las vajillas que estaban guardadas en el aparador serían tan pequeñas como las que utilizan las niñas para beber un té invisible cuando juegan a ser señoras.

Cuando Edward arrancó la cafetera de colores, Fred salió de la mochila y se acomodó también en un rincón del sofá, sentado en una pose ridícula, como si fuera un pequeño rey, con una almendra blanca grande entre sus patitas. Gladys empezó a untar con mantequilla unos bocadillos de pan de centeno, rellenándolos con unas lonchas finas de seitán especiado y unas hojas largas de berza hervida. Luego, sin preocuparse por el movimiento de la furgoneta, que la hacía resbalar de un lado a otro, sirvió zumo fresco de pomelo en un vaso de cristal decorado con unos ángeles.

—Nosotros no comemos carne, espero que no sea un problema para ti —dijo a Grace tendiéndole el sándwich en un plato de cerámica amarillo—. No me gustaría comerme a un pariente lejano ni a nadie que conocimos en una vida pasada. Fred es la reencarnación de mi hermano Frederick, ¿y si nos comiéramos un pedazo de la reencarnación de alguien? No, preferimos no correr ese riesgo.

Grace sacudió la cabeza y mordió de buen grado el bocadillo.

—¿Cómo sabe que... bueno, que Fred es su hermano? —le preguntó después de haber dado un sorbo del zumo sin un gramo de azúcar que le hizo rechinar los dientes.

—Tutéame, por favor. Digamos que hemos tenido varias señales. Para empezar, entró en nuestra vida el día del cumpleaños de Frederick. Apareció de la nada, seguido de un estúpido criado que lo había confundido con un ratón y quería matarlo con la escoba. Se lanzó a mi regazo y me miró con esos ojitos tan vivos, como hacía él cuando quería que lo salvase de los sermones de mi madre, después de haber hecho una travesura. Además, a mi hermano le faltaba un dedo en una mano, había nacido así, sin meñique, y, como puedes ver, a Fred también le falta un dedo en una pezuña. Por último, en esa época tuve unos sueños muy significativos, en los que mi hermano se me aparecía y me pedía que cuidara de él. Añadía que en su vida anterior había vivido muy poco y que quería ver mundo, así que nos marchamos todos.

—¿De dónde?

—De la residencia de ancianos donde vivíamos, pero ¡no creas que era un lugar terrible! Estaba en Coventry, un pueblo precioso de Rhode Island. Eddie y yo nos conocimos allí. Los dos somos viudos y sin hijos. Lo nuestro fue un flechazo, ¿quién nos lo iba a decir? ¿Aún crees en el amor a primera vista, pequeña?

Grace bebió otro sorbo de zumo de pomelo y se mordió los labios. Una vez más, como ya le había sucedido cuando la palabra «amor» se expandía en el aire, Channing se convirtió en una arrogante molécula de aire.

—Sí, sí que crees —observó Gladys con alegría—. ¿Te refieres a la aguja en el pajar? ¿Fue un flechazo?

Por segunda vez durante el viaje, Grace se puso a hablar de sí misma con casi un desconocido. Sentada en el sofá de flores, con Fred durmiendo a su lado y roncando como el lirón de unos dibujitos animados, contó una parte de su historia a la vieja señora que quizá fuera solo distraída o quizá estuviera realmente loca. Gladys la observó mientras oía su relato con las manos juntas, embelesada, como una niña romántica que escucha un cuento lleno de corazones y flores. Al final, como si quisiera ayudarle a recuperar las fuerzas después de un leve sufrimiento, ofreció a Grace una tableta de chocolate.

—Quizá estabais unidos en otra vida y habéis vuelto a encontraros —comentó la señora—. Creo que a Eddie y a mí nos sucedió lo mismo. El flechazo es el reencuentro de dos almas que se reconocen al cabo de muchísimo tiempo. Ahora tenéis que volver a veros.

—De eso nada —replicó Grace—, dudo mucho que quiera volver a verme, además, es imposible. Ni siquiera sé adónde ha ido. Solo me dijo que se dirigía hacia Kentucky, a un sitio famoso para escalar, pero lo que sé es demasiado vago para poder encontrarlo… siempre y cuando quiera hacerlo.

En ese momento, antes de que Gladys pudiera responderle, Edward habló desde el asiento del conductor.

—Estamos en el condado de Lancaster. Creo que, si salimos de la autopista, podremos encontrar un sitio seguro donde parar. En esta zona hay un pueblo amish y los amish son muy tranquilos.

Durante casi una hora recorrieron carreteras rurales sumergidas en la oscuridad. A pesar de que la noche era estrellada, apenas iluminaba las inmensas extensiones de campos, tan llanos como discos, salpicadas aquí y allí por el perfil anguloso de los graneros. Tras dejar atrás un puente cubierto, divisaron un grupo de casas bajas y comprendieron que habían llegado a su destino.

Grace miró afuera emocionada. Jamás había dormido así, casi al aire libre, protegida tan solo por el techo de una furgoneta que quizá tenía cuarenta años.

Mientras Gladys y Edward se acostaban en la cama de cuerpo y medio que había al fondo del habitáculo y se dormían con tanta rapidez que, ellos sí, parecían la reencarnación de dos lirones, Grace se acurrucó en el sofá, tapada con una manta amarilla, al lado de Fred y su collar de color rojo encendido. Con un dedo, acarició la barriga del animalito y luego durmió profundamente, como si sobre ella pesara un cansancio secular.

CAPÍTULO 7

Las mujeres lucían vestidos largos de color azul oscuro y delantales blancos. De vez en cuando, de las cofias de organza escapaban pequeños mechones rebeldes, sobre todo en las más jóvenes. Los hombres, en cambio, iban tocados con sombreros de paja y vestían pantalones oscuros, sujetos con gruesos tirantes, y camisas de algodón tosco.

Grace había oído hablar de los amish, pero no había conocido a ninguno en toda su vida. Se asombró al comprobar que los jóvenes eran, en su mayoría, guapísimos, muy altos y rubios, muy diferentes de las imágenes que le había sugerido su estrecha fantasía. Pensaba que eran más sombríos, poco sonrientes, que iban vestidos de negro de pies a cabeza y que tenían unas barbas muy largas. Solo los adultos correspondían un poco a esa imagen: en cambio, los jóvenes que aún estaban solteros eran risueños y amables.

En el interior de una tienda, que tenía la fachada de madera pintada de color lila, vendían mermeladas, dulces, fruta, quesos y baratijas para los turistas, todo hecho en casa. Un sinfín de personas entraban a comprar comida, edredones de *patchwork*, campanillas, casitas para los pájaros y sonajeros para cunas hechos con cáscaras de nueces.

Gladys revoloteaba como una libélula por en medio de la multitud de curiosos, preguntaba con sincero interés por los productos y pegaba la hebra con las señoras tocadas con las cofias blancas, a tal punto que poco faltó para que lo comprara todo. Edward estaba a su lado y, ya fuera por solidaridad o por casualidad, lucía también un par de tirantes anchos, solo que los suyos eran rojos, a juego con los zapatos. Llevaba un pequeño capazo de mimbre en el que iba metiendo, de forma metódica y delicada, envases de todo tipo, al mismo tiempo que miraba a Gladys con el amor de quien ha encontrado su corazón después de haberlo perdido.

Grace decidió salir a dar un paseo por el campo. Llevaba el lirón en la mochila. Grace se había convertido en su compañera preferida y la seguía a todas partes. Según Gladys, era evidente que el querido Fred la había confundido con ella: para demostrárselo, le había hecho ver una foto de cuando era joven.

Fred era un niño con cara de travieso: el pelo rubio y revuelto, el cuerpo esquelético y una carita… una carita tan fina como la de un roedor, tanto que, a pesar de que la nueva Grace no era tan nueva como para creer ya en la reencarnación, era evidente que Fred el niño y Fred el lirón eran casi idénticos.

En su juventud, Gladys era tan mona que Grace le agradeció que le hubiera dicho que se parecían. En la foto aparecía rubia y alta, vestida con un elegante traje de chaqueta estilo años cincuenta, de color rosa melocotón, y, al igual que su hermano, parecía ser fuerte y luchadora, como si una centelleante purpurina rebelde anidase entre los pliegues de su falda.

Así, con Fred en la mochila, Grace se dirigió hacia el camino rural. De vez en cuando, los típicos medios de locomoción de los amish —los *buggies* tirados por caballos— pasaban por su lado y en cada ocasión se sentía por un instante como si estuviera en una película ambientada en otra época, una época sencilla hecha de carros, trigo cosechado con la única fuerza de los brazos y apilado en montones imperfectos, ropa remendada y anocheceres a la luz de las velas.

Esa dulce nada —nada de coches, de estruendo, de edificios, de prisas— era tan hipnótica, tan agradable que, cuando algo se abalanzó sobre ella, Grace gritó más por miedo que por la caída en sí. Fred se escabulló de la mochila y escapó hacia un campo de mazorcas similar a un laberinto.

Mientras gritaba su nombre, Grace vio a su lado a una joven ataviada con un vestido largo de color celeste y una cofia blanca en la cabeza. Era, a todas luces, una amish, pero lo que más le impresionó fue que, debajo del vestido monjil, se veían unos enormes patines de ruedas negros. A su alrededor, esparcidos como un lego, había un saquito de tela, unas manzanas y una botella de soda.

—¡Oh, lo siento! —exclamó la joven—. Aún no sé patinar y…

Grace no se detuvo a escuchar sus disculpas. Se puso en pie y salió corriendo detrás de Fred. Por desgracia, un lirón, que podía ser tanto la reencarnación de un niño rubio como un animalito dorado, no podía destacar en un campo de maíz: el travieso roedor se confundió enseguida como un camaleón en el amarillo.

Por suerte, los agricultores habían dejado abiertos unos senderos anchos entre una hilera de plantas y otra. Grace los recorrió con una ansiedad casi maternal, de un lado a otro, varias veces, como si el irritante animalito fuera, de verdad, un mocoso terrible.

Jadeando, con la frente perlada de sudor, una sed espantosa y deseos de agarrar al Fred niño por el cuello de la camisa y al Fred lirón por el collar para echarles un buen rapapolvo, Grace cayó al suelo exhausta. El sol estaba alto en el cielo, las sombras eran pedacitos de lápiz. En ese momento se acordó de sí misma, de que se había fugado hacía unos días, de la ansiedad que se sentía en la voz de su madre cada vez que la llamaba, y se preguntó qué derecho tenía a juzgar las escapadas de Fred, tanto si era niño como lirón.

De esta forma, se sentó en la hierba con las piernas cruzadas y dijo a las espigas:

—Estoy aquí. Si quieres volver, vuelve.

El viento sopló sonando como carta desgarrada. Pasó un buen rato sin que sucediera nada. Después, una flecha resplandeció en el mar pajizo y el hocico de Fred apareció entre las hojas.

Grace le sonrió como se sonríe a un hermano que ha regresado a casa por amor y no por obligación.

—¡Ven aquí, travieso!

Por toda respuesta, el lirón dio un brinco y cayó en sus brazos.

—¿Hablas con los animales? —La misma persona hizo que Grace se sobresaltara por segunda vez. La niña de antes, descalza como si estuviera a orillas del mar, con los patines de ruedas a un hombro y el saquito de tela en el otro brazo, la miró con curiosidad—. Te sangra una mano —se apresuró a añadir. Tenía un acento extraño, un poco duro, como el de los alemanes cuando se esfuerzan para hablar inglés.

Grace se miró la palma de la mano: se había arañado cuando se había caído hacia delante. Ahora que el miedo había pasado, empezaba a sentir que le escocía.

—No es nada —replicó.

—Si me esperas aquí, vuelvo enseguida. Vivo detrás de este campo. Te caíste por mi culpa y quiero que me perdones. Tengo una crema desinfectante con la que me curaba las heridas de la rodilla cuando aún no sabía patinar y me caía sin cesar. Ahora no es que patine muy bien, pero me defiendo mejor que antes. En fin, espérame. Bueno, no puedo obligarte, claro, pero…

—Está bien, te espero —accedió Grace con una sonrisa.

La esperó de verdad. En la mochila llevaba una bolsita de avellanas y unos pedazos de manzana seca y se los ofreció a Fred. La chica amish volvió enseguida. Aún iba descalza y en las manos llevaba un tarro de cristal y un paño de algodón. Se sentó a su lado, tapándose las piernas hasta los talones con la falda larga y decorosa, en una pose similar a la de ciertas damas antiguas que aparecen en los tapices del siglo XIX.

—Me llamo Kate —le dijo la chica—. El ungüento lo he preparado yo, pero aun así mi madre no parece muy contenta conmigo. No sé coser y soy un desastre en la cocina, pero me divierte preparar pomadas y reconstituyentes con las hierbas. De mayor quiero ser médico. ¿A ti qué te gusta hacer?

Solo le faltaba que incluso una chica amish, que, según las normas de su comunidad, solo debía preocuparse por las tareas propias del hogar, tuviera las ideas sobre su futuro más claras que las suyas. Grace pensó que no tenía un solo sueño que pudiera definirse como tal y se sintió infantil y estúpida. De repente, ser una fugitiva que va en búsqueda de sí misma le pareció una nimiedad, comparado con las valientes ambiciones de Kate.

—¿Puedes hacerlo? —le preguntó. El ungüento crepitó un poco al entrar en contacto con las heridas, mientras la chica le pasaba el paño con gran delicadeza—. Quiero decir… ¿puedes estudiar medicina? Creía que…

Kate hizo una mueca. A pesar de no aparentar más de quince o dieciséis años, tener el cutis del color del mármol y llevar el pelo recogido en una cofia, la expresión de firmeza que adoptó por un instante hizo que pareciera más adulta que ella.

—En rigor, no. Nuestra comunidad es muy conservadora, ni siquiera tenemos energía eléctrica, pero yo cumpliré mi sueño, puedes estar segura. ¿Aún te duele?

—No, para nada, se curará enseguida. Solo es una herida superficial.

—Las heridas hay que limpiarlas, aunque sean superficiales. El inverno pasado, uno de los ancianos de la comunidad murió de septicemia porque no se desinfectó después de haberse cortado con una hoz. ¿Cómo te llamas?

—Grace.

—¿Quieres un poco de soda, Grace? ¿No? A mí me encanta. La compro en la tienda. Conservan el hielo en cajas de corcho y en verano es agradable beber algo con gas. A mi madre tampoco le gusta mi afición a las burbujas.

Se inclinó hacia el saquito de tela que, antes de ir a su casa, había dejado caer en la hierba, al igual que los patines. Sacó la botella y la destapó con una mirada eufórica. La bebió a grandes tragos, con el aire divertido de quien se está concediendo un momento de descaro. Su postura perdió de inmediato la severidad, el pliegue inflexible de sus piernas se aflojó y, al final, se apoyó en los codos y miró al cielo.

—Vamos, dispara, pregunta lo que quieras —dijo al cabo de unos minutos.

—¿Qué se supone que tengo que preguntar?

—Los turistas suelen pararnos para preguntarnos cosas. La mayoría de las veces son preguntas estúpidas.

—No tengo ninguna pregunta que hacerte, ni estúpida ni inteligente. Son tantas las que me hago a mí misma y a las que no sé responder, que sería una presuntuosa si pretendiera hacer eso con los demás.

La sonrisa de Kate fue tan amplia que se asomó incluso a sus ojos.

—En ese caso, yo haré las preguntas. ¿De dónde vienes?

Grace se lo dijo.

—Oh, esperaba que fueras de California.

—¿Por qué?

Kate se encogió de hombros sin explicar el sentido de esa misteriosa esperanza. En ese momento, al otro lado del ejército de espigas se oyó una voz femenina.

—Es mi madre, me está buscando —explicó la joven amish—. Tengo que volver. Si te quedas unos días, quizá volvamos a vernos. —Levantó un brazo en ademán de despedida, después se inclinó hacia la hierba para coger los patines y el saquito. Mientras se alejaba, Grace pensó que le gustaría volver a verla, no para acribillarla a preguntas tontas, sino para descubrir cómo había cultivado el valor que resplandecía en sus ojos, si era posible aprenderlo, si era lícito pedir un pedazo, pero, por encima de todo, si existía una manera de comprenderse que ayudara a comprender qué era justo para uno mismo, sin importar lo que pensaran los demás.

Gladys parecía atraer la amabilidad del mundo como un imán. No había ningún ser humano, lirón, gato, arbusto de rododendro o, incluso, soplo de viento, que no quedara hechizado por su atolondrada frescura.

Los amish no solían ser muy afables con los turistas, y, pese a que no eran nunca bruscos, tendían a mostrarse impenetrables. Ese día, en cambio, después de una conversación en la tienda en la que abundaron las sonrisas, invitaron a la extraña familia que formaban —dos abuelos y una nieta, porque eso era lo que parecían vistos desde fuera— a acampar en uno de sus terrenos de frutales y a utilizar el pozo.

De esta forma, mientras Fred holgazaneaba y Edward enjuagaba los platos valiéndose de un cubo de agua que había subido como en la escena de un viejo *western*, Gladys decidió retomar su vieja pasión por los peinados y, armada con cepillos y horquillas, se puso a jugar con el pelo de Grace.

—Cuando era niña solía peinar a mi madre. Tenía una melena muy larga, cobriza. ¿El pelo de tu madre es como el tuyo?

Grace estuvo a punto de decirle que no, que el pelo de su madre era tan negro y liso como rubio y encrespado era el suyo, pero después comprendió que se trataba de una verdad a medias. No tenía la menor idea de cómo era el pelo de su *verdadera* madre. De esta forma, le contó esa parte de su vida y, de paso, que no la habían admitido en Yale.

—Mi querida niña —dijo Gladys en un tono más suave del habitual, que era casi de mantequilla—, cuando suceden tantas cosas a la vez es porque la vida está tratando de decirte algo. Quizá lo intentó antes, pero estabas demasiado distraída para oírlo y ha tenido que gritártelo al oído.

—Channing me dijo algo parecido.

Gladys se calló un instante y suspiró con pesar.

—Lo siento por él.

—¿Por qué?

—Si un chico tan joven comprende ya los mecanismos del destino, debe de haber sufrido muchísimo. Ciertas cosas las entendí ya de muy vieja. Por lo general, cuando eres joven y sucede algo desagradable, tiendes a enfadarte o a llorar, pero no sabes captar la sutil trama de hilos que esconde el dibujo superficial. Quien tiene delante un camino más largo que el que ha dejado a sus espaldas pierde el tiempo nutriendo rencores inútiles o compadeciéndose de sí mismo. Quienes disponen de menos tiempo, en cambio, buscan un sentido positivo a las cosas y se arremangan para no distraerse con chácharas inútiles.

Grace recordó los ojos luminosos de Channing, su sonrisa, y sintió un estremecimiento de ansiedad.

—¿Qué quieres decir?

—Que, sin duda, tu querido Channing tiene un secreto que lo ha hecho crecer deprisa. ¡No pongas esa cara, pequeña! Cuando vuelvas a verlo te lo contará todo. Y, sea lo que sea, lo resolveréis juntos.

Habría podido responderle que su relación no era tan profunda, que solo habían compartido un tramo de camino, una vuelta de tiovivo, y que habían visto una película juntos, que un día no es la vida, aunque la vida se componga de días, que, sin duda, él ahora estaba en lo alto de una roca bañada por el sol y que ya no pensaba en ella. Habría podido contestarle eso, pero dijo:

—¿Crees que volveré a verlo?

—Si accionas el imán, seguro que pillarás esa bendita aguja.

—Quizá la aguja no quiera que la pille…

—Cuántos «quizá», querida. Por suerte, cuando te escapaste de casa dejaste los «quizá» en el sótano. Por eso te ha golpeado tanto la vida: conocía tus «quizá» y los cambió por una ráfaga de «síes». ¿Te gusta el pelo?

Le tendió un pequeño espejo y Grace se miró con curiosidad. Mientras Gladys trajinaba con los mechones, pensaba que al final se iba a encontrar con un peinado antiguo o, como mucho, con dos trenzas largas al estilo de las indias americanas. En cambio, tenía su cabeza rubia llena de trencitas rasta. Algunas tenían en la punta unas cuentas de plástico de color rosa. Era un misterio cómo Gladys había conseguido domar sus rizos naturales con la única ayuda del cepillo. Soltó una carcajada y exclamó:

—¡Cedric se quedaría de piedra si me viera así!

—Entonces, mándale una foto —dijo Gladys provocándola con delicadeza—, pero solo si se queda de piedra de verdad, en caso contrario, no vale la pena. —Grace volvió a reírse—. No tengo nada contra él, pequeña. En el fondo, sin su contribución ahora no estarías aquí, con estas bonitas trenzas de reina leona.

—¿Me las puedo hacer también yo?

Daba la impresión de que la joven solo sabía entrar en escena de manera inesperada y sorprendente. Grace y Gladys se volvieron a la vez y la vieron allí, con los patines en línea, ataviada con el vestido de color celeste y la cofia, y con sus ojos de niña rebelde. En un brazo llevaba la bolsa de siempre.

—¿Puedo hacerme también esas trenzas tan bonitas? —repitió—. A cambio, os he traído manzanas y melocotones.

—Siéntate, querida. La peluquería de Gladys aún está abierta. —La joven se quitó la cofia y una cascada de pelo dorado resbaló casi con ímpetu por sus hombros, crujiendo como las hojas cuando las mueve el viento—. Tienes un pelo precioso, será muy divertido.

Kate se acercó a ellas y se sentó en la sillita plegable. Sus enormes patines, que se hundían en la hierba, parecían las patas de un dragón.

—¿Tus padres te dejan usar patines en línea? —le preguntó Grace intrigada. Enseguida temió haberle hecho una pregunta tonta y se arrepintió de su franqueza, pero la joven le sonrió. Quizá las preguntas tontas a las que había hecho alusión esa mañana eran otras.

—Hasta que no me bauticen sí: después será tan imposible como curar una enfermedad gravísima con una cucharadita de bicarbonato.

—¿Hasta que no te bauticen?

—Nos bautizamos cuando somos adultos, después del *Rumspringa* —Grace la miró perpleja. Kate sonrió divertida sin perder la paciencia—. Es la época en la que los jóvenes que tienen entre dieciséis y dieciocho años pueden vivir despreocupadamente. En algunas comunidades progresistas pueden incluso viajar por el mundo. Por el momento, a mí solo me dejan patinar, beber soda, leer libros prohibidos y hablar con los turistas. No son grandes concesiones, vaya.

—¿Libros prohibidos?

—¡Nada escandaloso, por desgracia! En realidad, solo es un libro. Un texto de medicina. Tuve que decírselo a mi madre y antes de dármelo para que lo leyera arrancó varias páginas. En cualquier caso, es muy interesante. Me lo…, esto, me lo regaló un chico.

Gladys soltó una risita escandalizada mientras trenzaba la larguísima melena rubia de Kate.

—Pero ¡qué oigo! ¿Se habla de chicos? ¿Se puede saber quién es ese jovencito?

Kate se ruborizó a la misma velocidad a la que una llama quema un folio de papel de seda. Las puntas macizas de sus patines se plegaron formando un ángulo.

—No es nadie. Nadie especial, quiero decir. Es un chico que conocí hace unos meses. Era un turista, un estudiante que iba de viaje. Hablamos un poco y me regaló el libro, eso es todo.

Grace se preguntó si el estudiante en cuestión venía de California, pero calló para no parecer indiscreta.

Durante unos minutos, el silencio combatió contra el viento y el zumbido de los insectos. Gladys tejía las trenzas con la misma precisión con que habría hecho encaje de bolillos, sus dedos finos parecían agujas que agujereaban el lino y la seda para crear dibujos. En cierto momento, soltó una risita de satisfacción y tendió a Kate el espejo: la joven se miró con el arrobamiento de quien ve algo bonito y el estupor de quien ya no reconoce algo que le era familiar. Los ojos que observaban la melena revuelta brillaban excitados. Se observó atentamente, cada vez más satisfecha.

—Ahora, debes deshacérmelas —dijo al final—. Si vuelvo a casa así, no bastarán todos los *Rumspringa* del último siglo para evitar una reprensión pública en la asamblea.

Consternada, Gladys la obedeció, deshizo las trenzas y le cepilló la melena. Al final, la cofia de organza volvió a su sitio y de la traición no quedó ni rastro.

Edward llegó del pozo, con la cara casi quemada por el sol y una palangana esmaltada llena de vajilla. Sobre los vasos del revés había un ranúnculo. El anciano dejó la palangana encima de la mesa de pícnic y se acercó a Gladys. Con delicadeza, le prendió la flor al pelo, de forma que esta parecía a la vez una corona, un beso y una promesa.

—A la mujer más guapa del mundo —le dijo.

Grace sintió alegría al oírlo, porque comprendió que el amor era algo sencillo, un simple ranúnculo detrás de una oreja, pero, al mismo tiempo, se entristeció también, porque nadie le había puesto nunca una flor en el pelo y, quizá, nadie se la pondría nunca.

Kate fue a verlos los tres días que estuvieron en Lancaster. Cada vez les llevaba algo crujiente para comer: fruta fresquísima, mazorcas asadas, caramelos de azúcar y miel. Gladys le regaló una pulsera de la suerte de color blanco y rojo y la joven expresó sus tres deseos secretos apretando los ojos y los labios. Después, la escondió en una de las mangas largas de su vestido azul. Grace reconoció que no sabía ir en patines y su nueva amiga se ofreció a enseñarle. Se cayó varias veces entre las hileras de maíz y se levantó otras tantas. Fue tan divertido como si aquella vez fuera la primera en que jugaba en su vida. No, más aún: como los primeros pasos de una niña que observa el espacio desde el punto más alto de sí misma después de haber ido solo a gatas. Lo intentó también en la carretera, con el viento de cara, a una velocidad de vértigo, aterrorizada por la sensación de vacío y de mundo que huye bajo los pies, y fascinada por la sensación de vacío y de mundo que huye bajo los pies.

Pero la cosa más extraña sucedió al amanecer del cuarto día, mientras la extraña familia inventada se disponía a partir. Edward estudiaba un mapa y confabulaba con Gladys, apoyando el dedo en varios puntos.

De repente, apareció una ninfa entre los manzanos.

No, no era una ninfa, era Kate, luciendo un vestido largo de color verde, con una bolsa de tela en un hombro, la cofia de organza y un par de botas en lugar de los patines.

—Me voy con vosotros —dijo—. Me merezco un *Rumspringa* como Dios manda, no me basta con unos cuantos bailes campestres los fines de semana o, como mucho, una excursión a Ohio, acompañada, por si fuera poco, de la familia de mi tía paterna. Quiero ver un poco de mundo, el mundo de verdad, y quiero hacerlo sola.

—¿Te estás escapando de casa? —le preguntó Edward pensativo—. No tengo nada en contra de las fugas, no es eso, me gusta la gente que tiene valor para hacer locuras, pero… eres menor de edad, pequeña. No quiero que piensen que te hemos secuestrado o corrompido de alguna forma. Todos han sido muy amables con nosotros y no quiero traicionar su confianza.

—No correréis ese riesgo. La comunidad tolera que una chica de dieciséis años se marche durante el *Rumspringa*. El obispo es más moderado que mi madre y sabrá hacerle comprender que sería peor que no me marchase, que me sintiera frustrada y cometiera una estupidez después del bautismo. Eso sí que sería una deshonra irreparable. Además, se alegrarán de saber que me he ido con vosotros, a fin de cuentas, sois inofensivos. Sería peor que...

—¿Que hubieras elegido una compañía que incluyera a un joven estudiante de medicina? —exclamó Gladys sonriendo.

Kate se ruborizó. Grace también, por complicidad. Se sentía cada vez más cercana a esa joven, tan diferente de ella y, a la vez, tan afín en la necesidad de huir de una vida entre rejas. Sí, sus rejas eran distintas, las rejas de Grace parecían ornamentos de oro, pero cuando un pañuelo te ahoga da igual que sea de cáñamo o de seda. Si te obstruye la garganta, siempre es letal.

El viaje parecía estar realmente guiado por el destino. O el mundo estaba lleno de fugitivos y no era tan inusual encontrar personas que habían dejado a toda prisa algo a sus espaldas, o el hecho de haber conocido a todas esas personas anhelantes de aventura formaba parte de un plan misterioso cuyo sentido aún desconocían.

CAPÍTULO 8

Debía tranquilizarse un poco, debía resistir a la tentación de llamar a Cedric y mandarlo al infierno de manera un poco menos metafórica de lo que había hecho hasta ese momento. Que ese idiota se hubiera permitido llamar a sus padres para contarles que ella se había fugado a Florida con dos desconocidos, después de haberla acribillado a llamadas telefónicas, a las que no había contestado, y de haberle dejado un sinfín de mensajes en el contestador, que no había escuchado, era más de lo que podía soportar.

Grace estaba furibunda, cada molécula de su cuerpo se agitaba armada con una porra y un Taser: si hubiera tenido a Cedric delante en ese momento, su carácter dócil no habría podido impedir que lo masacrara a garrotazos y a sacudidas eléctricas. ¿Cómo se había atrevido a asustar tanto a su madre y a encolerizar seriamente a su padre por primera vez desde que había iniciado el viaje? Si creía que con eso iba a conseguir que regresara, iba más desencaminado que Cristóbal Colón. Al contrario, comportándose así solo había logrado acrecentar su deseo de escapar, pero, por encima de todo, de excluirlo de su vida como se hace con un color que te sienta mal, con un olor que te da dolor de cabeza y, en general, con alguien que te convierte en lo contrario de lo que eres.

—¿Va todo bien? —le preguntó Kate.

No era necesario tener una sensibilidad extraordinaria para percibir las volutas de humo que emanaba su humor, similares a los claros indicios de un incendio en un sótano.

—Sí, todo va bien —le respondió.

No tenía ganas de hablar de Cedric, tenía que tranquilizarse y procurar no llamarlo para cantarle las cuarenta. Aunque, quizá fuera lo más conveniente, quizá así podría comprender hasta qué punto la verdadera Grace *no* podía gustarle y, de esta forma, se vería obligado a resignarse. Por desgracia, la mera idea de oír su voz la irritaba, azuzaba a una Grace primitiva que más que extinta, pensaba que nunca había llegado a nacer, pero que estaba ahí, detrás de su antiguo papel, cada vez más cerca del centro del escenario.

Esbozó una sonrisa forzada al mismo tiempo que miraba la magnífica fuente que había en medio de la Fountain Square de Cincinnati. El agua rebosaba de las manos de una alta estatua de bronce como si fuera un ropaje de seda traslúcida.

Habían llegado a la periferia de la ciudad la noche anterior y se habían detenido en un área de descanso para caravanas. Gladys y Edward se habían quedado allí, mientras que Kate y ella se habían concedido una pequeña evasión. La llamada alarmada de sus padres, que solían esperar a que fuera Grace la que se pusiera en contacto con ellos, había estropeado la alegría propia de una excursión juvenil.

Entonces, con ese diablo en el cuerpo, mientras paseaban por las calles abarrotadas del centro, Grace vio un escaparate más tentador que el de una joyería: se trataba de un ropavejero que vendía objetos usados de todo tipo. Ropa de grandes marcas pasada de moda, objetos domésticos que hasta un amish habría considerado antediluvianos, baratijas que intentaban pasar por antigüedades, cuadritos polvorientos de dudosa factura, servicios de té huérfanos de varias piezas y… una vieja cámara fotográfica italiana, una Bencini Koroll II de los años sesenta, metálica, pesada, con los bordes consumidos y una funda igualmente pesada y desgastada de cuero, con una bandolera larga.

La contempló unos instantes, exultante. Después, le dijo a Kate:

—Quiero hacerte un regalo y yo también me haré uno.

Deambularon por la tienda, Kate tardó un poco en elegir algo que tuviera que ver con el sentido de su viaje. Al final, Grace salió con su Bencini Koroll de cincuenta dólares y con una bolsa de carretes de veinticuatro fotografías, y Kate con un podómetro de latón de principios del siglo XX.

Poseer la cámara *vintage* parecía haber iluminado una estancia en su alma. El mundo se transformó en un teatro de poses, en un collage de escenarios, de expresiones, de ruidos y de silencios que debía inmortalizar. Era imposible atrapar todas las cosas y todos los momentos, los disparos no eran ilimitados como en las cámaras digitales, pero justo por eso cada uno de ellos tenía un sentido y era fruto de un razonamiento.

Gladys y Edward bailando un vals sin música, en el área de descanso, entre una magnolia y el costado alado de la furgoneta de color morado y rosa, sus sombras alargadas como los perfiles de dos bailarines altísimos; Fred haraganeando abrazado a un gran pañuelo con las puntas anudadas, en forma de orejas de liebre; Kate de perfil, observando su mágico podómetro, como si ese objeto redondo de latón, casi igual que un reloj de bolsillo, pudiera enumerar uno a uno los saltos que la llevaban a la libertad; una Virgen rubia y turquesa, dibujada en una acera del área de descanso con tizas de colores por dos ocupantes de una caravana que habían pasado su juventud en Europa, creando imágenes sagradas en las calles históricas de Roma y París, y fotos de sí misma, confusas, puede que desenfocadas, de las que no sabría nada hasta que no revelara el carrete.

Y, sobre todo, los lugares por los que viajaban. Un arbusto de margaritas silvestres alrededor del letrero de un área de descanso; un cartel publicitario capturado de pasada, de un intenso color morado berenjena, el mismo color del cielo en ese instante; el mapa de los Estados Unidos completamente extendido, mientras Fred caminaba por encima de él; las puestas de sol detrás de las casas, de los moteles, de las fuentes, de los edificios, la curva de una colina, la espalda curvada de un hombre cualquiera.

Y las luciérnagas.

Jamás las había visto y las notó entonces, en la oscuridad, al otro lado de la ventanilla, a unos cincuenta pasos de ella, agrupadas entre la hierba y los troncos de las hayas y de los arces. Parecían trazar un sendero suspendido en el aire.

Esa mañana habían llegado a la Red River Gorge, que se encontraba en el Daniel Boone National Forest. Edward y Gladys decidían las etapas siguiendo una inspiración secreta y Grace y Kate los seguían sin rechistar. Cada vez descubrían la nueva parada casi por casualidad. Ese descubrimiento las había emocionado mucho: ninguna de las dos, ni siquiera Kate, que había llevado una vida sencilla, había visto jamás una naturaleza tan poco domesticada. No había campos arados ni vallas, ni arbustos podados, ni caminos de grava ni laberintos inocuos de maíz: solo había árboles nudosos que ocupaban el espacio que deseaban ocupar, gargantas y cuevas, arroyos y ríos, marañas de raíces robustas, rocas puntiagudas y precipicios repentinos.

Habían decidido acampar en un lugar aislado, nada confortable. Les habían prohibido que encendieran hogueras y que se alejaran sin un guía, porque la naturaleza que los rodeaba era como cabía esperar: incómoda, feroz y salvaje.

Pero ¿cómo iba a renunciar Grace a la extraordinaria ocasión de fotografiar las primeras luciérnagas de su vida? De manera que, aprovechando que los demás dormían, se puso una sudadera y salió de la furgoneta con la cámara fotográfica en las manos.

El cielo estaba tachonado de estrellas, así que no era necesario usar una linterna: todo estaba iluminado por los faros más antiguos del mundo. Además, las luciérnagas aclaraban la hierba, los arbustos y las zarzas con su frío resplandor.

Grace las persiguió como un niño incauto que, en un cuento, sigue un rastro de migas que lo conducen a la casa de una bruja. Se sentía fascinada por los haces dorados, una especie de microscópicas bombillas intermitentes que le recordaban la Navidad, la nieve y los trineos.

Pero allí no había nieve ni trineos y el aire era húmedo y caliente. Los árboles parecían las columnas de una iglesia barroca. Grace se adentró en el bosque, sacando fotografías silenciosas y estáticas. El suelo se iba haciendo cada vez menos herboso y más parecido a un pedregal. De repente, entre los árboles vio una pequeña cascada que caía en una cuenca rocosa.

Grace se dio cuenta de que tenía los ojos llenos de lágrimas. Jamás había visto algo tan maravilloso. En alguna ocasión había sospechado que en su vida anterior habían faltado emociones auténticas, pero en ese momento tuvo la absoluta certeza de que era así. Su vida pasada era una pizarra negra; la actual, un cuadro con todos los colores del mundo. Observó las luciérnagas dirigiéndose hacia el agua y por un instante tuvo la sensación de pertenecer a ese enjambre vibrante, de ser una más. Cuando se disponía a sacar una nueva fotografía, un ruido brusco la obligó a volverse.

A unos cincuenta metros de ella había dos cachorros de oso negro jugando. Eran bonitos, dulces e inocentes, saltaban uno encima del otro, se mordisqueaban y rodaban emitiendo sonidos chillones de forma tan cómica que Grace no tuvo miedo. ¿Cómo podía tenerlo de dos seres minúsculos, poco más grandes que dos perritos pacíficos?

Cuando hizo amago de acercarse a ellos, notó que algo tiraba de su sudadera. Al mismo tiempo, alguien susurró:

—Yo en tu lugar no lo haría, Bambi.

«Ok, aún estoy en la furgoneta, con Fred tumbado en la barriga. No he visto las luciérnagas, no he entrado en el bosque, no me he encontrado con dos oseznos, pero, por encima de todo, Channing no me está hablando a un centímetro de la oreja. Estoy soñando.» Sin embargo, el sueño siguió hablando.

—Mira —le susurró a la vez que alzaba un brazo para señalarle algo entre los árboles.

Una gran osa negra se acercó a los cachorros, lanzó un gruñido a modo de reproche maternal y a continuación se alejó con ellos. Grace contempló la escena a través de una confusa capa de emociones. Se sentía como si estuviera borracha y también un tanto loca. Era imposible que *él* estuviera de verdad detrás de ella, en medio de un bosque y a medianoche. Los Estados Unidos de América eran demasiado grandes como para que dos personas pudieran encontrarse por casualidad, en un lugar determinado, a una hora que parecía la cuenta atrás de un mago titiritero, poco tiempo después de haberse conocido de una forma igualmente casual. Por mucho que Grace estuviese empezando a estimar el destino, no lograba ver ese encuentro como el fruto de un plan superior. ¿Por qué motivo se empeñaba tanto el azar?

Se volvió hacia él, con lentitud, como si temiera que, al hacerlo rápidamente, pudiese borrarlo, como hace el mar con las palabras escritas en la arena. Al reflejarse en sus ojos azules, las luciérnagas parecían granos de polvo dorado.

—¿Qué haces aquí? —le preguntó. No era la primera pregunta que le había pasado por la cabeza. La primera había sido: «¿Te alegras de verme?». Y luego: «¿Me has echado de menos?». Pero esas preguntas eran típicas de una cría con una rosa florecida en lugar de corazón, de una tonta irracional que se enamora con una mirada y, quizá, de una mirada, pero no de una joven con la cabeza sobre los hombros.

Channing volvió a sonreírle, él también parecía sorprendido por aquel extraño hechizo.

—Yo también podría preguntarte lo mismo —le respondió—. Apenas he bebido cerveza después de cenar, pero, por lo visto, estoy borracho y, mientras vago por los bosques, me topo con criaturas extrañas con ojos de cervatilla. ¿Qué te parece si nos pellizcamos el uno al otro?

Pero ella no quería pellizcarlo, quería abrazarlo y preguntarle cómo era posible aquello. ¿Por qué le latía el corazón con tanta fuerza, por qué nunca se había sentido así con Cedric? ¿Cuándo terminaría esa ebriedad, ese dolor adorable, esa necesidad de pronunciar una fórmula mágica que detuviese el tiempo y congelara el espacio?

«¿Qué es esta emoción tan maravillosa y terrible a la vez?»

No se dijeron nada, aún no, por lo menos. Los dos alargaron a la vez una mano y pellizcaron un brazo del otro. Como una coreografía ensayada durante varios días, en lugar de un gesto impulsivo.

Se hicieron daño, no mucho, pero sí lo suficiente como para comprender que no era un sueño.

—Creo que somos reales —dijo Channing—, pero es bastante extraño, ¿no te parece?

—Diría que muy extraño.

—No me has seguido, ¿verdad?

Grace abrió desmesuradamente los ojos y negó de forma rotunda con la cabeza.

—¡No! ¿Cómo podría haberte seguido? No sabía siquiera adónde…

—Te dije que pensaba venir a Kentucky.

—Lo sé y, de hecho, pensé en ti, pero Kentucky no es un pañuelo. Tranquilo, no soy una acosadora.

—Lástima.

—¿Qué? —exclamó Grace volviendo a ruborizarse.

Una voz femenina, demasiado sonora para el silencio de los bosques y la conveniencia de no atraer más familias de osos, retumbó entre los árboles.

—Channing, ¿estás ahí?

Una joven alta, dueña de una melena leonada, vestida con unas mallas oscuras y una camisa blanca, apareció como una visión, y era tan guapa que también parecía la protagonista de un sueño. Llevaba una linterna y la hacía girar produciendo un efecto teatral, pese a no ser necesaria, porque las estrellas y las luciérnagas se bastaban por sí solas. Al encuadrar a Channing se detuvo y Grace se preguntó por qué demonios tenía un aspecto tan espléndido, pero, sobre todo, ¿quién narices era?

—Creía que te había devorado un oso o un cocodrilo —comentó la joven en tono alegre.

—¿Has venido para recoger los restos o para traerle el postre? —replicó Channing divertido.

La joven se encogió de hombros con un ademán gracioso y sensual a la vez y a continuación tendió la mano a Grace exclamando:

—Veo que no eres un oso ni un cocodrilo. Soy Beautiful. —Grace tardó unos segundos en comprender que la joven desconocida no se estaba echando un piropo a sí misma, sino que le había dicho su verdadero nombre—. Lo sé, es un nombre ridículo, pero todos me llaman Bella. —Fuera cual fuera su nombre, el caso es que era realmente guapa. Además, no parecía antipática. Grace se detestó por no ser capaz de odiarla de forma instintiva. Si le hubiera estrechado la mano con altivez, si la hubiera fulminado con la mirada, habría sido más fácil, pero así solo podía sonreírle, mostrar que se alegraba de conocerla y dejar que un tren clandestino de preguntas atravesara su cuerpo.

—Me llamo Grace.

Esperaba que Bella reaccionara con un comentario como: «¡Ah, *la tal* Grace de la que Channing no ha parado de hablar en toda la semana!», pero era evidente que la joven no tenía la menor idea de quién era ella.

—Acompaño a Grace a su tienda —dijo Channing guiñando un ojo sin dejar muy claro a quién iba dirigido el gesto.

—Te lo agradezco, pero estoy cerca, apenas a varios centenares de metros, creo que encontraré el camino de vuelta sin mayor problema y…

—Te acompaño —repitió Channing con mayor firmeza tendiéndole un brazo. Ella titubeó un instante y después se agarró a él. Bella se quedó rezagada, con la linterna encendida, trazando lunares escurridizos en la vegetación.

—¿Dormís en una tienda? —le preguntó Grace al cabo de un rato.

—Sí, en la de Bella, hay bastante sitio para los dos. Nos conocimos durante el viaje y decidimos recorrer un tramo juntos. Ella también es escaladora, parece una cabra montesa.

Grace habría querido hacer un comentario sagaz, pero apenas pudo emitir un murmullo. La idea de una tienda para una sola persona en la que cabían dos, cuando uno de los dos era un hombretón musculoso con más de un metro ochenta de estatura, le hacía imaginar dos cuerpos que dormían apretados o que, quizá, no dormían en absoluto. Con todo, no quería parecer celosa ni infantil, aunque lo estaba, desde luego, así que añadió en un tono igualmente alegre:

—Yo tengo unos compañeros de viaje menos sexis, pero, a su manera, fascinantes.

Le habló entonces de Edward, Gladys, Kate y Fred, de la manera en que, en apenas unos días, se habían convertido en una pequeña y extraña familia. Por un momento, un demonio le hizo desear que sus acompañantes fueran los dos surfistas rubios y haber compartido con ellos una tienda para uno, además le habría encantado que fueran a buscarla con el torso desnudo y empuñando unas linternas encendidas, pero ese mismo demonio le dijo que era una imbécil y se esfumó de su mente en un santiamén. A Channing le habría dado igual, pero a ella no. No estaba dispuesta a renunciar a sus verdaderos amigos, ni siquiera con la imaginación.

—Una persona especial atrae personas especiales —comentó Channing.

Por alguna razón, la frase molestó a Grace.

—¿Especial significa que somos un grupo de pringados? ¿Y tú solo atraes a los que se parecen a ti, es decir, tías buenas que miden un metro ochenta?

Channing agarró con más fuerza su brazo y se inclinó hacia a ella. Grace sintió que su voz le atravesaba el pelo y la piel y que llegaba directa a su corazón.

—¿Estás enfadada conmigo, Bambi? ¿Es por Bella? ¿Te preguntas por qué te dejé plantada y, en cambio, viajo con ella?

—Fuiste un poco maleducado, ¿no crees? Podrías habérmelo dicho a la cara, no era necesario largarse sin despedirse. No pensaba rogarte que fueras mi niñera. ¿Quién demonios te conoce, Channing? Apenas sé cómo te llamas. —Habló con una voz más alterada de lo que correspondía a su voluntad de demostrar indiferencia. Se había enfadado mucho, de golpe, justo por ese motivo.

—Con Bella es más fácil viajar —prosiguió él sin disculparse, al contrario, empeorando las cosas con su total ausencia de diplomacia.

—En ese caso, buen viaje. Y no se te ocurra decirme cuál es tu próxima etapa, así no pensarás que te sigo, en caso de que, por desgracia, volvamos a vernos. Esa es nuestra furgoneta, puedes volver a tu tienda monoplaza.

Él la retuvo y la esperanza de Grace alzó el vuelo imaginando escenas cinematográficas donde abundaban los abrazos y las promesas, su boca de nuevo en la suya. Por desgracia, su esperanza había leído demasiadas novelas rosas.

De hecho, en esa noche de luciérnagas y encuentros, Channing la hizo callar de nuevo y le señaló una sombra que se movía al lado de la furgoneta. Un zorro los observaba como si ellos fueran los animales pintorescos con los que te tropezabas en el bosque. Sus ojos brillaban en la hierba como las luciérnagas. Permaneció inmóvil unos segundos y después desapareció entre los árboles como un espectro cobrizo.

Grace tuvo la impresión de que la furgoneta, que parecía un refugio nocturno para unicornios, le guiñaba un ojo invitándola a entrar.

—Bueno, ha sido un placer volver a verte —dijo ella con desapego. No se sentía así, solo trataba de imitar su tono. A decir verdad, aún se sentía turbada, aún tenía la sensación de que Channing hechizaba el tiempo y lo estiraba hasta desgarrarlo, porque no era posible que a su lado los minutos parecieran horas, las horas, días, y que siempre tuviera la impresión de que lo había conocido muchas vidas antes y que nunca iba a poder olvidarlo.

—También para mí, Bambi, te lo juro. Solo que… me asustas un poco, lo reconozco.

—¿Te asusto? —Lo miró iracunda, decepcionada, porque, ya que no esperaba hacer piruetas de vals en la oscuridad, al menos pretendía que no la ofendiera—. Reconozco que no soy una tía buena de un metro y ochenta, pero ¡soy mona y no asusto a la gente!

—Sé que eres mona, no estoy ciego —protestó él—. A veces me comporto como un idiota, pero veo perfectamente. No me refería a tu aspecto, sino a las cosas que te suceden.

—¿Cosas? ¿Qué cosas?

—Hace tres días que Bella y yo acampamos aquí y todas las noches salgo a dar una vuelta por el bosque. Hasta hoy no había encontrado nada, solo oscuridad y silencio, ni siquiera había visto un murciélago. Esta noche, en cambio, he visto una alfombra de estrellas, suficientes luciérnagas como para iluminar una habitación, osos, zorros y... ¡mira! —En un árbol se recortó el perfil ululante de un búho.

—Ahora lo entiendo, ¿piensas que soy una especie de bruja? Has de saber que es pura casualidad, no soy como el flautista de Hamelín, no me siguen los ratones, ni ningún tipo de animal. Es más, ¡ni siquiera he tenido perro! Sea como sea, no te preocupes, no es necesario que inventes más excusas para seguir tu camino. Tienes mi bendición. No, así parezco una princesita desgraciada. Así que, vete, esfúmate, ya no me sirves, desaparece. ¿Ves cómo he aprendido la lección?

Estaban uno frente a otro y Channing la miró enfurruñado. Cuando se disponía a decirle algo, se estremeció al ver algo a espaldas de Grace.

«¿Qué pasa ahora? ¿Hay un puma en el techo de la furgoneta?»

Al volverse, también ella se estremeció.

No era un puma. Eran las caras de Edward, Gladys y Kate, además del hocico de Fred, que espiaban desde detrás de la cortina de una de las ventanillas.

Channing soltó una carcajada.

—¡Por lo visto tienes unos buenos ángeles de la guarda! —exclamó—. Ahora vete a dormir, Bambi.

Grace tuvo miedo de decirle adiós, porque «adiós» era una palabra fuerte, evocaba el vacío, la muerte, la soledad y el hielo, de manera que no dijo nada, se limitó a sonreírle y luego se refugió en la furgoneta.

Si creía que iba a encontrar un ejército de curiosos formado y esperándola, se equivocaba. Todos dormían o, al menos, simulaban hacerlo, pero quizá querían darle tiempo para que asimilara lo que había sucedido, aunque fuera imaginario.

Grace se tapó con la manta amarilla pensando en Channing y volvió a sentir ganas de llorar en ese pequeño agujero, porque no

141

tiene sentido ver de nuevo a alguien para luego perderlo enseguida, la felicidad con fecha de caducidad es un engaño y los golpes que se asestan al corazón no rebotan.

Curiosamente, al día siguiente nadie le preguntó qué había ocurrido la noche anterior, a pesar de que las miradas y las sonrisas llenas de sobreentendidos demostraban que todos habían comprendido lo que había que comprender.

«Pero ¿qué hay que comprender?»

Kate propuso a Grace dar un paseo con otro grupo de viajeros y ella aceptó, pensando que así se distraería. Quería dejar de pensar en Channing, dejar de sentirse atontada y preguntarse por el sentido de esa turbación.

Estaban en un lugar magnífico. Miles de bosques que parecían contener todos los tipos de árboles inventados por Dios, ríos que corrían impetuosos o con la superficie más lisa que el cristal, tramos arenosos, enormes formaciones rocosas, puentes colgantes, subidas, bajadas, cuevas y panoramas infinitos.

«En medio de todo este esplendor, no dejo de pensar en ese estúpido.»

—Tu novio es muy guapo —comentó Kate de repente.

—¡No es mi novio! —protestó Grace—, pero es guapo, lo reconozco. No, no es guapo: es guapísimo.

—A mí me gustan los hombres morenos, con la piel oscura y los ojos negros, pero él no está nada mal.

—¿*Tu* novio es así? Me refiero a tu estudiante de medicina. Por cierto, no me has dicho cómo se llama.

—Él tampoco es mi novio. Se llama Kenneth y... sí, es muy moreno. Tiene la piel de color caramelo. ¿Crees que es posible enamorarse con una sola mirada?

—Yo... yo creo que sí.

—A mí siempre me han dicho que no —prosiguió Kate—, que antes de casarse hay que verse mucho y conocerse para comprender qué cosas se tienen en común y que después hay que tomar una decisión sabia, pero ¿la sabiduría tiene algo que ver con el amor? Últimamente me lo he preguntado a menudo y la única respuesta que encuentro no le gustaría nada a mi madre.

Grace subió por una escarpada escalera de roca delimitada por un parapeto. Al otro lado de este, el vacío era una boca verde brillante.

—Si fuera sabia, volvería con Cedric —murmuró, volviendo a mirar el sendero—, lo perdonaría y retomaría mi *vida perfecta*. El problema es que ya no quiero una vida perfecta. Quiero una vida defectuosa, rota, sucia, llena de curvas, que decido yo sola. Y no me casaría con Cedric, aunque me lo pidiera de rodillas.

—¿Ibais a casaros?

—Sí. No enseguida, pero dentro de unos años. Ahora la mera idea me produce urticaria.

—Te entiendo. Yo también habría caído más o menos en la misma trampa.

—¿Te iban a imponer un marido?

—No, no es eso, en teoría, las chicas podemos elegir solas, pero, si piensas en lo pequeña que es la comunidad, que no podemos quedarnos solteras y que debemos tener, al menos, media docena de hijos, al final la libertad no es tal. Tienes que elegir entre Paul, Jeremiah o Samuel, aunque no estés enamorada de ninguno de ellos. Así que, al final, te quedas con el que te da menos asco o con el que estás menos emparentada. He intentado explicar a mi madre que, si seguimos casándonos entre primos, acabaremos teniendo hijos ciegos, pero ella me dice que eso son tonterías, que el buen Dios nunca lo permitirá. No es fácil hablar con quien se pone siempre en manos del buen Dios.

143

Su conversación se interrumpió bruscamente. Habían llegado al Natural Bridge, un enorme puente de roca arenaria. Dos chicos, que parecían recién salidos de una de las paranoias de Cedric, con aire de surfistas que, sin saber cómo, han ido a parar a un bosque, se acercaron a ellas esbozando dos sonrisas casi gemelas.

«No, no son casi gemelos. Son gemelos o veo doble.»

Hacía días que Grace no se cuidaba. Llevaba suelta la melena rubia, que al final se había rizado, y no se ponía una gota de maquillaje. Estaba segura de que debía tener un aspecto horrible, pero le daba igual. Quizá, siendo horrible podría vivir con más intensidad: sin perder tiempo tratando de gustar a alguien que pretendía que estuviera impecable en todo momento, sin pasar horas alisándose el pelo, sin hacer caso de hasta el más pequeño grano que tuviera la osadía de estropear un milímetro cuadrado de mejilla, podía concentrarse en las emociones, en la belleza que la rodeaba, en el tiempo, el espacio y la vida.

Jamás había trabado amistad con ningún chico. Cuando salía con Cedric, nadie se permitía *molestarla*. Y en ese momento excluía la posibilidad de ser alguien interesante. Había adelgazado mucho, su apariencia no era mucho más elegante que la de una vagabunda, y lo único que le quedaba del pasado, de cuando era mona, pero ciega y sumisa, eran unas zapatillas Converse de color rosa con brillantitos.

Seguro que solo querían saber qué hora era.

Pero querían algo más que saber la hora.

Eran, en efecto, dos hermanos gemelos, se llamaban Colton y Michael y tenían unos veinte años. No eran surfistas, sino jugadores de fútbol en el equipo de su universidad, en Minnesota. Se presentaron con la sencillez y la seguridad de quienes están acostumbrados a hacer amigos con facilidad.

Grace enrojeció como una quinceañera y comprendió que, en cierto sentido, lo era. Su inseguridad era propia de una adolescente.

¿Cómo se reacciona cuando un chico del que no sabes nada, salvo que está bueno, se acerca con la intención de conocerte? ¿Y cuando los chicos son dos?

«¿Qué les puede gustar de mí? Parezco un erizo vestido con la ropa que le ha prestado un amigo tiranosaurio. ¿Será que les gusta Kate?»

No, no parecía que les atrajera Kate. La joven amish no parecía tener más años de los dieciséis que realmente tenía y aún iba vestida como los miembros de su comunidad: a pesar de que tenía un espíritu rebelde, se había negado a que Grace le prestara algo de su ropa.

—Colton es tímido —afirmó Michael con una sonrisa típicamente americana, amplia, limpia y resuelta—. Te ha visto, pero no se atrevía a acercarse. Dice que te pareces a Amanda Seyfried.

Su hermano le dio un codazo y se rio de la misma forma franca y alegre. No parecía ser tan tímido.

—No he dicho que te pareces a Amanda Seyfried, sino que eres más guapa que ella, que quede claro. Has dicho que te llamas Grace, ¿verdad? Te pega, ¿te apetece venir a una fiesta? Si no te fías de venir sola, puede acompañarte tu hermana. Hemos alquilado una casa cerca del Cave Run Lake, en el Zilpo Campground, y esta noche encenderemos una hoguera cerca del lago. Hemos invitado a más gente y habrá bebida, sin alcohol, claro, no queremos que nadie se pase y un guardabosque nos dispare. ¿Quieres venir?

Grace no se lo pensó dos veces.

—Sí, eres muy amable.

—Tú, en cambio, tienes algo especial que no alcanzo a definir. No eres amish, ¿verdad?

—No, y Kate no es mi hermana. Somos amigas, pero ella solo tiene dieciséis años, así que, ¡ojo!

—¿Y tú?

—Yo tengo dieciocho.

—¿Sabes que eres muy guapa? Estoy obsesionado con esa actriz y, apenas te vi, no sé, la mandíbula casi se me cayó encima de esa roca. Esta noche bailaremos también un poco y nos bañaremos en el lago. Nos divertiremos. Entretanto, quiero que veas una cosa estupenda. —Hizo ademán de aferrarle una mano, pero Grace retrocedió—. Solo quiero llevarte al final del puente. Hay una vista que me coloca más que seis vasos de Baileys con licor de sauco. ¿Quieres verla?

Grace cruzó con él el puente. A unos metros, la masa rocosa terminaba en un enorme vacío. Al fondo, los árboles parecían bagatelas de jade.

—¿No es fantástico? —exclamó Colton—. Cuando lo miras tienes la impresión de no ser nada. El más presuntuoso de los hombres debería darse una vuelta por aquí para poner el ego en su sitio. ¿Qué pasa? ¿Tienes vértigo? Estás pálida.

Ella asintió con la cabeza y retrocedió unos pasos.

—Creo que sí, pero acabo de descubrirlo. Por lo visto, siempre he volado bajo.

—Si quieres, puedo enseñarte a volar alto.

—¡Cuidado, te vas a caer, Superman!

Grace se sobresaltó al oír su voz y el sol de esa mañana de junio entró en su cuerpo a través de su corazón. Channing estaba a sus espaldas, con el torso desnudo, el pelo empapado de sudor, recogido en una coleta hecha de cualquier modo, y una extraña expresión en sus magníficos ojos. ¿Qué hacía allí? ¿Por dónde había llegado? Lo miró como si fuera una aparición fantasmal.

«¿Por qué hace tanto calor de repente?»

—Pero ¿qué...? —susurró Grace sin conseguir terminar la frase. En la sonrisa de Channing, de la que parecía incapaz de desprenderse, había, sin embargo, algo mordaz y llamativo.

Colton alzó los brazos en ademán de rendición, aunque con aire irónico.

—No estoy haciendo nada malo, hermano, no tengo malas intenciones. No sabía que tenía novio.

—¡No es mi novio! —exclamó Grace.

Esta afirmación no pareció tranquilizar a Colton.

—Ok —dijo—. En cualquier caso, tú también puedes venir a la fiesta esta noche si te apetece. Estabas con el grupo de escaladores, ¿verdad? Te he visto antes en la Motherlode. Es difícil de escalar. Eres bueno, tío. Hasta luego, Amanda.

Le sonrió guiñándole un ojo y se dirigió de nuevo hacia el puente.

—¿Amanda? —preguntó Channing arqueando una ceja. Jadeaba un poco, tenía la frente perlada de sudor y le sangraban los nudillos de las manos y una rodilla. En su pecho musculoso, el fénix tenía la mirada amarilla de un tigre.

—¿Te has hecho daño?

—¿Por qué te ha llamado Amanda? —insistió Channing.

—Por lo visto, le parezco más guapa que una cervatilla huérfana. ¿Cómo te has hecho esas heridas?

—Escalar tiene sus riesgos —contestó Channing encogiéndose de hombros—. ¿Te has dado cuenta de que estaba intentando ligar contigo?

—Lo sé, pero llegaste tú para fastidiar.

—Ah, bueno, creía que te estaba echando una mano. Me dio la impresión de que él te estaba molestando y de que no sabías cómo decírselo. No parecía que te estuvieras divirtiendo.

—Te equivocas, me estaba divirtiendo muchísimo. No es necesario cantar *Cats* en medio de la jungla para demostrar que te diviertes.

—En ese caso, creo que te he estropeado la jugada. Ese tipo ahora cree que salimos juntos.

—Esta noche podré explicarle que no es así, que solo eres un loco con la manía de controlarlo todo, que no tiene más obsesión que salvar a todas las chicas que, en su opinión, están en peligro. ¿Dónde has dejado a tu maravillosa Bella?

—No es *mi* maravillosa Bella.

—Y yo no soy una pobre tonta a la que debes proteger. Mira hacia otro lado la próxima vez.

—Lo he intentado, te lo aseguro, pero, por una misteriosa razón, no es tan fácil como escalar uno de estos precipicios.

Grace frunció el ceño, no acababa de entender el sentido de aquella frase. A decir verdad, no acababa de entender el sentido de la conversación en general, qué hacía él allí, por qué la miraba con tanta insistencia y por qué su corazón se negaba a frenar una carrera tormentosa.

—¿Siempre vas medio desnudo?

—Ninguna chica se ha quejado hasta ahora.

—Siempre hay una primera vez.

—Nooo —dijo él con simpática arrogancia—, pero, dime, ¿vas a ir a esa fiesta esta noche?

—Por supuesto.

—No conoces a ese tipo.

—Lo mismo se puede decir de ti, Channing. Y, ya que estamos, tampoco conocía a mi ex. Así que, o soy incapaz de juzgar a la gente o es difícil conocer a alguien de verdad. En cualquier caso, hay que vivir en este mundo.

Channing calló y se pasó una mano grande, callosa y aún sangrante por el pelo sudado. Ese ademán sencillo, tan común, con una leve herida en el aire, transformó el pecho de Grace en una jaula de pájaros enloquecidos. Trató de ignorarlo, como se ignora los copos de nieve que caen y las flores que se abren cuando ya los has visto caer y abrirse, pero no pudo evitar sentirse como si fuera la primera vez que veía un copo o un capullo.

De esta forma, se volvió hacia el precipicio: el vértigo que le causaba la vastedad natural del vacío ocultaría el verdadero motivo de su mareo. No conseguía esconder ese tumulto irracional, sentía su cuerpo lleno de señales que la traicionaban revelando a Channing todos sus sentimientos: «Eh, mira, le va a explotar el corazón, sus manos parecen de jabón, jadea como quien ha hecho el amor y tiene en sus ojos la imagen de tu cuerpo. Creo que esa tipa está chiflada por ti».

En ese momento, en el cielo apareció un perfil oscuro, de forma tan inesperada como había aparecido Channing. A lo lejos parecía un pájaro, de cerca era un águila.

—Pero ¿qué…? —susurró Channing acercándose a ella. Grace sintió el calor de su pecho en la espalda. Apenas miró el águila, un ejemplar enorme con la cabeza blanca, el pico y las garras de color amarillo dorado y la envergadura de un avión—. ¿Un águila calva en Kentucky? —continuó Channing atónito, como si acabara de ver un velociraptor. Se inclinó hacia el hombro derecho de Grace y le habló pegado a su mejilla—. Ya te he dicho que haces suceder cosas extrañas en los bosques, Bambi. ¿Cuál será la próxima? ¿Sacaré un arcoíris de mi mochila? ¿Un dodo me pedirá si conozco algún atajo para ir a Australia?

—Si esnifas algo, es probable que sí —contestó Grace tratando de ocultar la turbación que sentía al hablar—, pero ahora debo volver con Kate.

—¿Puedo acompañarte?

—¿Por qué, porque quieres o porque crees que no sé poner un pie delante de otro? Si es por lo último, puedes…

—Porque quiero.

—Irte al infierno y… ¿Qué has dicho?

—Porque quiero, Bambi. Creía que estaba claro. No miento ni hago cosas que no deseo hacer.

—En ese caso, de acuerdo.

Volvieron al puente y enfilaron la vereda. Un extraño trío recorrió los senderos del bosque, flanqueados por paredes de roca, pilares de árboles, alfombras de hojas y cursos de agua de color indefinido, entre azul, verde y ópalo: una adolescente amish vestida como una pequeña monja, hablando apresuradamente con un chico mucho más alto que ella y medio vestido. Y, en medio, Grace, un tanto confusa, sin poder hablar, porque las emociones le habían sellado los labios con lacre. De repente, se adelantó y los dejó detrás.

Cuando llegaron a la furgoneta y tuvieron que presentar a Channing a Gladys y Edward, que estaban sentados debajo de la copa de un sauce —con varias hojas en el regazo, que comentaban como si fueran fotografías—, la anciana se puso de pie con un salto sorprendentemente atlético.

Tendió a Channing sus manos pequeñas y blancas: no solo la derecha, sino las dos, como si fuera una niña que quiere jugar al corro. Lo miró con la cabeza ligeramente echada hacia detrás, escrutó sus ojos, su sonrisa y algo que, por lo visto solo veía ella, como si fuera capaz de percibir el sentido recóndito de un enigma no apto para aficionados. Por fin, dijo:

—Ya sé muchas cosas de ti, jovencito, las comprendí incluso antes de verte. Grace dijo que eras guapo, pero se quedó corta.

En ese momento, Grace habría dado un riñón para poder transformarse en un sauce, en una nutria o en un pedazo de cielo y desaparecer de la escena. Claro que, de haber sido así, se habría perdido la sonrisa que Channing le dedicó, pero, por otro lado, no le habría mostrado sus mejillas teñidas de color rubí, sin la menor posibilidad de hacerle creer que la causa de su rubor era el sol.

A continuación, Gladys pasó a la fase siguiente de todos sus encuentros: regaló a Channing una pulsera de la suerte de color verde y rojo.

—Te faltan el amor y la esperanza. Con esas dos cosas podrás hacer lo que quieras, supongo que ya lo sabes.

Mientras Gladys se acercaba más a Channing y le susurraba algo a un oído, el pequeño Fred, que, hasta ese momento, había estado quieto en el hombro de Edward, dio un salto hacia el bienvenido y se agarró a una de sus muñecas.

Channing no pareció molestarse, al contrario, estrechó al lirón entre sus brazos. Al verlo, Grace pensó que, si de esa forma hubiera podido disfrutar de un abrazo como ese, no le habría importado convertirse en un lirón.

CAPÍTULO 9

—¿Vas a una fiesta? Así me gusta, estoy orgullosa de ti. Trata de divertirte y no te quedes tiesa como un florero, como cuando ibas a alguna parte con Cedric, pero ahora cuéntame más cosas sobre Channing. —La voz de Jessica resonó en sus oídos, en el silencio, tan fuerte que Grace tuvo la certeza de que, además de Kate, todo el bosque podía oírla.

—No tengo mucho que contar. Me lo encontré, pero se ha vuelto a marchar. Poco antes de despedirse esta mañana, dijo que pensaba marcharse esta tarde. Quién sabe dónde estará ahora.

—Quizá ha cambiado de opinión y lo vuelves a ver en la fiesta.

—¿Por qué debería haber cambiado de opinión? Tú no has visto a Bella, yo sí. Te aseguro que con una tipa así al lado es imposible mirar otra cosa.

—Pero ¡él te miró a ti!

—Como se mira un árbol quemado o a una que está medio chiflada. Piensa que soy una especie de bruja o algo parecido.

—¿Un hada?

—¿No eras tú la que solo hablaba de números y ecuaciones, la que decía que había que dar patadas en la boca a los que no nos merecían, porque no nos querían, y, a menudo, también si nos querían? ¿No era yo la que solo pensaba en príncipes azules, caballos blancos y hadas? Las hadas no existen, Jess, ahora lo sé, pero, sobre todo, no se parecen a mí. ¿Me has visto en la foto que te he mandado con el móvil? Tengo el pelo como un erizo que ha metido el hocico en un enchufe. ¿Has visto algún hada así? No, las hadas se parecen a Bella, tienen unos muslos tan kilométricos como los de ella.

Jessica se rio como solo ella sabía hacer, con una alegría sonora y protectora.

—Con ese pelo pareces una princesa guerrera. Te queda genial: eres tú, eres la niña que conocí hace diez años, la que corrió varios kilómetros persiguiendo a dos niños que habían apedreado un gato para darles una buena tunda.

—Sí, pero se me escaparon.

—Bueno, pero estoy segura de que cuando llegaron a casa tenían los calzoncillos de otro color. Además, salvaste al gato y se lo devolviste a la vieja señora que lo había perdido. ¿Sabes, Grace? No me parece que te estés transformando en este viaje.

—¿No?

—No, solo estás volviendo a ser la persona que eras, que llevabas dentro y que sacrificaste para complacer a Cedric. Y esa niña tenía también algo de hada. ¿Recuerdas la noche que salimos de casa sin permiso para ir a ver los planetas con el telescopio que habías pedido que te regalaran, a pesar de que los telescopios te importaban un comino? Era tu cumpleaños y no sabías siquiera lo que era una nebulosa. Fuimos a la playa de West Haven, yo sujetaba el telescopio por la derecha y tú por la izquierda. ¿Recuerdas cuántas estrellas fugaces vimos? Jamás se habían visto tantas y hasta hoy no se han vuelto a ver tantas. Quizá sucedió porque tú estabas allí, porque eras feliz de estar allí, porque, de verdad, eres un poco hada y, cuando eres feliz, arrastras a las luciérnagas, las estrellas fugaces y quién sabe cuántas más cosas extraordinarias. Así que Channing no anda muy desencaminado. Trata de ser lo más feliz que puedas, ¿me lo prometes?

—Ya me has hecho llorar. —Grace se enjugó una lágrima que no tenía nada de imaginaria—. Kate y yo hemos llegado a nuestro destino, veo el lago. Hay bastante gente.

—Hazle una foto a Channing, ¿ok? Veamos si se parece de verdad a ese tipo.

—Te he dicho que se ha marchado, ¡tonta!

—Ya, ya. ¡¿Se ha marchado?! Hagamos una apuesta, ¿quieres? Si se ha marchado de verdad, te regalo mi rosa del desierto, siempre te ha gustado. ¡A ver quién gana!

Y había ganado la rosa del desierto, seguro: a pesar de que Bella y él estaban acampados muy cerca, fuera del camping, no se veía a Channing por ninguna parte. En cambio —suponiendo que una presencia cualquiera bastara para equilibrar su ausencia—, la orilla del lago estaba abarrotada de gente. Fuera de los bungalós no había luz eléctrica —las minúsculas casitas de madera, que alquilaban quienes preferían acampar de forma menos salvaje que la tienda—, la única fuente de iluminación eran las hogueras que estaban encendidas en el centro de unas circunferencias de piedras y ladrillos, diseminadas por la playa de guijarros. Era posible nadar en una pequeña parte del lago, por la que también se podía pasear a bordo de unas barcas de remos, que estaban atracadas alrededor de un muelle de juguete, pero buena parte de la superficie lisa y plateada estaba delimitada por unas cuerdas y unas boyas blancas que impedían que la gente se viera arrastrada por corrientes peligrosas. El lago estaba rodeado por exuberantes árboles.

El ambiente era alegre y despreocupado. Alrededor de las hogueras, numerosos jóvenes tocaban la guitarra, bailaban o asaban malvaviscos en las llamas: parecían estar en una película o en una tira de Charlie Brown. Una sucesión de dedos quemados y un continuo goteo de azúcar.

Grace se miró la punta de los pies y, al ver sus queridas y viejas Converse, se tranquilizó. Gladys había insistido mucho para que se pusiera uno de sus extravagantes vestidos: una túnica larga de color lila, atada a la cintura con un cinturón de botones, cuentas y pedazos de conchas marinas. Si Cedric la hubiera visto, no la habría reconocido: el clima cálido y húmedo del bosque y la ausencia de cosméticos de altisonantes nombres franceses habían transformado su melena en un arbusto amazónico. Un pelo más propio de una chica que se drogaba, se emborrachaba o se acostaba con desconocidos que de una joven que se movía por el mundo con la gracia de una *geisha*. Y, aunque Grace no quería drogarse ni emborracharse, ni acostarse con desconocidos, era divertido imaginar que su cabeza había florecido como una arisca gerbera amarilla.

Kate lucía su ropa de siempre, la única variación era el podómetro que llevaba colgado al cuello. Fred, que se había negado a quedarse con Gladys, se había refugiado en la funda de la cámara fotográfica vacía. A Grace le entraron ganas de echarse a reír al recordar cuando iba con sus joyas a las presuntuosas fiestas de los presuntuosos amigos de Cedric, porque en ese momento el único collar que llevaba era la funda desgastada de una vieja Bencini Koroll, colgada en bandolera, con un lirón satisfecho y holgazán dentro.

—¡Habéis venido! —dijo Colton tendiéndoles dos vasos de plástico—. ¿Puedo invitaros a un buen zumo de granada? ¿Tu novio no viene, Amanda?

—Esto… no. Se ha marchado.

—¡Yo nunca me marcharía ni te dejaría sola! Debe de ser un verdadero idiota. —En una película o en una novela, el verdadero idiota habría aparecido de la nada con una expresión mordaz, capaz de hacer temblar de miedo las piernas de todos los Colton de la tierra, pero en la vida real de Grace Gilmore no apareció nadie y el viento se llevó las palabras de Colton—. ¿Te apetece que luego demos un paseo por el lago? Yo remaré. No soy un *free climber,* pero también tengo los brazos fuertes. El fútbol no es precisamente *ballet.*

—Tampoco el *ballet* es *ballet* en el sentido en que tú lo entiendes —especificó Grace esbozando una sonrisa—. La danza es una actividad que requiere esfuerzo y sacrificio. ¿Sabías que muchos jugadores de fútbol practican danza clásica para ser más rápidos y ágiles?

Colton soltó una carcajada.

—Anda ya, ¡aunque lo viera, no me lo creería! Te gusta bromear, ¿eh, Amanda?

Grace se rio también encogiéndose de hombros. Un amigo de Colton se lo llevó de allí, pero este prometió que volvería. Kate lo miró cabeceando y dijo:

—Ese idiota ni siquiera se ha dado cuenta de que no estabas bromeando. Yo en tu lugar no perdería tiempo con él, tiene pinta de ser un imbécil. Guapo, pero idiota. Claro que no debes casarte con él, pero yo pediría un mínimo de inteligencia.

—Eres una amish extraña, ¿sabes?

—¡Sí! —exclamó Kate casi adulada. Bebió un sorbo del zumo de granada e hizo una mueca—. ¿Cómo que nada de bebidas alcohólicas? Entonces, es un zumo de granada muy extraño. ¿Será una granada borracha? Lo habrán alargado con algo.

Grace bebió a su vez y asintió:

—Seguro que le han puesto algo de alcohol, pero no entiendo nada de eso. Mejor que no lo bebas.

—Tranquila, soy una amish extraña pero no quiero emborracharme. Lo que sí quiero es probar un malvavisco. Tranquila, soy una amish extraña, pero quiero emborracharme. Sí quiero probar un malvavisco. Vuelvo enseguida, ¿ok?

En ese momento, el móvil de Grace, que estaba en un bolsillo externo de la funda que hacía las veces de madriguera de Fred, empezó a sonar. Creyendo que era de nuevo Jessica, Grace aceptó la llamada sin mirar siquiera la pantalla.

—¡Por fin te dignas a responder! —La voz áspera de Cedric estalló en su cabeza. Sintió angustia. Se sintió como si estuviera delante de él y no al otro lado de una línea telefónica móvil, que solo le transmitía su tono rabioso. La tentación de interrumpir la conversación, como se cierra una puerta a un enemigo que quiere traspasar el umbral, fue fuerte, pero luego se dijo que no, mil veces no. «Si no lo elimino, el enemigo me esperará siempre fuera y nunca seré libre.» Así pues, mantuvo el teléfono pegado a la oreja y apuró el zumo de granada alargado con alcohol para darse ánimos—. ¿Te das cuenta de lo que me estás haciendo pasar? He viajado hasta Florida, he recorrido palmo a palmo esa condenada playa, he preguntado a todos a la vez que les enseñaba tu foto, ¡para nada! Olvida ya esta historia, Grace. ¡Basta! Estoy empezando a hartarme. Dime dónde estás e iré a recogerte, así pondremos punto final a esta locura. Siempre y cuando tú, entretanto, no hayas hecho alguna gilipollez irreparable.

—¿Qué significa una «gilipollez irreparable»?

—¡No lo sé! ¡Te estás comportando de una forma tan absurda que eres capaz de hacer cualquier cosa! ¡No te reconozco!

—¿Te refieres a, por ejemplo, follar con alguien?

—¡Grace! Pero ¡¿cómo hablas, maldita sea?!

—¿Acaso tú puedes follar con quien te dé la gana y yo no? A fin de cuentas, el sexo solo es sexo, ¿recuerdas? ¿O eso solo vale para ti?

—¡Soy un hombre, no es lo mismo! ¡Deja de decir idioteces o romperé el teléfono!

—Rómpelo si quieres, así dejarás de darme el coñazo.

—Hablas como una furcia, ¿sabes?

—¡Quizá lo sea! Quizá esté harta de ser la princesita que no se come una rosca, ¿tú qué sabes?¡ Quizá quiera divertirme como no lo he hecho en cuatro años!

—¿Estás borracha? ¿Has bebido? ¡Hablas como si hubieras bebido, por Dios!

—He bebido, sí. Y no pronuncies el nombre de Dios en vano o tu madre tendrá que hacerte un exorcismo. He bebido, querido Cedric, estoy en una fiesta con dos tíos buenísimos, ¿oyes la música? Dentro de nada me meteré en la boca la lengua de uno de los dos, o puede que la de los dos, ¿quién sabe? ¿Es suficiente para que desaparezcas o debo informarte también de que me han arrebatado la flor de mi virtud? ¿Ahora dejarás de llamarme?

Del otro lado de la línea le llegó una mescolanza de insultos graves y de ruidos, como si alguien estuviera pateando cosas y haciéndolas añicos. Deseó que fuera algo de valor. Quizá el preciosos jarrón Ming del que tanto se enorgullecía su padre, pero se conformaría con una puerta del coche.

Sintiendo una rabia igualmente intensa, Grace apagó el móvil. Tenía ganas de gritar, de llorar y de volver a gritar. Cedric conseguía hundirla en el pozo de la vieja Grace, la marioneta insegura de la que trataba de alejarse por todos los medios.

—¿Damos el paseo en barca? —le preguntó Colton, que había aparecido de repente, ajeno a la tormenta que se había desencadenado en su interior.

—¡Claro! —respondió con un entusiasmo excesivo causado, más por las ganas de fastidiar a Cedric que por el sincero deseo de subir en una barca cualquiera, con un tipo cualquiera y bajo un cielo cualquiera. Lo siguió hasta el pequeño puerto, con la túnica lila danzando en sus piernas, el zumo de granada bien cargado danzando en el estómago y un repentino dolor, como si se hubiera herido de repente y fuera dejando un rastro de gotas viscosas de sangre cada vez que daba un paso en la hierba.

Subió a la barca mientras Colton reía y hablaba, haciendo caso omiso de su silencio. Apenas estuvieron lo bastante lejos de la orilla, sumergidos en una oscuridad tan profunda como acero líquido,

Colton empezó a delirar diciéndole que estaba chiflado por ella, que se parecía mucho a esa actriz tan mona y que esa noche estrellada no podía ser más romántica, pero Grace no veía nada romántico en todo aquello, el romanticismo es una invención para crías que aún no han abierto los ojos y no han comprendido lo cruel que puede ser la vida, pero ella ya los había abierto, ella, que ahora tenía un pelo nuevo, pensamientos nuevos y lágrimas nuevas, sí, ella los había abierto y ya no esperaba nada de nadie. Así pues, le dijo sin más:

—¿Quieres besarme?

Colton sonrió, sus dientes eran tan blancos que brillaron en la oscuridad. Al moverse, la barca se balanceó bajo su peso. Al final, llegó al lado de Grace.

Cuando se inclinó hacia ella para besarla y su lengua se adentró en su boca como una llave oxidada, Grace pensó en Channing para olvidar aquel sabor a hierro. No obstante, cuando Colton le acarició el pecho con una mano, a través del fino vestido de lino, dejó de pensar en él, pero no porque le gustara lo que estaba sucediendo.

Fred había salido de la funda de la cámara fotográfica y su primera reacción, como buen lirón hermano que era, había sido morder la mano de Colton. Este había lanzado un grito más fuerte que una parturienta con contracciones.

—¡Coño, un ratón! ¡Hay un ratón en la barca!

Fred empezó a ir de un lado a otro de la embarcación, irritado por los gritos o, quizá, disgustado por el sabor de la mano de Colton, quien, con la misma expresión de un ama de llaves cobarde que se sube a un taburete y se pone de puntillas en él, empezó a saltar de un lado a otro con unos brincos tan poco heroicos como peligrosos.

—¡No es un tigre! —exclamó Grace—. ¿Quieres calmarte?

—Pero ¡es un ratón, por Dios! ¡Un jodido ratón!

Mientras pronunciaba esas palabras, la barca osciló de forma peligrosa, inclinándose hacia un lado, y Colton cayó al agua salpicando como en una pésima zambullida olímpica. A Grace se le mojó el pelo, y el rímel y el pintalabios que se había puesto antes de salir se le corrieron.

En lugar de sosegarla, como debería hacer toda ducha helada que se precie, ese incidente acrecentó su rabia.

—¿Qué quieres hacer? ¿Piensas volver a subir a la barca? —preguntó a Colton en tono crispado tendiéndole un remo.

—¡Antes tira el ratón al agua! —le ordenó él.

—Ni hablar.

—Entonces, no subo —protestó Colton en un tono ridículamente infantil.

—En ese caso, puedes quedarte ahí. No estamos en medio del océano, la orilla está a pocos metros y un tipo como tú, que practica fútbol en lugar de *ballet*, alcanzará la orilla en cinco minutos. Creo que sabes nadar, pero ¡atento a los ratones de agua!

—¿En el agua hay ratones? —preguntó Colton cada vez más desesperado.

Mientras metía de nuevo a Fred en la funda, Grace se echó a reír. No era una risa alegre, sino sarcástica. Echó mano a los remos, enderezó la barca y se dirigió hacia la orilla. No era fácil mantener el rumbo, la barca era indisciplinada, tendía a dar vueltas sobre sí misma como un perro que se muerde la cola y, cuando por fin aceptó avanzar, decidió ella el rumbo, atravesó el lago en línea oblicua y se alejó de la orilla en la que se estaba celebrando la fiesta.

«Amarraré a varios metros, así me evitaré el ridículo de volver echa una rana después de haber partido como princesa.»

Una densa vegetación separaba el camping del terraplén rocoso al que Grace consiguió acercarse con la barca. Observó fascinada una semicircunferencia de chopos altísimos, que se erigían en una escollera de arenaria estratificada, como las hojas crujientes de un *wafer.* Las raíces de los árboles habían conseguido, en parte, penetrar en el subsuelo, y en parte habían quedado fuera, casi suspendidas, como las patas de una araña, que en la oscuridad se veían negras. Aquí y allí se entreveían grandes troncos caídos. No había playa, solo una ladera escarpada y boscosa: atracar allí requería una habilidad de la que carecía. Aun así, decidió acercarse. En cierto punto, la roca se hundía en el agua creando una superficie lisa de color gris similar a un plato. Grace se puso en pie en la barca, oscilante, se pegó la funda de la cámara fotográfica al pecho y se dispuso a saltar. No estaba segura de que aquello fuera lo que tocaba hacer, pero aún sentía algo de rabia, el alcohol enmascarado de zumo de granada y una descarga de adrenalina, de manera que, aun siendo consciente de que era una idiotez, saltó de todas formas.

«Ahora me caeré, resbalaré y me romperé una pierna, pero ¿estoy loca? ¿Los lirones saben nadar?»

A pesar de que se tambaleó al aterrizar, pudo mantenerse en pie. Braceó para no caerse hacia atrás. A continuación, subió los estratos de roca, como si fueran escalones, y se adentró en el bosque. Se preguntó qué tipo de animales podían anidar en esa oscuridad profunda, si habría bastante espacio entre los árboles para ocultar el perfil de un oso negro y a qué distancia estaba el camping.

Mientras pensaba en todas estas cosas, oyó un ruido a su espalda. Algo había salido del agua y podía oír sus pisadas en la roca.

«¿En Kentucky hay cocodrilos? ¿Saben trepar?»

A pesar de estar corriendo, oía el ruido cada vez más cerca, como si su perseguidor, fuese lo que fuese, supiera correr más rápido que ella, de manera que empezó a sentir mucho miedo. Se maldijo de mil maneras por ser una estúpida, pero de repente, se dio cuenta de que ya no oía nada más que el retumbar de su corazón en los oídos.

El maldito bosque se extendía hacia lo alto, era más bien una montaña atravesada por árboles que un bosque y cada vez estaba más oscuro y…

Al sentir que algo la agarraba por los hombros, gritó.

—¡Bambi, soy yo, Channing! ¡Tranquila! He intentado llamarte, pero no me has oído, corrías como una desesperada.

Lo miró como si fuera uno de esos espejismos que ven quienes se pierden en el desierto. A decir verdad, no lo veía, solo intuía su perfil oscuro, pero era él, sin duda, y su reacción natural fue abrazarlo. Debería haberlo entendido enseguida: ¿acaso no aparecía siempre así, de la nada, como una sorpresa?

Permaneció pegada a su pecho, sin preocuparse por la temeraria intimidad que implicaba ese pequeño gesto, sin hablar, respirando contra su camiseta, y tuvo la impresión —aunque sin estar segura, porque en ese momento estaba perdida en un sueño rebosante de suspiros de alivio— de que él le estaba acariciando el pelo. Al cabo de un rato, notó que Channing también estaba empapado. Entonces se separó de él y, en lugar de pedirle disculpas por haberlo abrazado o de fingir que lo sentía y que no quería volver a hacerlo, dijo asombrada:

—¿Por dónde has venido?

—Por el agua.

—¿Con una barca?

—La última libre la cogiste tú o, mejor dicho, el imbécil que volvió a nado, así que me tiré al agua.

—Te tiraste para… para…

—Para averiguar qué había sido de ti. Los cervatillos son criaturas terrenales, no acuáticas.

—Pero ¿no te habías marchado?

—Intento hacerlo, pero, por lo visto, no lo consigo. ¿Qué le ha pasado a la barca? Ese tipo parecía una virgencita agredida por un cafre. ¿Lo has agredido?

—No fui yo, fue Fred. Defendió mi honestidad.

Como si hubiera comprendido que habían aludido a él, el lirón levantó la tapa de la funda con la cabeza y se asomó.

—¡Así me gusta, Fred! —exclamó Channing.

Grace le contó lo que había sucedido. Channing guardó silencio unos segundos.

—Estás loca —dijo, por fin—. ¿Por qué hiciste esa tontería? Kate me dijo que alguien te llamó por teléfono y que parecías fuera de ti. ¿Tu ex te ha vuelto a dar el coñazo?

—Algo así.

—¿Y lo mandaste a tomar por culo?

—Algo así.

Channing le agarró un mechón de pelo con dos dedos y jugó con él un instante interminable.

—Bien hecho, Bambi.

Con los mismos dedos, le acarició una mejilla, suavemente, como si fuera un cuadro antiguo y no quisiera estropearlo. Grace sintió que toda la piel de su cuerpo temblaba, pero no de frío. Habría querido hacer algo, pero solo le venían a la mente gestos mucho más temerarios que el abrazo impulsivo que le había dado hacía unos segundos y no se sentía bastante fuerte como para afrontarlos, así que, cuando Channing retrocedió unos pasos y su perfil se movió y su voz le habló en un tono práctico, que rompió el peligroso hechizo, casi se lo agradeció.

—Ahora, sin embargo, antes de trepar esta roca para regresar, debemos secarnos. A vuelo de pájaro está cerca, pero esa pendiente no es fácil de atravesar. Es todo arenisca, árboles y troncos caídos. Tenemos que secarnos y necesitamos una luz. A menos que quieras volver por el lago. Si es así, tendremos que hacerlo nadando, porque no amarraste la barca y la corriente se la ha llevado, así que a saber dónde estará ahora.

—No, por hoy he tenido bastante agua. Además, está Fred, podría ahogarse, pero ¿dónde podemos encontrar una linterna o, si no hay nada así, un fuego?

—¿No has ido nunca de acampada? Me refiero a un campamento de verdad.

Grace se encogió de hombros con aire desconsolado.

—Para mis padres habría sido como hacerme gatear por carbones ardientes. Lo máximo que me concedieron fueron unos cuantos castillos de arena en la playa, pero después de haberme puesto protección total y un sombrero de paja. Además, mi padre pedía a las pulgas de mar que tuvieran la amabilidad de apartarse.

Channing se rio y el eco de su risa se expandió por el bosque como el crujido de las alas de un ángel escondido. Después le aferró una mano y enfiló un sendero que serpenteaba alrededor de los árboles.

—Cuidado con dónde pisas, no se ve mucho.

—No se ve nada.

Channing se paró y le posó una mano en los párpados.

—Cierra los ojos un momento. Cuando vuelvas a abrirlos verás mejor.

De hecho, después de la oscuridad plena, la del bosque le pareció menos drástica, una degradación de colores oscuros, pero distintos. Pudo entrever el perfil de los chopos, sus piernas y sus brazos, la cabecita de Fred asomando por el borde de su pequeño balcón, y a Channing, delante de ella, que seguía aferrándole la mano y la guiaba. Vestía unos vaqueros y una camiseta de manga larga y al estar mojado, el pelo suelto le rozaba los hombros. Grace alargó una mano para tocarlo, pero la retiró enseguida y la cerró apretando el puño.

Al cabo de unos minutos llegaron a un claro. Detrás de él se erigía una pared rocosa, un monolito grande, que creaba una cómoda concavidad.

—Podemos pararnos aquí un rato y tratar de encender un fuego, si puedo. Siéntate, Bambi, yo me ocuparé de todo.

Grace vio que se inclinaba hacia el suelo buscando algo. Colocó varias hojas de helecho junto a la gran piedra, puso a sus pies varias ramitas secas y pedazos de corteza y luego hizo algo que tiñó de carmesí sus mejillas: se quitó el cinturón de los pantalones.

—Qué, qué…

—He encontrado unas esquirlas de sílex, pero para hacer saltar una chispa necesito el metal. —Golpeó varias veces la piedra con la hebilla del cinturón, hasta que, por el roce, saltaron varias chispas, que cayeron como lluvia sobre la corteza generando unas pequeñas llamas. Channing sopló para alimentar el fuego y, al final, echó las ramitas secas.

Al cabo de unos minutos, ante los ojos maravillados de Grace ardía una hoguera resplandeciente.

—¡Eres un mago!

—Acampé con mi abuelo cuando era niño, eso es todo. También aprendí a encender fuego con una lata de Coca-Cola y con chocolate, pero para hacerlo así se necesita el sol. Además, no tengo chocolate. ¿Tienes frío?

A la vez que se lo preguntaba, se acercó a ella, y Grace volvió a sentir un estremecimiento que no tenía nada que ver con el frío. ¿Qué eran esos latidos, ese deseo de estar cerca de él, de tocarlo, la sensación protectora de estar en familia? Tenía la impresión de que él formaba parte de su vida y de su historia, como si no solo fuera el elemento de un viaje, sino *el viaje* en sí.

—Estoy bien —le susurró—. Gracias.

—¿Gracias por qué?

—Por haberte tirado al agua para venir a buscarme. Te estoy dando el coñazo, ¿verdad?

—Algo así —bromeó él, luego añadió—: Si queremos secarnos mejor, tenemos que desnudarnos. Comprendo que puede parecer una propuesta maliciosa, pero es necesario.

Gracias a la oscuridad y a los arabescos que hacía el fuego, Channing no notó que las mejillas de Grace estaban cada vez más rojas. Si bien le respondió con firmeza, en su interior se sentía blanda y caliente, como los restos de una vela que se ha consumido.

—Bueno, en lo que a mí concierne, me conformaré secándome más o menos. Tú puedes hacer lo que te parezca. Quiero decir que, si quieres desnudarte, no me escandalizaré. Entre otras cosas, porque, dado lo poco que te vistes cuando escalas, ya he visto todo lo que hay que ver.

—*Casi* todo lo que hay que ver, Bambi. —Channing volvió a reírse y se pasó una mano por el pelo mojado para echárselo hacia detrás. Grace tuvo que desviar la mirada para no quedarse embobada contemplando sus pómulos altos, su boca carnosa y sus ojos almendrados de color azul, casi violeta.

—Puedes decir lo que quieras, decir tonterías… da igual, me fío de ti. Además, ¡no estoy tan buena como Bella! Me temo que no soy muy deseable. Colton puso pies en polvorosa al primer mordisco.

—Mejor el mordisco de un lirón que una patada en los dientes.

—¡Jamás le habría dado una patada en los dientes!

—No, tú no, Bambi. En cualquier caso, eres todo un genio de la intuición.

—No es cuestión de intuición, sino de hechos.

—¿Y cuáles son los hechos?

—Que Bella está más buena que yo. A propósito, ¿dónde la has dejado?

—En brazos de un turista canadiense.

Grace se sobresaltó y lo miró aturdida.

—¿Y lo dices así?

—¿Cómo se supone que debería decirlo? ¿Cantando?

—No, pero… yo qué sé… un poco molesto.

—No estoy nada molesto y casi nunca miento.

—Siempre dices lo mismo, así que algunas veces mientes. ¿Sobre qué?

—Sobre Bella no.

—En ese caso, ¿sobre qué? Si no mientes casi nunca, eso significa que, cuando lo haces es por un buen motivo.

—Aparte del lirón, ¿no llevas nada de comer en esa especie de mochila?

—Veo que cambias de tema, lo acepto. Aún no somos tan amigos como para hacernos confidencias, pero tarde o temprano me dirás cuál es tu melancólico secreto.

Los hombros de Channing se estremecieron.

—¿Quién te ha dicho que tengo uno?

—Gladys, ella comprende muchas cosas de la gente con solo mirarla.

—Ya me he dado cuenta. Entre brujas os entendéis.

—No soy una bruja, pero…—Recordó lo que le había contado Jessica sobre la noche de las estrellas fugaces—. Mi amiga dice que cuando soy feliz suceden cosas extrañas. Que lo diga ella es excepcional, porque solo cree en la tabla periódica y en las ecuaciones de segundo grado.

—De manera que debe de ser cierto.

—Creo que solo lo dijo para consolarme. Además, detesta a Cedric y aprovecha toda ocasión para recordarme que, desde que él entró en mi vida, no he vuelto a ser feliz.

—¿Y tiene razón? ¿Desde entonces no has vuelto a ser feliz?

Grace escrutó con intensidad el fuego, al mismo tiempo que se mordía los labios.

—No lo sé, yo… creía que sí, es decir, creía que estaba bien, pero, si hubiera sido cierto, habría tratado de perdonarlo, ¿no? No habría aprovechado la primera muestra de debilidad para dejarlo.

—La primera debilidad que has descubierto.

—Ok, la primera que he descubierto, pero si hubiera sido feliz, si lo hubiera querido de verdad, no habría cruzado la puerta de casa sin despedirme y ahora no estaría aquí. Estaría con Cedric tratando de comprender la manera de hacer funcionar nuestra relación. Y lo cierto es que no quiero que funcione. Puede que me sintiera cansada desde hacía tiempo y por eso también me fue mal la entrevista con el rector. Me pregunté: ¿y si él hubiera entendido antes que yo que no sirvo para abogado y la negativa fuera un bien en lugar de un mal? Aún tengo que descubrir el lado positivo de haber sido adoptada, pero estoy en ello.

—¿Habrías escapado solo por eso?

—No, creo que no.

—En ese caso, quizá no sea tan fundamental para tu vida saber de qué útero saliste. Quizá, en el fondo, sabes que las cosas que cuentan de verdad son otras.

Ella alzó la mirada y lo escrutó. Su perfil parecía hecho de la misma roca que amaba escalar. Tenía una barba incipiente, que se extendía hasta el cuello, y el fénix tatuado parecía impaciente por salir de la camiseta. Le dijo simplemente:

—Quizá.

Y después calló.

Guardaron silencio durante un rato, pero, en determinado momento, Grace no pudo resistir la tentación de saber más cosas sobre él.

—Ahora háblame de ti. Cuando se acampa, se cuentan siempre los recuerdos, las añoranzas y los sueños delante del fuego. Nunca he acampado, pero supongo que es así. La noche y el crepitar del fuego animan a las confidencias, ¿verdad? Además de escalar cualquier tipo de superficie vertical, ¿qué quieres hacer en la vida?

Channing titubeó antes de responder.

—¿Vivir no te parece suficiente? —dijo al final mirando las llamas ligeramente enfurruñado.

—¿Al día, quieres decir? ¿Sin un proyecto? Supongo que es posible, pero... ¿no tienes ninguna pasión?

—Me habría gustado ser policía. Mi padre y mi abuelo eran policías, también tengo varios primos en el cuerpo.

—Eso explica tu manía de auxiliar damas indefensas. Como si fueran gatitos que no consiguen bajar del árbol al que acaban de trepar, pero ¿por qué dices que te habría gustado? ¿Ya no quieres?

—No me admitieron en la academia. —Su voz volvió a vacilar.

—Vaya, lo siento. Puedes volver a intentarlo, ¿no?

—No, por desgracia, cuando era un crío hice varias estupideces que mancharon mis antecedentes penales y ciertas manchas no se quitan. Para que me admitieran debería poseer una máquina del tiempo, pero, por lo visto, aún no la han inventado.

—Entonces... ¿renuncias a tu sueño?

—No todos los sueños son indispensables. Solo sirven para llenar malditos cajones. Además, los sueños te atan. Para cumplir uno debes echar raíces en algún sitio y yo detesto las raíces, me gusta ir de un sitio a otro, cambiar todo a menudo.

—¿No... no te gustaría tener una familia dentro de unos años?

—No —contestó Channing con firmeza.

—Ah.

—La mera idea me produce ictericia, Bambi. No todos somos iguales.

—No, no todos somos iguales. En el fondo, yo tampoco sé qué será de mí, en qué me convertiré.

—¿Tan importante es convertirse en *algo*? ¿Tenemos que identificarnos con un proyecto, un oficio, un lugar? ¿Por qué no podemos ser, simplemente, lo que somos? Personas que viven día a día, sin proyectar sombras, sin hacer cálculos.

Esas palabras la entristecieron. Grace sintió que, de repente, algo —su voz velada de nostalgia, sus sueños destrozados, las cosas que no le decía y que, tal vez, nunca le diría— había erigido un muro entre ellos.

—No sé si podría vivir de forma tan desorganizada —le dijo—. Ahora funciona, me gusta, pero creo que en el futuro me gustará tener un punto de referencia. Orejeras no, claro, pero, al menos, unos ganchos a los que aferrarme cuando la tierra tiemble bajo mis pies. Una familia, precisamente, un proyecto, una idea. Una roca arenaria, como las que escalas. Cuando se te ve colgado allí arriba todo parece casual, pero ¿no es cierto que detrás hay mucha disciplina, técnica y atención?

—No me convertirás, Bambi, resígnate. Tenía un plan, ser policía, y se fue a la mierda. No tengo alternativas ni las quiero. Ahora estoy aquí, mañana ya veremos.

—Y a saber con quién.

—Y a saber con quién.

—¿Por qué no me hablas de tus acampadas?

—¿Qué?

—Me dijiste que, cuando eras niño, ibas de acampada con tu abuelo. ¿Fue antes de encontrar el cachorro de alce herido?

—Sí.

—No quieres hablar del futuro, pero puedes contarme algo del pasado, ¿verdad? Un recuerdo, una anécdota, lo que sea. Como quizá mañana no vuelva a verte, porque hoy estás aquí y mañana no sabes dónde estarás ni con quién, me gustaría tener algún recuerdo de ti.

Channing la atravesó con la mirada y Grace se angustió. Por un instante, le pareció tan infeliz, tan confuso, que tuvo que hacer un esfuerzo casi sobrenatural para contenerse y no aferrarle una mano tratando de consolarlo. No obstante, de repente tuvo la impresión de que sus ojos la engañaban. ¿Sería por efecto de la oscuridad y las llamas? Channing le sonrió, se restregó las mejillas con la misma mano y luego habló. Habló con voz tenue, dulce, un poco ronca, le contó varios episodios divertidos de su infancia aventurera. Grace apoyó la espalda en la pared cubierta de helechos, como si fuera el respaldo de una silla, y escuchó su tierno relato. Se rio de vez en cuando, se lo imaginó de niño y se preguntó en qué animal se reencarnaría en sus próximas vidas. No le vino a la mente ninguna criatura real. Quizá debido al tatuaje, solo pudo pensar en un fénix con la mirada de un tigre.

Algo caminaba por encima de ella y, al final, se paró en su cara. Al abrir los ojos vio un gigantesco monstruo amarillo mirándola fijamente con un solo ojo.

No, no era un monstruo tuerto, era Fred que, tras salir de la funda, se había detenido entre su cuello y una mejilla para observarla intrigado, como si la hubiera pillado mientras se comportaba de manera inadecuada.

Cuando comprendió que, en cierta medida, Fred tenía razón, estuvo a punto de lanzar un grito.

Estaba tumbada en la hierba, encima de las grandes hojas de helecho que había por todas partes, al lado de la hoguera, que casi se había apagado. Channing estaba a su lado. Dormía tumbado de perfil, con la cara hundida en su melena, los brazos alrededor de los suyos y su cuerpo tan pegado al suyo que Grace enrojeció hasta las orejas. Jamás había estado tan cerca de Cedric en cuatro años. Jamás habían dormido juntos.

Cerró los ojos, sintiendo una felicidad un poco dolorosa, porque estaba destinada a morir.

Alrededor de ellos, la oscuridad era más delicada, más dispuesta a dejarse herir por el sol naciente.

«¿Nos quedamos aquí hasta el alba?»

Respiró levemente, como si no quisiera despertarlo, pero se dijo que los latidos de su corazón habrían podido despertar a un bosque. Los pájaros trinaban en los árboles y debía de haber una cascada en las inmediaciones, porque oía el ruido que hacía el agua al caer. Podría haberse quedado allí, entre sus brazos, hasta que el cielo hubiera estallado.

Sin embargo, Fred no coincidía con ella. Saltó alrededor de ellos dos con la fogosidad de un gato que quiere su cuenco de comida y no atiende a razones. Temiendo que cayera en garras de un depredador, Grace se movió para detenerlo. Su cuerpo se separó del de Channing y, al hacerlo, se sintió vacía y fría. Él no notó nada y siguió durmiendo. Dormía con un aire tan dulce, tan relajado, mostrando una belleza irrepetible, que Grace no pudo resistir la tentación de acariciarle el pelo.

En ese momento, Fred se dirigió hacia el lago y Grace tuvo que seguirlo. Lo atrapó poco antes de que empezara a bajar los peldaños de piedra y llegase a la orilla. La luz era pálida, los árboles oscuros, el agua casi verde. A lo lejos vio la pequeña cascada que no había advertido la noche anterior, similar a un fuego artificial líquido, que manaba de una depresión: se acercó a ella y bebió con avidez.

—Prefiero un desayuno italiano. Capuchino y cruasán, por favor.

Channing estaba de pie en la cima de una roca más alta, con los brazos cruzados sobre el pecho. La observaba con una extraña expresión, enfurruñado y sonriente a la vez. Grace trató de ocultar la maraña de pensamientos que tuvo al verlo.

—Lo siento, solo hay agua fresca —le respondió en tono bromista.

Channing se desentumeció cruzando las manos detrás de la nuca. El labio inferior de Grace estuvo a punto de hundirse en el agua por culpa de ese insignificante gesto: sus músculos, que se entreveían a través de la camiseta, la hechizaron por un instante.

—Te dormiste mientras te hablaba de mí, Bambi. No fue un gran cumplido a mis dotes oratorias, por no hablar de las *otras*.

Alimenté el fuego y me dije: «Ahora la despierto», pero, por lo visto, yo también me quedé frito.

—Nos hacemos viejos.

—Tú desde luego, roncabas como un tronco. Eres mejor que una zanja electrizada para mantener a raya a los depredadores.

—¡Yo no ronco!

—Roncas, vaya si roncas.

—¡No es verdad!

—Por lo visto, hasta ahora solo has dormido con sordos.

—Yo no… Nunca había dormido con nadie, pero estoy segura, bueno, casi segura…

Channing volvió a sonreírle con aire irónico y dulce a la vez.

—¿Por qué? No me digas que te va lo del sexo y luego cada uno a su casa.

—¡Veo que la almohada no te ha dado buenos consejos! —replicó ella despechada.

—Pero si coincido contigo, no te estoy juzgando.

Grace se enfurruñó por un momento y después dijo:

—Exacto, eso es. Sexo y después cada mochuelo a su nido. Por cierto, será mejor que ahora volvamos a casa, bueno, a la que por el momento es mi casa. Gladys estará preocupada. —Channing se acercó a ella lentamente, como un león, pasó por su lado, le rozó los labios con un dedo y luego se inclinó hacia la cascada para beber—. ¿Está muy lejos? —le preguntó.

Se mojó la cara y el pelo y se sacudió enérgicamente. Qué hombros tan anchos tenía. Qué manos tan grandes. Qué…

«Piensa solo en volver y para ya. ¡Basta!»

—No, y de día será más fácil. Tenemos que subir a esa cima y luego bajar.

—¿Bajar cómo?

—Con mucho cuidado. Yo te guiaré, no te harás daño. Acórtate el vestido.

—¿Qué?

—Arranca un pedazo o súbetelo para que no te quede tan largo, puedes tropezar.

—¿No será un truco para mirarme las piernas?

—Puede ser un truco para *volver a mirarte* las piernas después de haberlas examinado a fondo esta noche.

—¿Qué?

Channing se rio tan fuerte que sus carcajadas ahogaron el ruido del pequeño salto de agua.

—Jamás habría creído que podía existir una como tú.

—Una como yo… ¿en qué sentido?

—Una chica de tu edad que se pone roja por todo. Y te pones roja en serio, no finges vergüenza. Ya te lo he dicho: por suerte soy inmune, porque, de no ser así, podría perder la cabeza por ti.

—Sujétala bien al cuello, no sabría qué hacer con ella. Y ahora, ¿podemos irnos?

—Debes acortarte el vestido, pequeña. Puedes ir detrás de ese árbol si…

—¡No soy Blancanieves! Puedo hacerlo delante de ti. ¡No me estoy restregando contra un palo de *pole dance* en tanga!

Mientras Channing reía de nuevo, Grace se subió la túnica larga de Gladys hasta las rodillas y la sujetó con el cinturón.

—No está nada mal —comentó él.

—Deja de bromear y vamos.

Le aferró una mano, se la apretó, de forma que, por enésima vez, Grace sintió que una espada atravesaba su corazón. Con Cedric, no se sentía así. No se sentía tan confusa ni tan dispuesta a todo, incluso a escalar montañas, descalza. Los sentimientos que le suscitaba Cedric eran caminos rectos, rodeados de paisajes idénticos, tan monótonos como ciertas llanuras de Idaho. Channing, en cambio, le hacía recorrer las tortuosas pistas de un circuito, las curvas de una carretera francesa al borde de los acantilados y las vertiginosas cuestas de San Francisco. Subieron a la cima del extraño bosque de piedra: al otro lado había una formación rocosa y escarpada idéntica. Bajar fue menos arduo, pero más peligroso, ya que existía el riesgo de resbalar. Los árboles eran frondosos, el sol proyectaba finos haces de luz horizontal, aún pálidos. Channing no se movió de su lado, la ayudó en los saltos más difíciles, parándose para sujetarla con toda la paciencia del mundo. Anduvieron en silencio, solo se oían sus respiraciones, el canto de los pájaros y el borboteo del agua.

Cuando alcanzaron el nivel del lago, dejaron atrás la última hilera de chopos y llegaron al camping. Acababa de amanecer y todos dormían. La ceniza, aún caliente, humeaba en los braseros de piedra.

Grace se sentía como si estuviera en un sueño del que no se habría despertado jamás. Tenía la sensación de que caminaba por el aire y de que la mano de Channing le impedía salir volando como un globo lleno de helio que se ha escapado de las manos de un niño.

Por desgracia, no tardaría en despertarse y, cuando lo hiciera, todo terminaría.

«*The end,* se acabó el sueño, Channing se marcha, tú sigues adelante con tu viaje y esta vez sí que no volverás a verlo. Él es el auténtico globo: si suelto sus dedos, saldrá volando, porque no quiere echar raíces ni tener ataduras.»

—Esta sí que es una sorpresa. —Channing la distrajo de sus pensamientos.

—¿A qué te refieres?

—Mira.

Grace observó el camino a cuyo lado había una explanada cubierta de hierba amarilla donde, hasta hacía unas horas, estaba aparcada la furgoneta que hacía las veces de caravana de Edward y Gladys. Reconoció los dos árboles a los que habían enganchado la hamaca y los restos bien apagados de una hoguera. Todo estaba como lo había dejado, incluida la hamaca, salvo un detalle: la furgoneta Volkswagen había desaparecido.

—Pero ¿dónde...? —masculló Grace mirando alrededor, como si la camioneta alada pudiera aparecer entre las copas de los árboles como por arte de magia.

Channing se dirigió hacia la hoguera y se inclinó hacia ella a la vez que acercaba una mano abierta a las brasas.

—Aún están calientes. Se marcharon hace menos de una hora.

Grace lo miró abriendo mucho los ojos.

—¿Se han marchado?

—Por lo visto sí.

La hamaca se balanceaba ligeramente con la brisa del alba. Grace notó que había una hoja de papel prendida en ella. Era el papel de los pensamientos de Gladys, de color rosa, con aroma a rosa, en el que solía escribir las frases que le inspiraban el mundo, sus recuerdos y el futuro que imaginaba. En la hoja había escrito su hombre. En la hoja había un mensaje para ella.

«Mi dulce Grace:

Te confieso una cosa: la idea de viajar hasta aquí no fue casual. Desde que me dijiste que Channing tenía pensado ir a Kentucky, en especial a una zona famosa para escalar, hice todo lo que pude para averiguar cuál era. Intuí que podía ser Red River Gorge, pero, además, el destino salió en mi ayuda. Para encontrar una aguja en un pajar hay que conseguir un imán, te lo dije, ¿no? Ahora que habéis vuelto a encontraros, creo que necesitas continuar tu viaje sin nosotros. Cuando estás con él, tu aura se tiñe de color rojo encendido y la suya también se ilumina. Tenéis que estar juntos, la manera de hacerlo debéis decidirla vosotros. Si

176

te lo hubiera sugerido, me habrías dicho que no por miedo, por timidez, por orgullo. Estoy segura de que no te dejará sola por los caminos de este mundo. Él también tiene mucho miedo, enséñale a deshacerse de él y sed valientes juntos.

Con amor,

Gladys

P.D: Sé que puede parecerte una locura, puede que lo sea, pero pienso que Gladys tiene razón. Yo no veo auras, solo comprendo que la presencia de Channing es buena para ti y que, a pesar de que le cuesta reconocerlo, la tuya también es buena para él. Cuando se decide seguir el destino hay que hacerlo hasta el final.

Kate

P.D de la P.D: Buen viaje, pequeña. Fíate de Gladys y de sus intuiciones, jamás se ha equivocado. La mochila con tus cosas está debajo del arbusto de retama. Si quieres, podemos volver a vernos en Four Corners. Estaremos allí el 22 de agosto, el día de tu cumpleaños. Cuida de nuestro pequeño lirón y dile que lo queremos mucho y que lo dejamos en buenas manos.

Edward».

Grace se quedó parada con el folio en la mano, mirando la hamaca, que se balanceaba.

—¿Va todo bien? —le preguntó Channing.

Grace le tendió la nota en silencio, como hipnotizada. Solo después se dio cuenta de que esta contenía una información que no quería que supiera y se arrepintió de haber dejado que la leyera, pero ya era irremediable. No podía arrancársela de las manos. Esperaba que hiciera algún comentario irónico sobre la parte del mensaje que hacía referencia a él, pero sus ojos brillaron verdaderamente alarmados. Se pasó una mano por el pelo sujetando unos mechones con el puño, pero ese gesto había perdido la desenvoltura de hacía unas horas, de hecho, parecía atormentado.

—No te pongas de mala leche, Channing —le advirtió con frialdad, en un tono que manifestaba la turbación que le causaba haber sido abandonada y comprobar lo mal que él soportaba la idea de tener que cargar con ella—. No debes ocuparte de mí. No tenemos que continuar juntos porque Gladys quiera que sea así y haya urdido este plan para reunirnos. No le dije nada especial sobre ti, le conté parte de lo que había sucedido y ella se inventó esa novela. Te has quedado sin aliento. Seguiremos viajando como lo hemos hecho desde un principio, así que respira.

En lugar de contradecirla, se limitó a decir: «Hostia», y volvió a dar la impresión de que habría preferido estar en cualquier lugar y con cualquiera, salvo allí y con ella. Tenía la frente surcada de arrugas y se mordía los labios.

Sin decir una palabra, Grace se encaminó hacia la retama y buscó debajo de ella. Encontró la mochila, pero le pareció que pesaba más y que estaba más llena que antes. De hecho, dentro encontró una bolsa de frutos secos para Fred, varias tabletas de chocolate y la manta de forro polar de color amarillo canario en la que solía dormir. Le entraron ganas de llorar, como si hubiera encontrado un cachorro abandonado y muerto en medio de la carretera. Cuando se disponía a echarse la mochila a la espalda, esta pareció convertirse de repente en un saco de plumas.

—Pero ¿qué...?

Channing se había acercado a ella y la había agarrado.

—¿Qué llevas dentro? ¿Yunques?

—Da igual que sean yunques o enanos de jardín, es asunto mío. Devuélvemela.

—La llevaré a la tienda.

—¿Qué tienda?

—La de Bella. He dejado allí mis cosas. Espero que ella y el canadiense hayan dejado de retozar.

—Ve a la tienda de Bella. Yo buscaré el sendero para salir del parque. *Bye*.

Le tendió una mano y él imitó su gesto, pero, cuando estaba a punto de estrechársela en ademán de despedida, Channing agarró su muñeca y la atrajo hacia él. Se quedó pegada a su pecho, sintiéndose tan blanda como una muñeca rota.

—¿No quieres que vaya contigo? —le preguntó de nuevo en tono bromista, como si el paréntesis de pánico que había sufrido hacía unos instantes, no se hubiera producido nunca. Una parte de Grace quería decirle que no, pero esa parte no era la mayor parte de toda ella.

—Quizá un poco sí, puedes acompañarme a la parada de autobús —le dijo con fingida indiferencia.

—Antes buscaremos un motel.

—¿Qué?

—Después de esta noche de perros, necesitas darte una ducha caliente o te pondrás enferma. Y yo también. No podemos salir de viaje así. ¿Vienes conmigo a la tienda de Bella? ¿Me concedes el privilegio de tu compañía? —Channing le sonrió de forma del todo inocente.

—Estás como un cencerro, ¿sabes? Hace poco parecía que te ibas a arrancar el pelo por tener que viajar otra vez conmigo.

—Y ya estaba a punto de hacerlo.

—¡Vaya, viva la sinceridad!

—Ya te he dicho que no me gusta contar mentiras.

—En ese caso, ¿por qué has cambiado de idea?

—Porque Kate tenía razón. Cuando el destino se entromete, no hay mucho que hacer. El muy cabrón nos tiene manía. Daría lo que fuera por saber qué está tramando. Además, me temo que, aunque fueras a Alaska y yo a Arizona, acabaríamos encontrándonos de nuevo, así que no nos queda más remedio que seguirlo.

Mientras caminaban por el sendero, Grace tuvo que morderse los labios para no hacerle una serie de preguntas molestas.

«¿No has cambiado de idea porque te apetece? ¿Tu corazón no estalla como el mío? ¿No te sientes tan feliz que te gustaría renacer mil veces para volver a vivir este momento?»

CAPÍTULO 10
CHANNING

Es fácil viajar con Bella. No turba en absoluto mi necesidad de no perder el control de las emociones, mi corazón enfermo no vacila ni tiembla, no deseo morder sus labios como si fueran manzanas y eso que hemos follado, pero follar es simplemente follar y cuando solo lo haces con la mitad inferior de tu cuerpo, ni siquiera te cansas mucho. Si se marchara mañana, la recordaría como recuerdo todas las cosas de mi vida, las que no han causado grandes cambios y a las que estoy agradecido sin que esa gratitud se convierta en necesidad. Por eso es fácil viajar con ella, porque no la necesito y porque no tengo miedo de ella, también porque sé que ella no me necesita ni tiene miedo de mí.

Sin embargo, tenemos muchas cosas en común, como la pasión por la escalada libre. Un novelista tejería una trama hecha de sexo y sueños, tormento y redención, ella que me salva, yo que la salvo y vivimos felices y morimos a la vez. En realidad, hemos compartido un viaje en autobús y tres noches en una tienda en Red River Gorge. Punto final. Hace unos meses ella rompió con un hombre que la había hecho sufrir y está decidida a no volver a enamorarse y a divertirse sin más; yo no sé siquiera qué es el amor y rehúyo la tentación de querer descubrirlo. Quién sabe por qué, todos los viajes están relacionados con ese maldito tirano.

Sin embargo, el destino pretende darme una severa lección.

Por un instante, creo que se trata de una especie de alucinación. He bebido una cerveza, Bella tenía un porro y me lo pasó para que diera dos caladas, el oxígeno que satura el aire nocturno es excesivo para mí y ya no recuerdo desde cuándo no duermo bien. Cuando sabes que tienes los días contados, incluso dormir es una pérdida de tiempo.

Así pues, en un primer momento pienso que es un espejismo. No puede ser Grace persiguiendo un enjambre de luciérnagas.

En cambio, es ella, sí, es ella, y mi corazón me advierte de que debo ir con cuidado, estar atento, porque hasta los hombres invencibles tienen su talón de Aquiles, no digamos si no son invencibles.

Debería escapar, mandar a tomar por culo el destino, volver al camping y decirle a Bella: «*Bye*, me largo, buen viaje», pero sigo a Grace, la obligo a pararse y hablo con ella. El corazón jamás me ha latido así en ninguna escalada, polvo o canuto, ni cuando he tenido miedo a morir.

Los escaladores de todo el mundo vienen aquí para practicar. Ciertas paredes son alucinantes. Esta mañana devoro la Motherlode presa de una furia absurda. Después me marcharé.

No puedo quedarme aquí, no quiero volver a verla. No he dejado de pensar un instante en sus malditos ojos de cervatilla. Con ese aire rebelde y el pelo como la protagonista de *Brave* pero en rubio. Mejor será que me largue: una mujer capaz de hacerme ver luciérnagas, zorros y estrellas en media hora de vida y de obligarme a contener la respiración mientras habla, no sé lo que podría hacerme si…

No hay «si» que valga, esta mañana me voy del parque.

Luego, sin embargo, mientras paso por debajo del Natural Bridge, miro hacia arriba y la veo a veinte metros encima de mi nariz. Está casi en el borde del puente hablando con dos tipos. ¿Sonríe? A esta distancia no puedo decirlo con seguridad, pero creo que sí. No me importa que sonría, que quede claro, pero...

Quizá, además de tener un problema en el corazón, tenga otro en el cerebro, porque, sin pensármelo dos veces, empiezo a escalar por la base del puente.

No sé bien por qué lo hago, solo sé que lo hago. Estoy tan nervioso que no me agarro bien, me hago daño en una mano, me doy un golpe en la rodilla con una roca, no sé cuántos desastres hago antes de llegar a la cima. Jamás he sido tan torpe.

Cuando llego arriba, ella ya no está: la busco por todas partes como un loco y al final la veo a la izquierda con uno de los dos chicos. Ese pedazo de mierda se está pegando a ella como un sello.

Una voz interior me grita: «¡Vete, vete, vete! Solo te hará daño, pero, sobre todo, ¿cuánto daño le harás tú? ¿Qué sentido tiene atarte si tu vida es una tijera? Si superas un límite, si concedes un espacio, si abres los brazos, abrirías su corazón para hacer sitio a un cuchillo.»

Lo sé, lo sé, lo sé, pero no puedo retroceder siquiera dos pasos.

Sin embargo, creo que... tengo celos.

Jamás he tenido celos, jamás, ni siquiera cuando era niño y me tocaban mis cosas: siempre he pensado que el mundo era de todos y esta convicción se reforzó diez años más tarde, cuando comprendí que ni siquiera mi corazón era del todo mío. Era de alguien que lo había puesto en mi pecho por cierto tiempo, pero que no tardaría en volver a recuperarlo.

Ahora, en cambio, por primera vez en mi vida siento una voz que sube como la espuma del mar y me dice: «No, esta vez no, esta vez es solo mía».

Gilipolleces. No soy así, no puedo ceder a esta invasión bárbara. Me río solo. No tengo a nadie ni soy de nadie. Hace tiempo que borré todos los sueños: de nada sirve cultivar deseos que necesitan cimientos, porque los cimientos requieren tiempo y el tiempo no me necesita.

No empezaré ahora a desear algo —a *alguien,* maldita sea, a alguien con los ojos enormes, los labios curvados como manzanas, el miedo, el valor y los extraños hechizos que causa su presencia, de los que yo, que la quiero, soy el más extraño—, no empezaré ahora.

Sobre todo, si se rodea de amigos que comprenden todo con solo mirarme: una adolescente amish que me pregunta enseguida, en voz baja y en tono resuelto, qué significa la cicatriz que he intentado disimular con el fénix tatuado; una anciana que lee en mis ojos la verdad, que me susurra al oído que exprese tres deseos cuando me ponga la pulsera y que nada termina hasta que no termina; y un pequeño lirón que se acurruca pegado a mi cuerpo como si quisiera consolarme.

No, Bambi, no empezaré ahora.

La esperanza puede hacer más daño que la resignación.

—Estás muy raro desde que viste a esa chica —observa Bella mientras preparo la mochila para escabullirme.

No le respondo: no me gusta mentir. Debería decirle que tiene razón, que me siento muy raro, vacilando entre dos fuerzas contrapuestas y en peligro. Dicho por uno que tiene los días contados, sería una declaración demasiado significativa, así que más vale que me calle.

—Es muy mona —insiste ella.

—Mmm —replico sin más.

—Pero ¿por qué te vas ahora? ¿No querías escalar la Chocolate Factory mañana?

—Una de las mejores cosas de un viaje es cambiar el destino de buenas a primeras.

—¿Qué me dices de un polvo de despedida? —pregunta ella como si me estuviera invitando a un café.

—Casi prefiero que no —le contesto en el mismo tono.

—En ese caso, creo que se lo pediré a Marshall, es un tipo interesante. Te marchas esta noche, ¿no?

Sonríe, se desentumece y sale de la tienda después de haberme lanzado un beso con un soplo, como hacen los niños. La mente humana es realmente un gran misterio. He viajado con Bella durante días y nos hemos divertido mucho, pero ahora que me estoy despidiendo de ella no hay un solo átomo de mi cuerpo que vacile. En cambio, la mera idea de no volver a ver a la pequeña cervatilla rubia, que no sabe siquiera lo guapa que es y que se pone roja por nada, me revuelve todo. A veces sucede algo con la gente que conoces, a veces, en cambio, no sucede nada, pero ¿por qué demonios lo que ha sucedido, cuando ha sucedido, ha elegido justo a Grace para suceder?

No quiero hacerme más preguntas, así que me apresuro a acabar de preparar la mochila. Fuera ha oscurecido ya, la noche se cierne sobre nosotros, pero es inútil esperar hasta mañana. Cuando estoy a punto de terminar, Bella vuelve a entrar en la tienda.

—Fuera hay una chica que quiere hablar contigo.

—¿Una chica?

—No pongas esa cara, no es *ella*. Es una de esas tipas extrañas, ¿cómo se llaman? ¿Amish? No niego que estás como un tren, pero que hasta una pequeña amish venga a buscarte de noche… ¿No te parece exagerado?

Se ríe y, al oír su risa, me alarmo. La amiga de Grace… ¿Qué puede querer de mí? Dudo que mis encantos la hayan conquistado, me pareció bastante fría en ese sentido: cuando hablamos esta mañana, le intrigaba sobre todo la cicatriz que tengo en el pecho y, por lo visto, no se creyó la historia de que me había cortado con una navaja durante una pelea en mis años rebeldes. La gente se inventa extrañas enfermedades para ocultar incidentes violentos, pero yo me

invento que era miembro de una banda y que recibí varias palizas
para no tener que confesarle que estoy operado del corazón.

Kate se precipita hacia mí cuando salgo de la tienda.

—Creo que Grace te necesita —afirma.

—¿Qué? —exclamo, entre despechado y preocupado por sus
palabras, por la ansiedad que leo en sus ojos y por la certeza de que
una pequeña amish altiva jamás vendría a molestarme de noche si
no tuviera un motivo más que válido para hacerlo.

—Estábamos en la fiesta y alguien llamó a Grace por teléfono.
Se puso tan nerviosa que se bebió un vaso entero de zumo de fruta
con alcohol, luego se alejó con ese tipo, Colton, en una barca. No
sé qué ha ocurrido, el lago está muy oscuro y ellos se habían alejado
mucho, pero me parece que él se abalanzó sobre ella, luego uno de
los dos gritó y el otro cayó al agua… No conozco a nadie, así que
no sabía a quién acudir, además, Gladys y Edward no son jóvenes,
así que pensé en ti y te busqué. Si ahora me dices que no es asunto
tuyo, yo…

Mi comentario no es, en realidad un comentario, sino una reacción. A grandes zancadas, corro hacia el Zilpo Campground. Kate,
que me lleva el paso, me dice:

—Gladys me ha dicho que tu aura tiene varios puntos grises,
sobre todo alrededor del tórax. El gris es el color de la enfermedad.
¿Tienes problemas de corazón?

Me vuelvo y la observo unos segundos sin dejar de caminar.

—Mis colores no son asunto tuyo, niña.

—Mío no, pero de Grace sí. Le gustas mucho y ella te gusta a ti.

—¿Y vivieron felices y comieron perdices?

—Soy una amish, no una niña de cuatro años. Solo pensaba
que… ¿no crees que ella puede ayudarte?

—¿Es pariente cercana de alguna divinidad?

—No para que te cure de forma milagrosa. A pesar de siempre
haber oído hablar a mi madre del buen Dios y de fascinarme las

teorías románticas de Gladys, soy una persona con los pies en el suelo. Me refería a que puede hacerte bien, en cualquier caso.

—Creía que los amish eran parcos en palabras. Tu cháchara me retumba en la cabeza. Aclaremos una cosa: solo he venido para ver si Grace necesita ayuda. Me gusta, no lo niego, pero no en el sentido que piensas. Me marcharé después de haber visto cómo está.

La playa que costea el Cave Run Lake está llena de gente. Hay algún que otro borracho, señal de que ha circulado alcohol, qué zumo de fruta ni qué ocho cuartos. Miro el agua y diviso una figura que se acerca nadando a la orilla. Cuando emerge la cabeza rubia de ese imbécil y dice algo así como que alguien lo ha mordido, no le doy una patada en los dientes porque estoy preocupado por Grace, solo por eso. ¿Dónde está? ¿Por qué no ha vuelto ella también?

Sin pensármelo dos veces, arrastrado por un imán interior que no logro explicar y que, sin embargo, me mueve en una sola dirección, me meto en el agua hasta la cintura. A lo lejos veo que una barca se dirige hacia la costa más próxima, igual de grande que la del *camping*, pero con una conformación distinta, llena de piedras y árboles. Llamo a Grace, pero no me oye, así que me lanzo. A vuelo de pájaro tardaría un abrir y cerrar de ojos en llegar, pero nadando, en el agua estancada de un lago, por si fuera poco, tardo una eternidad.

Cuando llego veo que la barca va a la deriva y que Grace está trepando por los peldaños rocosos. La vuelvo a llamar, pero no me oye, así que la sigo, le doy alcance, la abrazo y tengo la impresión de que he estado en apnea hasta ese momento y de que, por fin, puedo volver a respirar.

He mantenido el fuego encendido y, con la complicidad del aire tibio que sopla entre los árboles, propio de una noche estival, decido dejarla dormir. Hago guardia hasta que, al final, se me cierran también los ojos. Cuando los abro de nuevo veo que estoy abrazado a ella. Huele a flores. Debería levantarme, zarandearla, pero me quedo quieto, con su pelo pegado a los labios, estrechando su espalda contra mi pecho. Nunca he dormido abrazado a nadie, salvo, quizá, a un oso de trapo, cuando tenía tres años. Es una sensación muy extraña, me recuerda la primera vez que fui a la playa de niño y hundí los dedos en la arena ardiente. Recuerdo que sentí un escalofrío desde las yemas de los pies al estómago, palpitaba como una herida, pero era agradable. Ahora me siento así, acuchillado y feliz.

De repente, me doy cuenta de que ella también está despierta y finjo que sigo durmiendo. No quiero que comprenda que hace rato que el abrazo dejó de ser un reflejo del sueño para convertirse en una elección. Se levanta y corre detrás del lirón, está despeinada, tiene la ropa arrugada, resulta un poco cómica, pero me turba como si fuera una diosa desnuda y perfecta. El drama es que no sé por qué me sucede esto y dónde acabará, porque seguro que acabará, así que prefiero emplear toda mi ironía, tomarle el pelo, provocarla, mostrarme indiferente, incluso un poco cabrón, porque esa es la única manera de alejarla de mí. En cualquier caso, no tengo nada que ofrecerle. Un tipo que puede morir mañana no puede permitirse el lujo de dejar que nadie entre en su vida. Aún menos una cría que se ruboriza como la gente se ruborizaba en el pasado y que, sin duda, es virgen. La idea de que no lo haya hecho nunca —pondría la mano en el fuego— me excita, me turba y me hace pensar cosas extrañas, así que sigo hablando como un capullo, como si pasara de todo. No pienso en ti, Bambi, no es verdad que no puedo pensar en otra cosa, no soy un idiota romántico al que le gustaría ser el primero que folla contigo y, hostia, el único. No soy así, yo me dejo llevar por el viento, no me encariño con nadie y, sobre todo, no me enamoro.

Esta frase —yo no me enamoro— rueda por mi cabeza como una bola dentada y me asusta el hecho de haberla incluido entre las demás palabras. ¿Qué tiene que ver el amor con todo esto? Menuda memez. Como mucho, me atrae, es guapa, tiene un cuerpo que no está nada mal…

«¿Qué… demonios… tiene… que… ver… el… amor?»

Cuando llegamos al lugar donde estaba aparcada la furgoneta de sus extraños amigos y vemos que sus extraños amigos se han largado, casi me da el tercer infarto. Pensaba despedirme de ella con la idea de no volver a verla, quitármela definitivamente de la cabeza y volver a ser como antes, el Channing que vive al día y al que nadie se acerca *de verdad*.

En cambio, así…

¿Qué se le ha metido a esa gente en la cabeza?

Pero, lo más absurdo de este descubrimiento, no son el espanto y la rabia, sino… el alivio que siento. El maldito alivio que entierro dando patadas, pero que vuelve a emerger como un géiser.

Gladys tiene razón: si hubiera elegido yo, me habría marchado. Por eso decidió ella por mí.

Puede que sea de verdad una bruja.

Hemos llegado a Lexington en autobús y nos hemos alojado en la habitación de un motel muy sencillo. Le digo:

—Dúchate con calma, tardaré más de una hora en volver para que tengas tiempo de hacerlo todo. Entretanto, iré a la parada de la Greyhound a ver cuándo sale el próximo autobús.

—¿Para dónde? —me pregunta.

—No lo sé. ¿Adónde quieres ir?

Sonríe, ladea la cabeza y murmura:

—Haz una cosa, compra los billetes del tercer destino escrito en el tablón, sea cual sea.

—¿Incluso si es Florida? —se me escapa.

Grace se sobresalta.

—¡No, Florida no!

Entonces comprendo que, de alguna forma, ese cabrón le ha dicho que ha ido hasta allí para buscarla. Me encanta comprobar que no quiere verlo ni en pintura.

—Ok, en ese caso fuera —comento y a ella no se le pasa por la cabeza preguntarme por qué se me ha ocurrido Florida, ya que está muy lejos de Kentucky y dudo que exista un autobús que enlace directamente Lexington con Miami—. ¿Te va bien cualquier otro sitio?

—Sí. Me interesa ver mundo, todo el mundo, salvo Florida.

Asiento con la cabeza y hago ademán de salir por la puerta de la minúscula habitación con el suelo cubierto por una moqueta beis, el techo bajo, que casi me roza la cabeza, y una colcha *patchwork* de color amarillo y naranja en la cama de matrimonio.

Mejor será que acelere mi salida del escenario: por un instante me imagino su pelo esparcido por el almohadón y su cuerpo bajo el mío bajo esos recortes de tela. Ninguno de los dos cuerpos está vestido. No, no y no. Debo desechar esos pensamientos molestos. Y provocadores. Y molestos.

Aferro el picaporte casi con rabia, pero su voz me detiene:

—Channing.

Me vuelvo y, al mirarla, me parece triste como una niña cuando está triste.

—No estás obligado a viajar conmigo, de verdad —añade.

—Díselo a Gladys —le respondo esbozando una sonrisa irónica.

—No quiero ser un peso para nadie —afirma.

Escapo antes de decirle algo de lo que luego podría arrepentirme, como: «No eres un peso, la idea de viajar contigo me excita tanto que me deja sin aliento. De ayuda nada, me vas a provocar el infarto definitivo, Bambi».

La estación está a dos pasos y, nada más entrar, miro el tablón con los horarios de salida. El tercer destino es Indianápolis. El autobús sale dentro de dos horas. Mientras espero en la cola para comprar los billetes, no puedo quitarme de la cabeza la expresión triste de Grace. Cuando pago, siento una repentina sensación de alarma. Recuerdo lo que sucedió en Filadelfia, cuando me marché antes de lo que habíamos acordado y me pregunto qué sentido tenían sus últimas palabras: ¿quizá quiere marcharse sin decírmelo? ¿Era un adiós tácito?

Debería estar contento, ¿no? De que alguien resuelva el problema por mí, así seré libre y la meteré también en el cajón de los sueños destrozados que, a estas alturas, me importan un comino. En cambio, echo a correr como un idiota. Un millón de preguntas ofuscan mi mente. ¿Cómo piensa marcharse? Es tan imprudente que sería capaz de hacer dedo y dudo que tenga la suerte de volver a toparse con personas tan inocuas como Gladys y su extraño grupo de locos decentes. ¿Tiene idea de cuántos maníacos camuflados de gente normal hay por ahí?

De manera que corro como alma que lleva el diablo y cuando llego al motel meto la llave en la cerradura y abro la puerta de golpe, con la fogosidad del que apaga un incendio. Estoy tan convencido de que voy a encontrar la habitación vacía, de que, como mucho, me habrá dejado un mensaje de despedida en la colcha, que, cuando la veo mojada y completamente desnuda, mirándome con los ojos desmesuradamente abiertos por la sorpresa, me sorprendo tanto que yo también me quedo paralizado sin dejar de mirarla. Luego, de golpe, coge un almohadón de la cama, se lo pone delante y grita:

—¡Caramba! ¿Te parece manera de entrar? ¿En tu casa no llamáis a la puerta? ¡Me prometiste que estarías fuera una hora!

Tiene la cara encendida, solo la sangre recién vertida es más roja. No puedo quitarle los ojos de encima, ya no sé si porque es maravilloso que siga aquí o por el simple hecho de saber que el almohadón tapa su cuerpo desnudo. ¡No es la primera vez que veo a una chica en cueros, vaya!

—¿Te marchas o grito? —añade, al mismo tiempo que retrocede hacia la puerta del cuarto de baño como una gamba de color rojo. La melena mojada le cae por los hombros y por la funda amarilla del almohadón, que la tapa como un telón encogido de la garganta a los muslos. Su expresión es tan adorable que siento deseos de besarla. Me echo a reír de repente. Cuando la alternativa es tirar el almohadón lo más lejos posible, seguir observándola atentamente y luego dejar de observarla para hacer *otra* cosa, la mejor manera de salir del apuro es reírse.

—He vuelto para…, esto, olvidé la cartera en la mochila. Me dije que aún estarías en el cuarto de baño.

—Cógela enseguida y vete. La próxima vez llama a la puerta. ¡Y no sé a qué viene tanta risa!

—Eso es porque no has visto tu cara. Casi, casi, te saco una foto. Te juro que es un poema.

—¡Ni se te ocurra! ¡Muérdelo, Fred!

El lirón, tumbado boca arriba en la cama después de haber devorado casi un gramo de cacahuetes, cuyos restos veo esparcidos por la colcha, levanta la cabeza, me mira distraído y vuelve a dormirse.

—A Fred le gusto, pequeña. Resígnate.

—Bueno, pues a mí no me gustas. Eres un maleducado, por haber entrado de esa forma y aún más por reírte así en mi cara. Claro que no tengo las piernas largas de Bella ni su talla noventa y cinco de sujetador, pero ¡no entiendo a qué viene tanta carcajada!

Me doy una palmada en la frente sin dejar de reírme.

—¡Ah, ahora lo entiendo! ¡No estás enfadada porque he entrado de golpe y te he pillado desnuda, sino porque no me he abalanzado sobre ti! Si es por eso, enseguida lo remedio. Aunque no tengas unas piernas kilométricas y uses una talla de sujetador que, a ojo de buen cubero, no debe ser mucho más de una ochenta, no estás nada mal.

—¡No te muevas ni un milímetro!

—¿Significa eso que quieres que me quede? A tus órdenes, pero ¿puedes darte media vuelta? No he visto la otra parte.

—¡No! ¡Vete!

—¿Quieres que no me mueva un milímetro o que me marche? ¿Sabes, Bambi? Las dos cosas son incompatibles.

—¡Vamos, no busques tres pies al gato! ¡Es evidente que quiero que te vayas!

—De acuerdo, pero no enrojezcas más, acabarás ardiendo.

Aferro la mochila al vuelo y salgo fingiendo que debo volver a la taquilla de la estación de autobuses. En realidad, espero fuera de la puerta. Esta chica me va a matar, siento que me va a matar de unas formas que no alcanzo siquiera a imaginar y más de una vez.

CAPÍTULO 11

Aún estaba enfadada, sobre todo consigo misma, porque el motivo de su rabia era erróneo. Fingía que era porque Channing había entrado en la habitación sin llamar, pero un sentimiento secreto le susurraba: «Por encima de todo, estás furiosa y triste porque se ha reído de ti».

No le dirigió la palabra durante el viaje. Sacó numerosas fotografías a las cosas que el autobús iba dejando detrás, consciente de que solo eran manchas verdes, grises y azules, pero eso era justo lo que deseaba, un mundo lleno y fugitivo, similar a como se sentía ella.

De repente, del fondo del habitáculo llegó una música en vivo, que no procedía de una radio ni de un iPod. La curiosidad la hizo volverse y al hacerlo vio que los ojos de Channing la escrutaban.

—¿Vienes conmigo a ver quién está tocando? —le preguntó en tono provocador—. Pídeme que me aparte con amabilidad o no te dejaré pasar.

Lo fulminó con la mirada, pero no solo por la rabia de antes. Hacía mucho tiempo que pedía permiso incluso para respirar. A veces lo hacía en silencio, con unas miradas que buscaban la aprobación ajena. Una parte de ella era consciente de que Channing estaba bromeando, pero no estaba para ironías. Así que se puso en pie y, sin dirigirle la palabra, se abrió paso entre sus piernas y el asiento de delante. Notó que una de las manos de Channing intentaba apretar la suya, como si quisiera detenerla, pero la esquivó y salió al pasillo.

—Ningún capullo volverá a decirme adónde debo ir —le aclaró apretando los dientes antes de alejarse de él.

De hecho, al fondo del autobús había una pequeña banda de músicos. Todos eran muy jóvenes y experimentaban tocando una música extraña, medio étnica y medio rock. Una joven afroamericana cantaba sin cantar, modulaba su voz de manera dulce y sensual. Los dos jóvenes que la acompañaban tocaban unos instrumentos de percusión improvisados con termos, vasos apilados, un periódico enrollado y bastoncitos japoneses de plástico.

Movidos por la curiosidad, los viajeros no tardaron en reunirse al fondo del autobús y los jóvenes los acogieron entregando a cada uno de ellos un instrumento inventado. A Grace le tocó un tarro vacío de mermelada con tres canicas dentro, que debía sacudir como unas maracas.

Por un momento, se sintió estúpida y molesta, como un pez fuera del agua: cuando iba a las fiestas con Cedric debía comportarse siempre de forma ejemplar, debía moverse, incluso bailar, sin descomponerse y respetando en todo momento el sagrado nombre de su novio. Por ejemplo, nunca había estado en una auténtica discoteca, jamás se había desmelenado en serio y una vez que, durante el cumpleaños de una amiga, se había permitido aprender un baile latino bastante animado, Cedric la había regañado porque había «hecho el ridículo».

No obstante, al cabo de unos minutos, algo se liberó en su alma. Nadie la miraría mal, nadie le recordaría que ya no era una niña y que no podía comportarse como una tonta, nadie le diría que era ridícula, torpe e indecorosa. Así que se desmelenó. Inmersa en ese ambiente tan festivo y espontáneo, se sintió inmensamente feliz hasta que cayó en la cuenta de que Channing se había acercado a ella. Vio cómo se sentaba en el brazo de un asiento próximo y temió que se le escapara algún comentario desafortunado. Estaba dispuesta a morderle si lo hacía, pero jamás se había equivocado tanto. Sin dejar de sonreírle, él alargó un brazo y le dio una rápida caricia, después le dijo al oído: «Antes bromeaba. No debes pedir permiso a nadie».

En un momento dado, un aplauso recibió el final de la alegre barahúnda y los músicos distribuyeron unos folletos: esa noche iban a actuar en un local de Indianápolis, el Howl at the Moon. La cantante invitó a todos a asistir y a llevar todos los amigos posibles.

Cuando volvieron a sus asientos, Channing le preguntó de buenas a primeras:

—¿Qué era lo que no te dejaba hacer ese cabrón?

Grace se miró las rodillas, invadida por un sinfín de recuerdos mortificantes.

—Bueno, cosas que podían hacerme parecer una... zorra. Pensaba que lo decía por mi bien. No gritaba nunca, siempre se comportaba de forma sosegada, como un señor, por eso parecía que tenía razón, pero una gilipollez es una gilipollez, aunque la susurres.

—¿Qué tipo de cosas? Cuéntame. Así iré acumulando motivos para partirle la cara cuando vuelva a verlo.

—¿Cómo que cuando vuelvas a verlo? ¿A qué te refieres?

Channing soltó una risita e hizo una mueca extraña, como un niño travieso al que han pillado robando. Después le contó que lo había visto en la estación de autobuses de Filadelfia y que le había contado el embuste de los surfistas y de Florida. Grace lo miró asombrada unos segundos y sintió un estremecimiento de terror al pensar que no se lo había encontrado por un pelo. Al instante, también se echó a reír.

—¡Estás loco! Me has salvado, pero estás loco.

—Puede, pero tarde o temprano tendrás que enfrentarse a ese gilipollas.

—Lo sé, pero cuanto más tarde suceda, mejor.

—En cualquier caso, ha llegado el momento de recuperar el tiempo perdido.

—¿Quieres que me convierta en una furcia? —le preguntó Grace en tono de broma.

—Me refería a que es hora de que te diviertas, te desmelenes, bailes y pierdas la cabeza, ese tipo de cosas, pero, si te da por el sexo salvaje, aquí me tienes.

—No, gracias. Cuando me dé por eso, me dirigiré a alguien que no se ría de mí a mis espaldas.

—Para ser más precisos, me he reído de ti en tu cara, porque no quisiste darte media vuelta. —Grace hinchó los carrillos y resopló exasperada—. Sea como sea, ahora no ya no sabes por qué me río cuando me río. Espero que un día me dejes fotografiar algunas de tus expresiones: cuando las veas te preguntarás cómo es posible que no me haya reído más fuerte.

—Un día no volveremos a vernos y no podrás sacar ninguna foto.

Grace contuvo el aliento unos segundos, esperando a que él la contradijera, a que le respondiera que no dejarían de verse y que sacarían millones de fotos, pero su apnea forzosa se convirtió en un estertor.

—Ya —comentó, de hecho, Channing, que había dejado de sonreír de repente.

Si su decisión de hacer locuras no hubiera sido ya tan firme, lo habría llegado a ser después de la llamada telefónica. Como cabía esperar, Cedric había hablado con sus padres y les había contado las escandalosas afirmaciones que había hecho Grace el día anterior, de forma que su madre estaba hecha un mar de lágrimas.

Para calmarla y convencerla de que Cedric era un mentiroso, necesitó hacer un esfuerzo poco menos que extenuante. Al final, decidió contarle que él la había engañado con Michelle, pero eso turbó a su madre aún más. Su padre le aseguró que le diría a Cedric que la dejara en paz y la invitó a volver a casa, porque, dijo, él arreglaría las cosas. Después de un silencio cargado de promesas, Grace le contestó que no.

—Volveré cuando decida volver.

Al final de la llamada, el deseo de cometer una locura era casi incontenible.

Apenas abrió la boca cuando Channing le propuso elegir un alojamiento en las inmediaciones de la estación de autobuses, al mismo tiempo que le enseñaba un mapa que había encontrado en Internet: ¿prefería un hotelito parecido al Bates Motel o un hotel mejor, con un nombre parisino y con una bañera de hidromasaje en la habitación?

—Debes elegir entre un lugar barato con un embalsamador asesino al acecho detrás de la cortina de la ducha o un hotel guay que nos dejará tiesos. Cuando estoy solo, duermo en el primer lugar que encuentro, solo me concedo una auténtica habitación de hotel cuando ya no me tengo en pie y la barba es de cavernícola, si no encuentro ningún amigo que me albergue.

—Una *amiga,* supongo.

Channing se encogió de hombros de forma maliciosa y pueril a la vez.

—La mayoría de las veces sí, pero llegué a dormir en un parque público cuando era más joven e inconsciente. Ahora debemos encontrar una solución más apropiada para ti.

Grace aún estaba demasiado enfadada con Cedric y con sus padres, que seguían tratándola como si fuera el fruto de un injerto entre una estatuita de cristal y una princesa caprichosa, de forma que respondió a Channing en tono antipático:

—Yo también puedo adaptarme, no soy una idiota mimada. En cualquier caso, si queremos ahorrar y darnos una ducha sin correr el riesgo de que nos maten, propongo que nos alojemos en un hotel más caro, pero compartiendo la habitación. Así dividiremos el gasto. Con dos camas separadas, claro. A fin de cuentas, dado lo mucho que te hago reír, no hay peligro de que puedas caer en la tentación.

No estaba lo bastante lúcida como para esperar una respuesta precisa, pero, sin duda, la contestación de Channing la desconcertó, le produjo el efecto de una bofetada en medio de un ataque de histeria, una de esas bofetadas que ayudan a volver en sí. Frunciendo el ceño, Channing le dijo:

—En cambio, no sabes lo idiota que eres. Mientras este viaje siga siendo solo una forma de plantar cara a tus padres y a tu ex, serás lo que has dicho. Entiendo que estés harta de ellos, tienes motivos más que suficientes para estar hasta el gorro y soy el primero en recomendarte un poco de diversión, pero ¡no te independizarás haciendo propuestas de mierda al primero que pillas cada vez que dicen algo que te molesta!

—¡Tú no eres el primero que he pillado!

—No, pero estoy aquí por pura casualidad. Es bueno y justo rebelarse cuando los demás se pasan la vida tocándote las narices, pero ¡eso no significa que debas mandar también a tomar por saco un mínimo de prudencia!

—No te entiendo: ¿qué es lo que te ha molestado, que te haya propuesto que compartas la habitación conmigo? ¡Disculpa, olvida lo que he dicho, no quería turbar tu elevada moralidad!

En ese momento, los ojos azules de Channing estaban tan negros como el alquitrán.

—No es eso, maldita sea. No es la propuesta en sí, sino que tú no consigas dominar la cólera, pareces una niña. Cuenta hasta diez y no te dejes arrastrar por un momento de furia homicida. La última vez dejaste que ese imbécil te metiera la lengua en la boca: ok, todos cometemos estupideces, pero, al menos, haz cosas que te apetezcan de verdad y no gilipolleces que solo se te ocurren por rencor.

—A ver si lo entiendo: ¿me aconsejas en calidad de policía frustrado o estás celoso porque dejé que Colton me metiera la lengua en la boca?

Al hablar así, Grace era consciente de que la conversación se estaba retorciendo sobre sí misma como una serpiente que se muerde y se envenena sola. Apenas pronunció la última palabra, deseó de todo corazón poder volver atrás y borrar las pullas cargadas de hiel que se habían lanzado. Sobre todo, la estúpida frase sobre los celos. Channing le lanzó una mirada penetrante mientras su cara se deformaba en una mueca de acritud. A continuación, bajando la voz, dijo:

—Disculpa, no tengo ningún derecho a sermonearte. No soy un moralista de tres al cuarto. Solo creo que cuando uno se lanza a un mar tempestuoso debe saber nadar bien, porque, de no ser así, es un suicida.

Ella se mordió el labio inferior y suspiró.

—Perdóname tú, es que me están volviendo loca.

Channing no sonrió, como ella esperaba que hiciera. Parecía herido por un misterioso dolor del que no lograba recuperarse.

—Reserva la habitación que quieras donde quieras, Grace. Yo tengo que ir a hacer una cosa, ¿ok? Nos vemos más tarde.

—Ah… ok.

Lo vio alejarse, con la mochila en la espalda, como si estuviera huyendo. Cuando casi había llegado al final de la manzana, se volvió y le dijo:

—En cualquier caso, si la propuesta aún está en pie, la idea de compartir la habitación me parece bien.

Eligió el mejor hotel, una habitación para dos personas. Aguardó a que Channing regresara, angustiada ante la idea de no volver a verlo. Por un lado, aún estaba enfadada; por el otro, se habría abofeteado. Él tenía razón en una cosa: cuando la trataban como una estúpida o, en el mejor de los casos, como algo frágil que debe conservarse en una vitrina de cristal blindada, Cedric y sus padres hacían emerger el monstruo que anidaba en su interior. El resto eran memeces.

«¿De verdad lo eran? ¿No besaste a Colton por rabia? Si Fred no lo hubiera mordido y él no se hubiera caído al agua, ¿qué habría ocurrido? ¿Crees que vives en una novela? ¿No te das cuenta de que la vida real exige que prestes más atención a los detalles?»

Cuando, al llegar la tarde, Channing aún no había vuelto, Grace dejó a Fred en la habitación y decidió salir. Pidió información al portero, que le indicó un centro comercial de las inmediaciones. Deambuló por el mastodóntico edificio de tres pisos lleno de tiendas, observando los escaparates y sobresaltándose cada vez que veía a alguien que se parecía a Channing. Si en su día había tenido miedo de ver unos hombros parecidos a los de Cedric, los hombros que le recordaban a los de Channing convertían su corazón en algo similar al tarrito con las tres canicas de cristal en el interior que había hecho tintinear esa mañana en el autobús.

Aún no le había pedido el número de móvil: ¿se podía ser más idiota? ¿Adónde habría ido? Pero, por encima de todo, ¿por qué?

Mientras vagaba por el centro, llamó su atención un vestido que se exhibía en un escaparate lleno de ropa extravagante.

Era lo que, en la jerga, se denominaba una indumentaria propia de gótica-lolita, es decir, una especie de cruce entre un vestido de muñeca y un elegante traje victoriano. Los volantes de la falda de campana, que terminaba a la altura de las rodillas, estaban bordeados de cintas de encaje y era totalmente negro, además tenía varias enaguas un poco rígidas, un corpiño ceñido y ricamente adornado y todo ello se complementaba con unas medias negras y zapatos estilo Mary Jane, pero más robustos y cuadrados. La única nota llamativa era la cinta de color morado oscuro que rodeaba el cuello alto como una gorguera. Grace lo contempló fascinada: era triste y gracioso a la vez. A su manera, era elegante, pero también inquietante.

Y, por si fuera poco, no era muy caro. Miró alrededor, como si debiera pedir permiso al aire o a la gente para comprarlo, porque la tentaba. Jamás había poseído nada tan extraño. Antes, sus vestidos eran como arcoíris y unicornios de juguete, de cualquier forma, nunca muy exagerados.

Decidió entrar en un abrir y cerrar de ojos. Lo compró en otro abrir y cerrar de ojos y volvió a confundirse con la multitud que abarrotaba el centro comercial.

Por desgracia, a pesar de la alegría momentánea que le había causado la compra, sentía un hondo pesar en el corazón. ¿Y si Channing no volvía?

La sensación de haberse convertido en una maleta llena de yunques se volvió casi insoportable cuando, al regresar al hotel, vio que él no había vuelto. ¿Y si no había podido localizarla? Pero ¿cómo podía hacerlo?

Se dejó caer en la cama con Fred, con el estómago cerrado, a pesar no haber comido nada desde hacía horas. De repente, agarró el móvil y escribió un mensaje a Jessica. Lapidario, sin «quizá» ni «puede que».

«Me he enamorado de Channing.»

Su amiga le respondió de inmediato.

«¿Estás segura?»

«Más que segura. Lo quiero con locura.»

El timbre de una llamada en entrada ahogó de inmediato el de los SMS.

—Soy toda oídos —la animó Jessica, entre electrizada y preocupada, como si escapar de casa fuera una nimiedad, comparado con una confesión tan sincera de amor.

Grace contó todo, cada pequeño, vergonzoso y palpitante detalle.

—Estás chiflada por él —sentenció Jessica al final—, pero tenía motivos para enfadarse un poco, desde luego. ¿Quién era ese Colton? Apenas habías cruzado cuatro palabras con él. ¿Y si te hubiera violado en la barca? Cómo se nota que nunca has visto *Mentes criminales*.

—Está bien, hice una gilipollez, pero, ya que te ha dado por buscarle tres pies al gato, ¿fiarme de Channing no fue también una?

—Justo por eso debes estar alerta. No puedes salir bien parada más de una vez, es decir, es estadísticamente imposible no acabar en manos de un psicópata al menos una vez. Sea como sea, ¿qué piensas hacer? ¿Le dirás que…?

—¡No! Entre otras cosas, porque no sé si volveré a verlo y…

—Para ya, sabes de sobra que volverás a verlo. Siempre lo vuelves a ver. De una forma u otra, él también te quiere, te busca, te sigue. Solo queda saber por qué. ¿Le vas a decir lo que sientes por él?

—Te repito que no. Él bromea, me provoca, es divertido y simpático, pero estoy segura de que, si me lanzara, escaparía y, entonces, sí que no volvería a verlo.

—¿Vas a ir esta noche a ese local?

—No lo sé. He comprado ese estúpido vestido y…

—Ve. Ten cuidado, pero ve. A lo mejor te diviertes.

—Tengo miedo, Jess.

—¿Miedo de qué? Estoy mirándolo en Internet, es un local agradable y bastante famoso de Indianápolis, donde tocan música en vivo y, por lo visto, hacen unos estupendos cócteles sin alcohol. Basta que los cojas directamente de manos del camarero, que no bebas lo que te ofrezcan los desconocidos y que no te alejes de la gente. Llévate a ese lirón tan divertido para que te defienda.

—No puedo llevar a Fred a un sitio tan caótico. En cualquier caso, no me refería a eso. Me asustan mis sentimientos. Es algo... algo que no sé explicar, que me deja sin respiración. Nunca me sentí así con Cedric.

—Porque, en el fondo, siempre has tenido buen gusto. Ese imbécil nunca consiguió engañarte del todo, una parte de ti sabía que era falso. Me alegro de que te hayas marchado: si no tuviera que ocuparme de cinco hermanos cuando mis padres están trabajando, me habría ido contigo. Ahora, ponte ese vestido tan guay y ve al local, ¿me lo prometes?

Grace miró alrededor, envuelta en una luz fucsia que la teñía de color plomo con unas extrañas vetas rojizas. Nada más vestirse se había sentado en el borde de la cama y se había concedido un par de lágrimas. La causa no era el vestido ni su insólito aspecto de muñeca asesina, sino el hecho de que Channing no había vuelto a dar señales de vida. Después había aferrado con las manos su reserva de valor, que creía agotada en cada ocasión pero que aún permanecía intacta, y se había obligado a salir.

Howl at the Moon era un local estupendo, lleno de gente y de música. Varias bandas, entre las que se encontraba la que había conocido esa mañana en el autobús, se exhibían en un palco con el fondo de color azul oscuro y el logotipo del local pintado: un lobo ululando a la luna. Las bebidas se servían en unos extraños recipientes de plástico que parecían tarros de pintura transparentes con su correspondiente asa, una pajita y, de nuevo, el logotipo ululante. Todo obedecía al lema de los colores fuertes, intensos y agresivos.

Pidió un Midsummer Punch hecho con *ginger ale* y se sentó a una mesita, de espaldas a la pared. Dos pianistas competían en el escenario, uno frente a otro, para ver quién ejecutaba las piruetas más complicadas con las notas. Estaban sentados en unos grandes bidones metálicos puestos del revés y, a pesar de que los instrumentos eran dos pianos de cola irreprensibles, los tocaban como si fueran los teclados eléctricos de una banda de rock, arrancándoles unos sonidos sorprendentes.

Al cabo de una media hora, en la que no hizo otra cosa que mirar alrededor y escuchar, Grace decidió confundirse con la multitud que bailaba.

Era la primera vez en su vida que se desmelenaba así. Ni siquiera en sus sueños más extremos se había visto vestida de esa forma, con una diadema adornada con un lazo de organza rigurosamente negro en su melena rizada, los sonidos atravesando su pecho, las piernas, los brazos y los pensamientos sueltos, sin que nadie los dirigiera. Casi nadie, a decir verdad, porque, si las piernas y los brazos eran libres de hacer lo que les pareciera, los pensamientos lo tenían más difícil: a pesar del estruendo, seguían prendidos del mismo nombre.

Además, mientras la música arreciaba y todos bailaban, reían y bebían, Grace se preguntó si el cóctel no tendría alcohol o algo peor y si no estaba teniendo alucinaciones. Por el sabor no parecía que fuera así y la cabeza no le daba vueltas, pero, entonces…

Channing estaba al fondo de la sala, sentado a una mesita con una joven guapa, con una melena larga de color morado, que le hablaba animadamente, pero quizá no fuera Channing, quizá solo deseaba que lo fuera.

Mientras se acercaba poco a poco a ellos, tuvo la extraña impresión de que una luz, tan blanca como el mármol, lo iluminaba. Siempre y cuando fuera él.

Cuando estuvo lo bastante cerca de la mesa, todas sus dudas se desvanecieron. El cóctel no contenía alcohol, como había pedido, y Channing era de verdad, de carne y hueso, y estaba iluminado por la extraña luz blanca.

—¡Aquí estás, por fin! —le dijo en voz alta. Y luego, dirigiéndose a la desconocida con el pelo morado, añadió—: Te dije que estaba esperando a mi novia. —Mientras hablaba, alargó un brazo hacia Grace, le agarró una mano y la obligó a sentarse en su regazo. Ella cayó encima de él con expresión, a decir poco, turbada.

La tipa de las mechas de color orquídea la miró de arriba abajo, encogió los hombros, que, según dejaba ver el diminuto top que llevaba eran esqueléticos, y se marchó murmurando:

—Si a ti te gusta…

Grace hizo amago de levantarse, pero Channing se lo impidió rodeándole la cintura con un brazo y apoyando otro en sus piernas.

—Quédate un poco conmigo, por favor. Si no, mis admiradoras perderán la cabeza —le dijo.

—¿Tus admiradoras? Pero ¿quién eres? ¿Michael Bublé?

—No me digas que te gusta.

—Era la banda sonora de las visitas a casa de Cedric. Su familia lo adoraba. No había comida, cena o aniversario en el que no se oyera la voz *swing* del *querido* Michael. Durante un tiempo soñaba incluso con él. Me perseguía con un machete para cortarme a pedacitos.

—Vaya, luego te pondré un poco de música decente. Te he visto bailar entre la gente y con ese vestido y esa mirada rabiosa parecías una cervatilla cabreada.

—Soy una cervatilla cabreada. ¿Cuánto tiempo llevas aquí?

—Un rato. ¿Me prometes que siempre serás así?

—¿Cómo?

—Una cervatilla armada con un Kalashnikov.

—Como quieras, pero ¿no te encuentras bien? Estás raro…

Channing soltó una carcajada.

—Cuando te hago un cumplido piensas que estoy raro. En ese caso, será mejor que siga pinchándote. ¿Dónde has encontrado este vestido de bruja tan ridículo?

—En una tienda para brujas, mientras te esperaba. ¿Dónde te habías metido? Siempre que la pregunta no te parezca demasiado entrometida.

En ese momento pasó un camarero, Channing le hizo un gesto y le pidió un Cranberry Crush.

—Esta noche, por solidaridad, nada de alcohol, así estamos igualados. ¿Y tú? ¿Cuánto tiempo llevas aquí? ¿Cuántos corazones has roto ya?

—Ninguno, no tengo admiradores como tú.

—Sí que tienes admiradores. Muchos te han estado viendo bailar.

—No es verdad. Nadie me ha molestado.

—Porque no les hemos dado tiempo, Bambi. Y, ahora que estás aquí, entre mis brazos, puedes estar segura de que nadie se acercará. Además, a menos que no estén tan buenos como un servidor, los hombres tantean un poco el terreno antes de lanzarse. Un corte de mangas siempre hace daño al orgullo.

—De manera que tú, además de la extraordinaria modestia que te caracteriza, ¿tienes pinta de ser uno que acepta y yo no?

—Puede ser.

—¿Y qué haces cuando una chica no te gusta?

—Le digo que estoy esperando a mi novia.

—¿Qué le pasaba a la tipa de antes?

—No siempre tengo hambre, ¿sabes? A veces prefiero estar solo.

—En ese caso, será mejor que me quite de…—Una vez más, hizo amago de levantarse, pero los brazos de Channing la abrazaron con fuerza. Grace se sintió como si la hubiera aspirado un viento tibio, que ardía en los puntos en que sus cuerpos se tocaban.

—No te marches, ¿ok?

—Ok —dijo entre dientes, conteniendo un suspiro propio de una cervatilla que ya no consigue disparar y empuña una rosa—. Channing, respecto a lo de antes…

—Ya, respecto a lo de antes. ¿Me has perdonado? Me comporté peor que el cabrón de Cedric.

—¡No es verdad! Estabas muy preocupado por mí. Tendré más cuidado y solo pediré que me besen a los chicos que me gusten de verdad.

«¿Quieres besarme?»

Lo pensó, pero no lo dijo.

Él no hizo ningún comentario, pero una de sus manos cubrió una de sus rodillas a través de la tela del vestido.

—¿Has cenado, Bambi?

—No, tenía el estómago cerrado.

—¿Y ahora?

—Me muero de hambre.

—He visto que aquí al lado hay una sala pequeña donde se puede comer. ¿Puedo invitarte a una hamburguesa?

—Si me dejas que yo te invite a otra.

Él le sonrió, estaba tan cerca que Grace casi sintió en su piel la descarada suavidad de sus labios. El camarero les llevó un vaso grande lleno de un líquido rojo y decorado con una sombrilla minúscula clavada en una larga fila de arándanos y de aromáticos ramitos de menta. Channing bebió un largo sorbo para calmar su sed y luego le preguntó:

—¿Quieres probarlo?

La idea de posar la boca en la misma pajita que había usado él desencadenó en su mente una sucesión de imágenes fulgurantes. Se ruborizó con la misma rapidez ingenua mientras aceptaba. Cerró incluso los ojos y cuando terminó se lamió los labios, en los que quedaba el sabor acre de la fruta.

—Está bueno.

—Mmm.

—¿Qué pasa?

—Nada, vamos a comer.

Se levantó a toda prisa, agarrándole la mano. Ella notó que se había cambiado, así que debía de haber pasado por el hotel. Lucía una camisa blanca arremangada hasta los codos y metida por la cintura de unos vaqueros claros. Calzaba unos botines de aspecto desgastado, sin cordones. A Grace se le iban los ojos detrás de él, el rubor no abandonó sus mejillas.

Entraron en una sala en la que la música era más suave. Por un instante, Grace se sintió orgullosa de que él llamara tanto la atención de las chicas e, incluso, de algún chico, pero luego los celos se apoderaron de ella. Mientras serpenteaban entre las mesas buscando una libre, ese magnífico joven de aspecto exótico atraía las miradas como un imán sin poder evitarlo.

Cuando se sentaron en una zona tranquila, Grace se dio cuenta de que la culpa de que estuviera tan blanco como el mármol no era de la iluminación de la sala grande: Channing estaba pálido incluso a la luz normal.

—¿No te encuentras bien? —le preguntó alarmada.

—Estoy de miedo, Bambi —respondió él esbozando una sonrisa que, por una razón que no supo descifrar, le pareció forzada—. Estás muy rara con ese vestido. Pareces el personaje de un manga, salvo por el pelo rubio.

—Tú también, así que vamos a juego.

De nuevo, él le regaló una sonrisa exhausta, como si su boca, a pesar de curvarse hacia arriba, la estuviera engañando.

Pidieron hamburguesas y patatas fritas, pero cuando llegaron los dos platos llenos hasta los bordes, Grace solo pudo dar un par de bocados y Channing ni siquiera eso. Parecía desganado, casi apático, bajaba y subían los párpados y el paréntesis entre los dos movimientos era cada vez más largo.

—Da la impresión de que te encuentras mal. Volvamos al hotel.

—No, antes debes comer algo.

—Entonces, come tú también.

—Me he comido un bocadillo hace un rato. No tengo más hambre. Tú estás en ayunas desde ayer. Come, Grace, te lo ruego.

—Me has llamado por mi nombre.

—Te llamas así, ¿no?

—Nunca lo habías hecho. No sé si es bueno o malo.

—Sin duda bueno y lo será aún más cuando pueda decirte: «Así me gusta, Grace, te lo has comido todo».

Ella agarró una patata y se la comió de mala gana. Después hizo lo mismo con la hamburguesa: la mordió con aire indolente mientras lo miraba a los ojos, él también la miraba, pero después de varios bocados más, no pudo seguir, como si la ansiedad hubiera aferrado el apetito y lo hubiera ahogado metiéndole la cabeza en el agua.

—¿Nos vamos? —le propuso—. El hotel no queda lejos de aquí, vine a pie.

—¿Vestida de esa forma?

—No, me cambié por el camino. Claro que vine así, idiota. Fue divertido. Miraba los escaparates y pensaba: quizá esta sea la auténtica Grace.

—Tú eres un montón de cosas. Esto y mucho más.

—Tú también eres un montón de cosas. Por ejemplo, ahora, por más que insistas en negarlo, eres un Channing que se encuentra mal. ¿Podemos irnos, por favor? No me divierto viéndote con esa cara tan pálida.

—Proponme algo emocionante para convencerme de que vuelva al hotel.

Ella pareció titubear un instante.

—Podría cantarte una nana y decirte: «Duerme, mi niño, duerme, mi amor». ¿Te parece bastante emocionante?

Él la atravesó con la mirada por última vez.

—Lo es, Bambi, no sabes cuánto. Vámonos.

En esta ocasión, fue Grace la que no lo soltó de la mano hasta que llegaron a su destino. Caminaron en absoluto silencio, cruzando las calles arboladas de una ciudad cuyos edificios altos y las casas pequeñas, como de cuento, compartían de forma amigable el espacio. Qué extraña pareja debían hacer: un joven moreno fascinante, con la melena larga y la cara tan blanca como su camisa, y una chica rubia con un vestido propio de una pequeña dama embrujada, más negro que un puñetazo en un ojo.

Cuando entraron en la habitación, Grace le ordenó:

—Ahora cámbiate y métete en la cama. Entretanto, iré al cuarto de baño, así tendrás tu intimidad.

—No me da vergüenza desnudarme delante de ti. Además, ya has visto *casi* todo, ¿no?

—El problema es, precisamente, ese *casi*. Vamos, para ya ¡y espera a que yo vaya al cuarto de baño! —exclamó mientras él se sacaba la camisa por la cabeza, como si fuera un suéter, y se quedaba con el torso desnudo. Se escabulló al cuarto de baño y, una vez allí, contempló su imagen en el espejo, después miró la bañera redonda encajada a ras del suelo, luego de nuevo su imagen y, por último, por su mente pasó la descarada idea de los dos entre las burbujas del hidromasaje.

Cuando salió con cautela, tapándose los ojos con las manos para no ver lo que deseaba ver con todas las células de su fantasía, la recibió un silencio absoluto. Al apartar los dedos vio que Channing se había echado en la cama más próxima a la puerta, boca abajo, con la cara hundida en el almohadón y, por todo vestido, un par de calzoncillos negros demasiado estrechos para un joven atractivo que medía casi un metro noventa de estatura.

—Tápate con la sábana, Channing —lo invitó ella escrutándolo, primero de pies a cabeza, luego en sentido contrario, con el corazón en la garganta, los labios entreabiertos y la lengua tan seca como un rollo de terciopelo.

—Si te escandaliza, date la vuelta —farfulló él alzando un poco la cara del almohadón—. Suelo dormir desnudo, me he dejado los calzoncillos por consideración a ti. ¿No querías que compartiéramos la habitación? Pues ahora te aguantas.

—Menuda cabeza dura tienes.

—Si solo fuera eso…

—¿No puedes hacer un último esfuerzo y taparte?

Él no le respondió ni se movió, se quedó como una estatua invertida. Grace se acercó a él, guiñando los ojos como si tuviera delante una luz deslumbrante, se inclinó hacia él y le acarició la sien. Estaba ardiendo y eso la envalentonó. Se sentó en la cama y le tocó la cara, metiendo los dedos entre la piel y el almohadón.

—Tienes mucha fiebre —le dijo con ansiedad—. Tápate. ¿No tienes un pijama?

Channing ladeó un poco el cuello, dejando a la vista media cara; el único ojo que se podía ver al otro lado del telón de greñas también brillaba alterado.

—Ya te he dicho que duermo desnudo —repitió.

—Ok, pero esta vez debes ponerte algo. ¿Puedo mirar en tu mochila?

Channing no respondió enseguida, pero cuando lo hizo su contestación fue lapidaria, incluso un poco chillona:

—¡No!

—Está bien, está bien, tranquilo, pero, al menos, tápate.

Él no se movió, siguió con los ojos cerrados, respirando de forma entrecortada. Dado que no le había dejado elección, Grace empezó a trajinar alrededor de la cama y sacó la colcha de debajo de su cuerpo poco a poco: en todas esas operaciones no pudo por menos que tocarlo, rozarlo, aferrarlo, empujarlo, sentirlo debajo de sus manos y en el corazón. Estaba caliente y era voluminoso, una roca. Se preguntó qué se sentiría teniendo su peso encima y se apresuró a darse un golpecito, casi un puñetazo, en lo alto de la cabeza para ahuyentar la visión que había creado su mente retorcida. Solo debía pensar en taparlo y en cuidar de él sin distraerse con ideas pecaminosas —y, sobre todo, fantasiosas— que nunca llegarían a materializarse.

Cuando, por fin, lo tapó con la sábana y la colcha, Grace se sentó de nuevo a su lado y le acarició el pelo: el nacimiento resplandecía de sudor. Cuando se levantó un momento para atenuar la luz, la voz de Channing le llegó desde muy lejos, como si estuviera en lo más profundo de América:

—No te vayas.

—Estoy aquí —le susurró con dulzura en la penumbra de la habitación.

—Me prometiste que me cantarías una nana —insistió él con la voz cada vez más ronca.

Sin dejar de acariciarle el pelo, la frente, una oreja, el perfil de la nariz, que acababa en los labios, Grace entonó la melodía que su madre le cantaba siempre cuando era niña, pero cambiando una estrofa. Se trataba de una canción popular de origen escocés que de niña le gustaba por su ritmo lento y atormentado, a pesar de no entender el significado de las palabras. Cuando, más tarde, había comprendido que era una triste historia de amor, había sufrido una gran decepción, pero para entonces la melodía ya formaba parte de su historia.

«Su frente es como un montón de nieve, cuello de cisne, su cara es la más hermosa en la que resplandece el sol. En la que resplandece el sol, azules son sus ojos, por él estoy dispuesta a morir.»

CAPÍTULO 12
CHANNING

Hacía mucho tiempo que no me sucedía: de repente, tengo la impresión de que, en lugar de un corazón, tengo mil, y de que todos me arrastran corriendo al lugar más oscuro del mundo donde, al final, no sobrevivirá nadie. Tengo casi la impresión de que mis costillas se doblan por el contragolpe. Sucede así, de repente, sin señales premonitorias: cuando Grace me pide que compartamos la habitación, recuerdo cuando subió a la barca con ese idiota y me pregunto si siempre hace lo mismo, si solo soy la persona equivocada en el momento adecuado o la persona adecuada en el momento equivocado, en pocas palabras, el primero que pilla y al que le hace propuestas provocadoras para desahogar la rabia que siente por su exnovio. ¿Le habría pedido lo mismo a cualquiera, al primer Colton con el que se hubiera topado?

Ahora estoy más cabreado que ella. La idea de ser solo un poco más fundamental que ese gallina me irrita tanto que mi voz se quiebra y mi corazón se acelera. Y luego, a pesar de los esfuerzos que hago para llamarlos al orden —no tengo ningún motivo para estar tan encolerizado y desorientado—, los latidos se niegan a frenar. Me pitan los oídos, empiezo a sudar, siento náuseas. No quiero que me vea en este estado, doblado en dos, jadeante, no quiero vomitar delante de ella. Si muriera, lo último que recordaría de mí sería bastante desagradable.

Así que me alejo de ella y me tambaleo unos minutos. Si alguien me ve, pensará que estoy borracho. Después veo una farmacia, entro y no recuerdo mucho más, salvo que alguien me toma la tensión y llama una ambulancia.

De improviso, me encuentro en las urgencias más próximas sin saber cómo he llegado hasta allí. Alrededor de mí, todo huele a sangre. Puede que no huela a sangre de verdad, puede que solo sea el recuerdo de la primera vez que estuve mal y del alce agonizante. Cada vez que me encuentro mal, y no me refiero solo a los infartos, sino a todas las veces en que mi jodido corazón me transmite una señal de alarma, ese olor vuelve a mi mente y a mi nariz. Tengo miedo, lo reconozco, tengo miedo de estar a punto de morir y, a pesar de que siempre digo que me da igual, el miedo serpentea como el corazón viscoso que albergo en mi cuerpo. Ahora pasaré a mejor vida, me iré para siempre en un hospital miserable de Indianápolis, habría sido mejor reventar hace diez años, debería haberme despedido de Grace y me gustaría que estuviera aquí, pero, qué estoy diciendo, claro que no me gustaría que estuviera aquí, no quiero que nadie llore sujetándome una mano mientras yo emprendo el viaje con rumbo al Creador.

En cualquier caso, no viajo con rumbo al Creador. Me quedo en el hospital hasta que anochece, en una cama blanca y ardiente, con un gotero, dos millones de agujas clavadas por todas partes, dos millones de electrodos pegados al tórax y, al fondo, una máquina que emite un tictac amenazador.

Apenas me quedo solo, me quito todos esos armatostes y decido llamar a mi madre. No suelo hacerlo, pero quizá haya llegado el momento. En muchas ocasiones me he preguntado si no vivirá con el móvil pegado a la oreja, porque siempre me responde después de la primera llamada. Cada vez que hablo con ella me siento culpable de no ser el hijo que ella habría deseado: sano, sobre todo, o, al menos, un enfermo que afronta sus demonios como hacen las personas normales, acampando en los hospitales. No uno que escapa y que, quizá, morirá lejos de casa. Al principio intenté explicarle que un trasplante no es cualquier cosa y que una vida como trasplantado me mataría, pero me parece que el discurso sobre el día de león y los cien días de conejo no le gustó.

—Hola, mamá.

Me responde con el tono de confusión de quien acaba de ver un fantasma.

—¿Eres tú, Chan?

—Creo que sí. ¿Cómo estás?

—¡Bien! ¡¿Cómo estás tú?! —No es una pregunta, es casi un susurro mezclado con una súplica.

—De maravilla —miento mirando el cubículo dividido por unos gruesos biombos blancos que me han dado en una habitación para seis personas, pacientes con problemas cardíacos. Alrededor reina un silencio que describir como «sepulcral» podría no ser solo una alegoría.

—¿Cuándo vendrás a verme?

—No lo sé, pero estoy bien, tranquila. Soy feliz y estoy bien. ¿No es suficiente?

—¡Claro que no es suficiente!

—Háblame de ti, vamos. ¿Cómo está Melvin?

Se distrae unos minutos contándome cosas de su compañero de hace varios años y yo la acribillo a preguntas que la obligan a responderme y a que piense en otra cosa que no sea yo, mi testarudez y mi destino.

—¿Y tú? —me pregunta de buenas a primeras—. ¿Has conocido a alguna chica especial?

Suelo responder enseguida, en tono más bien expeditivo, pero esta vez guardo silencio unos segundos antes de decirle:

—Aunque encontrara a la chica de mis sueños, no podría dejar que se acercara demasiado a mí.

—¿Por qué no?

—Lo sabes de sobra.

—¿Significa eso que has conocido a una chica especial, pero que guardas las distancias?

—Quizá.

—¿Le has contado que...?

—¿Podemos hablar de otra cosa?

—¿Cómo se llama?

—Estaba bromeando, no he conocido a nadie, solo quería ver cómo reaccionabas.

—Si te enamoraras de verdad, me harías muy feliz, porque... porque quizá entonces querrías vivir.

—¿Quién te ha dicho que ahora no tengo ganas de vivir? Quiero vivir, desde luego, solo que como me parece.

—Como te parece no es sano. Llevas una vida estresante, siempre dando tumbos por ahí, ¡quién sabe si te tomas las medicinas todos los días!

—Claro que me las tomo —vuelvo a mentir.

—¿Sabes, Chan? Últimamente, además de rezar para que te cures, rezo también para que encuentres una chica por la que creas que vale la pena luchar. Me da igual como sea, puedes traerme a casa a una que se ha escapado de la cárcel si quieres, basta que te anime a cuidarte.

—Reza por una causa más noble, mamá, te lo digo en serio. Ahora, debo marcharme, el autobús está a punto de salir. Te escribiré un SMS de vez en cuando, como suelo hacer, ¿ok? No te preocupes demasiado. Recuerda que las cosas van como deben ir.

Antes de colgar, se tira un cuarto de hora soltándome varios sermones dolorosos más, la dejo hablar, no la interrumpo, la escucho y me entristezco, más por ella que por mí, pero no doy mi brazo a torcer.

Al cabo de unos minutos, el médico me echa otra reprimenda.

—Tuvo una angina de pecho, no fue un infarto, pero faltó poco. Debe controlar sus emociones, no debe hacer esfuerzos, su vida pende de un hilo muy fino, ¿desde cuándo no se toma las medicinas? ¿Se le han acabado? ¿Ha tenido otras cosas en qué pensar? ¡Esa excusa es inaceptable! Ahora mismo le hago la receta, tómeselas y después vaya a ver a su médico y piense con él lo que debe hacer o no durará mucho en esta tierra, mi querido muchacho.

Me gustaría decirle que deje de llamarme así, que guarde para otro el paternalismo y que me deje en paz.

Debo evitar las emociones, dice.

¿Por qué no le dice él a mi corazón caducado que deje de latir como un loco cuando estoy con Grace?

Quieren que me quede en observación, pero al anochecer firmo el alta y me marcho. Mi corazón se ha sosegado, me siento como si tuviera en el pecho una jaula vacía de la que se han escapado todos los pájaros. Tengo un poco de fiebre, pero conozco ese síntoma: es una especie de fiebre emotiva, siempre me pasa, es el miedo, el alivio, la rabia y el dolor de estar colgado a la vida con un gancho de plástico que está a punto de ceder bajo mi peso.

Voy a la farmacia y compro las medicinas que me ha prescrito el médico. Después pienso en Grace. Como si hubiera dejado de hacerlo. En todas estas horas no he hecho otra cosa que ver su cara entre las de las enfermeras y de oír su voz entre los sonidos cavernosos del aparato del ecocardiograma.

Por encima de todo, quiero saber dónde está.

Ha oscurecido ya, espero que esté segura.

La busco en los hoteles de los que estábamos hablando cuando empecé a encontrarme mal: ha reservado una habitación en el mejor de los dos. Dijo en la recepción que su novio pasaría por allí más tarde, que debían darle las llaves de la habitación. Bien hecho, pequeña.

Subo, veo sus cosas, Fred me recibe como un perro y se me hace un nudo en la garganta: que la estúpida felicidad de un lirón me llene los ojos de lágrimas significa que me estoy volviendo ridículamente melodramático. Aún tengo fiebre, pero me niego a quedarme encerrado: quiero buscar a Grace, averiguar dónde está, cómo está y con quién está. Más allá del casi infarto, no sé qué me pasa. Repito que nunca he sido celoso, pero ahora me siento como un niño que querría empujar a todos los que se atreven a tocar su grúa preferida. A decir verdad, me gustaría arrancarles los huevos a esos fantasmales ladrones de grúas, a pesar de que Grace no me pertenece, de que nadie pertenece a nadie, a menos que sea una cosa o una grúa; además, aunque no le dé tanto el coñazo como él, no quiero parecerme a su exnovio, pero ella es espléndida, eso sí. Y me gusta mucho, caramba. Y estoy celoso, punto final.

Me doy una ducha, me cambio y trato de averiguar dónde está el local del que nos hablaron en el autobús, porque supongo que estará allí. Descubro que está muy cerca, a pocas manzanas de distancia, así que voy a pie.

La sala está abarrotada y la acribillan luces de todos los colores. Hace calor, un calor espantoso, pero quizá sea el calor de mi cuerpo. Al principio no la veo por ninguna parte, a pesar de que doy vueltas y más vueltas, hasta que me mareo. Luego, la veo.

Está bailando en medio de la sala, sola: es una rosa negra resplandeciente con el pelo dorado. Lleva un vestido extrañísimo, de muñeca y pantera a la vez. Baila de forma alocada, libre, puede que incluso cabreada, siguiendo el ritmo de la música.

Me gustaría acercarme a ella, pero, en lugar de eso, me alejo y busco un asiento. No dejo de mirarla: ¿por qué demonios me gusta tanto? No está más buena que ninguna de las chicas, muchas, que he conocido viajando. No hace nada para seducirme ni para intrigarme o, al menos, no lo hace de forma consciente. Se ruboriza como si tuviera doce años. Así que, ¿cómo es posible que me parezca tan sensual? Además, por lo visto no soy el único. Otros la observan también y, ok, reconozco que es guapa, llama la atención en esa multitud de payasos, es una auténtica muñeca, solo que una muñeca triste, armada, rabiosa y melancólica.

Una tipa se acerca a mí para charlar y la mando al infierno. Le digo que estoy esperando a mi novia, porque la estoy esperando de verdad, aunque no sea mi novia ni nunca lo llegue a ser. A pesar de que seguiré bromeando con ella y fingiendo que solo soy un capullo, simpático, pero capullo.

En determinado momento, Grace me ve y me mira como si fuera una alucinación. Camina en medio de la gente, con lentitud, me escruta, no me quita los ojos de encima y, cuando ve a la chica, que no ha dejado de hablarme, parece que se entristece.

Así que, cuando llega a mi lado, le agarro una mano y la obligo a sentarse en mi regazo. Sentir su peso es lo mejor que me ha sucedido en este día maldito.

Un día más y sigo en la tierra de los vivos, a pesar de no saber muy bien dónde está. Miro alrededor enseguida, reconozco la habitación del hotel y los recuerdos se agolpan en mi mente. La luz que entra por la única ventana es fuerte, así que debe ser casi mediodía. Mientras me restriego los párpados, que ya no arden de fiebre, siento que me invade una sensación que jamás he experimentado en mi vida, rebosante de diferentes emociones.

Ternura.

Grace, aún vestida como anoche, está sentada en una silla, al lado de mi cama, inclinada hacia delante, con la cabeza apoyada en el borde del colchón y las manos debajo de la frente. Sus rizos rubios resaltan en el azul oscuro de la colcha.

¿Ha dormido así?

¿Está preocupada por mí?

Tendré que esforzarme para que se crea que estoy bien y que sigo siendo el canalla de siempre.

No debe estar triste, prefiero que esté enfadada.

—Eh, Bambi, si sigues durmiendo así acabarás saliéndote joroba —le susurro.

Ella se mueve, alza la cabeza, se le ha corrido el maquillaje y tiene el pelo tan tieso como un misil, pero, Dios mío, sus labios parecen aún más grandes y carnosos, como si hubiera llorado. Los observo y me vuelve a la mente cuando, anoche, bebió un sorbo de mi cóctel y yo, a pesar de que estaba hecho una mierda, imaginé algo distinto a una pajita de plástico en su boca: mi lengua y otras partes anatómicas que un hombre que se acaba de salvar por un pelo de tener un infarto no debería desear en los labios de una joven, a menos que quiera volver a urgencias.

—Si lo que querías era entrar en mi cama para tocar mi espléndido cuerpo, podías haberlo hecho. Ya sabes que no me escandalizo.

—¡Estás mejor! —exclama antes de sonreírme, como si mi broma maliciosa la hubiera hecho feliz.

—Creo que sí, Bambi, pero ¿cómo estás tú? En mi opinión, tienes el cuello agarrotado. Ven aquí. —Aparto las sábanas—. ¡Vaya, menos mal que llevo puestos los calzoncillos! Suelo dormir desnudo, ¿sabes?

—Ya me lo has dicho, más de una vez.

Con un gesto parecido al de ayer, la siento en la cama, entre mis piernas abiertas. Una vocecita pedante me grita en la cabeza que no lo haga, que guarde las distancias: «¿No te das cuenta de que el corazón te late enloquecido?».

Me doy cuenta, claro, pero, maldita sea, no quiero sentirme muerto antes de morir. Por el momento, no lo estoy, al contrario, diría que estoy *bastante vivo*.

—Inclínate un poco, relaja los hombros. —Me obedece al instante, sin preguntar nada. Su espalda se arquea y sus rizos caen hacia delante—. ¿No me preguntas siquiera lo que voy a hacer?

—No, me fío —contesta enseguida. Su voz es suave, un poco ronca, como si dentro de su boca el pudor y la audacia estuvieran combatiendo una batalla solemne. *Dentro de su boca.* Coño. Estoy volviendo a fantasear con algo muy, pero que muy perverso. Desecho el pensamiento o, al menos, intento hacerlo o, al menos, finjo que intento hacerlo.

—¿Puedo desabrocharte el vestido? Solo un poco, la parte que está cerca del cuello.

—Ok.

—¿No te asusto un poco?

—Nada de nada. Ya te he dicho que me fío de ti. Además, no creo que te impresione demasiado. Como mucho, te reirás de mí a mis espaldas, esta vez de verdad.

Podría decirle que echara un vistazo a mi *segunda mitad,* así vería las ganas que tengo de reírme. Hablo por hablar, claro, no pienso sugerirle nada por el estilo. Si se diera cuenta de lo excitado que estoy, dejaría de fiarse de mí y sería un error, porque jamás le haría daño. Jamás.

Mientras desabrocho los primeros botones de la larga hilera que tiene en la espalda, me siento como un quinceañero desnudando a una chica perfecta en una noche perfecta de verano. Solo son tres jodidos botones y un poco de piel, pero, mientras masajeo con delicadeza su nuca, tengo la grave y desconcertante impresión de ser un jovencísimo imbécil enamorado. ¿Por qué me excitan hasta sus vértebras? ¿Por qué imagino que sigo liberando la interminable serpiente de botones de los ojales, hasta pelarla como si fuera una naranja, que luego me como a pequeños bocados?

—¿Has oído lo que te he dicho, Channing?

—Esto, no, estaba pensando en mis cosas, pero ahora soy todo oídos. —Y algo más, maldita sea.

—Creo que hoy deberías seguir descansando. Quédate en la cama, duerme, mira la televisión, haz lo que quieras.

Creo que no puedo hacer lo que quiero de verdad, Bambi.

—Ni hablar. Estoy bien, ya no tengo fiebre.

—Madre mía, qué cabezota eres. En ese caso, vamos a desayunar, pero esta vez comerás. ¿Me lo prometes?

—La verdad es que me muero de hambre.

Es cierto, en todos los sentidos.

—Bueno, ¿puedes cuidarte al menos hoy?

—Te lo prometo.

Entonces se vuelve, me sonríe y veo que está como un tomate. ¿Será que también le turba mi proximidad? Le gusto, lo comprendí la primera vez que nos vimos, pero ¿cuánta de esa turbación es fruto de su inexperiencia y del simple hecho de que la está tocando un chico guapo? ¿En qué medida depende del simple hecho de que soy yo, Channing Audley, y no un chico guapo cualquiera el que la toca?

De repente, me odio por un motivo bastante retorcido: siento celos al imaginar que ella está aquí, en esta habitación, en Indianápolis, con otro compañero de viaje al que ha conocido por casualidad y al que dedica los mismos rubores.

Me estoy volviendo loco, esa es la única explicación.

—¿Va mejor? —le pregunto.

—Sí, gracias.

Al ver que hace amago de levantarse, me tapo a toda prisa las piernas con la sábana para ocultar al famélico canalla que implora alivio dentro de mis calzoncillos. En vano: el famélico canalla está tan eufórico que necesitaría un cofre de plomo. Una sábana no es suficiente, al contrario, hace que resalte de forma más grotesca.

La sonrisa franca de Grace se desvanece cuando se da cuenta. Retrocede unos pasos, se ruboriza hasta las orejas. La mera sospecha de que pueda tener miedo de mí me produce angustia.

—Tranquila, Bambi, no debes temer nada. Es que *él*, por la mañana, tiene... cómo puedo explicártelo... vida propia. Ni siquiera te he rozado.

—Lo sé —responde desviando la mirada.

—¿Lo sabes?

—Sí, una vez le sucedió también a Cedric.

Estupendo, ahora sí que estoy contento. Pretendo saber enseguida cuándo sucedió y qué sucedió, por qué estaban juntos a primera hora de la mañana y dónde está Cedric, porque voy a estrangularlo con mis propias manos, pero no puedo someterla a un interrogatorio, sería absurdo, de manera que finjo que esta *simpática* anécdota no me interesa, me dirijo hacia el cuarto de baño y me encierro. Me odio por no lograr dejar de sentir unos celos desesperados.

CAPÍTULO 13

Qué hacer antes del verano

1. ~~Marcharme sin decírselo a nadie~~

2. ~~Besar a un desconocido fascinante~~

3. ~~Sacar un montón de fotografías~~

4. ~~Bailar como una loca en medio de la gente~~

5. Hacerme un tatuaje

6. Viajar por la Ruta 66

7. Ver la emigración de las mariposas

8. Hacer una sesión de espiritismo

9. Consolar a una persona triste

10. ~~Ponerme un vestido raro~~

11. Pasar mi cumpleaños en Four Corners

12. ~~Perderme en un bosque~~

13. Hacer algo absolutamente loco y peligroso

14. Salvar una vida

15. ~~Enamorarme~~

En el bosque no se había perdido, pero sí había perdido su corazón. No había sucedido entre la roca arenaria y las largas ramas de los helechos, entre las fluorescencias de los chopos o en el agua del lago: él no lo sabía, pero había perdido su corazón entre las manos de Channing. A esas alturas, más que segura de que lo quería, borró el decimoquinto propósito de la lista.

Lástima que para él fuera una amiga encantadora a la que se toma el pelo de vez en cuando y de la que se quiere estar lo más lejos posible para no tocarla ni por error. De hecho, en los días siguientes, Channing puso en marcha una especie de guerrilla: no se mostró brusco, eso no, pero sí más indiferente. Incluso se puso para dormir los pantalones largos de un chándal y una camiseta, no entró nunca en la habitación sin llamar y cuando vieron juntos una vieja película en la televisión —*Solo ante el peligro*, *La fábrica de chocolate* o *Sucedió una noche*—, mantuvieron la debida distancia de seguridad mientras comían palomitas y comentaban cosas de vez en cuando.

—¿Cuál será nuestra próxima meta? —le preguntó Grace al cabo de varios días.

—Pensaba quedarme un poco más en Indianápolis, quiero hacer una visita. Después del funeral de las últimas cuarenta y ocho horas necesito moverme un poco.

—A mí no me ha parecido un funeral, al contrario, ha sido divertido. Además, has descansado un poco, me lo habías prometido, y se ve que estás mejor.

—Estoy mejor, desde luego, pero mi idea de diversión es un poco distinta de la tuya.

«Porque tú no estás locamente enamorado de una persona y no te basta con mirarla en una fiesta.»

—¿Puedo ir contigo a ese lugar misterioso?

—Si eres bastante valiente, sí.

—¡Soy muy valiente! ¿De qué se trata?

—No te lo digo, será una sorpresa, pero ¿qué estás escribiendo? ¿Una carta de amor para Cedric?

—Podría ser.

Channing soltó una risita sarcástica, tan seca como el poliestireno.

—No me digas que vuelves a pensar en cara de plástico.

—No tiene la cara de plástico. Puedes decir lo que sea de él, salvo que no es guapo.

—Si te gustan los muñecotes, sí. De hecho, se parece un poco a Bublé. A propósito, ahora escucharemos un poco de música decente.

Se sentó en la cama donde estaba ella y eso le gustó a Grace, y más después de haber pasado dos días separados por el Muro de Berlín. Llevaba un lector Mp3 en una mano, lo encendió y le tendió los auriculares. No, hizo aún más: se los puso.

«Estoy loca por él, es una vergüenza. Me basta con sentir sus yemas acariciando sin querer los lóbulos de mis orejas para sentir que mis piernas tiemblan como si fueran de gelatina.»

Un bombardeo de música dura entró en sus oídos y llegó a sus músculos atravesando los tímpanos. Miró a Channing aturdida y se echó a reír.

—¡Esto sí que es una caricia! —gritó.

Él se inclinó hacia ella, le quitó uno de los auriculares y le dijo:

—Debes dejar que te invada la música, confundirte con ella.

—¡Me retumba en las costillas!

—Espera, te pondré algo más suave.

La voz de Satanás furibundo mientras destroza el mundo a patadas dio paso a la voz de Satanás suplicando su readmisión en las alturas. La canción *Ain't No Love in the Heart of the City*, de los Whitesnake, le gustó a rabiar.

«No hay amor en el corazón de la ciudad,

no hay amor en el corazón del pueblo.

No hay amor, es una lástima,

no hay amor porque no estás cerca.»

A continuación, escuchó todas las canciones y luego dos álbumes más de varias bandas, con Channing a su lado, compartiendo los auriculares con él. No tardaron mucho en tumbarse en la misma cama, con el lector Mp3 en el centro, Fred a cuatro patas en el almohadón, mordisqueando un pedazo de plátano seco, y las cabezas muy juntas, formando casi un ángulo suave en cuyo vértice se rozaban dos sienes.

—¿Sabes que me gusta? —dijo de repente Grace, quitándose el auricular—. Me sorprende que haya también canciones de amor bonitas. Creía que te parecían empalagosas.

—Me parecen empalagosas cuando las canta Michael Bublé y las escucha tu Cedric cara de plástico. ¿De verdad le estabas escribiendo?

—No, solo estaba leyendo y borrando parte de mi *bucket list*.

—¿Qué es eso?

—Es una lista de las cosas que quiero hacer antes de que se termine el verano. ¿Tú no tienes una?

—Odio las listas.

—Ya. Eres Channing el salvaje, el que vive al día y no hace planes de más de veinticuatro horas. A mí, en cambio, me gusta tener una orientación.

—¿Y qué has escrito?

—Es privada, no puedo enseñártela.

—¿Contiene algún secreto ardiente?

—Puede.

—¿Te acostaste con Cedric alguna vez?

Grace se incorporó tan rápidamente que Fred se asustó, dejó caer el pedazo de fruta y se refugió en un rincón, debajo del almohadón.

—¡Eso no es asunto tuyo! —estalló, irritada por la repentina pregunta, que, por si fuera poco, Channing había pronunciado en tono casi indiferente, como si le hubiera preguntado si ella y Cedric habían ido a una galería de arte donde se exponían cuadros flamencos.

«Podría ser asunto tuyo si sintieras algo por mí; si, cuando nuestras sienes se rozan, tu alma te suplicase que me tocaras, pero, dado cómo van las cosas, no, no es asunto tuyo.»

—Era una simple pregunta, no te estoy interrogando.

—¿Te gustaría que te preguntara cómo fue tu primera vez?

Channing se tumbó de lado y la miró.

—¿Significa eso que sí, que lo hicisteis?

—¡Te repito que no es asunto tuyo!

—Ok, en ese caso, veamos… Quince años, campo deportivo del instituto, detrás de las gradas, durante un partido de baloncesto.

—¡No me lo puedo creer, me lo has contado!

—No es un secreto de Estado.

—¿La querías?

—Me gustaba, era muy mona. Yo estaba muy nervioso. Tardé solo cinco minutos en acabar. Por suerte he mejorado *mucho* con el tiempo. Salimos juntos hasta que terminó la temporada. Después, se terminó. «Amor» es una palabra a la que no sé dar una interpretación personal. En mi vida he sentido simpatía, atracción, *feeling*, camaradería, pero el amor… ¿Qué es exactamente? Aún no lo he entendido. A veces trato de imaginármelo comparándolo con mi pasión por la escalada: pues bien, si el amor causa una necesidad tan fuerte, de manera que la ausencia es casi una agonía, nunca lo he sentido. Si ni siquiera sé cómo quererme a mí mismo, ¿cómo puedo querer a otra persona? ¿Y tú? ¿Querías al imbécil de tu príncipe?

Grace se mordió los labios con aire pensativo:

—Creía que lo quería, pero las sensaciones que se experimentan durante una alucinación no son reales. Después he comprendido que estaba totalmente desorientada.

—Al menos, no te acostaste con él.

—¿Cómo lo sabes?

—Lo sé. Eres demasiado insegura, te ruborizas por todo.

—Quizá sea solo una principiante.

—No, no creo. Pareces una chica que no lo ha visto ni en una postal.

—¡Channing!

La risa de él la envolvió como un viento con aroma a menta.

—¿Lo ves? ¡Te he pillado! Creo que eres la última virgen superviviente de dieciocho años en toda América.

—Para ya. Me molesta que me compares con un oso panda.

—De manera que es cierto.

—Si lo que pretendes es que me sienta tonta, no lo conseguirás.

—A ver si lo entiendo: ¿fuiste tú la que se negó a saltar el foso o él era demasiado caballero para pedírtelo?

—¿Podemos cambiar de tema?

—¡Vamos, Bambi, te he dicho incluso cuántos minutos duré la primera vez! Tengo derecho a alguna revelación escandalosa.

Grace exhaló un leve suspiro. Si quería la prueba oficial de que le importaba un comino, día tras día estaba logrando un nuevo indicio razonable. Channing hablaba de sexo con la desenvoltura de un joven que habla con otro de forma irónica. Le daba igual si ella se turbaba o no y él no lo estaba en absoluto. Se divertía sin más.

—No tengo ninguna revelación escandalosa que hacer y Cedric siempre me respetó. Solo una vez hubo un pequeño malentendido, pero no sucedió nada y, además, no tengo ganas de hablar de eso. ¿A qué lugar misterioso querías llevarme?

Channing se movió un poco en la cama y, por un instante —tan breve que se convenció de que solo se lo había imaginado—, su mirada se enturbió. Después se puso en pie y metió el lector Mp3 en la mochila.

—Ok —accedió—. Vamos. Ponte cómoda. Veamos lo valiente que eres.

Grace no oyó casi nada de lo que le dijo. Del largo discurso técnico sobre los karts, solo le llegó un atisbo de información. El ruido procedente de la pista al aire libre era molesto e hipnótico a la vez, como el silbido incesante de un insecto gigantesco.

Channing estaba hablando con otro chico, con el casco debajo de un brazo y un chaleco de kevlar para proteger el tórax. Ella también se había puesto uno, que le apretaba como un corsé. Si a eso se añadía la especie de collarín que llevaba alrededor del cuello, parecía salida de una extraña película de ciencia ficción, pero también del siglo XIX. Sujetaba el casco con las manos, del revés, como si fuera una bandeja llena de gusanos, y no lograba apartar la mirada de la larga serpiente de asfalto, llena de curvas, como el garabato de un niño.

—¿Aún no estás preparada? —le preguntó Channing sacándola de repente del aturdimiento que le producía el sonido ininterrumpido y siempre idéntico—. No estás obligada a hacerlo.

Por toda respuesta, Grace se puso el pasamontañas de tejido ligero, que solo dejaba a la vista sus ojos y luego el casco, que le apretó la cabeza como una mano punzante. Channing la ayudó a prepararse y luego repitió las mismas operaciones él mismo. Por último, se puso los guantes con las palmas de ante suave y apoyó una mano en su hombro.

Sus ojos azules le sonrieron al otro lado de la visera levantada y ella le devolvió la sonrisa, a pesar de tener un poco de miedo. Channing le agarró una muñeca con una mano enguantada y la llevó hacia un kart de dos plazas que estaba en el borde de la pista. A diferencia de los karts que solo tenían sitio para el piloto, en este cabía también un pasajero. Parecía la evolución futurista de un sidecar.

Cuando se pusieron en marcha, Grace tuvo la impresión de estar despegando con un avión, no tanto por la velocidad, que era incomparable, sino por la emoción que sentía. Miró a Channing: con el casco, el chaleco protector y los guantes negros parecía un soldado intergaláctico. Cambiaba las marchas con soltura y seguía con habilidad el perfil de las curvas. Ella, en cambio, se había agarrado a la barra que la mantenía pegada al asiento y saltaba como un payaso propulsado por un muelle.

Al cabo de un rato, sin embargo, todo se volvió electrizante. Cuando la velocidad y los adelantamientos dejaron de darle miedo, lamentó que no le hubieran dejado llevar la cámara fotográfica para captar aquellas imágenes.

Se sentía feliz, feliz de esa aventura casi mágica para alguien que, como ella, no había subido siquiera a una montaña rusa y para la que tirarse por un tobogán era ya un experimento loco.

Si no hubiera llevado puesto el maldito casco, le habría dicho: «Gracias, gracias, gracias por...».

Aquel pensamiento se esfumó. Todo ocurrió en un abrir y cerrar de ojos. Al doblar una curva a la máxima velocidad, el kart que iba delante de ellos dio varias vueltas de campana. Channing hizo todo lo posible para esquivarlo, pero estaba demasiado cerca, lo golpeó en un lado, giró también como una peonza y acabó chocando de forma violenta contra un muro de neumáticos apilados.

Grace tuvo la impresión de que los bandazos duraban un siglo, le pareció que volaban, se sobresaltó con el golpe y un dolor desgarrador la hizo gritar en el casco.

El resto le llegó confuso, como una serie de ruidos procedentes de otra habitación: olor a quemado, voces extrañas, Channing inclinándose hacia ella y llamándola una y otra vez y su brazo, que parecía pegado al cuerpo por error, dolía tanto que desmayarse fue la única manera de no morir de dolor.

—¡Channing!

Abrió los ojos con el corazón encogido y enseguida comprendió que estaba en la habitación de un hospital. A su alrededor había un poco de confusión, la percibía, pero no podía verla, porque un biombo la separaba del resto. Se miró el brazo: en su último recuerdo colgaba completamente torcido y le dolía como una herida llena de cristales. En ese momento parecía haber vuelto a su sitio y solo le quedaba el eco del dolor. Por lo demás, tenía todo el cuerpo entumecido, también el pelo. Por suerte, el dolor no era insoportable, sino un hormigueo difuso y palpitante.

Se incorporó y vio que no estaba en una cama, sino en una especie de camilla con ruedas. ¿Dónde estaba Channing? ¿Por qué no estaba allí con ella?

En ese momento apareció un médico.

—¿Cómo se encuentra? —le preguntó. Sin darle tiempo a responder, le apuntó con una lucecita a los ojos, le dijo que hiciera ciertos movimientos, la invitó a seguir las ondulaciones que hacía con los dedos delante de su nariz y le palpó meticulosamente el brazo—. En las radiografías no se ve nada roto —comentó, por fin—. Solo una luxación en el hombro, que ya hemos remediado.

—El chico que me acompañaba... ¿cómo está?

—¿El joven que sufrió el accidente? Por desgracia tiene varias fracturas y una conmoción cerebral terrible. Aún no ha recuperado el conocimiento.

Grace sintió un espasmo en el pecho, tan seco y lacerante que pensó que su corazón también se había dislocado.

—¡Tengo que verlo! Dígame enseguida dónde está y…

Pasó de la consternación al alivio en un santiamén. Mientras bajaba las piernas para salir de la camilla, Channing entró en el cubículo blanco. Parecía angustiado y cansado, como si una montaña se hubiera derrumbado en su espalda. Grace terminó el movimiento que había iniciado y corrió a abrazarlo. La articulación del hombro derecho protestó y ella lanzó un pequeño grito, pero la alegría de verlo fue más fuerte que el dolor. Hundió la cara en su pelo y agradeció a Dios que no le hubiera pasado nada.

—Me han dicho que estabas inconsciente.

La voz de Channing parecía elevarse a través de varios de kilómetros de roca, a tal punto era débil y ronca.

—No era yo, sino el joven que causó el accidente. —Retrocedió un poco con la espalda, le aferró la barbilla para alzarle la cara y la miró—. Qué mal estás, coño.

—Aún no he podido verme. ¿Tan espantosa estoy?

Se volvió y se miró en una vitrina cerrada con llave donde guardaban jeringuillas y tiritas: no podía verse con claridad, pero pudo distinguir la sombra de un gran hematoma en un pómulo. Por la razón que fuera, ese desastre no la turbó demasiado. La otra Grace, la de los vestiditos de color rosa y azul claro, habría lanzado un grito capaz de resucitar a una docena de animales extintos, pero la Grace de ese momento se limitó a acariciarse la mejilla haciendo una mueca.

—¿Pero usted no estuvo aquí hace tres días? —preguntó el médico a Channing de repente—. Su cara no es muy común, me acuerdo perfectamente de usted. ¿Cómo está? ¿Le parece sensato conducir un kart en sus condiciones?

Channing lo fulminó con la mirada.

—Se equivoca —afirmó con voz glacial—. ¿Podemos marcharnos o deben hacerle más pruebas?

El médico parecía desconcertado, lo escrutó unos segundos con aire perplejo y luego respondió:

—Sería conveniente que se quedara en observación.

—Ni hablar —protestó Grace. La idea de quedarse allí le asustaba más que la de haber corrido el riesgo de sufrir un daño grave—. Estoy bien. Quiero marcharme. —Cuando se disponía a añadir «quiero irme a casa», cayó en la cuenta de que no quería volver, en absoluto, y al final se dijo que en ese momento su casa era la habitación de un hotel, pero, por encima de todo, su casa era Channing.

—Nadie comprende lo arriesgado que es marcharse sin quedarse al menos una noche en observación —murmuró el médico mirando primero a Channing y luego a Grace con mirada inquisitiva. No obstante, dada la firmeza que demostraban y al ser los dos mayores de edad, no tuvo más remedio que rendirse—. Les mandaré a alguien para que firmen el alta. En cuanto a usted —dijo a Channing con especial insistencia—, no haga estupideces.

Cuando se quedaron a solas, Channing le tocó con delicadeza el pómulo con la yema de un dedo y la miró como si quisiera decirle algo, como si las palabras estuvieran allí, en su boca, después en la punta de la lengua y al final casi en el aire, pero dejó hablar al silencio y se limitó a seguir acariciándola. Ella se apoyó de nuevo en su tórax, sin abrazarlo, como si fuera un objeto decorativo de cristal.

—El doctor, antes… debe de haberte confundido con alguien —murmuró. A decir verdad, le había parecido bastante seguro, pero esa era la única explicación posible.

—Creo que sí —corroboró él, pasándole las manos por el pelo, con el tono resuelto de quien da por zanjada una cuestión.

El espejo del cuarto de baño fue menos clemente que la vitrina de urgencias. Parecía que alguien le hubiera machacado la cara y el cuerpo a puñetazos. En un muslo tenía un hematoma enorme de color rojo púrpura tirando a morado. Si trataba de extender el brazo derecho, el eco del dolor se transformaba en un grito. Por suerte, le habían dado analgésicos y confiaba en que no tardarían en hacer efecto.

—¿Grace? ¿Puedo entrar?

Se bajó la camiseta y le contestó que sí. Channing entró en el cuarto de baño. Estaba muy pálido y unas ojeras casi azules rodeaban sus ojos azules, de manera que parecía la víctima principal del accidente que se había producido en la pista. La observó de la cabeza a los pies, exhaló un suspiro ronco y luego dijo:

—Deberías llamar a tus padres.

Grace se volvió tan deprisa que todo su cuerpo crujió.

—¡No! —exclamó—. Si les cuento que he tenido un accidente, querrán venir a buscarme.

—Eso es justo lo que quiero que ocurra.

—No quiero volver a casa. Aún me quedan muchas cosas por hacer y…

Él le posó una mano en el pelo y le metió un mechón detrás de una oreja con un ademán lento y preciso.

—Casi te mueres por mi culpa.

Grace negó con la cabeza con menos vehemencia de la que le habría gustado, pero con toda la firmeza que pudo.

—No es verdad, la culpa fue del tipo que corría delante de nosotros y que ahora tiene no sé cuántas cosas rotas, además de una conmoción cerebral. Tú no tienes nada que ver.

—Yo te convencí para que dieras una vuelta en la pista.

—Y yo, a pesar de que sabía lo arriesgado que era, acepté. No tengo tres años.

—Solo aceptaste porque te provoqué con esa idiotez de la demostración de valor. Tenías miedo, se te veía en la cara.

—Cualquier experiencia nueva me da miedo. Vencerlo es mi reto personal.

—¡Déjate de retos! Casi te dejas la piel. Grace… yo…

—Me has vuelto a llamar por mi nombre. ¿Eso es una buena señal?

—No lo sé. Solo sé que si te hubiera sucedido algo…

—¡No me ha sucedido nada, estoy fenomenal! —protestó ella—. Deja de decir cosas sin sentido. Arriesgamos la vida cada vez que cruzamos la calle, puede suceder cualquier cosa en cualquier momento.

—La cosa cambia si estás en esa calle porque yo te he dicho que vayas, ¿entiendes?

—Calla y escúchame, Channing. En dieciocho años de vida nunca he hecho nada temerario, peligroso, ni siquiera un poco arriesgado. Cuando era niña no me dejaban subir a los columpios por temor a que me cayera. Creo que en la cuenta del destino tenía acumulado un crédito de docenas de arañazos en las rodillas y en los codos. Digamos que este accidente ha saldado esa cuenta y que ahora puedo volver a empezar desde cero. En cualquier caso, en mi lista figuraba hacer algo peligroso antes de que tú me lo propusieras. Y no pienso llamar a mis padres. Los hematomas desaparecerán, ellos no sabrán nada y yo saldré del paso fortalecida. Eso es todo. Si, en cambio, lo que pretendes es librarte de mí, ahí tienes la puerta. No estás obligado a ser mi niñera.

—Tienes la cabeza más dura que el cemento.

—Por suerte, ¿no? De no ser así, me la habría roto. En cualquier caso, estoy segura de que no es más dura que la tuya. Creo que tú también puedes ser tan testarudo como un mulo. ¿Te hiciste alguna herida?

—No, maldita sea, ni siquiera un rasguño.

—La respuesta correcta es esta: «No, *por suerte,* ni siquiera un rasguño».

—Habría podido equilibrar los daños, un poco para ti y un poco para mí o, por qué no, todos para mí.

—Por favor, ¿puedes decirle al sentimiento de culpa que se vaya a dar la lata a otro cabezota tan estúpido como tú? No ha sucedido nada grave, estamos vivos. De acuerdo, no podré lavarme durante un mes, porque cuando intento levantar los brazos o agacharme veo las estrellas, pero debemos celebrar que seguimos en este mundo, ¿no te parece?

—No sabes cuánto creo en eso, Bambi.

—En ese caso, se acabaron las paranoias. Llevaré el aparato ortopédico que me ha prescrito el médico unos días y me pondré bien. No obstante, es extraño...

—¿Qué es extraño?

—Que te haya confundido con otra persona. Tu cara no es muy común. Espero que sea mejor como médico que como fisionomista.

—Olvidemos las alucinaciones del médico de una vez por todas.

—De acuerdo. Ahora, sin embargo, me gustaría descansar. Y lavarme. Si, al menos, pudiera lavarme. Me pesa más eso que el accidente. —Cojeando un poco se acercó al cepillo e hizo ademán de pasárselo por el pelo enmarañado, pero tuvo que rendirse: incluso ese pequeño gesto le causaba dolor en el hombro—. Quizá con la otra mano...

—Puedo ayudarte. Me refiero a lavarte y a todo lo demás.

Ella lo escrutó con los ojos muy abiertos, perpleja.

—Pero... ¿de verdad lo harías...? —Enseguida comprendió la ventaja que suponía tener media cara triturada: así Channing no había notado que había vuelto a ponerse roja. Podía llegar a ser más fuerte y valiente para muchas cosas, pero cuando Channing se acercaba a ella de esa manera, cuando la imagen de sus manos la rozaba antes incluso que estas, la vieja Grace de piernas de flan volvía a hacer su aparición—. Pero... no sé si...

—¿Aún no te fías de mí?

—¡Claro que me fío!

—En ese caso, te propongo una cosa. ¿Tienes algo que ponerte? No sé, un top y unos pantalones cortos, por ejemplo.

—Esto… sí…

—Pues póntelos. Luego llenaremos la bañera y te ayudaré a enjabonarte.

—¿Me ayudarás a enjabonarme? —Volvió a mirarlo, con los ojos tan abiertos como un pescado muerto.

—¿Se te ocurre algo mejor? ¿Prefieres no lavarte en un mes?

—No, es que…

—¿Temes que me abalance sobre ti?

«Temo que no lo hagas.»

—¡Por supuesto que no!

—Entonces cámbiate y procedamos.

Se cambió y procedieron.

La bañera era grande y redonda y estaba a ras del suelo. Grace estaba tan nerviosa que tuvo la impresión de que la que se sumergía en el agua caliente no era una joven con un corazón a punto de estallar, sino con un corazón inmenso en forma de mujer. Se había puesto una camiseta de tirantes y unos pantalones cortos y, tras entrar en el agua, llamó a Channing, que la estaba esperando en la otra habitación.

Cuando entró, vestido también con unos pantalones cortos y con el torso desnudo, Grace sumergió la cabeza. El contacto con el agua le produjo escozor en la piel magullada, pero también se calmó. Cuando volvió a emerger, vio que Channing estaba sentado en el borde.

—Ven aquí, Bambi. Ahora me ocuparé de ti.

Esas simples palabras, que aludían a algo tan casto como ayudarla a lavarse, desencadenaron unos pensamientos más rojos que las marcas de los golpes que había recibido. En un abrir y cerrar de ojos, Grace estaba sentada con la espalda apoyada en la pared de la bañera y Channing, que había hundido las piernas en el agua, empezó a enjabonarle el pelo.

Mientras sus manos le aplicaban el champú masajeándole suavemente la cabeza, rozándole las sienes, las orejas y la nuca, Grace sintió ráfagas de escalofríos; por suerte, las burbujas de espuma impidieron que él viera que se le había puesto la piel de gallina.

—Cierra los ojos, pequeña. Yo te sacaré si te hundes —le dijo bromeando.

Creía que le iba a ser imposible relajarse mientras él le acariciaba el pelo, con sus cuerpos casi pegados y la sensación de maravillosa intimidad que creaba ese gesto tan sencillo, casi maternal, pero sí pudo. Cerró los ojos y se abandonó al placer inocente que le producían esos estremecimientos. Cuando Channing agarró la esponja y se la pasó por la espalda, insinuándose debajo de la camiseta, la duda entre morir de vergüenza o de felicidad solo la atenazó un segundo. Optó por la felicidad.

La vergüenza la sacudió unos minutos más tarde, cuando él entró también en la bañera. Grace abrió los ojos y lo miró con ansiedad.

—Fíate. No te haré daño —la animó él.

Una vez más, esa frase, que en realidad había pronunciado para asegurarle que sería delicado con su piel herida, le pareció un juramento *de otro tipo*. Lo dejó hacer, tratando de ocultar la agitación que sentía debajo de la máscara de agotamiento. La esponja —y su mano— le volvió a lamer la espalda, los brazos y las piernas. Grace intentó decirse que sola no habría podido hacerlo, que necesitaba esa pequeña ayuda, que se trataba de un gesto irreprensible, y un sinfín de «que» más con los que trató de engañarse. Con todo, en su fuero interno sabía que solo lo había aceptado para sentirlo cerca de ella, para sentirlo encima, y, por primera vez en su vida, soñó con sentirlo también dentro. Nunca había pensado en cosas así, jamás.

Cuando la esponja —y su mano— le tocó la barriga y subió hacia el pecho por debajo de la camiseta, Grace creyó estar a un paso de la muerte. Se puso en pie de repente, casi asustada de su euforia, y ese gesto brusco interrumpió de manera brusca ese instante encantador. Él se sobresaltó también y soltó la esponja en la superficie del agua, de golpe, como si fuera el arma de un delito que no quería cometer. Después retrocedió unos pasos. Se sostuvieron la mirada, justo antes de que él dijera:

—Creo que es suficiente.

Grace asintió con la cabeza y solo después, cuando un chorro de agua limpia resbaló por su cuerpo, se dio cuenta de que estaba jadeando como si hubiera escalado uno de los acantilados de Red River Gorge. Por un instante creyó que Channing también respiraba entrecortadamente, pero luego se dijo que solo era una falsa impresión. Él se reía de ella, ella no le parecía ni atractiva ni tentadora.

De hecho, Channing salió de la bañera a toda prisa, como se hubiera hartado de cumplir con un deber. Acto seguido, le tendió una toalla grande y salió del cuarto de baño dando un portazo.

Se despertó sobresaltada, en el preciso momento en que, en el sueño, el kart chocaba con un muro de caucho. Mientras se incorporaba, sintió un dolor tan fuerte que le pareció que estaba de nuevo en la pista, cuando se le había dislocado el hombro.

—¿No estás bien, Grace? —La voz de Channing la consoló en la oscuridad. Oyó que se levantaba de su cama y que se acercaba a la suya. Entrevió su perfil sentado en el borde del colchón, de perfil, las puntas de su pelo, más negras que la oscuridad—. Has tenido una pesadilla.

—Quizá sea menos valiente de lo que creía —susurró ella consternada—. Presumo mucho, pero cada vez que me duermo revivo el accidente.

—Fue un accidente grave, ahora eres consciente de ello. Aún estás a tiempo de llamar mañana a tus padres si quieres, no renuncies a hacerlo por orgullo.

—No es eso lo que quiero, Channing, hablo en serio. Ok, tuve miedo, lo sigo teniendo y es probable que tarde mucho en superarlo, pero no quiero volver a New Haven. Aún no he cumplido siquiera la mitad de mis deseos.

—¿Te refieres a tu famosa lista?

—Sí, pero no es la lista, es lo que llevo en el corazón, ¿comprendes? Quiero hacer todas esas cosas y muchas más.

—¿Puedo leerla?

—No... esto... No, no puedes.

Channing soltó una risita.

—Entiendo, hay algo sobre mí. No obstante, si me permites, te sugiero que no incluyas mi nombre en la palabra «sueños».

—Tu nombre no aparece ni por asomo —dijo ella con una punta de irritación—. No quiero que la leas porque es cosa mía.

«Y porque he borrado el punto "enamorarme" y enseguida entenderías a quién me refiero.»

—De acuerdo, respeto tu voluntad. En cualquier caso, sigo pensando que deberías volver a casa.

—Puedes repetirlo hasta cansarte, pero haré lo que he decidido.

—¿Cuál es la próxima etapa?

—¿De manera que piensas venir conmigo?

—Debo escoltarte hasta que estés mejor. Ni siquiera puedes llevar la mochila. No puedes viajar sola.

Grace apretó los puños bajo la fina colcha.

«Habría preferido que me dijeras: "Te acompaño porque entraste en mis venas en cuanto te vi", pero supongo que debo conformarme con la verdad.»

—Ok —murmuró sin más.

Oyó que Channing se movía en sentido inverso, en dirección a su cama. Se tumbó y cerró los ojos.

—¿Grace?

—Dime.

—No me has dicho cuál es la próxima etapa.

—Quiero viajar por la Ruta 66. Quiero recorrerla toda, de Chicago a Santa Mónica. ¿La conoces?

—Viajé por ella en moto hace tres años.

—En moto sería fantástico.

—No puedes viajar en moto con el hombro dislocado y ese aparato ortopédico.

—Por supuesto que sí, estoy de maravilla, pero ahora háblame del viaje de hace tres años. Si no recuerdo mal, cuando cuentas algo tienes efecto soporífero: en Cave Run Lake dormí como en mi vida.

Channing soltó una sonora carcajada, que contagió a Grace.

—Eres una persona insólita, Bambi. Ninguna chica me ha dicho nunca que le doy sueño. No antes de haberla extenuado de otra forma, quiero decir.

—No me cansarás nunca de *esa forma,* resígnate.

—No tengo la menor intención de hacerlo, resígnate tú también.

—Muy bien, ya que hemos aclarado de una vez por todas esta cuestión fundamental, háblame de tu viaje, así quizá deje de pensar en el accidente y sueñe algo bonito.

«Sueño contigo montado en la moto, yo voy sentada detrás, con el viento en el pelo, el desierto alrededor y tú, que me pides que te abrace con fuerza para no caerme.»

CAPÍTULO 14
CHANNING

Casi se muere por mi culpa.

Pero yo también, maldita sea, yo también puedo morir por su culpa. Había acostumbrado mi corazón a la paz, pero ahora, desde que ella está conmigo, tengo la impresión de que puede declararme la guerra en cualquier momento. Desde que tuve la última crisis grave, hace cuatro años, he estado bastante bien, a pesar de haber llevado una vida agitada, a pesar de haber escalado por todas partes, a pesar de haber hecho muchas veces el amor y a pesar de haber dormido muy poco. Teniendo en cuenta todo esto, me las he arreglado de maravilla.

En cambio, desde hace un mes, tengo la impresión de que el corazón me estalla a cada paso.

Justo después del accidente casi me quedé seco, a pesar de que no haberme hecho nada. Al verla inconsciente, con el brazo que parecía arrancado del cuerpo, sentí como si me dieran un puñetazo en las costillas. No solo por el sentimiento de culpa: aunque no hubiera sido cómplice involuntario de lo que había ocurrido, yo habría muerto un poco si ella hubiera muerto. Por suerte, no está muerta, pero, hostia, en esos minutos de incertidumbre sentí una explosión dentro, lo juro, como un derrumbe.

El médico, al que deberían recordarle la importancia del juramento de Hipócrates, que incluye la obligación de no ir contando por ahí los asuntos de sus pacientes, por poco no me asestó el segundo golpe.

El tercero me lo dio ver el cuerpo herido de Grace, lívido, frágil, además de su sonrisa optimista y valiente.

El cuarto, sin embargo, casi fue la última gota de un vaso lleno. Casi hizo rebosar el condenado vaso, y *no hablo en sentido figurado*. Mientras la ayudaba a lavarse —pero ¿quién demonios me obligaba a hacerlo?—, me sentí tan turbado, tan excitado, tan famélico, tan absurdamente feliz e infeliz al mismo tiempo, que estuve a punto de olvidar todo —el accidente, sus heridas, su absoluta inexperiencia y el hecho de que no debe gustarme, no debe gustarme, no debe gustarme— y no la besé. Me bastó acariciarla con una esponja —una maldita esponja, ni siquiera las manos— para hundirme en la oscura irracionalidad. La camiseta pegada a la piel mojada, la mirada baja, las piernas entreabiertas: no sé cómo pude dominarme.

Con todo, el verdadero problema no es la tentación. Soy un hombre, no un objeto decorativo. Si toco a una chica guapa, incluso por motivos ajenos al sexo, y entreveo su pecho bajo la camiseta, algo sucede en alguna parte. Lo que me preocupa no es el deseo de acostarme con ella: me preocupa más la sensación de extravío que experimenté al mirarla, el deseo de acariciarla lentamente, de besarla hasta sentir la lengua ardiendo, de hacer el amor con ella poco a poco, consciente de que soy el primero, de abrazarla y prometerle que nunca le haré daño. Sí, esto es sin duda lo que más me asusta, porque podría hacerle mucho daño.

Tengo que estar atento, muy atento.

Por eso, cuando se despierta sobresaltada por la noche, procuro no hacer lo que desearía hacer: meterme entre las sábanas y abrazarla para consolarla. Y luego volver a consolarla *de otra manera*.

Atento, Channing, repito, atento: cuídala hasta que mejore y después pies en polvorosa... o esta chica te marcará para siempre, poco importa que tu para siempre sea el relámpago que precede a la nada.

Una avería obliga a detenerse al autobús. El chófer enfila una salida para que no tengamos que estar parados bajo el sol ardiente que cubre de chapa la interestatal. Thorntown, un pueblo tan grande como un escupitajo a un par de horas de Chicago, es la primera parada posible. En medio del enfado general, nos apeamos para estirar las piernas. Observo a Grace: se ve que el aparato ortopédico le molesta, por más que trate de no demostrarlo, tiene la expresión de estar sufriendo dolor, a pesar de que trata de no demostrarlo, y no resisto la tentación de acariciarle una mejilla. Me sale así: un gesto espontáneo de ternura que roza sus labios.

No obstante, la espera va a ser más larga de lo previsto.

—¿Vamos a ese restaurante a comer algo?

Le señalo un pequeño local familiar situado en Main Street, en las inmediaciones de la iglesia. Parece un lugar tranquilo y, por lo visto, el resto de los pasajeros tiene la misma idea. Entretanto el chófer se pega el teléfono a la oreja para llamar vete a saber quién, sudando copiosamente bajo un olmo más delgado que él.

—De acuerdo, así me tomaré el analgésico que me ha prescrito el doctor después de comer.

Pedimos la comida a la camarera y después noto que la gente nos observa. No me refiero a toda la comitiva, sino a nosotros. Mejor dicho, a Grace.

Ok, los habitantes de los pueblos pequeños tienden a mirar con desconfianza a los forasteros. Ok, mi cara es más bien insólita. Ok,

Grace lleva un lirón en el bolso, pero mi sexto sentido me dice que esos detalles no son los que turban a la gente. Cuchichean tanto que Grace acaba dándose cuenta también.

—¿Qué hemos hecho? —me pregunta en voz baja—. ¿No debería haber pedido pasta? Pero ¡a mí me gusta!

—Si la pasta está en el menú, no veo por qué no puedes pedirla, pero tienes razón, nos están mirando. Mejor dicho, *te* están mirando. ¿Acaso te están buscando, Bambi? ¿No será que me has contado una sarta de mentiras y te has escapado de la cárcel?

—Quizá me miran porque soy guapísima, fascinante, cautivadora, ¿no? —bromea haciendo un cómico mohín, que le deforma los labios y la nariz. Me gustaría decirle que sí, que es guapísima, fascinante y cautivadora, pero guardo el secreto.

—Las que más te miran son las mujeres.

—Creo que tienes razón. La camarera me mira de una forma muy rara. ¿Tengo algo en la cara?

—Nada, salvo una moradura que está desapareciendo y una docena de pecas.

—Ah, sí, cuando me da un poco el sol se me llena la cara. ¿Parezco una fresa?

No, coño, pareces una rubia deliciosa con la piel dorada, los ojos grandes, las pestañas kilométricas y una boca que estoy deseando morder, morder de verdad, desde que te conocí.

—Sí, pero eso no es una razón suficiente para mirarte así.

En ese momento, la camarera se acerca a la mesa para servirnos un poco de café y, dado que prefiero los hechos a las conjeturas, le pregunto:

—¿Pasa algo? ¿Por qué no dejáis de mirar a mi novia?

Lo digo así —«mi novia»— sin saber por qué. Puede que lo haga porque es más seguro dejar bien claro quién eres cuando llegas a un ambiente nuevo. Padre, marido, novio, hijo, son papeles definidos, tradicionales, que suscitan confianza. Una pareja de novios que viaja no despierta tantas sospechas como una pareja de desconocidos que se conocieron por casualidad después de que ella se escapara de casa. El motivo por el que lo he dicho es, sin duda, que de vez en cuando sale a flote mi espíritu de aspirante a policía. Sin embargo, cuando lo digo percibo en la boca un sabor dulce y picante a la vez y por una milésima de segundo me siento frágil, expuesto a un peligro más serio que la curiosidad incomprensible de esta gente.

La camarera sonríe y luego se echa a reír.

—Tienes razón, pero cuando os sentasteis pensé: ¡Dios mío, es la joven de la perla!

Veo que Grace se sonroja, a pesar de que, ahora que tiene la cara un poco morena, se parece menos, pero a estas alturas la conozco, los matices de su piel ya no tienen secretos para mí, así que noto su cándida vergüenza.

La camarera se marcha sin explicarnos nada más.

—Por lo visto, todos piensan que te pareces a otra persona —comento mientras la miro comer un plato de espaguetis con la habilidad de una italiana. No los corta de cualquier manera, como hacen los estadounidenses, sino que los enrolla de manera perfecta con el tenedor. Por un instante, me cautiva su lengua, mientras lame sus labios. Ok, estoy más loco de lo que pensaba. Ok, será mejor que me concentre en mi pescado frito y que no preste atención a la manera en que sus labios se pliegan alrededor de un hilo rebelde de pasta formando una pequeña O a la que solo le falta el chasquido de un beso.

La camarera vuelve al cabo de unos minutos seguida de una especie de comité de representación. La acompañan otra camarera, un hombretón vestido de cocinero y una mujer alta, de mediana edad y con aire autoritario.

—Soy la alcaldesa de Thorntown —dice esta última. Es la única explicación, hemos acabado en un pueblo de chiflados. Además de a las luciérnagas, los osos y las águilas, ¿Grace atrae a también los psicópatas?

—Encantada —dice Grace—. Si es por Fred, ¡juro que no saldrá de la funda de la cámara! En cualquier caso, es un animalito muy bueno y limpio, se lo aseguro.

—Dios mío —exclama la camarera al ver el pequeño hocico de Fred, que asoma un poco por el borde—, ¿puede confundirse con un armiño? ¡El hurón de Maggie no se está quieto y muerde a todos los que lo cogen en brazos!

—Quizá sea mejor que les expliquemos de qué estamos hablando, deben de pensar que han ido a parar a un pueblo de locos —dijo la alcaldesa.

Pues sí.

Nos lo resume en dos palabras. En el país se está celebrando la típica fiesta con parque de atracciones, noria, tiro y muchos más entretenimientos. No obstante, la nueva alcaldesa quiere dar un toque, digamos, «cultural» al evento y ha organizado también una exposición de cuadros vivos. La estudiante que debía interpretar a *La joven de la perla* tiene el sarampión. Cuando casi se había resignado a dar el papel a una sustituta que no se parece en nada, Grace entró en el restaurante y todos pensaron que se había producido un milagro. ¿Está dispuesta a posar en su lugar? Solo debe maquillarse y vestirse y luego estarse quieta tres minutos exactos en el interior del marco.

—Como el acto es esta noche, el ayuntamiento os invitará a cenar y os pagará el alojamiento. Mañana por la mañana una persona os acompañará a la parada de autobús más próxima —especifica la alcaldesa.

Grace me mira, excitada es poco decir.

Sus ojos aceptan adelantándose a la voz.

Sucede por la noche, poco antes de que tenga lugar la exposición. La alcaldesa se dispone a presentar el evento y yo estoy sentado en la última fila de un pequeño semicírculo de sillas de plástico, en la plaza principal del pueblo. De repente, el móvil de Grace vibra. Lo tengo yo, también a Fred, que no ha querido posar para el cuadro, al contrario, poco a faltado para que mordiera media docena de manos como el hurón de Maggie, quienquiera que sea la tal Maggie. El teléfono suena. En un principio, lo ignoro. En el fondo, no molesta, Grace lo puso en silencio antes de desaparecer entre bastidores en la caseta, pero, después de la tercera llamada consecutiva de alguien que, a todas luces, no da su brazo a torcer, la curiosidad me puede y miro la pantalla.

El nombre de Cedric me saca de mis casillas. ¿Por qué no lo ha borrado? ¿Aún lo tiene en la agenda? Por un momento pienso que no es asunto mío, pero esta idea se desvanece de inmediato. En teoría, sé que debería dejar el teléfono y pasar del asunto, que ella puede tener en la agenda los números que quiera y que no debe rendirme cuentas: en teoría lo sé, maldita sea, pero en la práctica tengo un demonio dentro. Así que, cuando veo que recibe un SMS del capullo, lo leo como un capullo. Leo también los siguientes. Una retahíla de mensajitos en un intervalo de apenas unos minutos, que me enfurecen cada vez más. Cada mensaje que entra me solivianta.

«Respóndeme, Gracie.»

¿Qué coño de apodo es ese? Pero, sobre todo, no tolero que le pongas un apodo, cabrón. Eso solo puedo hacerlo yo.

«He reflexionado y he comprendido que me equivoqué.»

Dices que te equivocaste, gilipollas, pero lo único que quieres es que te conteste. Si lo hiciera, le soltarías otra sarta de insultos.

250

«Pero, tú, ¡cómo pudiste escapar así! ¡Podrías haberte parado a pensar cinco minutos! ¡Y podrías no haberles hablado a tus padres de Michelle!»

A ti, imbécil, no te bastarían cinco minutos para pensar en lo imbécil que eres. Y aún no sabes cómo te trataré yo.

«Estoy seguro de que todo se arreglará y de que ellos lo entenderán.»

No resolverás nada, idiota de mierda, porque ellos no lo entenderán y, en cualquier caso, antes te habré arrancado la lengua, así que no podrás decir una palabra más.

«¡Respóndeme! ¡Quiero saber qué estás haciendo!»

Lo que está haciendo no es asunto tuyo, canalla.

«Después te ofendes porque digo tacos, pero si te comportas como una furcia, ¿cómo puedo tratarte como una princesa?»

Prepárate para morir, pedazo de mierda. Qué lástima no tenerte delante, porque no te dejaría un hueso sano. Las manos me hormiguean, quizá esté lanzando flechas por los ojos, mi voz las lanza, eso es seguro, porque, cuando vuelve a llamar, respondo.

—Cabrón —digo en lugar del consabido «dígame»—. Si no dejas de tocarnos los huevos, te juro que en cuanto pueda te los arrancaré.

—¿Quién eres? —La voz de Cedric suena tan desconcertada que, si estuviera aquí, me bastaría darle un pequeño empujón para tirarlo al suelo.

—El tipo del que deberás tener miedo como se te ocurra volver a llamar. ¿Querías meter la polla por ahí? Sigue haciéndolo, cuentas con la bendición de Grace, pero no vuelvas a llamarla y antes de volver a pronunciar su nombre lávate la boca o te la lavaré yo con salfumán.

Estoy seguro de que no puede reconocerme, en Filadelfia no hablamos más de treinta segundos. Además, ahora se oye cierto bullicio al fondo y, por otra parte, creo que, más que oír mis palabras, ha sentido el tono agresivo con el que las he pronunciado. Calla y yo cuelgo. Después hago algo aún más grave, como si lo que acabo de hacer no fuera ya bastante. Borro sus mensajes, entro en la agenda y bloqueo el número. Así no podrá llamarla ni escribirle más. *Bye*, pedazo de mierda.

La mayor locura, sin embargo, es que no me arrepiento, no lo lamento, no cambio de opinión. Una furia homicida acelera los latidos de mi corazón. Ok, Channing, cálmate si no quieres estirar la pata. Inspiro hondo, lo hago una y otra vez hasta que mi corazón se sosiega.

Grace entra en escena.

Me parece ver a lo lejos el cuadro de Vermeer, es idéntico y ella es igual que la joven del retrato. Su piel resalta como el alabastro en el fondo oscuro. En pose oblicua respecto al público, luce una capa de color cobre y una camisa blanca, de la que solo se ve el cuello, de la banda azul que le envuelve el pelo sale una tela amarilla, que cae rozándole los hombros. En la oreja lleva una perla grande, que brilla con la luz del faro que hay a la izquierda.

Dios mío, qué guapa es. Trago saliva y me resigno a lo ineludible: no puedo impedir que mi corazón lata enloquecido. En esta ocasión, sin embargo, el cruel titiritero no es la rabia, sino una atracción que me atormenta, un deseo irresistible de besar los labios, que, sin duda, todos están mirando. Estoy celoso, debo llamar a las cosas por su nombre. Estoy celoso de su boca, de su nariz pequeña y recta, de sus ojos llenos de luciérnagas, estoy celoso de lo que ven los demás y de lo que solo he visto yo. Puede que no sea mejor que Cedric.

Los tres minutos terminan y la luz se apaga. Grace sale de los bastidores.

—¿Lo he hecho bien? —me pregunta corriendo hacia mí, entusiasmada. Aunque lleva los vaqueros debajo, aún va vestida como la joven de Vermeer, con la capa dorada, el pelo recogido en el turbante y la perla —en realidad es una cuenta de cristal traslúcido— balanceándose en su oreja izquierda. Me produce un efecto extraño, como si el cuadro hubiera cobrado vida. Como si yo hubiera cobrado vida.

—Muy bien. —Debería contarle lo que ha sucedido con Cedric y pedirle perdón. Debería mostrar cierta indiferencia, obligarme a no abrazarla, a apagar este incendio. De esto no puede salir nada bueno, tengo que parar de una vez.

Consigo un éxito a medias: no la abrazo ni la toco, pero no le hablo de ese cabrón… ni de *este* cabrón. Ya es bastante duro así, de la santidad me ocuparé en el futuro.

Cenamos al aire libre rodeados de un montón de gente, sentados a una mesa larga, con un sinfín de lucecitas sobre nuestras cabezas. Grace está feliz, pero yo tengo el ceño fruncido como un búho. Suelo ser un tipo sociable, pero ahora no dejo de pensar en las cosas que han ocurrido en el último mes, desde que esta joven extraña dejó que la robaran delante de mí en Central Park, obligando a mi conciencia a ocuparme de su vida.

Mi conciencia… ¡como si no supiera que importa un carajo! No estoy aquí por la conciencia. Puedo contarme mil historias, pero la verdad se ríe en mi cara.

«Me gusta. La quiero. Estoy celoso. Cualquier otra interpretación del problema es una gilipollez. ¿Qué hago, maldita sea? ¿La dejo aquí y me la tiro? ¿Escapo como un cobarde?»

Entretanto, la miro. Come y charla con las personas que nos rodean, parece estar saboreando la libertad gota a gota.

—¿Te encuentras bien? —me pregunta a cierto punto—. Estás muy callado.

Alarga un brazo para tocarme la frente, quizá temiendo que vuelva a tener fiebre. La detengo al vuelo. Se entristece tanto que se me encoge el corazón. Me gustaría agarrarle la mano, besársela y decirle que tengo fiebre, pero que la causa es ella, su presencia, su aroma. Me contengo y me limito a encogerme de hombros. Veo que un velo cubre sus ojos.

El velo sigue ahí después, cuando damos una vuelta por los puestos llenos de dulces caseros hechos en casa por los habitantes del pueblo. Su sonrisa se ha convertido en un muro.

Deambulamos sin mirar nada, rodeados de la multitud, que se divierte. Una joven, que ha posado interpretando el papel de la muchacha con flores en el pelo que abraza al perrito en *El desayuno de los remeros* de Renoir, insiste en ofrecernos un *krapfen* y Grace lo acepta. Da un mordisco y me pregunta:

—¿Quieres probarlo?

—Si hubiera querido lo habría aceptado antes, ¿no crees?

Se para en seco en medio del laberinto de cosas y personas y suelta:

—¿Se puede saber qué te pasa? ¿He hecho algo malo?

No soporto la idea de que me considere capaz de ser un tirano como Cedric:

—¡Claro que no! —le respondo gritando para que me oiga a pesar del estruendo.

—Entonces, ¿qué pasa? Es como si, de repente, te hubieras dado cuenta de algo terrible sobre mí y no supieras cómo decírmelo. —La miro, está manchada de azúcar glas. No lo resisto más: le acaricio los labios y una mejilla con los dedos. Ok, de acuerdo, he perdido. Perdóname por el daño que voy a hacerte, Grace. Perdóname por el daño que voy a hacerte también a ti, Channing. No puedo, la verdad es que no puedo dejar de desear con locura lo que deseo con locura—. Detesto el silencio, así que para ya y dime lo que...

El primer cohete de fuegos artificiales estalla en el cielo mientras le aferro una muñeca, la abrazo y la beso. El segundo estalla en mi interior. El resto no lo siento siquiera.

Solo siento sus labios ardientes, su lengua tierna, su cuerpo, que no da un paso hacia detrás, al contrario, más bien parece querer hundirse en el mío.

No sé cuánto dura este beso, solo sé que, a pesar de que los fuegos artificiales terminan, de que el mundo se mueve y de que la noche se cierne sobre nosotros, me ha sabido a poco.

CAPÍTULO 15

Era la joven con el pendiente de perla. La habían maquillado y vestido y todo era tan insólito y agradable que tenía la impresión de que su corazón iba a estallar de felicidad. Jamás se había divertido tanto en ninguno de los lugares embalsamados que había frecuentado con Cedric.

Esa noche, en cambio, bajo un cielo estival y estrellado, entre gente desconocida de la que no sabía nada, salvo que le caía bien de forma instintiva, se lo pasó en grande. Hasta que Channing la recibió con un ceño que parecía ocultar reflexiones nada superficiales. Como si, mientras ella posaba, hubiera tirado de los hilos de un razonamiento sumergido y lo hubiera sacado a flote.

El recuerdo de las miradas furibundas de Cedric estaba demasiado fresco: el terror a que Channing juzgara su felicidad la entristeció y, al mismo tiempo, la incitó a pelear. Cuanto más le preocupaba él, su opinión, más triste y peleona se sentía.

«Ahora le explicaré que no puede juzgar mi comportamiento, que hago lo que quiero y…»

¿Los fuegos artificiales eran reales? ¿Estaban fuera, en el mundo, en el cielo, o los sentía solo ella, en su cabeza? ¿Channing la estaba besando de verdad?

Sus labios, sus labios y su lengua… ¿eran un sueño?

Se dejó atrapar por ese sueño, tan real que tenía sabor y consistencia, dejó que el espejismo la tocase y entrase en su boca y la hiciera sentir como si un rayo de sol la hubiera atravesado. Su corazón, su pobre y pequeño corazón, parecía estar a punto de romperse por el exceso de latidos. Diez, cien, un millón en un solo minuto. «Te quiero —pensó—. Te quiero, te quiero, te quiero.»

Cuando su lengua la abandonó se sintió sola, arrancada de los brazos de un ángel.

—¿Por qué? —le pregunto, jadeando ligeramente, con las mejillas, como era habitual, de color rojo rubí, de todos los rojos de este mundo, esperando que le dijera: «Porque te quiero con locura».

—Porque me apetecía —fue, en cambio, su respuesta.

No era una gran respuesta, dado que, un paso más, y ella se habría desmayado entre sus brazos por la emoción, pero, de una forma u otra, debía conformarse con ese comentario, más práctico que romántico.

En el fondo, ¿su viaje no era una aventura, una exploración, un descubrimiento? En ese caso, todo podía seguir esa estela, todo podía convertirse en una lenta revelación, hasta los besos de Channing y el motivo de esos besos. Y, si no se producía ninguna revelación, bueno, paciencia.

«Viviré así, día a día, no, más aún, un instante tras otro, gozaré de cada latido de mi corazón sin hacerme demasiadas preguntas.»

Como si fuera cierto. Estaba literalmente aterrorizada.

El hotel más próximo estaba en Lafayette, a casi sesenta kilómetros al norte de Thorntown, y todos los habitantes insistieron para que se alojaran en casa de Little Joe, el cocinero del *diner*. En realidad, no vivía allí, solo era una pequeña casa próxima a la biblioteca pública que solía alquilar a los turistas. En ese momento estaba libre: en la zona no solían detenerse muchos viajeros, preferían localidades más pintorescas o de moda a un pueblo que tenía poco más de mil habitantes y cuya principal atracción eran las frituras de pez gato. No hubo manera de evitar la ruidosa acogida. Little Joe, un hombre que de niño pequeño no tenía nada —un hombretón de casi dos metros que superaba con creces el quintal y que, por esa complexión física, había posado en el festival interpretando un cuadro de Botero—, los acompañó personalmente.

—La casa es vuestra, chicos —dijo enseñándoles un chalé de madera de dos plantas—. Mañana por la mañana, antes de iros, pasad por el *diner,* os invitaré a desayunar y luego os acompañaré al autobús. ¿Os gustan las tortitas con jarabe de arce?

—Mucho —contestó Grace y empezó a hacerle tantas y tales preguntas sobre la casa, la decoración de las habitaciones, una gran lámpara redonda en forma de Estrella de la Muerte y un sinfín de detalles más que revelaban la pasión que sentía su propietario por la saga de *Star Wars,* que al final pasó media hora conversando sobre Luke Skywalder y Han Solo.

Cuando Little Joe se marchó, Channing miró a Grace a los ojos, con los brazos cruzados en el pecho y una expresión irónica.

—Bambi —le susurró en el silencio de la casa, donde ya no se oía la voz altisonante del cocinero—, deja de tener miedo, ¿ok?

—¿Miedo? ¿De qué se supone que debo tener miedo? —le contestó, con el corazón acelerado como un misil.

—De mí.

—¿Por qué debería tener miedo de ti? —exclamó ella en tono ligeramente chillón.

—Un poco más y le habrías pedido que se quedara a ver con nosotros todos los DVD de la saga.

—Me gusta, ¿y qué? ¿Tú también piensas, como Cedric, que es una serie para *nerds* de tres al cuarto?

La expresión de Channing pareció sombría.

—Veamos, lo primero que puedes hacer es no compararme con ese pedazo de mierda. Lo segundo es dejar temer que, como te he besado y, lo reconozco, tengo ganas de volver a besarte, acabaremos haciendo el amor. No es un paso obligatorio. Te fías de mí, ¿verdad? Grace tragó saliva. ¿Era tan transparente y previsible que él podía leer en su interior con tanta facilidad? No tenía miedo de él, no en el sentido de desconfiar de él: más bien le asustaba su absoluta inexperiencia. Se sentía tan insegura como una niña que camina con unos tacones vertiginosos de cristal, se miraba desde fuera y se veía más confusa que un cuadro de Picasso y no podía por menos que preguntarse si Channing no se había equivocado de medio a medio, qué había visto en ella que pudiera ser tan interesante y si esperaba acostarse con ella esa noche. La mera idea la turbaba, él le gustaba a rabiar, tanto que se moría por cada centímetro de su piel, pero no se sentía preparada y temía decepcionarlo.

—Sí —le respondió—. Ciegamente.

—En ese caso, tranquila, ¿ok? Si te apasiona tanto, podemos hacer un maratón de *Star Wars* hasta el amanecer.

—No, es que…

—Tenías miedo de quedarte a solas conmigo, lo he entendido.

—Es que tú sueles… Bueno, supongo que…

—Cuando beso a una chica me acuesto con ella, en lugar de hacer maratones de *Star Wars* en DVD. Eso es cierto, Bambi, pero que sea verdad no implica que sea la regla.

—¿De verdad quieres volver a besarme?

—No sabes cuánto.

—Yo… yo también.

—Entonces, ¿dejamos el maratón para otra vez?

—Creo que sí.

Channing se acercó a ella, que estaba debajo de una lámpara grande, formada por ramas extrañas y retorcidas, unidas en una maraña asimétrica. Le aferró la cara con las manos y la besó.

Si le hubieran dicho que un día la besarían de esa forma, no se lo habría creído. Los besos de Cedric eran tan anónimos como los cuentos siempre idénticos que se cuentan a toda prisa a los niños para que se duerman. Había recibido esos besos con reconocimiento, pero sin desear más. Había creído que era así, que besar dejaba a todos esa ligera sensación de disgusto, que era perfectamente normal no querer pasar a la fase siguiente y que Cedric, que no le pedía más, se comportaba como un caballero.

Si le hubieran dicho que se iba a sentir como si el mundo fuera un techo de nubes del que estaba colgada boca abajo, que habría deseado otro beso, y otro, una caricia de su lengua, sus dientes, que le mordían los labios como si fueran pequeñas cerezas, no se lo habría creído.

Hacía mucho tiempo que no leía novelas de amor, desde que Cedric la había pillado con un Harmony en el bolso y la había tratado como si llevara escondida una raya de cocaína para esnifársela después de comer, y nunca había vivido una auténtica historia de amor. Había tenido un remedo, una representación, una simulación. Por eso no estaba preparada para el vértigo, el deseo y el miedo.

Se separó de la boca de Channing para respirar: la cabeza le daba vueltas y sentía las piernas tan blandas como si fueran un pedazo de chocolate en el bolsillo de un niño que está jugando al sol.

—¿Frenamos? —le preguntó Channing con voz casi sofocada.

—Eres… eres…

—¿Demasiado arrogante? ¿Un muerto de hambre? ¿Te han hecho daño mis mordiscos?

—No, eres… eres el sol y yo un carámbano.

—No eres un carámbano, te lo aseguro. Eres un dulce, un pequeño *krapfen* recién sacado del horno.

—Oh…

—Te propongo una cosa. Ve a cambiarte, elige una habitación que te guste entre las muchas que hay en el piso de arriba. Yo me reuniré contigo enseguida. —Ella asintió con la cabeza y se preguntó cómo era posible que tuviera escalofríos y calor a la vez en ese asombroso momento. Cuando se disponía a subir la escalera, él la llamó—: No tengas miedo, Grace, por favor. Ya hemos dormido juntos, no sucederá nada que tú no quieras que suceda con todas tus fuerzas.

—O que tú no quieras.

Channing soltó una carcajada.

—No me pongas como ejemplo, pequeña. Me temo que yo ya lo he deseado con todas mis fuerzas en más de una ocasión, pero yo no cuento, solo soy un chico malo. Esta vez tú eres la que manda, ¿de acuerdo? Prométeme que respirarás hondo y que te tranquilizarás.

—Te lo prometo.

—Y, ya que estamos, será mejor que yo también respire. Es más, voy a ver si Little Joe tiene alguna tisana relajante en la cocina. ¿Quieres una?

—¡Por supuesto! ¡Triple dosis, gracias!

Little Joe no tenía tisanas y, si las hubiera tenido, a Grace no le habrían bastado. Estaba demasiado nerviosa y feliz y alterada y feliz, feliz, feliz. Se metió en la cama con su habitual conjunto nocturno consistente en unos pantalones cortos y en una camiseta; le había costado un poco ponérselo, debido al aparato ortopédico, pero no había pedido ayuda Channing. No quería que, además de torpe, la considerara también inválida. Mientras lo esperaba, sintió deseos de reír y llorar a la vez, porque se sentía como una recién casada de hacía cien años, cuando las mujeres esperaban tumbadas boca arriba encima de colchones cubiertos por sábanas cándidas, luciendo ropa cándida, destinada a mancharse de rojo.

Fred deambuló un poco por el almohadón, después saltó de la cama y se acomodó entre las hojas grisáceas de un olmo bonsái plantado en una maceta de terracota.

La habitación tenía un tragaluz en el techo, redondo, como la bañera del motel de Indianápolis. Grace miró las estrellas y le volvieron a entrar ganas de llorar.

«¿Le he dicho ya que soy feliz?»

—¿Estás bien, Bambi? ¿Por qué lloras?

Se volvió hacia él, se había puesto los pantalones de chándal que usaba para dormir y una camiseta con el dibujo estilizado de tres cimas montañosas y el siguiente mensaje: *KEEP CALM AND CLIMB ON.* Grace se sonrojó al leer la frase, que, sin duda, aludía a otra cosa, pero que le pareció un tanto maliciosa. En cualquier caso, hizo como si nada y contempló de nuevo el cielo. A pesar de estar lleno de luces, la deslumbraba menos que sus ojos.

—Nada, estaba mirando las estrellas.

—¿Y te han hecho llorar?

—A veces me pasa. Miro algo bonito y me conmuevo, aunque sea feliz. Esta casa es rara, pero también bonita.

—Como tú.

—No me hagas cumplidos, ¿de acuerdo? Aun no distingo cuándo son sinceros.

—Mmm… Yo nunca miento, Bambi.

—Casi nunca.

—Ok, casi nunca, pero te puedo asegurar que ahora no estoy mintiendo.

Channing se tumbó en la cama, mirando el mismo objetivo estrellado. Guardaron silencio unos minutos, aunque no demasiados. De repente, él le rodeó la cintura con un brazo.

—Te voy a hacer una pregunta indiscreta, pero tengo que hacértela para comprender… para comprender cuánto puedo equivocarme.

—Ok.

—¿Hasta dónde has llegado ya? Quiero decir…

—Sé qué quieres decir.

—Puedes mandarme a la mierda si quieres, ¿eh? Pero es que me muero de ganas de tocarte y no quiero empezar cometiendo un error. Sé que nunca lo has hecho, pero… habrás…

—Creo que soy la chica más estúpida de los Estados Unidos, puede que de todo el mundo —sentenció Grace apurada. Se mordió los labios y siguió escrutando aquel círculo con infinidad de estrellas—. Mis padres me vigilaban mucho, pero incluso sin ellos no habría ocurrido nada. Cedric no me volvía loca ni yo a él. Y no he tenido más novios. Nosotros no… Nunca hicimos… Nunca hicimos nada. Como mucho, un beso, luego, una vez pasamos juntos Nochevieja en su barco, nos dormimos en dos tumbonas bajo el puente de cubierta y, cuando nos despertamos, no sé… estaba excitado, pero enseguida me explicó que no era por mí, que le sucedía siempre por la mañana.

Channing emitió un extraño gruñido, que Grace interpretó mal.

—Nunca he sido fascinante ni sensual —le explicó—. No soy una chica atractiva, eso es. De hecho, me pregunto…

—Y yo te aseguro que eres condenadamente sensual —le susurró él en una oreja, como si no quisiera que las estrellas lo oyeran— y el hecho de que tú no te des cuenta hace que resulte aún más interesante. ¿Puedo… tocarte?

Grace tuvo la impresión de que una cuchara llena de miel se había posado en su lengua y de que ese dulce fluido se deslizaba desde su garganta a las piernas, pasando por el pecho, en lugar de fluir sangre. Cuando le dijo que «sí», un «sí» tan quedo como el canto de un grillo escondido al otro lado de unas barreras de arbustos, pensó: «Ahora moriré, ahora me derretiré en esta cama, en la casa de Little Joe, en un pueblecito microscópico de Indiana. De mí quedará un esqueleto brillante, con las costillas de oro, entre las cuales seguirá latiendo de felicidad el corazón un siglo más».

Una mano de Channing —como la única llave de una cerradura que llevaba varios siglos cerrada— le levantó la camiseta y se posó en su piel, llena de fuegos resplandecientes. Las yemas de sus dedos la acariciaron, trazando la línea de la columna vertebral, las alas de los omóplatos, las curvas de los costados, la cuenca del ombligo, los arcos de las costillas, las ondas del pecho. Se detuvo allí y hundió los dedos en su carne tierna y nueva, con más lentitud que la de una mirada que se posa en una obra de arte. Grace se estremeció una, diez, cien veces, luego mil. Su corazón volaba en la habitación. Jamás se había sentido de esa manera, su cuerpo parecía estar hablando solo. Hormigueaba, estaba blando y rígido a la vez, los pezones parecían esculpidos en una madera suave y áspera y sentía un deseo espasmódico —¿obsceno o romántico?— de abrir las piernas sin pensar, sin ser consciente, como movida por un instinto ancestral.

—¿Puedo acariciarte también? —le preguntó y su voz le pareció impregnada de una audacia inaudita.

Channing pareció titubear un instante.

—De acuerdo, Bambi, pero ten cuidado con el brazo. No quiero que te hagas daño.

Lo tocó con una mano, conteniendo el aliento. Siguió con los dedos los músculos cincelados del tórax, la curva de los hombros, la forma de los antebrazos, el abdomen compacto, casi tan resistente como el mármol. Era como tocar la versión terrenal de un dios guerrero, que se ha caído de un carro alado.

—Tienes una herida en el pecho —constató de repente—. ¿Cómo te la hiciste?

De nuevo una vacilación, esta vez más prolongada que la anterior. Por fin, le dijo apresuradamente:

—Cuando era niño, cuando encontré el alce, me hice varias heridas con el alambre de púas. Casi me quedé atrapado en él intentando liberarlo. Me desgarró también la camiseta.

—Lo siento.

—¿Por qué?

—Siento que no pudieras salvarlo.

—Lo intenté, pero no siempre se gana.

—Y, sin embargo, ahora sí...

—Ahora claro que sí. Grace...

—Dime.

—¿Puedo tocarte también... también debajo?

—Oh... —El corazón le saltó a la garganta.

—Te prometo que solo te acariciaré.

Grace asintió con la cabeza, conteniendo el aliento. Mientras Channing la acariciaba con delicadeza —era la primera vez que una persona, salvo ella misma y su madre, de niña, al bañarla, la tocaba allí—, se sorprendió de no sentir nada sórdido, ninguna emoción ni deseo que no fueran tan limpios como la nieve.

«Puede que él lo vuelva todo maravilloso. Ahora entiendo por qué dicen que hay que esperar a la persona adecuada.»

—Tienes las mejillas como el cuello de un colibrí rojo. Eres fenomenal —bromeó Channing.

—No te burles de mí. Estoy haciendo un gran esfuerzo para no morir —replicó, más ruborizada que nunca.

—Yo también, no sabes cuánto.

—¿Tú también estás nervioso?

—No sabes cuánto —repitió Channing.

—¿Puedo... puedo hacértelo yo también... a ti?

—Soy un buen chico, Bambi, no soy un santo. Si me tocas en esa parte, puedes llevarte una fea sorpresa.

—O una bonita sorpresa.

—Eres una provocadora deliciosa, pero no me engañas.

—¿A qué te refieres?

—Necesitas tiempo y valor. Estás asustada, eres virgen, eres...

—Una especie de retrasada mental, entiendo.

—Una joven dulce con un pendiente de perla, los labios como manzanas crujientes y un trasero fantástico.

—¡Para ya!

—Es fantástico, de verdad, ya sabes que nunca miento. Y tengo que recuperar el tiempo perdido, porque en el motel no pude verlo, te lo tapaste enseguida con el almohadón.

—¡Te reíste de mí!

—Me reía de mí y del jodido miedo que me dabas. Que me das.

—¿Miedo?

La volvió a besar, una y otra vez. El cielo cayó en la habitación, las estrellas le entraron en la boca, del puñado de nubes llovieron corazones, el bonsái se transformó en un melocotonero florecido y un misterioso y ridículo amorcillo tocó el arpa pegado a una de sus orejas. Estaba tan emocionado, confundido y rebosante de imágenes enloquecidas y de sabores nuevos y jugosos, que susurró sin querer estas palabras:

—Bambi, tú y solo tú serías capaz de salvarme la vida o de matarme.

—¡Esta mañana estáis hambrientos! —exclamó la camarera rubia del día anterior mientras les servía una gran cantidad de tortitas con jarabe de arce, huevos revueltos y mermelada de moras—. ¿Cuál es vuestra próxima meta?

Channing respondió, Grace parecía haberse quedado muda. El recuerdo de lo que había sucedido la noche anterior, de lo que no se arrepentía en absoluto, aún la sonrojaba y hacía que se sintiera extraña, a merced de una tormenta que se negaba a abandonar su alma. Cuando creía que Channing no se daba cuenta, lo escrutaba, deslumbrada por su belleza, que ese día aún le parecía aún más resplandeciente. Lo miraba mientras hundía el tenedor en la elevada cúpula de tortitas apiladas, mientras el jarabe se iba extendiendo por el plato en lentos arroyos de color cobre, y enrojecía recordando sus caricias.

«Creo que lo quiero de verdad.»

En más de una ocasión había sentido la tentación de decírselo. A fin de cuentas, no habían hablado de amor. Se habían besado hasta perder la consciencia, hasta que se habían quedado dormidos, pero ninguno de los dos había dicho «te quiero». No es lo mismo «me gustas» que «te quiero». No es lo mismo «qué guapa eres» que «te quiero».

«Puede ser suficiente. Por el momento, puede ser suficiente. Me parece ya un milagro».

De repente, sonó su teléfono. Por suerte no era Cedric, sino sus padres, y Grace recordó que no había cumplido la promesa de llamarlos todas las mañanas. ¿Se estaba convirtiendo en una mala hija? Se había olvidado por completo. Había bastado que Channing pasara por delante de ella, recién salido de la ducha, con una toalla raquítica atada a la cadera, sonriéndole con descaro, y que se hubiera vestido como si nada, para que el respeto por los pactos filiales pasara de inmediato a un segundo plano.

Se levantó y salió del *diner* para contestar.

Tranquilizó a su madre como pudo y le dijo que, a partir de ese momento, los llamaría cada tres días, en lugar de a diario. Estaba bien, estaba aprendiendo a arreglárselas sola, sí, sí, se comportaba con prudencia en cualquier circunstancia y, otra vez sí, no había dejado de ser una chica sensata. Les mandaría mensajes, pero quería que se fiasen de ella y de su capacidad de cuidar de sí misma.

A pesar de no estar sola.

A pesar de que sus ideas pertenecían a dos planetas distintos y de que sus padres no habrían considerado un síntoma de sabiduría lo que sentía por Channing y las cosas que había permitido que le hiciera.

—¿Va todo bien? —La voz de Channing ofuscó sus pensamientos, aún pegados a los recuerdos de la noche precedente.

—Estaba hablando con mi madre, ahora llora menos que las primeras veces, pero me habla siempre con el tono de quien ha sido víctima de una traición.

—Creo que es una prerrogativa de las madres. La mía tiene una lista precisa de culpas que endilgarme, que no son auténticas culpas, sino solo maneras diferentes de considerar los mismos problemas. Little Joe puede acompañarnos a Lafayette. ¿Estás lista?

—Sí. ¿Encontraremos un autobús que vaya a Chicago?

—Claro que sí. Además, cuando lleguemos allí te espera una sorpresa.

—¿Otra? —le preguntó de forma instintiva. Recordó su beso bajo los fuegos artificiales y sus caricias bajo el tragaluz y deseó que la sorpresa fuera una prolongación de esa fábula dulce y carnal.

Channing se echó a reír como si le hubiera leído el pensamiento.

—No es nada de lo que te imaginas. Solo que he pensado que tenemos que encontrar una manera de recorrer la Ruta 66 y que si alquilamos un coche hasta Santa Mónica nos arruinaremos. En moto sería genial, pero aún no estás bien. Necesitas un apoyo para el brazo, no debes llevarlo colgando durante horas.

—¿Qué propones entonces? ¿Un canguro?

Channing se volvió a reír. Después se acercó a ella y la besó: su lengua perfumada de acero le dijo en la boca docenas de frases secretas que, quizá, contenían promesas o, quizá, solo eran palabras, pero que retumbaron en su interior como poesías silenciosas.

La periferia del sur de Chicago tenía el encanto propio de lo antiguo. Largas hileras de casas bajas con las fachadas de ladrillos rojos, rodeadas de jardines pequeños y sencillos, sin grandes extensiones de vegetación, se alternaban con naves industriales en evidente estado de abandono.

Cuando Channing pidió al taxi que se parara delante de un edificio medio en ruinas, con unas ventanas extrañas rodeadas por unos marcos metálicos que recordaban los parachoques de los viejos coches modelados en forma de arco, Grace pensó que, quizá no solo parecían unos parachoques, sino que lo eran de verdad. Además, en el garaje que tenía la puerta metálica levantada se entreveían muchas piezas de coches más que usadas y el coche que estaba aparcado en la calle parecía salido directamente de un desguace. El óxido ocupaba más espacio que la pintura.

No tuvo tiempo de preguntarle dónde estaban y qué hacían allí. Una mujer de unos treinta años, no muy alta, pero escultural y guapa como una *pin-up*, salió del garaje vestida como un mecánico. Se paró en seco en la calle, abrió los ojos como platos y se precipitó hacia Channing como enloquecida.

—¡Amor mío! —gritó abalanzándose sobre él.

La esperanza de que fuera una pariente se disipó con el beso, nada familiar, que le dio. Grace, por lo menos, no estaba acostumbrada a besar en la boca a un primo o a un sobrino, rodeándole el cuello con los brazos. No, la joven muñequita, blanda como la mantequilla, pelirroja y vestida con un mono que, en lugar de quitarle gracia, la ceñía como en ciertos calendarios picantes de los años cincuenta, se había acostado con Channing. Saltaba a la vista y esa certeza la hirió como si las garras de una bruja estuvieran apretando su corazón.

Esbozó una sonrisa forzada y esperó a que uno de los dos le explicara algo. Después de una breve conversación que no oyó, porque los oídos le pitaban por los celos, Channing se aproximó a ella y le rodeó la cintura con un brazo.

—Piper, te presento a Grace, mi novia.

Oír que la llamaba así, libremente, como si no tuviera nada que ocultar, aflojó las tensas cuerdas de su humor. Y su humor se reblandeció aún más cuando comprobó que a Piper no le molestaba en lo más mínimo la revelación, que no parecía tener celos. Así que dedujo que, si en el pasado había habido algo entre ellos, estaba ya muerto y sepultado.

—Pero ¡vaya sorpresa, chico! ¡Me alegro mucho! ¿Quieres ver mi último tesoro? —preguntó Piper.

Una vez más, Grace pensó que iba a presentarles a su compañero actual y se tildó de estúpida retrógrada. ¿Qué otra joven de dieciocho años se habría estremecido al pensar en un alegre encuentro de antiguos y nuevos amantes?

«¿Soy una nueva amante?»

Pero Piper no se refería a un hombre. Los llevó al garaje y, tras franquear la barrera de chatarra, les enseñó un descapotable de color azul pastel.

—Es un Chevrolet Corvett de 1958, lo encontré en un desguace. ¡Si supieras cómo estaba! Llevo un año trabajando con él, pero ahora es una joyita, ¿no te parece?

—Una preciosidad —admitió Channing acercándose al coche, tan escultural como una mujer escultural, que brillaba de forma maravillosa y tenía el interior de piel de color marfil.

—Si queréis, podéis dar una vuelta, pero antes tienes que contarme qué haces aquí. ¿Entramos a tomar un café?

—Creo que vamos a necesitarlo para mucho más que para dar una simple vuelta. ¿Si te lo pidiera para recorrer, al menos, tres mil ochocientos kilómetros, me pegarías con el parachoques de ese Dodge Charger? —dijo Channing riéndose y Grace pensó que ninguna mujer podría golpear a un hombre que se reía así con algo que hiciera más daño que un beso.

—¿Otra vez la carretera madre? —le preguntó Piper divertida.

—Me atrae mucho, mucho más que antes, y Grace nunca la ha recorrido.

—Visto cómo dejaste mi pobre Harley hace tres años, no debería confiarte esta magnífica criatura, ¿sabes?

—Entonces estaba mucho más loco. Será un viaje tranquilo, te lo prometo.

Piper ladeó la cabeza, sin perder su sonrisa de tres mil dientes.

—El 21 de septiembre debo llevar esta belleza a un encuentro en Santa Mónica. ¿Crees que podréis estar de vuelta para esa fecha? Supongo que sí, aún queda mucho tiempo, suficiente para dar la vuelta al mundo. Yo iré en avión, en mi estado no puedo hacer viajes largos.

La mirada de Channing se iluminó.

—¿Significa eso que…?

—Que la esperanza a veces no muere, pequeño. Aún no se nota mucho, pero… Estoy embarazada de casi cuatro meses.

Channing la abrazó con más fuerza y Grace percibió una profunda ternura en su gesto.

—Los milagros suceden —prosiguió Piper—. Ashton, mi compañero, es camionero y en este momento está en Oklahoma, si no os lo habría presentado. Es un tipo genial. Igualito que Frank Zappa. Un loco adorable, más bueno que el pan y, a su manera, un filósofo, pero, cuéntame, ¿cómo estás tú? Te encuentro bien, pero…

Channing la interrumpió de forma extrañamente expeditiva.

—¿Nos preparas ese bendito café? Grace está muerta de calor y creo que Fred, nuestra especie de ratón, tiene sed. ¿Podemos entrar en casa?

Piper asintió con la cabeza con expresión vacilante. Se diría que estaba incluso preocupada. ¿Le daban miedo los lirones?

La última noche que habían pasado en Indianápolis Channing le había contado a Grace que había viajado ya por la Ruta 66, en moto y acompañado de una chica. La chica en cuestión era Piper, claro. Cenaron los tres juntos, hamburguesas, col frita, mazorcas asadas y helado, pero ni Channing ni Piper contaron a Grace cómo se habían conocido, qué relación habían tenido y por qué daban la impresión de estar unidos por algo peligrosamente profundo. En cierto sentido, la tuvieron al margen de su conversación. A pesar de que pudo participar en ella, daba la impresión de que ellos le hacían preguntas para evitar que fuera ella la que las hiciera. Y, como ella se habría dejado cortar las manos antes que dar la impresión de ser una entrometida, cuando anocheció no había sacado nada en claro y tenía la latente y fastidiosa sensación de que aún quedaban cabos por atar y secretos sin revelar.

Mientras se preparaba para dormir en un cuarto de baño alicatado con azulejos de color vainilla, Grace oyó que Channing y Piper estaban charlando en la cocina. El tono quedo de sus voces, tan diferente del de antes, cuando habían comentado sonoramente las fotos de Ashton y su magnífico bigote, hizo pensar a Grace que estaban hablando de algo prohibido a los oídos extraños. Se sintió justo así, como una desconocida que había ido a parar por casualidad a un retrete decorado con un dibujo de Marilyn Monroe y uno de un Cadillac de color rosa pegados encima de la taza.

Se refugió en la habitación de invitados, que, en realidad, era una especie de sala de música con una batería *vintage* pegada a la pared, un televisor antediluviano, una radio transistor enorme y un sofá cama de polipiel.

Channing y Piper permanecieron mucho rato en la otra habitación. «Confabular» era la palabra adecuada para definir el parloteo misterioso que le llegaba a oleadas lentas, de repente más altas, luego ahogadas, sin que ella pudiera entender una sola palabra. Otra en su lugar habría ido allí y no les habría permitido que la excluyeran de algo —fuese lo que fuese— que parecía concernirles de forma exclusiva, pero Grace no, se sentía tan fuera de lugar como un cactus rodeado de hielo, el orgullo y el temor la contenían, de forma que, al final, se metió en la cama. El pequeño Fred, que, con el paso del tiempo, se estaba convirtiendo en un lirón deseoso de ser gato, se acurrucó un poco más arriba del almohadón, después de haber devorado las habas tostadas que le había dado Piper.

Cuando Channing entró en la habitación, Grace fingió que dormía profundamente. Se detestaba por ser tan débil, pero ¿qué derecho tenía a preguntarle de qué habían hablado y por qué habían conversado durante casi una hora? No podía comportarse como una mujercita engañada.

«Unos cuantos besos y caricias no dan derecho a ciertas cosas.»

A decir verdad, no deseaba tener el derecho a atosigarlo. No obstante, pensaba que los dos amigos estaban unidos por algo más importante que unos cuantos besos y caricias, por una cuerda trenzada por el destino y, cuando el destino está de por medio, las cosas no pueden ser tan frívolas. Aunque, quién sabe, quizá había creído que la habían deslumbrado un par de luciérnagas, cuando en realidad se trataba de unas comunes linternas.

Channing se cambió. Grace pudo oír el crujido de su ropa, pero no pudo verlo. Se tumbó a su lado. A pesar de que ella deseaba que la abrazara, él se quedó boca arriba, con los brazos cruzados bajo la nuca y los ojos clavados en el techo, absorto en un mundo todo suyo. Una parte de ella le ordenó a gritos que lo abrazara, que le preguntara qué era lo que le torturaba, pero al final venció la otra, la parte que no quería molestar, la que era demasiado educada, la que estaba acostumbrada a dar un paso atrás en lugar de adelante, de forma que se quedó en su rincón, con la impresión de que la carcoma había mordisqueado la cuerda trenzada.

Al alba, mientras Channing dormía, Grace se despertó de una pesadilla terrible y no quiso volver a cerrar los ojos. En su sueño, un enjambre de mariposas monarca la envolvía, como siempre había anhelado que sucediera. No obstante, las pacíficas mariposas resultaron ser menos pacíficas de lo previsto. De hecho, empezaron a morderla y a devorarla como si fueran pirañas, excavando en su carne y en sus huesos: la sangre salía a chorros de su cuerpo, formando una pequeña cascada de color naranja óxido. Le hacía daño, el dolor era similar al que producen mil cortes de cuchilla, pero ella no se defendía, no trataba de espantarlas ni de escapar, dejaba que dieran buena cuenta de ella, ofreciéndose como sacrificio humano, de forma que en sus labios descarnados se dibujaba incluso una macabra sonrisa. Luego, de repente, las mariposas caían al suelo, tan pesadas como piedras, y de ella solo quedaba el esqueleto.

Después de un sueño así, lo último que deseaba era volver a dormirse y revivir esas imágenes.

Lo único bonito de su despertar, además de comprobar que no la había devorado ninguna mariposa, fue ver los brazos de Channing alrededor de su cuerpo. Puede que la noche anterior, cuando aún estaba despierto, la razón le hubiera impuesto que se alejara de ella, pero luego el instinto le había ordenado justo lo contrario, que se acercara lo más posible.

Lo miró y supo, sin ningún género de duda, que lo quería.

«¿Un par de párpados cerrados pueden hacerte sentir que has encontrado tu lugar en el mundo?»

Tras contemplar unos minutos en silencio su belleza relajada, Grace cedió ante necesidades más prosaicas. Se movió lentamente para no despertarlo y fue al cuarto de baño. Al salir, oyó un ruido en la cocina y percibió un denso aroma a café.

—¿Puedo? —preguntó antes de entrar en la cocina.

Piper estaba mordisqueando un pedazo de pan con mantequilla a la vez que escribía algo. Alzó la mirada y le sonrió. Iba vestida con una bata de color azul celeste, con unas rosas estampadas, e incluso sin maquillaje resultaba atractiva.

—Ven, cariño —le dijo—. Si no como a menudo, tengo ardor de estómago. Entre eso y el embarazo, me voy a poner como una foca. —Se rio de buena gana, como si esa perspectiva le encantara—. ¿Quieres un poco de café?

—Sí, pero me lo tomaré sola, no te preocupes. Descansa.

—Bueno, la verdad es que no descanso mucho. Siempre estoy haciendo algo y cuando me asalta un mal pensamiento, saco mi cuaderno. Es muy relajante.

Grace se sentó a su lado, con una taza de café hirviendo entre las manos, y se dio cuenta de que Piper no estaba escribiendo nada: como si fuera el pupitre de un niño en una guardería, por la mesa de la cocina había esparcidos unos lápices con los que estaba coloreando —eligiendo uno u otro con una expresión dulce y concentrada— los dibujos de un libro para combatir el estrés que tenía un título profético *Coches vintage*. En ese momento estaba pintando de morado un Ford Gran Torino de 1971 con una joven vestida de rojo posando en el capó en actitud maliciosa. A su lado había varios cuadernos más sin estrenar.

—¿Me prestas uno? —le preguntó Grace sonriendo.

Piper la observó con ternura. A pesar de tener solo una decena de años más que ella, su mirada era casi maternal.

—¿Tú también tienes pensamientos sombríos?

Grace se encogió de hombros con aire tímido y agarró el cuaderno que Piper le había tendido. Era una recopilación de mandalas indios. Unos segundos más tarde, estaba concentrada en los diagramas de formas perfectas, geométricamente repetitivas, que relajaban al contemplarlas o al colorearlas con tonos suaves. Por unos minutos, en la pequeña cocina decorada con muebles de color verde salvia, reinaron el silencio y el aroma a café. Después, Grace hizo acopio de valor y preguntó:

—¿Cómo os conocisteis Channing y tú?

Una vez más, en los labios de Piper se dibujó una leve sonrisa de pesar.

—Te lo ruego, pequeña, no tengas celos de mí.

—Yo no…

—Te lo leo en los ojos, pero te equivocas. Le gustas mucho. Mucho más de lo que le gustan las cosas que le gustan. Le gustas más que escalar, que los motores, que dormir bajo las estrellas y que el caramelo salado que echa a las palomitas.

Grace no respondió. El hecho de que ella lo conociera tan bien fermentaba sus celos en lugar de deshincharlos. Por otra parte, estaba segura de que no era cierto, de que Channing no la quería tanto como para preferirla a sus pequeñas y grandes pasiones.

—No me has dicho cómo os conocisteis.

Piper pintó de rojo el lazo que la procaz *pin-up* llevaba en el pelo.

—Fue hace tres años, en Staunton. Había un encuentro de Harleys, él llegó a dedo y yo con mi vieja Beatrix y, como a los dos nos apasionan los motores, nos hicimos amigos. Después viajamos juntos, hasta que la pobre Beatrix expiró en Arizona y tuvimos que seguir a pie, kilómetros y kilómetros, por la *Mother Road*. Dormimos en el desierto y en Las Vegas le pedí que se casara conmigo.

—Ah...

—No debes temer el pasado, Grace. ¡Ni siquiera borracho se quiso casar conmigo! Luego, cuando se me pasó la cogorza, se lo agradecí de todo corazón, porque no nos unía el amor ni una pasión formidable, solo el dolor y el miedo.

—¿Dolor, miedo? ¿Por qué?

—Yo acababa de perder el enésimo hijo, abortaba siempre después de los dos primeros meses de embarazo, y estaba destrozada. Además, para mayor inri, mi compañero me acababa de dejar. Channing y yo nos queríamos, pero comprendimos que lo mejor que podía haber entre nosotros era una buena amistad. Una de esas extrañas amistades en las que puedes pasar años sin hablar ni verte, pero cuando por fin lo haces, tienes la impresión de que no ha pasado un solo día. El verdadero amor lo conocí más tarde, con Ashton. Si lo vieras, es un tipo muy particular, típico de los años ochenta, pero sus pensamientos son tan profundos que a veces me deja boquiabierta. Por extraño que pueda resultar a la gente vernos juntos, encajamos a la perfección como pareja. Me basta verlo para sentirme en casa.

—Entonces, ¿qué sentido tienen estos cuadernos? ¿Qué es lo que te aflige?

—Tengo miedo de que le ocurra algo a mi hijo. Me siento culpable porque no logro estar siempre quieta, tengo cuidado, ya no soy la loca de antes, pero tampoco soy la clásica madre y ama de casa que se dedica a hacer tartas y a bordar. Por otra parte, estoy bien, el niño está sano y a veces tengo incluso la impresión de que los problemas del pasado nunca existieron de verdad. Con todo, en otros momentos, el pánico se vuelve a apoderar de mí. Entonces me pongo a pintar y luego me siento mejor.

Grace tuvo que mirar fijamente el mandala, como si fuera una imagen hipnótica, para concentrarse y contener el deseo de preguntarle más cosas sobre Channing, sobre sus dolores y sus miedos. Como si le hubiera leído en el pensamiento, Piper dijo:

—Solo él puede contarte sus secretos.

Asintió con la cabeza, pero sintió un nudo en la garganta, como una soga alrededor del cuello. Hizo un esfuerzo y agarró un lápiz de color rosa para pintar un dibujo, a pesar de que, por una razón que no alcanzaba a explicar con la razón, el instinto la empujaba a elegir el negro.

CAPÍTULO 16
CHANNING

Sé que Piper tiene razón, lo sé de sobra.

—Si no le cuentas todo, no deberías dejarle entrar en tu vida —me dice, casi susurrando, mientras bebemos, ella un vaso de leche y yo una cerveza. Hemos hablado largo y tendido de temas neutros —Ashton, su embarazo, el juramento de que no le devolveré el Corvette en las mismas condiciones que la Harley—, pero es evidente que ha llegado el momento de abordar los temas espinosos.

Aprieto la botella fría de Bud con los dedos y me inclino hacia ella hablándole en tono conspirador, como un mentiroso.

—¿Qué puedo decirle? ¿Sabes, pequeña? Quizá no llegue a Santa Mónica, mejor dicho, es muy probable que la taquicardia perenne que me produces me haga estirar la pata mañana mismo.

Piper apoya una mano en su barriga, como si quisiera proteger al niño de la agresividad de mis palabras. Asume una expresión triste y se muerde un poco las uñas, igual que hace tres años, cuando nos conocimos.

Entonces lo hacía mucho más, se las daba de guerrera, un poco caníbal, que se arrancaba la piel de los dedos hasta hacerlos sangrar. Tenía la impresión de que nos parecíamos, los dos compartíamos la actitud de falso matón que sueña con tumbas por la noche, y es la única mujer con la que me he acostado que me ha dejado alguna huella. No por lo que pasaba en la cama, de la que apenas recuerdo nada, sino por todo lo que compartimos fuera. Por las carreras enloquecidas por esa larga herida en el desierto que es la Ruta 66, porque fue la primera persona a la que le conté parte de mi historia. Por la bebida, el viento en la cara, las lágrimas que vertimos en el Gran Cañón y las carcajadas en el Valle de la Muerte. Habría podido enamorarme de ella, pero no sucedió. La quise mucho, la sigo queriendo y siento que esté triste.

—No pretendo morir tan pronto, tranquila. No pongas esa cara —afirmo tratando de asumir un tono burlón.

Piper bebe un sorbo de leche con cacao y sonríe. Es una de esas sonrisas que quedan impresas en la boca al final de una película agridulce, pero me conformo.

—Te gusta mucho, ¿verdad? Jamás te he visto así.

Ok, me da vergüenza. Es cierto, jamás me he sentido así, jamás he combatido esta guerra en mi interior. No sé por qué ha sucedido ni cómo, pero me temo que el cuándo se remonta a la tarde de un día de junio en Central Park. Una ciudad sin corazón puso la zancadilla al mío. Esta maldita chica, un poco duende, un poco princesa y un poco bruja, tiene unas raíces invisibles que arraigaron enseguida en mí. Con todo, no se lo digo a Piper, no necesito su ayuda para sentirme terriblemente patético.

—El problema es que este es el viaje de su renacimiento, la aventura grandiosa, la manera que tiene su lado rebelde de vengarse del otro, su lado cursi y sumiso —prosigo—. No se merece que lo estropee todo diciéndole la verdad ahora.

—Sea como sea, la verdad lo estropeará todo si no haces algo para cambiar el final. Has vuelto a pensar en…

—¿El trasplante? Por favor, Piper, no me des tú también la murga, con mi madre ya tengo suficiente. No he vuelto a pensar en el trasplante, porque me niego a someterme a un calvario semejante. Me basta el cachito de vida que la suerte me ha regalado. Cuando termine, amén.

—¿Y Grace?

—Grace vivirá su vida, volverá a New Haven y se olvidará de mí.

—¿Cómo puedes estar tan seguro?

—Hasta cierto momento podría haber dejado que se marchara o podría haberme ido yo, pero no fui capaz. También en este caso dejo que el corazón elija por mí. Gana siempre él, el muy canalla. No obstante, estoy seguro de que se olvidará de mí y recuperará el sosiego.

Piper suspira y, al final, murmura con el tono de quien nocomparte un asombroso secreto:

—Ashton dice siempre que un gran amor es como la arena del desierto cuando el viento la levanta y la revuelve. Cuando vuelve a caer al suelo parece igual, pero no lo es, en absoluto. Detrás de esa apariencia hay millones de granos heridos, desalojados, arrojados, que han ido a parar muy lejos del lugar donde se encontraban antes y que nunca volverán a ser iguales.

—Puede, pero esos granos al menos han vivido y han visto un poco de mundo. Además, no creo ser el amor de su vida.

—Pues a mí me parece que contiene el aliento cada vez que te mira.

Me río para quitar hierro a la situación, demasiado llena de frases melancólicas.

—Eso solo demuestra que estoy muy bueno, Piper, no que ella esté enamorada de mí. Saldrá adelante. Es dura, aunque no lo parezca. Después será más fuerte que antes.

—¿Y tú?

—Yo tendré algo bonito en que pensar cuando vaya al infierno.

Piper me observa sin creerse una palabra de lo que digo: tiene la misma mirada de desaliento de mi madre cuando entiende que he ganado la batalla, pero que perderé irremediablemente la guerra.

Ok, es oficial, la deseo con locura.

Me pregunto si Piper le ha prestado deliberadamente el bikini y el top con la espalda al aire que se acaba de poner. Lo único que sé es que, mientras estamos en la North Avenue Beach de Chicago, bajo un sol insolente, me siento más insolente que el sol, por no hablar de mis pensamientos.

Ha tardado un siglo y medio en desnudarse y eso casi ha hecho estallar mis coronarias. No acabo de entender qué sentido tiene todo esto: debería ser al contrario, ¿no? Es decir, para sentir que la sangre fluye a la velocidad de una Harley en la Mother Road debería haberse desvestido de forma seductora, insinuante o maliciosa, ¿no? ¿No es eso lo que suele suceder en los pensamientos lascivos? Los desencadena una mirada cargada de promesas, un gesto elocuente, una petición implícita que no tiene nada de implícita. Al menos, así era siempre en mi caso. En cambio, hoy me turbo porque Grace, después de haberme dirigido como mucho tres palabras en toda la mañana y ni una sola mirada, ha tardado una ridícula eternidad en quitarse el top rojo, hasta se lo ha sacado sin moverse del asiento. Quizá quiso ir con cuidado para no hacerse daño en el hombro, pues hoy no lleva el aparato ortopédico, pero creo que, en parte, es reflejo de una inseguridad crónica.

El bikini también es rojo, un bikini que parece hecho de fuego, aunque también es posible que el que está hecho de fuego sea yo.

Qué guapa es, coño. Y la muy tonta no lo sabe. La prueba es que se ha encogido como un cangrejo herido, con las piernas levantadas, las rodillas debajo de la barbilla y una toalla con el dibujo de una Buick bajo el trasero, que, por cierto, vaya trasero.

Me gustaría saber: ¿cuántos años le hizo creer Cedric que era un adefesio?

—Por fin lo has conseguido, Bambi —le digo en tono irónico—. Creía que no te desvestirías nunca.

Me mira enfurruñada, el viento perenne de Chicago hace patalear a sus rizos, que parecen los tentáculos de Medusa o llamas doradas ejecutando una danza, y no puedo dejar de imaginar a mi boca en la suya.

—Y yo, por lo poco que te importa ir desnudo, pensaba que te quitarías también los pantalones cortos —mascula.

Me río, observando su ceño infantil. La verdad es que no se equivoca. Es cierto que no me cuesta nada enseñar mi cuerpo, a pesar de la cicatriz que, la verdad, casi no se nota ya.

—Un poco más y habrías tenido público —prosigue en tono irritado—. Podríamos hacer pagar la entrada, así tendríamos dinero para la gasolina hasta Santa Mónica.

—Es una idea. En cualquier caso, ahora al menos me hablas. Llevas horas sin decir una palabra. Estás mosqueada por los celos.

—¡Qué celos ni qué ocho cuartos! Es que… me gustaría ver el lago Michigan, y tus admiradoras se han puesto casi en fila ahí delante y no me dejan verlo. Por lo demás, si no te he dirigido la palabra, digo yo que tendré mis razones.

—¿Puedo preguntar cuáles son?

No me responde y he de reconocer que se lo agradezco. No sé qué puede haber oído de la conversación que tuve anoche con Piper —espero que nada—, pero hoy solo tengo ganas de provocarla, divertirme e imaginar cuando volveré a tener su cuerpo entre los dedos.

—La chica del tanga en su mínima expresión te preguntará si quieres usarlo como hilo interdental —murmura de repente.

Me río de nuevo, apoyado en los codos, mientras el fénix colérico se da un baño de sol.

—Hay una manera de impedirlo.

—Ah, ¿sí? ¿Cuál? ¿Matarla a pedradas? Esta arena es fina como el talco, no encontraría una piedra ni aun pagándola.

Le respondo sin decirle una palabra. Me inclino hacia ella, le rodeo la cintura con el brazo, la obligo a tumbarse y la beso. Qué bien sabe, hoy mejor que ayer y seguro que mañana mejor que hoy. No veo la hora de que llegue mañana para comprobarlo.

Cuando me incorporo, no del todo, pero sí lo suficiente para que mi lengua pueda hablar, en lugar de seguir besándola, sus mejillas parecen dos soles ardientes.

—Creo… creo que es un buen método —susurra. Me sonríe, por fin me sonríe. Su sonrisa me alivia, me calienta más que el sol—. Channing… —me dice al cabo de un instante, evidentemente apurada—. Yo… quiero pedirte una cosa. —Mi cara se ensombrece sin que pueda evitarlo. Es apenas un instante, pero ella se da cuenta—. Ok, si la reacción es esa, mejor me callo.

—No, perdóname. Dime. —Espero que no sea lo que me temo, espero que la vorágine de la verdad no se abra bajo mis pies, espero que Piper no le haya dicho nada esta mañana, porque cuando me desperté las oí hablar en la cocina.

—¿Hay algo entre Piper y tú? Quiero decir, no ahora, pero… antes… ¿hubo algo? ¿Os queríais? Ella me ha dicho que no, pero parecéis unidos por un pasado importante.

Contengo un suspiro de alivio.

—¡Y luego dices que no eres celosa!

—No son celos. Es solo que ella… es una persona tan extraordinaria, tan interesante. Además, es guapísima y…

Me río aún más fuerte. La risa me interrumpe cuando trato de hablar.

—¿Me vas a preguntar cuánto tiempo hace que no venía a Chicago? ¿Si, por casualidad, he frecuentado la zona en los últimos cuatro meses? Podría ser hijo mío, nunca se sabe.

—¡No tiene gracia! Ok, olvida lo que he dicho.

—Hacía tres años que no nos veíamos, pero es cierto que somos uña y carne: nos conocimos en un momento especial de nuestras vidas y eso nos unió mucho.

—¿Qué tenía de especial ese momento de tu vida? Ella me ha contado el suyo, pero ¿qué te pasaba a ti?

Una mentira convincente, Channing, busca una condenada mentira convincente.

—Mi padre acababa de morir, la academia de policía me había rechazado y me llevaba mal con mi madre.

No es del todo mentira, ¿no? Mi padre había muerto de verdad, aunque mucho antes. La academia de policía no me rechazó, porque ni siquiera presenté la solicitud: estaba en el hospital tratando de esquivar la muerte. Y con mi madre me llevo mal en serio, a pesar de que la causa no sea que llevo el pelo demasiado largo, si no el hecho de no hacer nada para alargar suficientemente mi vida.

—Lo siento —me dice con dulzura—. No sabía que te llevaras tan mal con tu madre.

—Así es, pero ahora basta de cháchara.

La vuelvo a besar sin importarme nada ni nadie. Estamos en un lugar precioso, el viento ha encrespado la superficie del lago, el sol incendia la arena, el horizonte de Chicago se cierne sobre nosotros como una mastodóntica escultura de arte moderno y hay muchas cosas que ver, panoramas arrebatadores, que te dejan sin aliento, pero, en mi caso, es ella la que me deja sin aliento y Dios me libre de mirar otra cosa.

—Paremos aquí —me dice delante de un escaparate de la North Avenue, al cabo de varias horas.

Nos hemos bañado en el lago helado, hemos comido en Castaways, un extraño restaurante en forma de barca que hay en la playa, hemos paseado por la orilla y está a punto de anochecer.

Jamás había pasado momentos así, con una lentitud sosegadora y romántica, sin perseguir el siguiente momento, sin escapar de un lado a otro del mundo. Lo más extraño es que, cuando corría y perseguía instantes para llenar el tiempo como fuera, me sentía como un acumulador que recoge cosas sin saber a ciencia cierta lo que recoge. Ahora que no corro, que camino cogido de la mano de Grace y que me paro para besarla porque una de sus pecas me hunde en un lujurioso abismo, me siento como un coleccionista que solo busca piezas valiosas, que valen su peso en oro.

Observo lo que, a primera vista, parece una galería de arte, pero que, en realidad, no lo es o, al menos, no lo es en sentido estricto. Es el estudio de un tatuador.

—Quiero hacerme un tatuaje. Está en mi lista, ya sabes —especifica.

—¿Un día me dejarás leer la famosa lista?

—No lo sé, quizá cuando lo haya tachado todo. Ya te he dicho que no son cosas extrañas, solo cosas que no he hecho nunca. Un tatuaje, por ejemplo.

Empuja una puerta de cristal y entramos en una sala grande con las paredes cubiertas de cuadros de colores intensos, un estilo a caballo entre Andy Warhol y Frida Kahlo. En todos aparece siempre retratada una mujer, la misma, con el pelo gris tocado con unos extraños sombreros. Es la misma mujer de mediana edad que nos recibe, solo que no lleva sombrero y tiene los brazos cubiertos de tatuajes.

Me equivoco cuando subestimo a mi niña. Es insegura para muchas cosas, pero cuando debe tomar una decisión tiene las ideas muy claras. Pensaba que iba a consultar un montón de álbumes hasta encontrar una imagen interesante, pero me equivocaba. Sabe de antemano lo que quiere: un tatuaje en forma de infinito alrededor de una muñeca. En pocas palabras, un sencillísimo trazo negro que termina en un ocho horizontal en el interior.

—Así podré verlo siempre —dice.

Salimos una hora más tarde. Ha sido valiente, no ha dejado de sonreír en todo el tiempo, a pesar de que la zona es delicada, sobre todo tratándose de un brazo tan fino como el suyo. El dibujo parece una pulsera hecha con hilo de seda, tan fina como la muñeca.

Ok, me estoy volviendo loco, ya es oficialmente oficial. ¿Cómo es posible que, al imaginar el interior de su muñeca, me vengan a la mente pensamientos carnales propios de un condenado a cadena perpetua?

El famoso Ashton vuelve de repente a casa de Piper. Ha regresado de Oklahoma en un tiempo récord. Espero que no haya corrido hasta aquí porque, al igual que Grace, piense que sigue habiendo algo entre Piper y yo. ¿Cómo puedo explicar a los dos que ese *algo* que hubo entre nosotros, lo único que contaba, era solo una amistad desesperada entre dos desesperados que recurren al sexo para olvidar y que luego descubren que lo único que han olvidado es precisamente el sexo?

Sea como sea, Ashton está aquí. Es un tipo muy extraño, tendrá unos cuarenta años, alto, robusto, con una melena larga y negra, encrespada como la lana, y un bigote que podría pasar por avión. Adora a Piper, es tan evidente que, si no fuera el cínico canalla que soy, me conmovería.

Después miro a Grace y me pregunto: ¿de verdad soy el cínico canalla que creo que soy? ¿Un cínico canalla tendría ganas de acercarse a ella y besarle la muñeca envuelta en película transparente, que ahora está un poco roja, la huella tímida y encendida de su rebelión?

Ashton prepara la barbacoa en el jardín, cuenta varias anécdotas de sus viajes, ahora entiendo por qué dice Piper que es un hombre bueno. Es amable con todos, incluso conmigo, y no es celoso. Lo único que le importa es que Piper esté bien, le dedica mil atenciones, que chocan en un hombretón con aspecto de camionero o de roquero colocado.

De repente, mientras las chicas están fuera, me pide que lo acompañe a la cocina para ayudarle a sacar los platos. No me hace el tercer grado sobre el pasado, al contrario, me da las gracias por haber estado al lado de Piper en un momento tan difícil de su vida.

—Me ha contado todo, tu compañía le impidió tomar ninguna decisión extrema. No sabes cuánto te lo agradezco. Si la gente supiera que una intervención en la vida de otra persona, por insignificante que sea, puede romper una cuerda tensa y evitar que se produzca una catástrofe, nunca diría que la vida es inútil. Puede ser breve, pero inútil jamás. No estamos en este mundo para ocuparnos solo de nosotros, ¿entiendes? También estamos aquí para convertirnos en hilos de oro en las vidas destrozadas de los demás. Hemos nacido para ayudarnos. Aunque no llegues a los cien años, en el tiempo que te han concedido puedes hacer una jodida revolución.

Por sus palabras intuyo que está al tanto de mi enfermedad. Por un extraño motivo, no me molesta que Piper se lo haya contado. Puede que sea porque Ashton es el primer ser humano con el que hablo para el que una vida breve puede tener, en cualquier caso, sentido. El primero que no me sugiere que se lo cuente todo a Grace y que comprende el valor que atribuyo a este breve paréntesis, a esta aventura.

Ashton me tiende una botella de Bud, doy un trago y no digo nada, porque, ¿qué coño puedo decir salvo «amén» mientras hago chocar mi botella con la suya? Después, echo un vistazo a Grace a través de la puerta acristalada, está de pie al lado de la barbacoa: un débil rayo de sol la envuelve y me pregunto si el hilo de oro en mi vida rota no será ella, si no será ella la que está haciendo una jodida revolución, aunque aún no sepa cuál.

CAPÍTULO 17

La Ruta 66 empezaba en justo en ese punto, en Adam Street, en el centro de Chicago. En cierto sentido, se iniciaba en un lago y terminaba en un océano. Steinbeck la llamó la «carretera madre», para Grace era, sin más, la carretera de la esperanza.

Se conmovió, los ojos se le llenaron de lágrimas al pensar en cuánta gente la había recorrido en el pasado, huyendo de la pobreza y del polvo de unas tierras que no daban fruto, y en cuánta gente la recorría aún para vivir una aventura no menos importante: la búsqueda de uno mismo y de las propias emociones ocultas que, en la naturaleza salvaje, salían de sus jaulas y llenaban el cielo con sus alas.

Las modernas interestatales que corrían paralelas solo eran carreteras para partir de un sitio y llegar a otro en el menor tiempo posible. La Ruta, en cambio, no tenía prisa. La Ruta no era una carretera, era un estilo de vida, una búsqueda del tesoro, una promesa de libertad, una sucesión de curvas que se adaptaban a los lugares sin obligar a los mismos a adaptarse y que, desde sus dos carriles estrechos e incómodos, parecía mirar con afectuosa compasión a sus titánicas antagonistas.

Cuando salieron de la ciudad, los grandes espacios libres empezaron a hacer su aparición. Grace se puso en pie en el coche, que tenía la capota bajada, excitada como una niña. También Fred, que se asomaba desde la que, a esas alturas, era ya una especie de caseta para lirones, es decir, la funda vacía de la cámara fotográfica, engulló el viento alzando el hocico, mirando en la misma dirección.

De repente, Channing se echó a reír.

—¡Creo que os parecéis un poco! —exclamó señalando a ella y a Fred.

Otra chica habría fruncido el ceño y se habría ofendido por haber sido comparada con un animalito que, en el mejor de los casos, recuerda a una ardilla y, en el peor, a un ratón. Ella no, ella se rio aún más fuerte, asintió con la cabeza como si acabara de recibir un cumplido grandioso y sacó un sinfín de fotos a las briznas de hierba que pasaban volando por debajo de su nariz. Entre el aparato ortopédico, la película transparente que envolvía su muñeca y la necesidad de controlar a Fred para que no se transformara en un ratón volador, sus movimientos resultaban un poco torpes, pero eso no frenaba su felicidad. Se sentó de nuevo, cada vez más despeinada y con la boca abierta en una eterna sonrisa.

No tenían una hoja de ruta precisa: pensaban pararse al azar, sin marcar etapas, se alternarían en el volante y solo pasarían la noche en poblaciones pequeñas. En cualquier caso, en el maletero del Corvette, que resaltaba en el paisaje como un retal de tela iridiscente, llevaban una tienda de acampar, unas mantas y una pistola de juguete.

Piper les había preparado una recopilación de canciones para acompañar el amor. «El amor por los viajes», había especificado riéndose. De hecho, Grace acababa de escuchar *Chicago* de Frank Sinatra e inmediatamente después *Get Your Kicks on Route 66* en la versión de Chuck Berry. De repente, se puso a cantar en voz alta sin darse cuenta, mientras la música arreciaba en sus oídos. La carcajada que soltó Channing le hizo pensar que estaba gritando como una loca.

—¡Perdona! —exclamó quitándose los auriculares de golpe.

Por toda respuesta, Channing le agarró la mano y la apoyó con la suya en la palanca del cambio de marchas, estrechándosela.

—¿Por qué pides siempre perdón?

—Porque canto a voz en grito una canción que solo oigo yo.

—Si cantas, yo también la oigo ¿no?

—¡El problema es que desafino mucho!

—¿Esa es otra de las falsas verdades de Cedric? La verdad es que te debió de dar un buen coñazo: te dijo que eres pasable, que el pelo rizado te queda de pena, que te ríes de forma exagerada, que besas mal, que bailas como una puta y que desafinas. ¿He olvidado algo?

—Nunca dijo eso, bueno, él no me decía: «Con el pelo rizado pareces un erizo», sino «Estás más elegante con el pelo liso». O: «Trata de reírte sin enseñar los dientes, una verdadera señora solo enseña el interior de su garganta al otorrino y al dentista con delicadeza». O también: «Cantar bajo la ducha cuando estás sola es una cosa, pero en público hay que respetar el oído ajeno» y «No eres una belleza llamativa, pero es mejor ser mona que guapa, porque en la vejez la belleza se estropea con más facilidad que la gracia». Y también «Los besos no son importantes, lo que cuenta es la afinidad espiritual». Que, ahora lo sé, era una manera de decirme que besaba fatal. Es muy probable que tuviera razón en ese punto, ¿eh? Aunque, la verdad es que no me gustaba mucho besarlo.

Channing le estrechó más la mano a la vez que cambiaba de marcha al aproximarse a una cuesta.

—Ninguna de esas cosas es cierta, lo sabes, ¿verdad? Pero la cuestión no es esa. Aunque hubiera sido cierta la milésima parte, debería haberse mordido la lengua en lugar de hablar. ¿Por qué estabas con él, Bambi?

—Porque era una idiota. —Se encogió de hombros—. Mi pasión por la fotografía también le parecía ridícula y, como mis padres le daban la razón, acabé tirando la toalla. Todos los años esperaba que me regalara una réflex por mi cumpleaños, pero él aparecía con todo tipo de joyas. Y yo pensaba que gastarse mil dólares en un collar era una verdadera demostración de amor, en lugar de hacerlo en una estúpida cámara fotográfica, que solo me habría hecho feliz a mí, porque, cuando me ponía las joyas, él también se sentía feliz.

Mientras atravesaban una extensión de campos cultivados, Channing dijo en tono serio:

—Prométeme que nunca volverás a permitir que nadie te diga quién eres, qué eres y cómo debes ser. Cuando vuelvas a New Haven debes recuperar el dominio de tu vida y hacer lo que te dé la gana. Prométemelo.

Grace sintió que el corazón se le encogía. La idea de New Haven y de la vida que llevaría después, cuando terminara el viaje, la asustaba. Había visto en el móvil la distancia que la separaba de Providence, la ciudad en la que él vivía cuando no viajaba, y había lanzado un torpe suspiro de alivio al ver que solo eran unos ciento cincuenta kilómetros, pero, enseguida, el alivio se había transformado en duda y la duda en dolor.

¿Channing querría volver a verla después? A veces tenía la impresión de que ese viaje era para él una aventura con un punto final, como un gran espacio rodeado de una valla de cien palos donde un caballo puede correr lo suficiente como para creer que es salvaje, pero no tanto como para no descubrir, tarde o temprano, que no lo es en absoluto. Sentía que para Channing no había un «después». Su historia terminaría apenas llegaran al final de esa valla de palos. Mientras lo acariciaba en la oscuridad de la noche, se había preguntado, sin ir más allá, sin pedirle nada, con una pasión sincera, pero contenida, si esa lentitud era una manera de cuidar de ella, de darle tiempo para que tomara una decisión segura y serena o, si, más bien, sabiendo la importancia que atribuía ella a entregarse a alguien por completo, rehuía la responsabilidad.

—Te lo prometo —le respondió. Se observó el tatuaje, ese dulce infinito que le había dedicado en su corazón y adoró cada pequeño detalle. Luego le preguntó—: ¿Qué cosas no has hecho nunca? En mi caso son muchas, ya lo sabes, por ejemplo, este viaje, el tatuaje, el sexo y, antes de los tuyos, los besos que me hacen volar.

—¿Mis besos te hacen volar? —Se volvió y la miró divertido. Su pelo también se agitaba en el aire y sus ojos parecían dos zafiros suspendidos en el viento.

—Sí —respondió con firmeza—. Tu existencia me hace volar y me da igual si en tu caso no es así, si ya sabes que al final del verano me convertiré en un meteoro, si tus atenciones se detendrán en el muelle de Santa Mónica. Me da igual, te lo digo de todas formas: creo que me he enamorado de ti.

—Grace…

—No digas nada, me da igual. Solo soy sincera. Decirte la verdad forma parte de esa mierda que, si no me equivoco, antes me has sugerido que haga. Responde solo a esta pregunta: ¿hay algo que no hayas hecho nunca? ¿Qué sueños te gustaría cumplir? Pueden ser absurdos, todo vale.

Él tardó un tiempo interminable en responder.

—Tener una familia, una compañera, hijos, y escalar todos juntos el Ayers Rock en Australia. ¿Te parece bastante absurdo como sueño? —le preguntó riéndose, pero Grace tuvo una extraña sensación.

La idea no le hizo reír, tampoco comentó nada. Se sentía como si hubiera violado la inocencia de alguien entrando en un pensamiento secreto que significaba mucho más de lo que parecía. Channing le produjo ternura. Le había dicho que no quería formar una familia, pero no era cierto. Sí quería, y eso era bonito, pero a la vez era terrible, porque pensaba que él no se la merecía. ¿Por qué?

Por un instante, tuvo la impresión de que su sueño era el de un soldado que regresa de la guerra sin una pierna, deseoso de no haber combatido jamás.

Recordaría también ese viaje gracias a las fotografías. La Ruta era una galería de arte al aire libre, llena de pequeños mundos que debían ser inmortalizados. Pueblos minúsculos, casi deshabitados, moteles con letreros intermitentes, gasolineras abandonadas, viejas y sugerentes, restaurantes típicos, tiendas de recuerdos, *drive-in* que aún funcionaban, puentes de hierro, murales, mecedoras gigantes, tótems indios e incluso ruinas de castillos antiguos.

Con todo, para Grace lo más bonito del viaje eran los largos tramos en los que no había huellas de asentamientos humanos y los campos cultivados, que se alternaban con bosques de arces y robles y con llanuras del color del heno quemado. Se detenían a menudo para contemplar esa nada insípida y salvaje.

El tiempo fue casi siempre soleado, a veces tórrido, pero, de repente, una mañana, en Missouri, cambió de forma radical. Cuando había empezado a lloviznar habían cerrado la capota del coche y se habían preparado para guarecerse allí hasta que cesara. No se esperaban la tormenta que cayó después: sin llegar a ser un tornado, fue una peligrosa borrasca de agua y viento. Los árboles que ceñían la carretera se arqueaban silbando, doblándose, algunos estaban a punto de ser arrancados del suelo, la lluvia transformaba todo el paisaje y el automóvil vibraba, sacudido por unas manos invisibles, que parecían asestar sonoros puñetazos a los lados.

—No podemos quedarnos aquí —le dijo Channing—. Creo que al fondo hay un letrero: si es una tienda o un motel, nos conviene refugiarnos allí. El coche puede volcarse.

Al otro lado de un pequeño puente de hierro, a un centenar de metros de ellos, se divisaba una placa roja, con unas palabras indescifrables, balanceándose de forma frenética.

Se acercaron con el coche, moviéndose a paso de caracol. El corazón de Grace latía desbocado y el estruendo también parecía poner nervioso a Fred. Channing estaba tenso y concentrado, se mordía con fuerza los labios.

Cuando estuvieron cerca de las construcciones, que, en realidad, constituían un pequeño asentamiento urbano con un café, un estanco, una oficina de correos, una gasolinera y un garaje, su esperanza se desvaneció. Estaban en una ciudad fantasma, deshabitada y sellada desde tiempos inmemoriales. Los grandes carteles blancos con los antiguos precios del gasóleo se habían despegado de sus soportes y volaban por todas partes, atrapados en pequeños remolinos.

—Hostia —dijo Channing, a la vez que se inclinaba hacia el salpicadero para ver mejor la tragedia provocada por tan tremendo huracán y los edificios de la pequeña ciudad desierta. Después se volvió hacia Grace y le habló con calma, pero también con firmeza—. Escucha, Bambi, te quiero lúcida y decidida. Guarda a Fred en la funda y ciérrala bien, para que no pueda salir, luego te la cuelgas en bandolera. Entretanto, bajaré del coche para ver si alguna de esas puertas está abierta. Si no es así, forzaré una como pueda. Tú prepárate para entrar. Espera que vuelva a recogerte, ¿de acuerdo?

—¿Crees que vamos a morir? —se lo preguntó de forma impulsiva y enseguida se sintió profundamente estúpida. No quería parecer una niña pusilánime, pero el viento parecía una voz infernal, daba la impresión de que la tierra iba a abrirse en cualquier momento y a tragársela con todas las cosas que nunca había hecho en la vida y que nunca haría.

La sonrisa de Channing la tranquilizó.

—¡Claro que no! —exclamó Channing. Luego, como si se dispusiera a saludarla por última vez, le aferró la cabeza con las manos y le dio un beso apresurado. Por fin, se apeó del coche.

Con el corazón como si también estuviera inmerso en la tormenta, Grace vio que se aferraba a dos surtidores de gasolina altos y luego al pilar que sostenía el letrero chirriante. El pelo le abofeteaba la cara y la camiseta y el anorak se le levantaban hasta el pecho. En otro momento, Grace habría agradecido esa visión, pero en ese, solo le preocupaba que saliera sano y salvo de aquello. A pesar de ser alto y musculoso, parecía tan a merced de las ráfagas de viento como una brizna de hierba.

Channing intentó forzar todas las puertas, pero estaban cerradas. Después vio que se dirigía hacia una de las ventanas y comprendió al vuelo lo que se disponía a hacer. Se quitó la chaqueta, se envolvió un brazo con ella y rompió el cristal con un golpe.

Grace no tuvo tiempo de ver si había conseguido abrir un agujero, porque en ese momento el coche empezó a moverse como si hubiera acabado en un río y la corriente lo estuviera arrastrando. Gritó, cerró los ojos, oyó que Fred imploraba consuelo raspando en el interior de la funda y se imaginó arrastrada por la cola de un tornado y clavada en las puntas agudas de uno de los árboles, cuando algo pesado cayó en el capó y frenó el frenético deslizamiento.

Era Channing, que le gritó:

—¡Sal y entra corriendo! ¡Rápido! ¡Refúgiate detrás de la barra!

Grace se apeó de un salto y vio que la puerta del café estaba abierta, casi parecía que un camarero obsequioso fuera a aparecer de un momento a otro para servirles un capuchino. El local era tal y como se lo había imaginado, estanterías, una barra con una hilera de taburetes altos delante y mesitas rectangulares pegadas a las paredes, pero dentro no había nadie. Se refugió en el lado interno de la barra, sentada sobre el suelo de linóleo amarillo y esperó a que Channing se reuniera con ella. Los minutos le parecieron horas, incluso años.

Cuando se disponía a ir a ver qué había ocurrido, Channing apareció. Había llevado varias cosas al local: no solo una bolsa, que había recuperado del maletero, sino también uno de los enormes carteles blancos con los precios de la gasolina que antes daban vueltas por la plaza. Le tendió a toda prisa una manta y luego le dijo:

—Por suerte he encontrado las llaves de la puerta colgadas debajo de la caja. Tengo que hacer otra cosa, quédate aquí, vuelvo enseguida.

Grace se envolvió en la manta de forro polar y en ese momento se dio cuenta de que estaba empapada y aterida y, por efecto de esa tardía consciencia, sus dientes empezaron a castañetear. Después, intrigada por lo que podía estar haciendo Channing, se asomó a la barra para observarlo.

Estaba arreglando el cartel, fijándolo a la ventana que había roto para entrar con unos objetos pesados que había cogido de la habitación.

Se reunió con ella unos instantes después y se refugió en el mismo espacio. Su chaqueta, llena de pedazos de cristal y desgarrada, estaba en algún sitio, quizá fuera del local: solo llevaba puesta la camiseta, de forma que Grace se apresuró a darle la segunda manta que la previsora Piper había insistido en meter en la mochila.

—Así deberíamos estar bien protegidos —le dijo—. No nos moveremos de aquí hasta que no amaine la tormenta. Abre la funda o Fred se volverá loco.

El lirón, liberado de su encierro, casi voló hasta la cabeza de Grace y necesitó muchas caricias para calmarse.

—Deberíamos escuchar más las previsiones del tiempo —continuó Channing—. Ahí fuera hay un auténtico tornado. ¿Tienes frío, pequeña? Te están castañeteando los dientes. Creo que Piper metió chocolate en la mochila mágica. Espera, ahora lo busco. Vaya, acabo de encontrar unos cuadernos de dibujo y unas ceras de colores. Está como una cabra.

Grace sonrió con dulzura mientras miraba los cuadernos contra el estrés con los mandalas blancos y las doce ceras metidas en una bolsa de plástico transparente.

—Pensó en todo. ¿Puedes mirar si hay algo para Fred?

Channing sacó una bolsita con pedazos de albaricoque seco y soltó una risita.

—Creo que será una madre magnífica. Come un poco de chocolate, necesitas calorías, estás más blanca que la pared.

—Es por el miedo, sobre todo. Estaba pensando…, la pobre Piper ha sido muy amable con nosotros, nos prestó su coche preferido y es casi seguro que se lo vamos a devolver destrozado.

Channing se rio de forma inesperada.

—¡No hay manera, siempre le destrozo uno de sus medios de transporte! Ojalá no quede muy dañado: lo he aparcado entre la pared y los surtidores de gasolina, donde sopla menos el viento.

Grace se arrebujó en la manta y apoyó la cabeza en las rodillas, que había levantado.

—Apuesto a que cuando viajaste con ella, hace tres años, no acabaste en medio de un huracán. Puede que tengas razón: empiezo a pensar que atraigo cosas extrañas.

La voz de Channing le llegó remota, en un susurro:

—Con ella no hubo huracanes de ningún tipo, desde luego. Mejor dicho, *jamás* me había pillado un huracán. —Sintió su mano en el pelo—. Este es el primero de mi vida.

Fuera, el viento parecía un monstruo gimoteante que intentaba entrar en la sala para devorar las almas de sus ocupantes. La lluvia había cesado, pero las ráfagas eran cada vez más violentas.

Grace alzó la mirada. Tenía la cara de Channing muy cerca de la suya. Él estaba desaliñado, guapísimo. Se había sentado a su lado, con la espalda apoyada a la base de formica de la barra. Le sonreía como sonríen quienes quieren, a pesar de que no la quería, sin duda, a pesar de que quizá solo sentía ternura por ella porque veía el miedo escrito en su cara. Le apoyó la cabeza en el hombro y dejó de temer el ruido. Quizá su historia no fuera más que aquello. Quizá solo fuera como la Ruta 66: una carretera que avanza a pequeños pasos, en lugar de una frenética interestatal.

«Una caricia. Un beso. Un huracán.»

—Túmbate encima de mis piernas. Duerme si quieres. Yo vigilaré, ojalá termine pronto este caos —le dijo al final.

«Un camino de baldosas amarillas.»

El huracán cesó antes del anochecer. De repente se hizo tal silencio que Grace se preguntó si no se habría quedado sorda, pero no, no estaba sorda, simplemente ya no había nada que escuchar. Se miraron como si cada uno de ellos buscara una respuesta reconfortante en los ojos del otro. Aguardaron una hora antes de salir, hasta que reinó la calma.

Fuera, los árboles más viejos estaban doblados. Los más jóvenes habían perdido algunas ramas, pero, por lo demás, la devastación era menor de la que esperaban. El Corvette no había sufrido ningún daño, solo estaba sucio: parecía que hubiera caído en un pozo de arena mojada. Los móviles no funcionaban, así que Channing extendió un mapa de papel en el capó lleno de polvo.

—La ciudad más próxima es Joplin, en la frontera entre Missouri y Kansas. Pararemos allí hasta mañana, lavaremos el coche antes de que todos estos residuos estropeen la carrocería, comeremos algo y descansaremos. ¿Qué te parece?

Grace asintió distraída con la cabeza. Estaba un poco mareada, como si el mundo siguiera vibrando.

—¿Te encuentras bien, Bambi? Pareces más preocupada ahora que durante la tormenta.

—Estoy bien, sí. Solo que… cuando has nombrado Kansas me he acordado de mi madre biológica. Sé que vivía allí antes de morir.

—¿Sabes dónde, exactamente?

—No, y no quiero saberlo. Ha sido más bien un reflejo condicionado. Solo sé su nombre: Barbara Olsson.

—No parece un apellido americano.

—Era de origen sueco o algo por el estilo, pero no hablemos más de ella, por favor. Es una tontería.

—Podrías preguntar a tus padres el nombre el pueblo.

—Ni hablar. Mi madre se llevaría un buen disgusto. Ya parece una moribunda cada vez que hablo con ella, imagínate si le preguntara...

—Pero ¿te gustaría preguntárselo, en cualquier caso?

—Yo... no... Creo que no. ¿Qué debería hacer? Los dos han muerto, mi padre y ella. No tiene sentido.

—El sentido se lo das tú a las cosas, no los demás.

—En ese caso, para mí tampoco tiene sentido. Son pensamientos que no conducen a nada.

Channing se volvió un instante a observarla, justo cuando entraban en la ciudad, y Grace hizo un esfuerzo para sonreír como si estuviera pensando en todo menos en semejante tontería.

Sin embargo, no dejó de darle vueltas. Pensó en ello cuando, nada más llegar a Joplin, que, por suerte, se había librado de la tormenta y disfrutaba de una brisa estival tibia y relajada, encontraron un lavadero de coches automático, cerraron bien la capota, las puertas y las ventanillas y se quedaron dentro, sumergidos en las salpicaduras cruzadas de agua jabonosa y en los cepillos giratorios. Pensó en eso cuando reservaron una habitación en un hotelito del centro y pensó en eso cuando cenaron en una pizzería, en la que, según juraba su dueño, la *pizza* era auténticamente italiana, hecha en horno de leña. Pensó también en eso cuando, después de comprar un helado, se lo comieron mientras deambulaban por las calles del centro, cogidos de la mano, entre edificios con las fachadas de piedra roja, faroles encendidos y una mezcolanza de restaurantes, tiendas de recuerdos, galerías y teatros.

De repente, en una avenida arbolada, Grace dejó de pensar. No porque el tormento hubiera cesado, sino porque había tomado una decisión.

—He pensado que llamaré a mi madre y le pediré que me diga el nombre del pueblo —confió a Channing—. Quizá no vaya después, sigo pensando que no tiene mucho sentido, pero... quiero visitarlo de todas formas. Es más, la llamaré enseguida, así no cambiaré de idea. El móvil vuelve a funcionar.

Channing le apretó la mano, se inclinó hacia ella y la besó en los labios manchados de helado.

—Así me gusta, mi querida Bambi —susurró y su lengua acarició la de ella, que sabía a chocolate denso y amargo.

La madre de Grace respondió de inmediato al teléfono.

—¿Qué pasa? —dijo casi chillando, como si la llamada hubiera desencadenado un ataque de histeria largo tiempo contenido—. ¿Ese chico te ha hecho algo?

Grace volvió a sentir que el viento del tornado la sacudía, a pesar de no haber ningún tornado.

—¿De qué estás hablando?

—¡Cedric nos ha dicho que lo amenazó por teléfono! ¿Quién es? ¿Cómo puedes comportarte así, Grace? ¿Te das cuenta de que mi vida es un infierno desde hace un mes? Tu padre y yo tratamos de comprenderte, esperamos a que llames, procuramos no atosigarte demasiado, pero no dejamos de preguntarnos cuándo terminará esta locura, en qué tipo de persona te estás convirtiendo, si no te drogas.

Antes, habría sentido enseguida dolor, en ese momento, en cambio, una cólera feroz subió desde el centro de su cuerpo y se manifestó en unas palabras frías, casi metálicas, que parecían caer a la acera con un estruendo de cuchillos.

—Deja de decir idioteces.

Su madre tuvo una reacción previsible: su histeria alcanzó un pico vertiginoso.

—¡Jamás has hablado así!

—¿Por qué seguís haciendo caso a Cedric? Ya os he dicho que lo nuestro se ha acabado, pero vosotros seguís recibiéndolo en casa con los brazos abiertos. ¿Cómo es posible que sigáis escuchándolo después de que os contara cómo se comportó?

—Hablamos con él, lo regañamos, tu padre fue muy firme y severo con él y él juró que estaba arrepentido, que quería pedirte perdón de rodillas. Incluso dijo que, por él, puedes seguir con tu viaje, que no intentará detenerte si necesitas estar un poco sola, pero sola, ¡no con el primero que pasa!

—No necesito el permiso de Cedric para ir adónde quiera y quedarme allí el tiempo que me dé la gana. Además, soy libre de elegir quién me acompaña.

—Lo amenazó con envenenarlo con salfumán, ¿te das cuenta? ¿Quién es ese delincuente?

Grace se volvió hacia Channing, que se había parado a unos metros de distancia de ella, delante del escaparate de una galería de arte que aún estaba abierta y en la que se exponían unas acuarelas, versiones diferentes de un único tema: los aviones de papel. Llevaba una chaqueta ligera con cremallera, negra, con la frase *LIFE BEGINS AT THE END OF YOUR COMFORT ZONE* estampada en rojo detrás. Estaba de espaldas a ella, así que no podía ver los ojos que lo observaban. Sus ojos estaban cargados de preguntas, velados por la tristeza y la decepción. No obstante, respondió a su madre en el tono más sosegado que pudo.

—No es un delincuente y, por favor, os ruego de nuevo que no creáis todo lo que os dice Cedric. En cualquier caso, no he llamado por esto. Quiero saber el pueblo donde vivía Barbara, Barbara Olsson.

Acto seguido, se sintió de vuelta en New Haven después de haber tomado como atajo la línea telefónica y que acuchillaba a su madre entre los hombros. Oyó un grito de dolor físico, luego el silencio y casi enseguida intervino la voz de su padre, más calmada pero no por eso más serena.

—Grace, creo que va siendo hora de que vuelvas, lo digo de verdad. Tu madre está cada vez más nerviosa, debes aclarar muchas cosas con Cedric, así que no es el mejor momento para viajar. Podrás hacerlo más tarde, si quieres.

—Quiero hacerlo ahora y no cambiaré de idea solo porque Cedric sepa interpretar el papel de hijo pródigo arrepentido. ¿Ya habéis matado al ternero cebado para darle la bienvenida?

—Todas las parejas tienen problemas. Hizo una cosa terrible, pero te aseguro que no volverá a hacerlo.

—No volvería con él aunque fuera el chico más fiel del mundo. La cuestión no es esa.

—Ah, ¿no? Entonces, ¿cuál es? ¿Tiene algo que ver con ese... con ese chico que responde al teléfono por ti de forma violenta? ¿Quién es? ¿Te das cuenta de lo imprudente que eres?

—No te preocupes, no es un psicópata, me lo ha jurado en voz alta —comentó Grace en tono sarcástico.

—Eres frágil e influenciable, no ves las cosas desde la perspectiva correcta y...

—Era frágil e influenciable, pero ahora soy fuerte y te aseguro que veo las cosas muy claras por primera vez en mi vida. ¿De qué pueblo era mi madre? Sé que era de Kansas, pero ¿de dónde?

Su padre respondió tras un breve silencio:

—¿Por qué quieres saberlo?

—Porque tengo derecho.

—Está muerta, Grace.

—Seguiría teniendo derecho a saberlo, aunque fuera una extraterrestre y hubiera vuelto a vivir a Marte.

—Claro que tienes derecho, pero... ¿qué te está pasando, niña mía?

—Que ya no soy una niña, que no espero que me protejáis de todos los peligros y que soy yo la que decido qué hacer con mi vida. ¿De qué pueblo?

—Lindsborg.

En ese momento, Channing hizo amago de acercarse a ella, pero, al notar su expresión de fastidio, frunció el ceño y sus pómulos resaltaron como si estuviera apretando los dientes.

—Tengo que colgar, papá.

—No, espera, aún tenemos que hablar y…

—La próxima vez. Estoy viva, como, no me drogo y tengo cuidado. Eso debería bastaros. Siento que mamá esté mal, pero supongo que debe acostumbrarse a la idea de que he cambiado o, mejor dicho, de que vuelvo a ser yo misma. —Tras decir estas palabras, colgó.

Channing estaba a pocos pasos de ella y la miraba ceñudo, con una expresión iracunda en sus ojos azules.

—¿Qué ha ocurrido?

—¿Cuándo respondiste a mi teléfono y hablaste con Cedric?

Si esperaba que Channing le implorase perdón, iba más desencaminada que una viajera que acaba en la I-44 creyendo que ha llegado a la Ruta.

—¿Estabas hablando con ese pedazo de mierda? —le preguntó y el azul se tornó casi negro, como si se hubiera mezclado con el rojo del fuego y con el amarillo de la desconfianza.

—¿Cuándo fue? ¿Por qué no me lo dijiste? ¿Sabes que fue a contárselo a mis padres y que lo sometieron al tercer grado?

—A ver si lo entiendo, ¿cuál es el problema, que tus padres te hayan dado el coñazo o que el principito se haya ofendido? —Se inclinó hacia ella como hacía cuando quería besarla, pero esta vez no quería besarla, de ninguna manera. Además, si lo hubiera intentado, ella lo habría mordido hasta hacerlo sangrar.

No le contestó, pero echó un vistazo al móvil cada vez más furibunda.

—¡Además lo has bloqueado!

—Y tú, ¿por qué no lo habías hecho? ¡No dejas de quejarte de lo cabrón que era, pero sigues dejando que te llame! A lo mejor quieres tenerlo en ascuas, por si luego te entran ganas de volver a ser su bonita estatuilla.

—¡El problema es que nadie debe permitirse decidir por mí! ¡Además, tú también eres un cabronazo!

Encolerizada, dio media vuelta y echó a andar a toda prisa por la carretera. Tenía ganas de llorar y de gritar, apretaba tanto los puños que las uñas le herían las palmas y se movió sin saber adónde ir, sin recordar dónde estaba el hotel, sintiéndose sola, terriblemente sola en un mundo lleno de desconocidos. ¿Alguien renunciaba a imponerle su voluntad? ¿Por qué todos pretendían obligarla a recorrer el camino que habían decidido para ella? ¿Y Channing? ¿Con qué derecho había hecho lo que había hecho? A pesar de que lo quería con toda su alma, a pesar de que no conseguía odiarlo ni siquiera en ese momento, en que lo odiaba, no le permitiría que la convirtiera en su títere.

Sin saber cómo, encontró el hotel. Entró en la habitación con el corazón en un puño. Por unos momentos se sintió tan furiosa que hizo la mochila con intención de marcharse.

—Vámonos, Fred. Buscaremos otro hotel para pasar la noche y mañana iremos a Lindsborg por nuestra cuenta. No necesitamos a ese capullo.

Pero, mientras recogía frenética sus cosas, que acabaron más bien esparcidas por el cuarto que dentro de la mochila, se sintió desfallecer. No tenía ningunas ganas de marcharse, de buscar otro hotel ni de ir sola a Kansas.

«Quiero a Channing, lo quiero a mi lado con todos sus defectos.»

Además, no era el único culpable de su cólera: por encima de todo, estaba enfadada con sus padres. Cuando recordaba la llamada telefónica, no había una sola frase que no la volviera a irritar. No eran tanto las palabras, sino la manera en que habían sido pronunciadas. Ese tono condescendiente que ocultaba una profunda desaprobación, casi una mezcla de paciencia y reproche. ¿Habían fingido aceptar su decisión? ¿De verdad esperaban que, cuando regresara, todo volvería a ser como antes? ¿Que la pequeña Grace volvería con Cedric vestida de muñeca de porcelana, con las emociones prisioneras y los deseos sacrificados? ¿Acaso no se daban cuenta de que su cambio era más profundo que un mero despecho?

Se atormentó durante horas o, al menos, le parecieron horas. La tentación de llamar a Jessica se derrumbó frente a la determinación de resolver sola sus tormentos: no deseaba consejos de ningún tipo en ese momento. No deseaba cuerdas de rescate, tenía que arreglárselas sola.

Pero, entretanto, ¿dónde se había metido Channing?

¿Por qué no había vuelto?

Intentó llamarlo al móvil, el teléfono sonó varias veces, pero él no contestó.

Mucho después de medianoche, cuando el pánico empezaba a devorarla, oyó que entraba por la puerta. Cuando lo vio, casi lanzó un grito. Debía de haber bebido y se tambaleaba por la habitación como si aún lo sacudiera el huracán. Se quitó la chaqueta y la tiró al suelo.

—¿Qué ha pasado? —le preguntó espantada.

De repente, sin decir una palabra, Channing siguió un destino similar al de su chaqueta: cayó, su espalda resbaló por una pared hasta que quedó sentado en el suelo. Se acodó a los muslos y se sujetó la frente con las manos.

—El mundo daba menos vueltas esta mañana, en el café de la *ghost town* —masculló—. Estoy hecho una mierda. No me emborrachaba desde... A decir verdad, creo que jamás me había emborrachado.

Grace se aproximó a él y le acarició el pelo desde lo alto.

—Eres un idiota —le dijo.

—Volvería a hacerlo.

—¿Qué? ¿Emborracharte?

—Mandar a tomar por culo a ese gilipollas.

—No era asunto tuyo.

—¡Sí que lo era, hostia! ¿Ese imbécil te... te llama y te insulta y yo debo estar callado? No me da la gana callarme, punto. Si vuelve hacerlo, perderá treinta y dos dientes. —Acto seguido se levantó con una energía imprevista y se encerró en el cuarto de baño.

—¿Por qué no puedo enfadarme con él? —preguntó Grace a Fred, que había trepado a un estante y dormía balanceando su pequeña cola.

Al inclinarse para recoger la chaqueta de Channing del suelo, oyó un ruido insólito, como de papel. Tenía algo en el bolsillo interno, cerrado con cremallera. Estaba segura de que antes no había nada dentro. Había comprado la chaqueta hacía unas horas, en una tienda de artículos deportivos baratos, para sustituir a la que el viento había destrozado. En un instante pasaron por su mente un sinfín de cosas terribles: él saliendo hecho una furia, iba a un local, bebía, conocía a una tipa, le pedía el número de teléfono y ella se lo escribía en una servilleta, ya que, por el tacto, la hoja parecía mucho más grande y más rígida que un pósit. ¿Sería un mantel individual plastificado?

Y, estando en el centro de la habitación, inmóvil, con la chaqueta en la mano, palpando el misterioso contenido, que parecía arder bajo sus yemas, como si, por arte de magia, pudiera leer Braille a través del poliéster, se sobresaltó como una sonámbula a la que han puesto la zancadilla.

—¿Estás pensando en pagarme con la misma moneda? ¿Intromisión por intromisión?

Channing había salido del cuarto de baño después de haberse duchado completamente vestido. Estaba empapado de pies a cabeza. A pesar de seguir teniendo mal aspecto, parecía más sobrio y menos pálido.

—Te lo mereces, pero no soy tan capulla como tú.

—Apuesto a que te has montado una película de luces rojas.

—De luces rojas nada. Una película en blanco y negro, para ser más exacta, *Solo ante el peligro,* yo en el papel de *sheriff* y tú en el de malvado que acaba mordiendo el polvo.

—No es necesario que me dispares, puedes mirar.

Grace no se lo hizo repetir dos veces. Abrió la chaqueta y sacó el contenido. No era una toallita plastificada ni un pósit con un número de teléfono y, quizá, la huella de pintalabios de un beso. Era… era una acuarela pintada en un pergamino, guardada dentro de una funda de papel de seda blanco. En el dibujo, de una delicadeza casi de fábula, había un avión pequeño de papel que sobrevolaba los tejados de una gran ciudad. Estaba encima de los rascacielos, de las nubes, incluso del sol, pero, mientras los rascacielos, las nubes y el sol tenían colores pálidos, como velados por una capa de bruma industrial, el avión parecía una escama puntiaguda y agitada de arcoíris.

—Es para ti —dijo Channing encogiéndose de hombros con ligereza, como si fuera una menudencia—. No me mires como si yo fuera uno de los Reyes Magos, es una tontería.

De hecho, ella lo estaba mirando con los labios entreabiertos y una expresión que, quizá, expresaba una pizca menos de gratitud de la que María había manifestado a Melchor cuando este le llevó oro en un cofre. Tras esa larga mirada de embeleso, corrió hacia él y lo abrazó.

—Es el segundo regalo que me haces. Conservo el pañuelo como si fuera una pluma del ala de un ángel.

—Deja de decir estupideces y ten cuidado, estoy empapado y podría vomitarte en la cabeza. Ahora vete a dormir, mañana tenemos que levantarnos temprano para ir a Kansas.

—¿Cómo sabes que…?

—No he leído más mensajes ni interceptado más llamada telefónicas, pero creo que, a estas alturas, te conozco un poco. Sé que estás deseando ver la ciudad en que vivió tu madre. Sobre todo, ahora, que estás enfadada con tus padres. Deseo y despecho a partes iguales, ¿no?

—Sigo pensando que no tiene mucho sentido, pero… tengo ganas de ir.

—Entonces iremos. Ahora, lárgate, porque voy a vomitar de verdad. Debería haber bebido un poco más en mi vida.

—O podrías no haber bebido esta vez.

—O podría no haberte conocido, porque me estás llevando por mal camino. A lo mejor te dejo.

Grace volvió a reírse, con el dibujo pegado a su pecho. Le volvieron a la mente algunas palabras de Piper.

—¡Menuda sarta de tonterías! ¡Yo te gusto! ¡Te gusto más que la escalada, que los motores, que dormir bajo las estrellas y que el caramelo salado en las palomitas de maíz!

CAPÍTULO 18
CHANNING

Siento que las piernas me suplican que la siga, los brazos que la abrace y la vida que no la deje marchar.

Pero no puedo, porque no puedo ofrecerle una vida.

La miro mientras camina hacia el hotel y echo a andar en dirección contraria. No sabía que el amor duele tanto, es como tener otro infarto. Encuentro un local, entro: beber algo es la única manera de no pensar. Si me emborracho bastante, atenúo el riesgo de volver al hotel y decirle lo que querría decirle. Si, además, muero, el riesgo es inexistente.

Pero no es suficiente, porque, a pesar de estar borracho y vivo, mis sentimientos no cambian.

«Soy tu prisionero, pequeña bruja maldita.»

En el camino de vuelta, vuelvo a pasar por delante de la extraña galería que he visto antes. Las extrañas y sencillas acuarelas llaman otra vez mi atención. Estoy mareado, pero aun así entro como si fuera presa de una necesidad más impelente que vomitar. Señalo el dibujo que quiero: un avioncito de colores que vuela por encima de todo. Me recuerda a Grace, sus colores, su fuerza, su valor, su fragilidad, que desdeña el viento en contra, la manera en que me hace sentir cuando pienso en ella, cuando sueño con ella, cuando la toco con el deseo de volver a tocarla y me detengo porque tengo miedo de causarle un dolor que no se merece. Ella es esa pequeña flecha de papel y está sola, en lo alto: yo no estoy allí, yo estoy en la parte del dibujo que ha quedado bajo tierra.

El viaje hasta Lindsborg dura casi cinco horas. Tenemos que dejar la Ruta 66, pero volveremos a ella cuando regresemos. Lleva ahí casi un siglo, así que nos esperará.

Estos pensamientos hacia el futuro, incluso hacia un futuro inmediato, me dan miedo.

Después de la cogorza de ayer aún estoy roto, así que conduce Grace. Lo hace muy bien, pero se enfurruña cuando se lo digo.

—¿Creías que no sabía? Desconfiado. Descansa un poco, deja de vigilarme todo el tiempo. Tienes más ojeras que un oso panda. La carretera está bien señalada, soy prudente y, si llega otro tornado, te avisaré.

No duermo, pero escucho música a todo volumen. Observo a Grace de cuando en cuando: mientras atravesamos Kansas y nos acercamos a nuestro destino, se va poniendo cada vez más nerviosa.

Poco antes de entrar en el pueblo me pide que la sustituya al volante.

—Me tiemblan las piernas, podría provocar un accidente. Aún estamos a tiempo de irnos, ¿verdad?

—No estás obligada a hacer nada. Buscaremos un hotel y daremos una vuelta: es un pueblo como cualquier otro.

—Ni siquiera sé si nací aquí. En mi certificado de nacimiento aparece escrito New Haven. Barbara…, mi madre, debió de ir allí para dar a luz. Me pregunto cómo la conocieron, como se pusieron en contacto con ella. ¿Existen anuncios así en los periódicos? «Se busca recién nacida mona, abstenerse ociosos».

—Supongo que recurrieron a una agencia de adopción.

—Tienes razón, qué idiota soy.

—Estás nerviosa, eso es todo, pero debes tranquilizarte. Echaremos un vistazo y luego pensaremos qué podemos hacer.

—Has hablado en plural...

—No pretendía entrometerme. ¿Te parece mejor si digo «echas un vistazo y piensas qué puedes hacer»?

Me sonríe y apoya una mano en uno de mis brazos.

—No, prefiero el plural. Úsalo más a menudo.

Lindsborg parece una bombonera o una de esas ciudades falsas, reconstruidas en unos estudios cinematográficos para rodar una película de fantasía llena de hadas y unicornios. Sonrío al pensar que Grace fue concebida aquí: corresponde a una parte de su alma. Casas pequeñas, muchísimo verde y, por todas partes, unas graciosas esculturas de madera pintada en forma de caballos a los que solo les falta el balancín para que parezcan salidos de una guardería, distribuidas a la misma distancia a la que, en Nueva York, encuentras bocas de incendio destrozadas.

El hotel que elegimos es digno de Disneylandia: tiene la forma de una princesa con torre y todo y está totalmente pintado de rosa, morado y azul claro. No me extrañaría ver aparecer una pandilla de gnomos por alguna parte.

La propietaria no es un gnomo, pero poco le falta: es una mujercita sonriente, con las mejillas sonrosadas, muy animada, que habla tan rápido que uno no puede evitar peguntarse de dónde saca toda esa energía.

Mientras deshacemos el equipaje, Grace, sentada en una cama cubierta con una colcha de color celeste, que contrasta con un dosel esculpido que supera a los del palacio de Versalles, busca información sobre la ciudad en el móvil.

—Fue fundada en 1869 por un grupo de inmigrantes suecos. Por lo visto, Olsson es uno de los apellidos más comunes, ya que el treinta por ciento de la población sigue siendo sueca. Habrá, al menos, quinientos Olsson. Por un lado, será como buscar una aguja en un pajar en un campo lleno de pajares, siempre y cuando quiera buscar una. ¿A quién, después de todo? ¿Y cómo? ¿Llamando a todas las puertas? ¿Paseando por las calles con un cartel colgado al cuello? «Se busca a los parientes de la difunta Barbara Olsson, que dio a luz a una niña hace dieciocho años, sin estar casada, y que luego la dio en adopción.» Quizá trataron de olvidar o, al menos, de no divulgar lo sucedido. Por otro lado, me gusta esta ascendencia, este pedacito de ADN. Si tenemos un hijo, tendrá sangre china, irlandesa, holandesa, italiana, francesa y ahora también sueca. ¿No te parece divertido?

—Grace...

—Sí, lo sé, no tendremos un hijo y blablablá. Estoy jugando, caramba, ¿por qué bromeas sobre todo y sobre esto no? ¿Por qué actúas así conmigo?

—¿A qué te refieres?

—Me quieres y me rechazas. Es evidente que te gusto, pero no haces más que apartarme de ti con hostilidad. Evitas en todo momento superar cierto límite, como si pretendieras crear un espacio que te permita marcharte un buen día sin que yo te eche en cara que me has engañado, pero yo nunca haré eso, nunca, aunque me hayas prometido la Atlántida, El Dorado o una boda en una alfombra voladora. ¿No me crees? ¿No te fías de mí? ¿Me equivoco, no te gusto nada? ¿Será que beso mal, soy fea, aburrida y desafino y hablo por los codos?

—De todas las gilipolleces...

—Entonces, ¿por qué tengo siempre la impresión de que me ocultas algo?

—Todos ocultamos algo.

—Pero no todas las cosas son iguales. Si yo te ocultara que me tiño el pelo y que me pinto las pecas con un lápiz y tú que estás casado y que tienes hijos en un lejano pueblecito de Alabama, no sería lo mismo, ¿no?

—Claro que no, ¡tu secreto sería mucho más grave! Pase lo del pelo, pero las pecas han de ser naturales.

En ese momento alguien llama a la puerta. Abro y veo a una camarera de mediana edad con un montón de toallas y una bandeja de bombones envueltos en papel del mismo color celeste que la colcha. Entra, saluda de forma ceremoniosa y deja todas las cosas en la habitación. Cuando se dispone a salir, sus ojos se posan en Grace más del tiempo del que se suele emplear en saludar de manera formal e idéntica a todos los clientes.

Se queda paralizada, da la impresión de que va a desmayarse.

—¿Se encuentra bien? —le preguntamos Grace y yo, casi a coro.

Ella asiente con la cabeza y se va sin decir una palabra, pálida como una muerta.

—¿Tan fea soy? —me pregunta Grace—. Me ha mirado como si hubiera visto un fantasma.

—Puede que lo haya visto de verdad —murmuro pensativo—. Este es un pueblo muy pequeño, todos se conocen. La muerte de una joven no es una tragedia que una comunidad como esta olvide con facilidad, aunque hayan pasado muchísimos años. Quizá te parezcas mucho a tu madre. ¿Has visto alguna fotografía de ella?

—Casi no sé nada…

—Retiro lo que he dicho antes. Esta no es una ciudad como las demás. Apenas salgamos a la calle, la mayoría, los menos jóvenes, tendrá la impresión de estar viendo un fantasma caminando. ¿Serás capaz de hacerlo?

—¿Qué puede suceder?

—Quizá finjan indiferencia o traten de hablar contigo, pero también hay una posibilidad menos agradable.

—¿Cuál?

—Si la familia de Barbara trató de ocultar su embarazo, podrían intentar asesinarte. —Grace abre desmesuradamente los ojos y los labios, me mira aterrada. Suelto una sonora carcajada a la vez que cabeceo—. Eres tonta de remate, Bambi. Estoy bromeando. Nadie te asesinará o, al menos, no le resultará tan fácil: ¡antes de hacerlo tendrán que pasar por encima de mi cadáver y del de Fred!

Confirmo que este pueblo es el escupitajo de un unicornio gigante. Por todas partes hay letreros en inglés y sueco que dan la bienvenida a los turistas.

Después de vagar durante varias horas sumergidos en un extraño mundo, que parece coloreado con los efectos especiales de Instagram, pese a ser del todo real, elegimos un sitio para comer. Es un pequeño local con la fachada de colores y un caballito de madera pintado de rojo delante de la puerta. De repente, mientras comemos unas galletas que, para variar, tienen también forma de caballito, el chico y la chica que están sentados a una mesa próxima y que no han dejado de fingir en todo el tiempo que *no* me miran, nos preguntan si nos gusta la cocina local, si hemos probado las rosas con canela, y nos tienden una bandeja con los pastelitos cubiertos de azúcar.

Grace debe de ser idéntica a su madre, estoy convencido. La miran como si fuera mucho más que un fantasma: como si fuera una extraterrestre. Pregunta a la pareja si son de Lindsborg y también por los caballitos de madera que hay por todas partes en la ciudad.

—Al principio eran juguetes, pero luego se convirtieron en el símbolo de Suecia —le explica la chica, que se llama Agneta—. Mi tía tiene una tienda de recuerdos aquí cerca y vende caballitos de madera de todos los tamaños. ¿Os apetece verlos?

Grace y yo nos miramos. Le sonrío y ella me aprieta con fuerza una mano por debajo de la mesa. Se la estrecho también para detener el temblor de sus dedos. Al final, asiente con la cabeza y dice:

—Sí, encantados.

La tienda está a dos pasos, al final de la manzana: es un comercio típico de una película navideña, en la que quizá los juguetes cobren vida al anochecer. Hay unos cuantos clientes, deambulamos un poco por ella como cualquier turista. Siento el corazón de Grace en sus yemas, que me aprietan la palma de la mano, lo veo en el rubor de sus mejillas, lo leo en sus ojos brillantes. No sabe qué va a pasar: quizá Agneta y Jasper sean simplemente dos amables habitantes de este pueblo, al que solo le falta un poco de nieve artificial para parecer la sucursal del pueblo de Papá Noel en el Polo Norte. Quizá su invitación no tenga nada de misterioso, nadie la ha mirado de forma extraña, puede que la camarera de esta mañana estuviera mareada de verdad y que todos hayan olvidado a la joven llamada Barbara que murió hace dieciocho años.

Pero, al cabo de unos minutos, después de que haya salido el último cliente, la propietaria de la tienda, una mujer de mediana edad que luce un vestido largo, de color azul oscuro, y un delantal amarillo, se planta delante de la puerta de entrada mientras su sonrisa se pliega hacia abajo hasta convertirse en una mueca de desolación. Mira a Grace como si fuera un fantasma, una extraterrestre y una pequeña diosa sueca a la vez antes de susurrar:

—Te pareces demasiado para que estés aquí por casualidad. ¿Eres la hija de Barbara?

Grace no me suelta la mano. Susurra un «sí» que parece el silbido del viento.

—Entonces yo soy tu abuela, soy la madre de Barbara. En todos estos años no te he buscado. Preferí olvidarte. ¿Podrás perdonarme?

Hago ademán de alejarme, no es asunto mío, es su vida, su pasado, su historia. No es que no desee formar parte de ella, es que no puedo. Cuanto más me acerque a ella, más difícil será el extraño hilo que parece unirnos, de manera que, aunque ella insiste para que me quede, decido salir de la tienda.

Deambulo un poco y me siento culpable por haberla dejado sola, pero sé que es bueno que sea así, tendrán muchas cosas que decirse, muchas preguntas y muchas respuestas que hacerse, y yo no tengo nada que ver con ellas.

Pero después me doy cuenta de que soy yo el que se ha quedado solo. Yo sin ella. Me sentiré solo dondequiera que vaya. Debería haber escapado en Kentucky cuando la vi rodeada de luciérnagas. No, debería haber escapado ya en Central Park. Ahora sería libre, sería el Channing de siempre, ahora estaría quién sabe dónde con una chica guapa de paso, con mi vida de paso.

Pero, maldita sea, la mera idea del tiempo que ha transcurrido desde junio, sin el reflejo de su sombra en la carretera, sin sus mejillas rosadas, sus parloteos interminables y sus sonrisas, me duele, siento que ardo. Me duele incluso la idea de no volver a ver a esa especie de ratón que juega con los cordones de los zapatos, que trepa por todas partes en la habitación.

Ella vuelve al cabo de un par de horas. Tiene los ojos hinchados y la nariz roja. Está emocionada, pero hay algo más. En su mirada hay algo que va más allá de la conmoción propia de la fortísima experiencia que acaba de vivir.

—¿Cómo ha ido? —le pregunto.

Me mira iracunda, con rabia y decepción.

—Te supliqué que te quedaras, te lo pedí de mil maneras, pero te marchaste de todas formas, así que supongo que te importa un comino lo que ha pasado, tu pregunta es falsa, retorcida. Es evidente que solo te interesan las cosas inútiles, como curiosear en mi móvil y gritar a mi exnovio, pero cuando necesito de verdad tu ayuda prefieres largarte. Está bien, como quieras, se acabó.

Agarra la mochila, mete dentro las cuatro cosas que tiene con aire resuelto y apresurado.

—¿Qué significa «se acabó»? —le pregunto. Intento estrecharle una mano, pero se zafa de ella. Por error, mis dedos se quedan

316

enganchados en su pulsera —la auténtica que le regaló Gladys, no la tatuada— y se la arrancan.

—¡Lo has hecho a propósito! —exclama. La mira al caer al suelo con los ojos brillantes y la voz llena de angustia y rabia—. ¡Mis deseos no se cumplirán jamás y nunca seré fuerte y valiente, no encontraré mi camino en la vida y no viviré un amor inolvidable!

Es obvio que no lo he hecho a propósito, pero es inútil tratar de hacerla razonar, en parte porque me obsesiona otra cosa.

—¿Qué significa «se acabó»? —insisto.

Se inclina hacia el suelo y recoge la pulsera como si fuera un pájaro muerto, con la misma expresión de dolor.

—Significa que mi abuela me ha invitado a pasar unos días en su casa. Aceptan también a Fred. Iré y luego seguiré el viaje sola. Eres libre de ir adonde te parezca y de hacer la vida que te parezca. He sido una estúpida, es cierto, las señales eran claras, no me has prometido nada, ni siquiera una moneda de chocolate, no digamos El Dorado. Con lo que ha sucedido he escrito una novela de doscientas mil palabras y al final ha quedado reducida a un telegrama de cuatro. «No. Te. Gusto. Bastante.» Además, siento que soy una carga. Solo soy una chica torpe a la que no quieres dejar sola, porque podría meterse en líos y tu alma de policía frustrado se sentiría culpable. Puedes estar tranquilo, no permitiré que me asesinen, puedes quitarte ese peso de la conciencia.

Estoy tan turbado que no me doy cuenta de la rapidez con la que lo ha recogido todo. Solo le falta Fred, que se niega en redondo a bajar del armario.

Y yo me niego a respirar. Estoy inmóvil en medio de la habitación y la miro como si no la estuviera mirando a ella, sino el vacío que dejará en unos instantes. Es lo que deseo. Que se vaya. Separar su vida de la mía ahora que es más fácil. Es lo mejor, ¿no? Además, ahora que está enfadada conmigo, me olvidará con más facilidad. Lo ha decidido ella, así me exime de toda responsabilidad. No la estoy dejando sola en medio de la nada por un capricho repentino. Ella ha tomado esa decisión. Se las arreglará. El hombro ya no le duele, los hematomas han desaparecido, ha encontrado a su familia biológica y dentro de unos días tiene una cita con Gladys, Edward y Kate en Four Corners, así que puedo largarme con la bendición de todos. Además, no hemos hecho el amor, así que no tengo ninguna obligación moral hacia ella. Bien.

La miro. Tiene dos espejitos resplandecientes en los ojos. Me tiende una mano como si quisiera despedirse de mí, como hace cualquier persona cuando quiere decir adiós delante de una puerta. Las personas que no mueren ante la idea de decir adiós. Las personas que no son como yo.

Me acerco a ella y aferro su mano, pero no se la estrecho como esas personas. Estrecho su cuerpo en un abrazo, contra la puerta.

—Grace...

—Suéltame, no soporto las despedidas melodramáticas. Apártate. Si quieres ser útil, ayúdame a coger a Fred y...

—Te quiero.

—Y mételo en la funda, así...

Deja de agitarse, pero no de temblar como una pequeña hoja. La funda de la cámara fotográfica cae de golpe en la moqueta. De sus ojos-espejitos resbalan dos lágrimas ardientes. Las siento bajo los labios mientras la beso.

—Te gustan los juegos de palabras —murmura a duras penas.

—Te quiero —repito y me doy cuenta de lo fácil que es decirlo, de lo estúpido que he sido por no habérselo dicho hasta ahora—. No es ningún juego, solo quería que lo supieras. Estoy loco por ti. En Central Park sentí enseguida que me mirabas y te miré y pensé que tenías los ojos más bonitos que había visto en mi vida. Solo después vi al tipo que intentó robarte.

—Yo, no...

—No me crees, lo sé, pero es cierto. Quería decírtelo antes de que te marcharas. Eres libre de hacer lo que quieras, por supuesto. Tienes razón, he intentado alejarte de todas las maneras posibles, pero no lo he conseguido. Para nada. Te quiero más de lo que he querido nunca a nadie en este mundo. A cualquier persona y a cualquier cosa, incluida la escalada, los motores, dormir bajo las estrellas y el caramelo salado.

—Uf, ¿cómo puedo seguir enfadada contigo si me dices esas cosas? —exclama ella, pero mientras lo hace, noto el eco de una sonrisa en sus palabras y me siento tan feliz como un niño que nunca ha visto un cachorro de alce morir ante sus ojos.

La beso, me besa, la estrecho cada vez más contra la puerta, la deseo como un hombre desea a una mujer cuando comprende que es inútil fingir que no la desea.

—Grace…

—Se acabaron las palabras.

—¿Quieres?

—Sí.

—¿Todo?

—Todo.

Espero que mi corazón no muera justo ahora.

CAPÍTULO 19

Cosas que debo hacer antes del verano:

1. ~~Marcharme sin decírselo a nadie1.~~

2. ~~Besar a un desconocido fascinante~~

3. ~~Sacar un montón de fotografías~~

4. ~~Bailar como una loca en medio de la gente~~

5. ~~Hacerme un tatuaje~~

6. ~~Viajar por la Ruta 66~~

7. Ver la emigración de las mariposas

8. ~~Hacer una sesión de espiritismo~~

9. ~~Consolar a una persona triste~~

10. ~~Ponerme un vestido raro~~

11. Pasar mi cumpleaños en Four Corners

12. ~~Perderme en un bosque~~

13. ~~Hacer algo absolutamente loco y peligroso~~

14. Salvar una vida

15. ~~Enamorarme~~

El corazón de Channing no murió entonces, pero al de Grace le faltó poco. En las novelas de amor que había leído los movimientos eran perfectos y no se mencionaba al dolor. En esas novelas la protagonista sabía qué hacer, a pesar de no haberlo hecho jamás, y, por descontado, no lloraba.

Grace no era tan perfecta como esas heroínas y no pudo contener las lágrimas. No porque se arrepintiera, al contrario, irradiaba felicidad y tenía miedo de decepcionarlo, de no ser lo bastante guapa, de no ser lo bastante hábil.

El momento que siempre recordaría sería el del dolor, no por el dolor en sí, sino por el vínculo que el mismo había creado. Había visto algunos documentales televisivos donde aparecían flores abriéndose a cámara lenta. Siempre le habían fascinado esas grabaciones, la ternura de ese nacimiento, tímido y audaz a la vez, y la sabiduría de la naturaleza, que sabía crear cosas preciosas sin necesidad de fórmulas mágicas.

Cuando Channing se convirtió en parte de ella, se sintió como algo precioso, herido pero espléndido, y pensó con intensidad en las flores que brotaban en el momento justo, ni un instante antes ni uno después, como si supieran, con un instinto encantador, que solo necesitaban ese rayo de sol para abrirse.

Después, permanecieron entrelazados en un nudo de brazos, piernas, pelo, corazones y respiraciones.

—Ahora eres mi prisionero —le dijo Grace sonriendo.

—Ya lo era antes —murmuró Channing sin dejar de besarla en un punto preciso, un punto preciso y diminuto, detrás de un lóbulo, mordiéndola de vez en cuando sin hacerle daño—. Ahora he caído en la trampa de forma oficial.

Para Grace «caer en la trampa» implicaba una estafa, un daño causado por el engaño de otro, un beneficio inferior a las promesas. Así pues, le preguntó frunciendo el ceño:

—¿Tan torpe soy?

Channing empezó a mordisquearle la boca y no dijo nada durante un rato. Solo habló un beso eterno.

—Eres torpe, sí —confirmó al final—, pero tienes la fuerza de un terremoto, un alud y un tornado.

—¡Todo muy agradable, vaya!

—Un tsunami, una cascada y un incendio. Cosas que no dejan títere con cabeza cuando suceden, pero no, no has sido torpe.

—Debes darme tiempo para que me acostumbre a… bueno, para estar a la altura.

Channing se rio entre dientes.

—¿«A la altura»? Si no dices una tontería de vez en cuando, no eres feliz, ¿verdad, Bambi? Pero creo que también te quiero por eso.

—¿En serio?

—¿En serio qué?

—¿Me quieres?

—¿Te lo he dicho antes o lo he soñado?

—Bueno, quizá…, quizá lo dijiste para que no me marchara y *conseguir esto.*

—¿Y tú te quedaste a pesar de creer que era mentira?

—Porque yo te quiero *de verdad*, no es una mentira.

—Dije lo que pienso, tonta. Nunca miento.

—Casi nunca.

—No mentía cuando lo dije y no miento ahora. Cuando te beso me siento como si… como si el mundo estuviera hecho de pétalos. Es una locura, ¿no crees? Así que, como ves, me has atrapado. Me estoy volviendo idiota.

—Y yo descarada.

—En cuanto a eso, lo confirmo solemnemente.

—¡Deberías haber dicho, que sé yo, que soy un ángel y que nunca seré una descarada!

—De eso nada, eres una descarada, Bambi, pero, en cualquier caso…

—En cualquier caso, ¿qué?

—Siéntete libre de ser como quieres ser. Airada, feliz, romántica, descarada incluso. Lo que tú quieras, siempre. ¿Me lo prometes?

—Sí, y tú…

—Y yo ¿qué?

—No dejes de incluir la palabra «siempre» en tus frases.

—¿Tu abuela te está esperando?

Era tarde por la mañana, habían pedido el desayuno en la habitación y, sentados en la cama con las sábanas alrededor de sus cuerpos desnudos, estaban devorando una montaña de pastelitos suecos deliciosos, esparciendo migas por todas partes.

—No —contestó Grace después de haberse comido un suculento pastel relleno de uvas pasas y de haber dado un pedacito a Fred, que brincaba por la cama recogiendo los minúsculos restos—. No acepté la invitación. Te dije que le había dicho que sí para prepararme una salida de escena menos ridícula que «Me voy, aunque no sé adónde ir».

—Así que me engañaste.

—Un poquito, pero estaba muy enfadada contigo, porque me habías dejado sola.

—No debería haberlo hecho, perdona. ¿Por qué no me cuentas cómo fue?

Grace sonrió.

—Bien. A pesar de no haber entendido bien el nombre de todos, he descubierto que tengo un montón de parientes. Estoy casi segura de que tengo un primo de tercer grado que se llama Landnámabók, pero no pondría la mano en el fuego. Todos fueron encantadores conmigo, y estaban conmovidos, mucho. Mi abuela se sentía culpable, por no haberme buscado nunca. Qué raro es decir «mi abuela». En el fondo, es una desconocida, pero, al mismo tiempo, no lo es. Me enseñó fotografías de Barbara. Se parecía a mí. Sentí miedo.

—¿Miedo?

—En esas fotos aparecía yo, en lugares donde no he estado jamás, vestida con ropa que nunca me he puesto. Me produjo un extraño efecto, por un momento me sentí como si hubiera perdido la memoria. Espera, te las enseño, me regalaron varias. También una cosa que hizo ella. Querían darme muchas cosas, incluso de valor, pero las rechacé. Me basta con esto.

Bajó de la cama, rebuscó en los bolsillos de su chaqueta y volvió al campo de batalla de sábanas y migajas. Miró a Channing, que la observaba con una extraña expresión en la cara.

—¿Qué pasa?

—No quiero restar poesía al momento, pero si te mueves y te inclinas de esa manera, se me ocurren cosas poco poéticas.

—Me acabas de decir que me comporte como quiera, pues bien, en este momento me apetece moverme desnuda por la habitación con desvergüenza.

—El problema es que así, por mucho que intentes distraerme, una parte de mí tiene también la pésima tendencia de hacer lo que le da la gana.

Grace se echó a reír y se acercó a él gateando por la cama. Se sentó apoyando la espalda en su pecho. Al ver las fotografías de nuevo, la sensación de alienación, amnesia y confusión se atenuó. Vio algunas diferencias que antes no había notado, porque buscaba los parecidos. No era tanto el físico, ya que era difícil encontrar discrepancias; quizá, siendo muy quisquilloso, el pelo de Barbara era más ondulado que rizado. La verdadera diferencia estaba en la expresión, en la pose.

—Mírala. Se parece muchísimo a mí, ¿no crees? Pero ella era… era muy decidida. No se dejó domar por nadie. Decidió que no abortaría ni se casaría, siguió adelante con el embarazo, dio en adopción a su hija, pidió conocer a los padres adoptivos y nadie consiguió disuadirla. Debería odiarla por eso, porque me abandonó, pero no puedo. Admiro en cualquier caso su valor. Admiro lo que no poseo. Quizá la envidie también un poco.

—Tú eres muy valiente. Deja de menospreciarte.

—Puede, pero si me quedase embarazada no sería tan valiente como ella. Yo me quedaría con el niño.

—¿Y esa te parece una decisión menos valiente? —Channing se echó a reír.

—Quizá no, en efecto. Bueno, cualquier decisión debe juzgarse en su contexto. ¿Quién era la persona que la tomó? ¿Qué sentía? ¿Quería al chico con el que estaba? Yo creo que sí, pero mi abuela aún siente rencor hacia él, porque él conducía la moto cuando tuvieron el accidente. Se llamaba John a secas, no puede ser más americano. No era sueco, era originario de Wichita y allí se dirigían para buscar una casa donde vivir juntos cuando murieron. Mira lo que me regaló mi abuela, además de las fotos. —En la palma tenía un caballito de madera tan grande como una pieza de ajedrez. Era rojo, con los adornos de colores alegres, blanco, verde, amarillo y azul—. Barbara era también artista, le gustaba pintar y esculpir: lo hizo ella. ¿A qué es mono? —Sintió un beso de Channing en el pelo y que sus piernas fuertes ceñían su cuerpo—. Cuando me marché, mi abuela se puso a llorar. Me preguntó: «¿Me escribirás? ¿Me llamarás?». Le dije que sí. Lo haré. Le prometí que volveré a visitarla. Después dejó de llorar y, te juro, daba la impresión de tener dieciocho años menos. Parecía más joven, tenía la frente más lisa, los ojos más vivaces, la espalda más erguida. Yo también me siento distinta. Menos joven. Más mujer, más feliz y más triste a la vez. En cierto sentido, este encuentro, el hecho de verme en una foto en la que no aparezco, ha sido como encontrar el fantasma de alguien que ya no existe pero que siempre existirá. Me alegro de haber venido. Cada vez estoy más convencida de que mis verdaderos padres son los que menos se parecen a mí, aquellos con los que no tengo en común ni una secuencia de ADN, pero estoy contenta de mi decisión. De todas mis decisiones. —Sonrió con dulzura y exhaló un breve suspiro—. Una vez te dije que debía encontrar el lado bueno de ser adoptada, supongo que es el hecho de tener varias personas que piensan en ti y que te quieren.

Ladeó un poco la cabeza y besó un brazo de Channing. Después, con un movimiento lánguido, se volvió, lo obligó a tumbarse y se echó encima de él. Lo miró a los ojos y se sintió en casa, una casa sin techo ni ventanas, ni porche, ni tragaluz, pero con todas esas cosas a la vez.

Porque cualquier persona, no cualquier cosa, puede ser un hogar.

Cuando volvieron a la Ruta 66 Grace experimentó una intensa sensación de pertenencia, como si esa carretera fuera una amiga que aguardaba su regreso. Incluso rogó a Channing que se detuviera en un punto para apearse y acariciar su dorso rugoso.

Tras dejar atrás Oklahoma, atravesaron Texas y encontraron una larga sucesión de metas características: *drive-in*, gasolineras, una cisterna de agua inclinada como la torre de Pisa y un parque lleno de auténticos Cadillac clavados en la tierra, diez setas oblicuas de todos los colores que los turistas podían pintar a su gusto con pintura en espray, como si fueran grandes telas metálicas, pero, sobre todo, dado que la *nada* seguía siendo para Grace la parte más interesante del viaje, presenciaron un cambio radical de clima y vegetación.

Calor menos sofocante y paisajes menos ordenados, menos cultivados, menos domados. Predominaban las praderas áridas, con algún bosque pequeño de robles de cuando en cuando, pero cada vez con más claros, vencidos por la hierba baja y amarillenta.

Eligieron un *camping* para pasar la noche tejana. En Amarillo había un rancho con varias explanadas donde se podían montar las tiendas. En la zona había muchas áreas así, pero Grace eligió esa por un motivo casi mágico: a la entrada del rancho, al lado de la escultura de un águila americana y de una bandera con estrellas y franjas, había un caballo falso de tamaño natural. No era tan bonito ni tan artístico como los caballitos de madera suecos, más parecidos a juguetes estilizados que a verdaderos animales, este era de plástico y cursi, pero a Grace le pareció una señal de bienvenida.

La explanada estaba casi desierta, ya que la mayoría de la gente viajaba en caravanas, de manera que, tras montar la tienda y comer tallarines en lata, se sentaron delante de la entrada del pequeño campamento. Después de varias horas de ajetreo, reinaba el silencio. Grace miraba a Channing mientras este le pelaba un melocotón. Solo les había quedado uno y él, con el plato de plástico apoyado en las piernas, lo estaba pelando para ella, en el silencio y la oscuridad, apenas iluminada por una lámpara minúscula. Cuando acabó, le fue pasando los pedazos y Grace pensó que el amor era eso: cuando alguien te ofrece el último melocotón, solo a ti. Y tú lo compartes con él, y el melocotón te parece más bueno, porque os lo coméis juntos y luego tenéis el mismo sabor en la lengua.

Se sintió feliz de pertenecerle, de haberlo esperado y de desearlo tanto que no había un instante en su día, ni siquiera en las noches más oscuras, en que el sol no pareciera el molinete de una fiesta infantil colgado en la barandilla de un balcón.

De repente, le preguntó:

—Gladys también te regaló una pulsera de la suerte, ¿verdad?

—Sí, la metí en alguna parte, no me la he puesto.

—¿Puedo ponértela yo?

Channing se rio, agarró uno de los rizos de ella y tiró de él, luego se acercó a su boca.

—De acuerdo, pero solo porque, si no lo hago, me darás la tabarra.

—¿Puedo buscarla en tu mochila?

Por un instante, Channing la miró como un ladrón que se mueve a hurtadillas en la sombra al que un faro deslumbra de repente.

—No, yo lo haré.

Una leve melancolía invadió el corazón de Grace. No era la primera vez que, cuando la veía cerca de la bendita mochila, fruncía el ceño y asumía una expresión de temor incomprensible. ¿Temor de qué?

—No pongas esa cara. No curiosearé nunca sin tu permiso, ya lo sabes.

—Lo sé. Es que dentro está todo revuelto y… yo la buscaré.

Grace asintió, se mordió los labios y miró alrededor para no mirarlo. El rancho donde se encontraba el *camping* estaba literalmente en medio de la nada. Acres de pradera, alguna que otra casa aquí y allí, a tanta distancia que parecían de plástico, y varios centenares de metros de cercado de alambre de púas para alejar a los animales salvajes. Intentó concentrarse en el lugar, las cosas y las estrellas, pero algunas reacciones de Channing hacían que se sintiera mal.

—No te enfades conmigo, pequeña. —El aliento de Channing le acarició la oreja cuando le dijo al oído—: Es que no quiero que descubras demasiado pronto lo desordenado que soy, porque podrías querer escapar. He encontrado la pulsera. ¿Quieres ponérmela tú?

Ella asintió de nuevo. Se la ató en silencio y le pidió que pensara tres deseos.

—Pero no me los digas o no se cumplirán.

—¿Tenemos que ejecutar también una danza propiciatoria? —preguntó él en tono burlón.

—No das la debida importancia al rito. ¡Tienes que creer en él!

—El problema es que, últimamente, mis pensamientos solo ven y sienten una cosa.

—¿Qué?

—No me digas que no lo sabes.

La miró con tanta intensidad que Grace se ruborizó. Vaya si lo sabía: la última parte del viaje había sido maravillosamente lenta y lánguida. Habían tardado más en cruzar Texas que en llegar a Texas desde Illinois. Se habían quedado incluso tres o cuatro días en algunos sitios, encerrados en el hotel, sin ver nada, salvo a ellos mismos haciendo el amor y, después, dormían más abrazados que un cuerpo abrazándose a sí mismo.

—Ah, bueno, pero ahora concéntrate en otra cosa.

—¿Quién te dice que mis tres deseos tienen que ver con algo diferente?

—¡Te he dicho que no debes decírmelo o no se cumplirán!

—Ok, estás chiflada. —Channing cerró los ojos riéndose. Pensó en algo y no se lo dijo; a pesar de sus comentarios anteriores, al parecer lo hizo con seriedad. Después abrió los párpados—. ¿Contenta?

Lo que vio, sin embargo, no lo alegró. Grace estaba de pie y miraba con nerviosismo alrededor.

—¡No veo a Fred! No está en la funda ni en la tienda.

—Estaba aquí hace unos minutos, le di un pedazo de melocotón. No puede haber ido muy lejos.

Al otro lado de la blanda semicircunferencia de luz de una lámpara de camping, la oscuridad era densa, el negro no tenía matices.

Channing sacó de la mochila una linterna de bolsillo y se la dio a Grace. Él la agarró por el asa.

—Estará cerca. Busquémoslo. No hay árboles, no puede haber trepado a ninguna parte. Ilumina solo el suelo.

Se movieron en la oscuridad, llamándolo. A medida que se iban alejando del camping y se acercaban a los límites del rancho, la hierba se iba haciendo más alta y espinosa. Dejaron algo que podía ser un granero a sus espaldas y vieron a lo lejos el límite marcado por varias capas superpuestas de alambre de púas.

Grace percibió un movimiento en la hierba, apuntó la pila en esa dirección y vio unos ojitos amarillos que la miraban.

—¡Ven aquí, Fred! —exclamó—. Ven, pequeño. ¡Ahí fuera hay zorros y coyotes!

Channing llevaba la piel del melocotón en una bolsa.

—Es toda tuya. Vuelve aquí, chico malo.

El lirón, que estaba ya a unos cinco metros de distancia de ellos, pareció tentado por esa oferta suculenta. Sus pupilas resplandecientes emergieron de la hierba como unos pequeños periscopios y olfateó el aire un instante, pero, por lo visto, algo lo interesaba más en otra parte, porque se lanzó a la hierba y echó a correr tan rápido como un ratón.

—¡Fred! —gritó Grace corriendo detrás de él.

Entonces sucedió algo, una de las muchas cosas extrañas que, cuando se cuentan, parecen las historias legendarias de un viejo, ya sean verdaderas o estén noveladas por la nostalgia. Fred se escabulló hacia la derecha, sin franquear el cercado, bordeándolo. De repente, se paró y trepó por uno de los palos de madera que había entre los hilos metálicos. Las dos luces lo iluminaron y las dos luces lanzaron un grito.

A pocos metros del lirón, que se había parado en lo alto del palo como un adorno navideño que contempla las estrellas texanas, un ciervo lanzaba bramidos de dolor ahogados. No era un cachorro, pero tampoco un ejemplar adulto. A saber cómo, había quedado atrapado en el alambre de púas. Estaba completamente plegado hacia delante, como si la trampa le hubiera impedido dar un salto y, en el intento desesperado de liberarse, hubiera empeorado la situación.

Channing y Grace se miraron por un instante: cuatro ojos alterados, dos labios entreabiertos, dos respiraciones contenidas. En ese instante —Grace tuvo la certeza—, los dos se sintieron como si una máquina del tiempo y del espacio los hubiera arrojado a orillas del lago Winnipesaukee, doce años atrás.

No obstante, otra cosa los distrajo enseguida de aquel espantoso trance: al otro lado de la verja había otro ciervo, quizá era la madre, quizá era simplemente un compañero de viaje. Avanzaba y retrocedía pateando, como si, con esos movimientos frenéticos, que solo golpeaban la hierba y el aire, pudiera liberar al animal atrapado.

Si Grace hubiera tenido que contar exactamente lo que había sucedido después, en la calma que sigue a la tormenta, habría comprobado con terror que no recordaba nada. No obstante, vivió esos momentos percibiendo con toda claridad cada detalle: las lágrimas que resbalaban por sus mejillas, el estruendo de su respiración, el alambre de púas, que le hería la piel, y además las lágrimas de Channing, el estruendo de su respiración, el alambre de púas, que le hería la piel. El cuerpo caliente del ciervo, ella, que lo sujetaba mientras Channing le sacaba del cuerpo los minúsculos y malditos puñales. El ciervo que, libre por fin, saltaba al otro lado del cercado, sin sangrar demasiado, pero aún prisionero. Las manos de Channing, que se herían aún más mientras intentaba crear un espacio que permitiera al animal volver al otro lado, con su madre o su compañero de noches pasadas comiendo hierba y soñando con volar como Pegaso. Los ojos de los dos ciervos, al otro lado del cercado, fijando sus ojos, en un intercambio sorprendente que no podía ser más humano.

Cuando los dos animales desaparecieron en la oscuridad, Channing se echó a reír y a llorar, como un adulto y un niño a la vez. Luego se acercó a ella y la abrazó, la besó y se rieron boca contra boca, y sus lágrimas y sus lenguas se mezclaron.

—¿Sabes por qué no pude hacerlo la otra vez y por qué murió el alce? —le preguntó—. Porque estaba solo. Porque tú no estabas conmigo. Todo ha sido distinto gracias a ti.

—Y a Fred —susurró Grace—. No te olvides de Fred. Somos un equipo.

—Un equipo realmente insólito, pero supongo que debo resignarme.

—¿Resignarte? ¿A qué?

—Al hecho de que en la vida no se puede hacer todo solo. A que cualquier peso es más ligero si lo soportan dos personas. A que todo puede ser distinto gracias a un lirón. A que algunas cosas van como deben ir, como es justo que vayan. —Channing le apartó el pelo y le habló a un oído—. Tengo que contarte algunas cosas importantes sobre mí. No pongas esa cara, ya te he dicho que no tengo mujer e hijos en Alabama, me llamo Channing de verdad y no tengo un pasado de asesino en serie, pero ahora no, te prometo que lo haré antes de que termine nuestro viaje.

Ella guardó silencio, vacilante. Por un lado, se sentía feliz de que él quisiera confiarse con ella. Por otro, algo —el tono firme de su voz, como si su decisión hubiera requerido un valor sobrehumano, el recuerdo de la melancolía con la que Piper había mencionado los «secretos de Channing», la frase «antes de que termine nuestro viaje», que él había pronunciado— la indujo a preguntarse si, en el fondo, no habría sido preferible que tuviera hijos en el sur profundo de los Estados Unidos, a una revelación que la aterrorizaba ya, antes incluso de saber nada.

El monumento de las cuatro esquinas —es decir, el punto de los Estados Unidos situado entre el 37º paralelo norte y el 109º meridiano oeste— era una especie de moneda de bronce gigantesca en medio del desierto. Los territorios de Arizona, Nuevo México, Colorado y Utah se encontraban en ese punto y, saltando de un gajo a otro, se podían atravesar las cuatro fronteras estatales en un santiamén, pero, por encima de todo —esta era la diversión preferida de los turistas—, adoptando posiciones extrañas era posible estar en los cuatro estados a la vez.

Grace y Channing llegaron allí al amanecer. No había nadie, la única presencia era la del viento áspero y caliente procedente de Colorado. Alrededor, los puestos donde los navajos vendían sus objetos de artesanía aún estaban vacíos.

Sacaron varias fotos y se sentaron en uno de los bancos de madera que, junto a las banderas de los estados, constituían la escasa decoración del espacio.

Era el 22 de agosto, el día del cumpleaños de Grace y a ella le gustaba la idea de pasarlo allí y de tener el don de la ubicuidad durante unas horas.

Había tachado otros dos puntos de su lista y solo quedaba uno: las mariposas en California. Debería haber escrito una lista más larga y, en parte, le fastidiaba haber sido tan perezosa. Sentía que apenas le quedaba tiempo que compartir con Channing antes de que se vieran obligados a retomar su vida, lejos de los Corvette de color azul pastel que recorren carreteras llenas de esperanza, de los lirones extraños que salva la vida a los ciervos, de los bosques llenos de luciérnagas, de las ciudades fantasma acariciadas por los huracanes, de los vestidos extraños hechos para bailar, de las acuarelas con aviones de papel que superan en altura a los rascacielos, de los melocotones partidos en dos delante de una tienda de campamento y de un amor tan grande que no habría cabido en el desierto. Debería haber escrito una lista más larga, pero por aquel entonces no se había creído capaz de cumplir siquiera esos pequeños sueños. Entonces le parecían utopías propias de una cría que va más allá de sus posibilidades, jamás se le habría ocurrido añadir otras metas, otros límites, otras perspectivas. En ese momento, en cambio, se creía capaz de hacer lo que fuera y de llegar a todas partes. Lo único en lo que no podía pensar era en lo que pasaría cuando el viaje tocara a su fin. Además, él aún no le había revelado su secreto. Grace estaba convencida de que no era nada grave, ya que, de no ser así, no se habría mostrado tan sereno y sonriente.

De esta forma, intentaba ahuyentar los pensamientos sombríos, los apartaba a golpe de pensamientos animosos, los exiliaba aferrándose a la felicidad del presente, sabedora, sin embargo, de que el futuro llega siempre y de que, tarde o temprano, tendría que saldar cuentas con sus temores.

Y, sin embargo, aún era demasiado pronto. Estaba allí, en el Four Corners, y, además, no tardaría en volver a ver a Gladys, a Kate y a Edward.

De repente, Channing sacó algo de su mochila. Era una caja cuadrada, envuelta en un papel con unos dibujos tribales y con una etiqueta adhesiva dorada con el nombre de una tienda de Santa Fe.

—Esto es para ti, Bambi.

—Ah, de manera que es ahí donde fuiste la otra noche —dijo sonriendo.

Al abrirla, lanzó un grito de alegría.

Era una cámara fotográfica. Una réflex. Un regalo para Grace, la Grace que miraba el mundo y se lo imaginaba fragmentado, que no lograba mirar el cielo sin desear ardientemente que esa nube, justo esa, acabara en una foto antes de que cambiara de forma, que veía una buena imagen incluso en una cama deshecha, en dos manos apretadas y apoyadas en la palanca del cambio de marchas, en una sien que acaba de recibir un beso.

Lo abrazó, lo estrechó con tanta fuerza contra su cuerpo que tuvo la impresión de que sus costillas se trenzaban como los anillos de un prestidigitador.

En ese momento, Fred salió de un salto de la funda. No tuvieron tiempo de retenerlo ni de llamarlo antes de que echara a correr como un caballo minúsculo y cómico, que, tras atravesar Arizona y Colorado como una exhalación, se adentra en el desierto.

No cometieron el error de pensar que estaba huyendo, presa de un arrebato de locura, ni que debía salvar un animal o morder a un acosador.

Una pequeña furgoneta Volkswagen de color morado y rosa se estaba acercando a ellos. Grace se preguntó si su corazón podría resistir tantas emociones, todo ese amor concentrado, acurrucado, apasionado, tan sincero como el regalo de un niño.

—¡Han llegado! —exclamó apretando con fuerza la mano de Channing.

—¡Ve a saludarlos, Bambi, pareces un grillo!

—Ven conmigo.

—Claro que voy.

Grace no se lo hizo repetir dos veces.

Corrió hacia sus amigos y los vio bajar de la furgoneta y saludarla. En la distancia parecían pequeños, pero a medida que se acercaban se iban haciendo cada vez más grandes, en especial Kate, que corría delante de todos con un frenesí impropio de una amish.

«Mis amigos. La familia que he elegido. Mi amor.»

Se volvió hacia Channing, pensando que la seguía, de hecho, ya no estaba en el banco. Se había puesto en pie y estaba justo en el centro del monumento. Parado.

La miró.

Le sonrió.

Movió la cabeza como si dijera: «Lo siento, no quería que fuera así».

Después se llevó una mano al pecho y se desplomó en el suelo como un árbol talado.

CAPÍTULO 20
CHANNING

Grace me ha hechizado, no puedo estar sin ella.

Le diré la verdad: estoy enfermo, puedo morir mañana, pero también dentro de diez años, ¿puedes soportar esa espera, ese riesgo, esa espada? Después de todo, ahora estoy bien y no quiero joderme diez años de vida sumergido en las arenas movedizas del miedo y la mentira. Un día de león también significa eso: tener valor. No solo el valor de pasar de la señora con la guadaña, sino también el de afrontar la verdad.

Por eso he decidido que se lo diré, no el día de su cumpleaños, porque, vaya regalo de mierda sería si lo hago. Lo haré dentro de unos días. Quizá se asuste y se vaya sola, pero, al menos… al menos lo habré intentado.

Entretanto, la miro, miro su emoción, su sonrisa, la manera divertida en que se tira al suelo para estar en cuatro estados a la vez y me pide que le saque una fotografía. La alegría con la que abraza la cámara fotográfica que le he regalado, su preocupación por si me ha costado demasiado. La verdad es que me ha costado un poco y, además, es la primera vez que uso la tarjeta de crédito desde hace siglos, pero me da igual. Me da igual.

El corazón me estalla por ti, pequeña bruja.

De repente, deja de ser solo una manera figurada de hablar.

De repente, se convierte en una risa sarcástica que lanza la boca del cielo.

La muerte es un instante.

Cuando quiere, llega sin anunciarse a bombo y platillo, en el silencio del desierto.

Un segundo antes he echado a andar para seguirla, para saludar a Gladys y al resto del grupo, que acaban de llegar, y un instante después una sacudida atraviesa una parte de mi cuerpo y el dolor me dobla en dos. Me sujeto el corazón mientras me tambaleo, mientras sé que estoy en el umbral, un pequeño paso en este mundo y uno grande en el otro.

Grace se para, se vuelve, me mira.

Perdóname, pequeña, he hecho todo lo que he podido.

Te quiero más que a cualquier otra vida en la tierra.

Pero ahora, ¿sabes?, debo caer, porque ya no puedo seguir en pie.

Y, mientras caigo, me pregunto en qué estado de los cuatro de este rincón del mundo moriré.

CAPÍTULO 21

—¡Tenemos que reanimarlo! ¡Es un paro cardíaco! —gritó Kate.

Grace, pálida y sudada, jadeaba como si hubiera corrido varios kilómetros en el desierto. Paro cardíaco. Reanimación. Pánico. Pánico. Pánico.

—¿Cómo se hace? ¿Tú sabes cómo se hace? —le preguntó sofocándose al hablar, desesperada, con el sudor en la boca, las lágrimas en el cuello, tan largas como collares.

—¡Lo he leído, pero nunca lo he hecho!

—¡Hazlo! ¡Haz lo que sea, lo que sea!

Kate asintió con la cabeza. Solo era una cría asustada que había leído el libro de medicina que le había regalado un chico que le gustaba. Nunca había puesto en práctica esas maniobras, pero esa página había permanecido en el libro, a diferencia de las muchas que su madre había arrancado antes de dejarle que siguiera con la lectura, y ella la había mirado muchas veces, de forma que había aprendido que, en caso de paro cardíaco, es necesario hacer un masaje, que una maniobra torpe es mejor que ninguna maniobra y que lo principal es golpear el corazón, golpear el corazón, golpear el corazón.

Golpeó el corazón. Comprimió varias veces el tórax, como había leído en el libro, en ese punto preciso, muchas veces, con rapidez, sin aflojar el ritmo.

Grace observó la escena a través de un telón de lágrimas y dolor. Entretanto, Gladys y Edward habían llegado y él estaba llamando a alguien con el móvil, su voz segura y firme daba indicaciones seguras y firmes a un interlocutor desconocido. Grace tembló al pensar en lo lejos que estaban: la primera ciudad se encontraba a casi cien kilómetros, con el coche tardarían al menos una hora en llegar y Channing habría muerto mientras tanto.

«¡No te mueras, no te mueras, no te mueras, por favor!»

Después de sacudirlo unos minutos, Channing empezó a jadear. Estaba vivo, al menos estaba vivo. Pálido como un muerto, pero aún con vida. Respiraba y, por un instante, abrió incluso los ojos.

—¡Vamos muy bien! —gritó Kate sin dejar de masajearlo—. ¡Tenemos que insistir hasta que llegue la ayuda! ¿Sabes hacer la respiración artificial! Sopla en su boca mientras yo sigo con el masaje, después cambiaremos. Esta maniobra cansa mucho y hay que descansar un poco de cuando en cuando para hacerla bien, si no, no funciona.

Una vez, en el colegio, un médico les había dado una clase de primeros auxilios. Cedric no había participado, pero Grace sí, a pesar de que él la consideraba una pérdida de tiempo, porque, según decía, ese tipo de cosas debían ser hechas por personal experto y no por estudiantes que apenas sabían poner una tirita en un arañazo. En ese caso, la víctima del malestar era un maniquí y Grace se había ofrecido a hacerle la respiración boca a boca, ante las risas de sus compañeros. La vergüenza había entorpecido sus movimientos; además, lo había hecho hacía dos años, no recordaba bien la maniobra. No obstante, en ese instante tuvo la impresión de que su mente salía en búsqueda de ese día, de ese lugar, de esa escena, de la voz sosegada del doctor, borrando los detalles, buscando exclusivamente la información que le servía para ayudar a su amado.

Solo eran dos jóvenes con pocas nociones, que nunca habían salvado una vida. Una había leído un libro y la otra había hecho respirar a un maniquí, pero los que estaban allí ese día, Gladys, Edward, Fred y los doctores que llegaron al cabo de diez minutos con un helicóptero de la unidad coronaria del hospital de Farmington, todos podían acreditar que habían hecho un buen trabajo, sin interrumpir un solo instante el desesperado intento de impedir que escapara la vida.

Después de todo, Ashton también lo había dicho.

Nuestra presencia en un lugar, un día, un momento, puede evitar una catástrofe.

Hemos nacido para ayudarnos.

Somos hilos de oro que pueden reparar la vida rota de los demás.

Cuidados intensivos, un millón de medicinas y de exámenes, verificación de la función cardiopulmonar y la presencia de daños neurológicos, monitorización de la presión y un sinfín de palabras cuyo sentido le era desconocido, demasiado técnicas y demasiado espantosas. Channing estaba vivo, pero suspendido de un hilo, y era inalcanzable. Nadie podía entrar en la sala donde estaba ingresado.

Desde que había llegado de Farmington con Kate en el Corvette, porque no la habían dejado subir al helicóptero, Grace estaba sentada en una silla blanca, apoyada en una pared blanca, en un pasillo iluminado por unos neones blancos colgados del techo. Gladys y Edward llegaron poco después.

No la dejaron sola y ninguno de ellos dejó solo a Channing, a pesar de estar lejos de él.

Grace pensó en él con tanta intensidad que incluso llegó a pensar que Channing podía ver las mismas imágenes que veía ella y leer las palabras que escribía como si le estuviera escribiendo una carta.

Le rogó que aguantara, que se curara, que no muriera, después le contó cómo se sentía y le preguntó cómo se sentía él, si tenía miedo, si notaba en la mano el calor de su caricia y en la boca el de sus besos. Le agradeció su regalo, todos los regalos, que existiera, y luego le suplicó que no dejara de existir. Las lágrimas resbalaron de forma ininterrumpida y de cuando en cuando tuvo que respirar hondo para mover un milímetro el pesar que la ahogaba, como si fuera una roca enorme a la entrada de una cueva.

—Cariño, deben de ser tus padres que te llaman para felicitarte por tu cumpleaños, deberías responder, si no los asustarás —le dijo Gladys al cabo de un rato. Grace se dio cuenta entonces de que su móvil estaba sonando y que, efectivamente, era su madre, pero no quería responder, no quería que la felicitara, solo quería que le dijeran que Channing estaba sano y salvo—. No puedes hacer eso, pequeña —insistió Gladys—. Tienes que decirle algo. Ningún dolor es solo nuestro, nunca, cuando alguien nos quiere.

Pero Grace tenía la impresión de que, si dejaba de pensar en Channing, si dejaba de concentrarse en los mensajes subliminales que seguía mandándole con insistencia desde hacía varias horas, él moriría. Así pues, tendió su móvil a Gladys para que hablara con su madre. Después volvió a entrar en comunicación con el joven que dormía y que, quizá, estaba muriendo en otra habitación.

Al cabo de unos minutos, Gladys se acercó a ella.

—Le he explicado brevemente a tu madre lo que ha pasado. No podía ocultarle la verdad. Está muy preocupada. Deberías llamarla. Tú también te sentirás mejor. Además… tenemos que llamar a los padres de Channing.

—Solo le queda su madre —replicó Grace con un hilo de voz.

—Tenemos que avisarla. ¿Tienes su número?

Una nueva lágrima surcó la cara de Grace mientras abrazaba la mochila de Channing. No la había soltado un segundo desde que habían llegado al hospital y también ese gesto formaba parte del desesperado, supersticioso rito para salvar su vida. No obstante, reconocía que era necesario llamar a su madre. Debían informarla de su estado.

Se sintió culpable mientras abría la mochila, como si estuviera violando una promesa. Allí dentro estaban sus cosas, pocas cosas, como el lector Mp3, una novela de Paul Auster y otra de Dashiell Hammett y, al fondo, envueltas en un papel de farmacia, las cajas de medicinas.

Hasta ese momento no había entendido nada. Creía que el paro cardíaco había sido algo imprevisto, un rayo caído del cielo, una desgracia diabólica, un drama tan inesperado como la muerte a los veintidós años, pero esas medicinas…

—Él sabía que estaba enfermo —susurró.

—Sí, niña mía, creo que lo sabía. ¿No te lo dijo?

«Me habló de un secreto, me dijo que quería contarme algo y tuve la sensación de que me iba a doler y me habría gustado pintar de negro todos los mandalas de Piper, y él, a veces, era huidizo y fatalista y quería escapar de mí y decía que los enemigos no son, a la fuerza, los ladrones apostados en la calle, sino que a veces están dentro de nosotros, y se tatuó un fénix que muere y renace y vuelve a morir y tiene una cicatriz en el corazón y el mensaje de su galleta china mencionaba la muerte… y yo no lo entendí. Tuve miedo de comprender.»

Agarró el móvil con las manos trémulas.

Le temblaron aún más cuando vio la imagen de la pantalla.

«Una foto mía. No llegaré viva al final de este día. Mi corazón también se detendrá o me transformaré en un lago salado. Te quiero como nunca he querido a nadie en el mundo.»

Buscó el número de la madre en la agenda. Ahí estaba. Decía simplemente «Mamá».

—Yo la llamaré —dijo preguntándose de qué bolsillo secreto estaba sacando el valor.

Una voz femenina y ansiosa le respondió al vuelo, igual que su madre, pero ¿acaso todas las madres estaban con el teléfono pegado a la oreja? ¿Todas las madres tenían miedo?

—¡Channing! ¡¿Cómo estás?!

—No soy Channing, soy Grace, una ami… su novia.

—¿Dónde está él? —Un grito, un sexto sentido o puede que una simple y desesperada suma.

—En Farmington, en Nuevo México. Ha estado mal. Ahora está ingresado en cuidados intensivos, pero su corazón late y él respira, no está… —Tuvo miedo de pronunciar la palabra «muerto», así que la dejó suspendida en el aire, segura de que la mujer comprendería el significado de su silencio.

—¡Dios mío! ¡Lo sabía! ¡Lo temía! ¡No hay manera de que se esté quieto! ¡Nunca se toma todas las medicinas, dice que lo debilitan! ¡No quiere hacer el trasplante! Pero ¡yo tengo que ir ahí, tengo que ir! ¡Melvin! ¡Melvin! ¡Un avión, reserva enseguida un vuelo! —Llamó a alguien que estaba con ella en la casa, gritó aterrorizada, igual que había gritado Grace cuando había visto caer su cuerpo—. Grace, ¿has dicho que te llamas Grace? Te ruego que me tengas informada, llegaré lo antes posible. ¡Tenme informada! Y reza, Grace, ¿sabes rezar?

—No, pero estoy aprendiendo.

Un estallido de lágrimas la hirió y ella tampoco pudo contener el llanto: por un instante, dos desconocidas lloraron por el mismo motivo. Después del desahogo, sin embargo, pensó que las lágrimas no lo ayudarían: las lágrimas solo hacen bien o mal a quien las llora.

—Si queremos que sea valiente, debemos ser valientes —dijo a esa mujer de la que no sabía ni el nombre.

Por lo visto, la firmeza de su tono obró un pequeño milagro. La madre de Channing dejó de llorar y de gritar, como si hubiera emergido de un abismo y respirase.

—Tienes razón, Grace. Debemos ser fuertes y positivas. Todo irá bien. Además, puede que ahora… ahora que estás tú quizá cambie de idea sobre el trasplante. Siempre se ha negado. Tengo un buen presentimiento. Gracias por haberme llamado. Voy enseguida.

Cuando Grace colgó, un médico apareció en el umbral. Habló poco, como todos los médicos. Channing no había sufrido daños pulmonares ni cerebrales, su corazón latía con normalidad, pero el infarto podía repetirse. La única esperanza era que aceptase el trasplante. Era joven, tenía un grupo sanguíneo común, una enfermedad congénita y varios episodios casi fatales: estaba en una buena posición en la lista de espera, así que no tardaría en recibir una llamada. Una de las mejores clínicas en trasplantes se encontraba en California.

Grace se sintió como si un pesado abrigo metálico cayera de sus hombros y se rompiera en el suelo. La esperanza es lo más bonito del mundo. Había temido que el médico saliera de la sala con la expresión de quien es portador de pésimas noticias, que les dijera que Channing no lo había conseguido, que había sufrido daños irreversibles y que moriría en unas horas. La existencia de una posibilidad era una luz en una habitación oscura. A pesar de que solo era una, existía y lo que existe, por pequeño e incierto que sea, es mejor que lo que no existe.

Que el Cedars-Sinai Medical Center estuviera en California le pareció otra buena señal del destino. En cualquier caso, tenían previsto llegar a Los Ángeles. Ahora irían por otro motivo y emprenderían un viaje más importante.

«Estaré a tu lado. Tendré tu corazón en las manos, impediré que caiga, lo cuidaré como si fuera mío. Siempre.»

La madre de Channing llegó al día siguiente. No se le parecía mucho, salvo en los ojos. Era morena, bajita, triste, pero no solo en la expresión: era triste en la palidez de su piel, en las arrugas que surcaban su cara, en los pasos rápidos y nerviosos del que está acostumbrado a correr para llegar a tiempo a alguna parte, en la manera apresurada de vestirse, el pelo desgreñado, que le caía sobre los párpados como la mala hierba que brota en una alcantarilla abandonada. La acompañaba un hombre alto, más gordo que robusto, que parecía seguirla para recogerla en caso de que se cayera.

Lo más extraño de ese encuentro fue la sensación de que ya se conocían. Grace no sintió ninguna vergüenza y la señora, que se llamaba Savannah, le habló como si el dolor permitiera trabar amistad en un santiamén.

—Cuando me llamó hace unas semanas comprendí que algo iba mal. Casi nunca llama y cuando lo hace me aterroriza, porque pienso que es un adiós. Estoy segura de que ya se encontraba mal. ¿No notaste nada?

Grace negó con la cabeza. La razón le decía que no podía haberse dado cuenta, pero el corazón la odiaba y la acusaba.

Además de las medicinas, había encontrado en la mochila la receta de un médico de Indianápolis, del mismo hospital donde había ido ella después del accidente con el kart. Así pues, el médico no se había equivocado. Se había sentido mal. Había ido a urgencias.

La idea de que habría podido morir solo era terrible.

A última hora de la tarde, la madre de Channing pudo entrar en la sala de cuidados intensivos.

Grace esperó en el pasillo que, desde hacía unos días, constituía todo su mundo. Edward había reservado una habitación en un hotel próximo al hospital, pero ella solo se había movido de la silla para ir al servicio. No había probado bocado en veinticuatro horas. Vestía la misma ropa del día anterior y aún tenía polvo del desierto en el pelo.

«Hasta que no te vea no dormiré, no comeré y apenas respiraré.»

Al cabo de media hora, Savannah volvió por el maldito pasillo. Tenía los ojos más hinchados y la espalda más curvada. Grace se levantó de un salto, asustada.

—Quiere verte —le dijo Savannah y Grace notó en la lengua el sabor de la sangre, como si se hubiera mordido.

Le recogieron el pelo en un gorro verde y le dieron una bata y unas calzas. Le recomendaron que no lo alterara.

Cuánto miedo le dieron los metros de pasillo que tuvo que recorrer. Un túnel le habría parecido más corto y luminoso.

La sala de cuidados intensivos era un mundo aparte, hecho de paredes de cristal y de equipos complejos que emitían sonidos, como si fueran animales metálicos.

Channing estaba en la última cama.

Los pasos de Grace en el suelo, a pesar de estar atenuados por las extrañas calzas, retumbaban en su cabeza como los golpes de un martillo en un yunque. Lo primero que vio fue un brazo y luego el tórax, del que salían unos hilos que parecían haber germinado en su carne y de las plumas del fénix. Después su cara. Estaba más blanco que las sábanas.

Nada más verla, sonrió. Sin embargo, su sonrisa era débil y triste.

—Bambi —susurró—, acércate. —Ella se aproximó a la cama y le acarició una mano. Recordó la última vez que lo había visto, tumbado en el suelo, los golpes en el pecho, la respiración en la boca, el pánico y el sudor, y no pudo contener las lágrimas—. No, no llores. No debes llorar por mí. ¿Tuviste miedo? Soy un cabrón. No podía hacerte un regalo de cumpleaños peor. ¿Me perdonas?

—Te quiero —le dijo, como si esa frase lo explicara todo.

Channing guardó silencio, como si esa frase no explicara nada. Al cabo de un rato, dijo:

—Me salvasteis la vida. Tengo vagos recuerdos. No estaba del todo consciente. Usasteis mi pecho como un tambor. Casi me rompisteis una costilla. —Sonrió de nuevo, pero, una vez más, sus labios parecían obedecer una orden, no muy convencidos—. Gracias.

—No debes dar las gracias a nadie. Solo debes vivir.

—Perdóname por no habértelo dicho enseguida. Yo… cometí un terrible error. Un error imperdonable que hay que remediar.

—No hagas esfuerzos. Lo sé todo. Los médicos y tu madre me han explicado con pelos y señales tu enfermedad y…

—No me refería a ese remedio. No quiero volver a ver ese miedo en tus ojos. No quiero volver a verte así. ¿Cuánto tiempo hace que no duermes? ¿Has comido? Llevas puesta la misma ropa que ayer por la mañana. ¿Te has movido de este condenado hospital?

—No, hasta que no me asegure de que estás bien, no me moveré de aquí.

—Nunca estaré bien, Bambi. ¿Vas a montar una tienda ahí fuera?

—Si es necesario, enmoheceré aquí.

—En cambio, debes prometerme una cosa.

—¿Qué?

Channing bajó lentamente los párpados por una vez. Tenía los ojos brillantes, los labios agrietados, parecía hecho de cristal.

—No quiero volver a verte.

Grace abrió la boca con una expresión de incredulidad. No podía haber dicho lo que había dicho o quizá quería decir otra cosa o ella lo había entendido mal.

—¿Qué?

—Vete, vuelve a New Haven, ve donde quieras, pero no vuelvas aquí ni a cualquier otro hospital donde me lleven el poco tiempo que viviré.

—¡Tú vivirás! —exclamó ella con la voz quebrada por un repentino sollozo—. El médico ha dicho que con el trasplante…

—Grace…

—¡Lo ha dicho y yo le creo!

—La cuestión no es esa, pequeña.

—Entonces, ¿cuál es?

—El punto es que ni mi vida ni mi muerte te conciernen.

Grace negó con la cabeza. Temblaba. Se sentía desesperada y enfadada a la vez.

—No es posible. ¿Crees que cuando digo «te quiero» lo digo como si fuera el estribillo de una canción tonta que se me ha metido en la cabeza, a pesar de no gustarme?

—Sé que crees en eso, pero me niego a verte en ese estado. ¿Te has mirado al espejo?   Pareces más vieja, estás destrozada, no has dejado de llorar un instante, pero no volverá a suceder, no lo permitiré. Ya te he estropeado un cumpleaños. No pienso estropear el resto. No quiero que pases tu juventud temiendo que yo pueda morir, porque siempre tendrás ese miedo: con trasplante o sin él, siempre estaré colgado de un jodido hilo.

—Di lo que te parezca, yo no me voy.

—Grace…

—No me moveré de aquí y…

—Me partes el corazón.

—Puedes seguir hablando hasta mañana y… ¿Qué es eso de que te parto el corazón? ¿En qué sentido?

—Si no quieres marcharte, a pesar de que, quedándote aquí, te haces daño a ti misma, vete porque, sino, me haces daño a mí. Tu presencia me pone nervioso. Escucha el tictac del chisme con el que me han conectado a los electrodos. Antes era lento. Ahora ha enloquecido. Eres tú, Grace. Puedes matarme antes de hora. Quizá no llegue al trasplante por tu culpa. Vete.

El equipo que monitorizaba el corazón de Channing había aumentado, de hecho, el ritmo de sus señales sonoras. Una enfermera entró apresuradamente, verificó algo y le puso una inyección intravenosa. Después le dijo a Grace:

—Tiene una leve arritmia. No es bueno. Será mejor que salga, señora.

Grace parecía una niña extraviada. Si hubieran conectado los electrodos a su corazón, el tictac de la máquina habría ensordecido al mundo. Empezó a retorcerse las manos, el sudor resbalaba por su pelo, jadeaba.

—No puedes… No puedes pedirme esto… No puedes…

—Y lo estoy haciendo. Han sido dos meses maravillosos, pero han terminado. Mi vida es esta, de una forma u otra. Ahora sal por esa puerta y ve a vivir la tuya.

Su pulso se aceleró tanto que un médico entró a la vez que un celador empujaba a Grace hacia detrás, señalándole con firmeza la salida.

Ya no podía verlo. La puerta se cerró como un telón. Mejor dicho, como una cancela.

El pasillo le pareció aún más largo que a la ida, más oscuro y sofocante, como si llevara al centro de la tierra o a una tumba. Cuando abrió la última puerta, Gladys, Edward, Kate, Savannah y su silencioso compañero seguían allí, sentados en las sillas, cansados y con aire derrotado.

Después, los vio en medio de sus amigos. A sus padres. Se precipitó hacia ellos a la vez que los llamaba.

«Mamá. Papá. Puede que sea una niña. Puede que necesite vuestra ayuda. Puede que no vuelva a ser feliz.»

Después, se desmayó en sus brazos.

Lo primero que vio al volver en sí fue la cara de su madre. A continuación, un techo de color azul claro, y comprendió que ya no estaba en el hospital.

—¿Cómo está Channing? —preguntó.

—Igual que antes —le respondió su madre, que era muy guapa y morena, como Ava Gardner. Una Ava Gardner un poco afligida, eso sí—. Tú estás hecha un trapo. Ahora te prepararé un baño y…

—¡Tengo que volver al hospital! ¡Debe comprender que se equivoca! —Se incorporó de golpe, pero al hacerlo se mareó y tuvo que echarse de nuevo. Después de puso de lado, apoyando la mejilla en el almohadón fresco, que olía a prímulas, y las lágrimas murieron en la funda. Le había dicho que se marchara, que no volviera. Le había dicho que su presencia podía matarlo. Le había pedido —mejor dicho, ordenado— que viviera sin él.

¿Cuánto tiempo llevaba llorando? ¿Dos días o dos vidas? No podía seguir llevando la cuenta, quizá habían transcurrido cuatro largas estaciones, un verano resplandeciente y tres inviernos. Diez inviernos. Mil inviernos. Solo inviernos a partir de entonces. Tenía la impresión de que estaba totalmente vacía, como una de esas cáscaras de nuez en las que no hay nada al abrirlas, a pesar de parecer normales.

—Tranquilízate, cariño, tranquilízate —le susurró su madre—. Jamás te había visto así. Eres otra persona.

Le habría gustado decirle que era de verdad otra persona. Que en dos meses había vivido unas emociones que algunas personas no experimentan jamás, que había visto amaneceres y puestas de sol y bosques y águilas y trineos abandonados en la nieve, y que, cuando te suceden esas cosas, no puedes seguir siendo igual, no puedes, pero no le dijo nada, solo lograba llorar apoyada en el almohadón.

—No quiere que vaya a verlo —susurró de repente, mirando una ventana velada por una cortina blanca, detrás de la cual los postigos entreabiertos dejaban pasar cintas de aire.

—Lo sé. Se lo dijo también a su madre, que luego nos lo contó a nosotros. Yo… creo que lo ha decidido por tu bien. Tiene razón, Grace. Se enfrenta a una vida muy difícil, decida lo que decida. No puedes sostener ese peso. Eres muy joven, no estás preparada para afrontar unas experiencias tan intensas, tienes derecho a una vida serena, a estudiar, a pensar en tu futuro. Además, apenas lo conoces, no es posible que…

—Lo quiero. —Miró a su madre a los ojos, de manera firme y desafiante—. Lo quiero —repitió—. El tiempo no cuenta y puedo afrontar lo que sea. No soy una niña y si tuviera dos corazones le donaría uno. Se lo donaría, aunque solo tuviera uno. ¿De verdad crees que tendré una vida serena si me ahorro la molestia de recorrer con él este difícil camino? No lo considero una molestia. Estar lejos de él lo es, no saber cómo está, qué hace, qué piensa, si tiene miedo, si sonríe, pero él… él no me quiere. Dice que está mal por mi culpa, que lo altero.

—Eso es cierto, mi niña. No debe alterarse.

—Puede que, dentro de unos días…

—Seguirá en cuidados intensivos hasta el trasplante. Después, en caso de que todo saliera bien, deberá someterse a unos controles muy severos durante mucho tiempo. No será fácil.

En ese momento, su padre entró en la habitación y se sentó con ellas en la cama. No estaba tan pálido como Channing, pero ya no tenía su tono oliváceo de siempre. La preocupación restaba color y luz a todos.

—Tienes buenos amigos —comentó—. Gladys, Edward y Kate son unas buenas personas. Un poco extrañas, pero con un corazón de oro. Has tenido suerte.

—No es cuestión de suerte, sino de destino —comentó ella sorbiendo por la nariz como una niña—, pero el destino está hecho de decisiones y yo he sabido elegir. En parte gracias a Channing. Fue mi ángel de la guarda, me protegió y me aconsejó y yo… no quiero abandonarlo.

—No lo estás abandonando, cariño. A veces, en la vida, nos vemos obligados a seguir un camino que no queremos.

—Ahora, sin embargo —dijo su madre en un tono que no admitía réplica—, te darás un baño y luego comerás algo. No puedes enfrentarte a todo lo que, según tú, estás dispuesta a enfrentarte si te desmayas por debilidad. Debes recuperar las fuerzas, luego podrás sopesar las cosas con más lucidez. Él está mal, ¿qué resuelves si tú también te pones mal?

Grace aceptó de mala gana. En parte era cierto: no podía abandonarse, no podía morir de desesperación. Tenía que ser fuerte por los dos, para demostrar a todos que era una mujer con el valor de una mujer y no una niñata que se ahoga en un vaso de agua.

La bañera no era redonda ni estaba en el centro de la habitación, tampoco era Channing quien le enjabonaba el pelo, sino su madre. Grace se acurrucó en medio de la espuma, apoyando la cabeza en las rodillas dobladas, dejando flotar el pelo mientras el agua recibía sus lágrimas con los brazos abiertos.

¿Qué podía hacer?

¿Renunciar a él? ¿Abandonarlo?

No quería abandonarlo y ese deseo no guardaba relación con el simple pesar que siente un ser humano por el destino de otro.

Ese deseo guardaba relación con su supervivencia, con la falta de aire que sentía, con su vida, que sin él quedaba vacía.

Si hubiera sido más mayor, si hubieran tenido, al menos, treinta años cada uno, nadie habría podido meter baza, nadie se habría opuesto, nadie habría afirmado: «Eres demasiado joven, tienes toda la vida por delante, debes hacer esto y aquello, no estás preparada para sobrellevar un peso así, no es justo que sigas llorando». Ni siquiera Channing. Más bien, todos habrían dado por descontado lo contrario, esto es, que, además de ser capaz de permanecer al lado del hombre que quería, tenía el deber de hacerlo.

Detestaba su edad, detestaba la impotencia de su juventud.

«Quizá, si quieres dejar que todos te traten como a una cría, Channing el primero, deberías dejar de comportarte como una cría. Se acabaron las lágrimas, se acabó la desesperación. Hay una solución, aún no la ves, pero hay una solución.»

—Channing y yo hicimos el amor —dijo de repente. Su voz ya no era la de una hija pequeña, que siempre había vivido como una reliquia que puede romperse, que abre su corazón a su madre y le cuenta con pudor su nueva experiencia, sino la de una mujer que afirma una verdad, un hecho que le concierne solo a ella y sobre el que no pide juicios ni absoluciones.

La señora Gilmore se sobresaltó, palideció, se ruborizó, un mundo de emociones opuestas cruzó su cara.

—Además, he conocido a mi abuela —prosiguió Grace—. La madre de Barbara. No te digo estas cosas para hacerte daño, sino porque sucedieron porque yo decidí que fuera así. Sé lo que quiero y lo que no quiero. No necesito más mentiras ni urnas de cristal. Quiero vivir y enfrentarme a lo que debo enfrentarme.

Ante ese diluvio de información, su madre tuvo una reacción que, de repente, invirtió los papeles en la habitación. Se echó a llorar como una niña mientras los ojos de Grace habían dejado de llorar.

—Me duele verte sufrir, mamá, te quiero mucho, pero sería peor para ti si te mintiera, ¿no crees? Decirte la verdad es una muestra de respeto. Otra es que no quiero saber nada de Cedric y que nunca seré abogado, y no solo porque Yale me rechazó. No estudiaré Derecho en ninguna facultad. Sé que debes digerir muchas novedades, pero tú tampoco eres ya una niña, ¿verdad? Juntas lo conseguiremos.

—Estás tan cambiada. En ciertos momentos me asustas.

—Deberías haberte asustado si hubiera seguido siendo como antes. Si no me hubiera encontrado a mí misma en este viaje. Si hubiera hecho el amor con alguien al que no quería. Si no hubiera intentado conocer a mi familia biológica. ¿Qué persona sería en ese caso? Mi abuela se alegró mucho de conocerme. Le prometí que iría a verla y la próxima vez que vaya podrías venir conmigo, ¿quieres? Somos una familia, todos, pero ahora me secaré y comeré algo. Tienes razón: tengo que estar bien, Channing me necesita, si me desmayo no podré ayudarlo. Además, no volveré a llorar. Se acabaron las lágrimas, a partir de ahora solo seré valiente. Y si piensa que dejaré que la muerte se lo lleve, se equivoca de medio a medio. Yo devolveré la vida a su corazón hasta el último día, de una forma u otra.

«Amor mío:

»He decidido escribirte cartas. Se las daré a tu madre y ella decidirá si debe dártelas y cuándo. No puedo entrar en la sala de cuidados intensivos rompiendo cristales y puertas, no puedo obligarte a encender de nuevo el móvil y no puedo obligarte a leer mis palabras, pero tú no puedes impedirme que las escriba.

»No estoy muy lejos de ti, mi puesto se encuentra al otro lado del deslumbrante pasillo blanco que lleva a la habitación donde estás ingresado. Siempre me siento en la misma silla, al lado de la ventana. El sol de Nuevo México es fuerte, a lo lejos se vislumbra el desierto. El cielo es tan azul que casi parece morado, como el color de tus ojos. Espera, sacaré una fotografía y te la mandaré al móvil, aunque lo tengas apagado. Esperará allí como un cachorro.

»Mis padres están en Farmington desde ayer. El hotel donde se alojan no les entusiasma, pero es el que queda más cerca del hospital, solo hay que cruzar la calle, y yo no me muevo, aunque me hipnoticen. Después de desayunar vengo aquí, me siento en esta silla y te escribo. Tu madre es encantadora, muy amable, y está aterrorizada. Deberías sonreír más o ella morirá antes. Su compañero habla poco, pero parece un buen hombre. Creo que les gusto a los dos: sí, creo que les gusto mucho.

»Gladys, Edward y Kate también se han quedado. Fred no ha podido entrar en el hospital y se ha enfurruñado un poco. Le he comprado unas almendras para que me perdone. Creo que siente la llegada de la primavera: es más lento, menos vivaz, y come como una lima.

»Yo también trato de comer, no por el letargo, sino porque hay que ser fuerte para combatir a un cabezota como tú. Me dijiste que te ponía nervioso y que podía matarte, le he dado muchas vueltas y he comprendido que no es cierto: mi presencia no te agitaba, te agitaban las palabras que me decías, porque te dolía en el alma echarme. Tu corazón enloqueció porque pensabas que era la última vez que me veías y querías que fuera así, pero estoy segura de que, al mismo tiempo, no lo deseabas.

»Te confirmo que no lo era. Volveremos a vernos muy pronto, porque no podemos separarnos. Trata de comprenderlo lo antes posible, estúpido cabezota: trata de entender que nada me da miedo, solo tu ausencia, y que siempre preferiré sujetar tu mano en la habitación de un hospital, oyendo este tictac de nave espacial, que estar en un castillo con las manos vacías.»

«Jessica me ha llamado hoy por teléfono. Si hubiera cumplido ya dieciocho años, habría venido corriendo a ayudarme. ¿Sabes por qué? Porque ella me conoce de verdad. Me gustaría que hablaras con ella. Te diría que la verdadera Grace tiene agallas. Te contaría que, cuando tenía nueve años, hice una huelga de hambre para que mis padres no pintaran de color rosa las paredes de mi nueva habitación. De acuerdo, lo sé, era una tontería, unos años después tuve una indigestión de rosa, pero esa ya era una falsa Grace, así que no tiene importancia. Cuando tenía nueve años, rechacé categóricamente dos comidas y una cena —a pesar de que había *creme brûlée* para cenar— y conseguí que me pintaran las paredes de color amarillo. Llené una pared entera de girasoles. Aún recuerdo el olor a pintura. Había flores y abejas y también un dinosauro. Fue muy divertido.

»En cualquier caso, lo que quería decirte es que Jessica sabe que cuando quiero algo no doy mi brazo a torcer con facilidad. O cuando quiero a alguien. Y yo te quiero a ti, también con el corazón destrozado. Te quiero con locura, Channing, y sé esperar, pero, aun así, no me hagas esperar demasiado, por favor, porque, aunque no pienso moverme de aquí, daría lo que fuera por estar ahí contigo».

«Por lo visto, los médicos le han aconsejado a tu madre que no te dé mis cartas. Por el momento. Estoy esperanzada, no han dicho "nunca". Así que seguiré escribiéndote, porque así me siento más cerca de ti. Dicen que no comes mucho y que has adelgazado. Si pudiera, te daría de comer yo misma. Un bocado y un beso. Un beso y un bocado.

»Me he preguntado si lo que te ocurre es que tienes miedo de dejar de gustarme, porque es evidente que cambiarás con el trasplante. Bueno, si piensas eso, eres idiota. Tú me gustarás siempre. Además, todos cambiamos y si solo merece amor el que está sano y es perfecto, eso no es verdadero amor. Es una pésima imitación. Yo te quiero de verdad, pero tengo que hacer más cosas para que me creas.»

«He hecho algo extraño: me he cortado el pelo. Encontré un peluquero que jamás había visto unos rizos rubios como los míos y los recogió como si fueran esquirlas de diamante. Quién sabe lo que hará con ellos.

»A mi madre casi le da algo. Por poco no te la has encontrado de compañera de pasillo. Me lo he cortado mucho. Mis ojos parecen ahora más grandes y, lo reconozco, estoy graciosa. Parece que tengo menos de trece años, a tal punto que esta mañana no me querían dejar entrar en el hospital, porque no permiten la entrada a los menores no acompañados. Cuando me veas te reirás como un loco, seguro. Reír te sentará bien.

»Todos cambiamos sin necesidad de hacer ninguna revolución. Nadie permanece igual, sino que evolucionamos cada día por razones más o menos graves: somos nubes en forma de osos que luego se convierten en encantadores de serpientes.

»Pero si tú no dejas de quererme, el resto me da igual».

«Hoy he visitado a Gladys y a los demás. Quería decirles que se marcharan. Me sentía culpable, como si estuviera obligándolos a quedarse en Farmington. "¿Sabes qué? —me dijo ella.— Estás cometiendo el mismo error que Channing."

»Le pregunté enseguida qué quería decir, un poco alarmada. Me respondió con su voz dulce, esa voz con que te enseña las cosas sin que parezca que te las enseña. "Como él, tú también crees saber lo que quieren los demás y lo que es adecuado para ellos. Piensas que nos has obligado a interrumpir nuestro viaje. Él hace lo mismo. Ha decidido renunciar a ti, no porque no desee tenerte cerca, sino porque da por descontado que estarás mejor en otra parte. Es un error común, pequeña. Pensar que sabes mejor que el otro lo que lo hace feliz. Yo sé de sobra qué me hace feliz. Estar aquí. Acariciar tu pelo corto, tan gracioso, cuando comprendo que estas a punto de echarte a llorar. Prepararte los caramelos de azúcar después de que Savannah te vuelva a decir que ese cabezota no quiere verte. Eso me hace feliz. No el Gran Cañón ni el Valle de los Monumentos, ni el parque Yosemite. Si muriera mañana sin haber podido visitarlos, me gustaría haber hecho justo lo que estoy haciendo ahora y moriría feliz, sabiendo que mis caramelos de azúcar te gustaron y que dieron un poco de color a tus mejillas. Además, estoy segura de que me reencarnaré en un águila y de que podré ve todo lo que quiera desde una posición privilegiada".

»Además, ¡Kate también dijo una cosa preciosa! Dijo: "Yo también sé qué me hace feliz. Haber estado en Four Corners cuando me necesitó. Pedirte que me dejes usar tu brillo de labios y verte sonreír porque me pintarrajeo. Oírte contar tu viaje con Channing, lo que pasó cuando el huracán os pilló por sorpresa en Missouri, cómo conociste a tu familia en Kansas y cómo salvasteis al ciervo en Texas. Siempre he dudado sobre la existencia del buen Dios, a fuerza de oír hablar de él como de un señor barbudo que ordena y exige, pero ahora me estoy convenciendo de que existe de verdad y me lo imagino como un viento que sugiere palabras al destino y nos da la ocasión de mejorar. Yo me siento mejor aquí, durmiendo en una furgoneta, que en cualquier otro sitio del mundo".

»Confieso que en ese momento estaba ya a punto de echarme a llorar. Edward me dio el golpe de gracia. "No he llegado en vano a setenta años —dijo—. Digo yo que habré aprendido algo de la vida, pues bien, he aprendido que solo yo sé lo que me hace feliz, que lo que le gusta al noventa y nueve por ciento de personas no me gusta a la fuerza a mí, aunque solo sea un insignificante centésimo, y que no cambiaría la última parte de nuestro viaje, tal y como es, por una vida más larga, a pesar de todo el dolor que lo ha acompañado, porque cuando crees que has tocado fondo, es justo el momento de darte impulso y alzar el vuelo. ¿Conoces la antigua poesía de los indios norteamericanos titulada *Los dones de Dios*?"

Le dije que no y él recitó de memoria unos versos preciosos. Le pedí que me los escribiera para incluirlos aquí:

"Pedía fuerza a Dios y me dio dificultades para fortalecerme. Le pedí sabiduría y me dio problemas por resolver. Le pedí prosperidad y me dio músculos y cerebro para trabajar. Le pedí valor y me dio peligros por superar. Le pedí amor y me confió personas necesitadas de ayuda. Le pedí favores y me dio oportunidades. No recibí nada de lo que quería, sino todo lo que necesitaba. Dios escuchó mi súplica".

»No crees que todo esto es cierto, ¿Channing? Estaba cometiendo tu mismo error. Los estaba alejando por presunción.

»No seas presuntuoso, amor mío, deja que me quede.

»Pero debes saber que, aunque no me lo permitas, me voy a quedar de todas formas».

«Por lo visto, sigues rechazando el trasplante. No entiendo por qué. ¿No quieres intentar vivir? Sé que sería un recorrido lleno de obstáculos, me he informado. Después, tu vida no podrá volver a ser como antes, pero depende de lo que consideres como "antes": si antes es la vida desenfrenada y sin límites que siempre has deseado y que llevaste durante cierto tiempo, en ese caso tienes razón.

»¿Qué es lo que no podrás hacer? ¿Escalar? Es verdad, es muy probable que no puedas volver a hacerlo, pero quizá descubras que te apasiona nadar, ir en bicicleta o correr. ¿Cuántas cosas más podrás hacer? Viajar, hacer el amor, incluso tener hijos.

»Si el antes que no quieres modificar, en cambio, es este, bueno, no me parece digno de enmarcarlo. No pienses en la vida perfecta que querrías tener, sino en la que tienes. ¿Qué tienes ahora? Tienes a un joven con un buen problema.

»¿Por qué quieres privarte de la esperanza? ¿No tienes valor suficiente para enfrentarte al viaje tortuoso que vendrá después?

»Una vez me dijiste que a nadie le sucede nada que no sea capaz de soportar. Que al principio no lo entiendes, que piensas que te persigue la desgracia, pero que, de repente, te das cuenta de que todo tiene sentido: el destino solo pretendía que comprendieras una cosa, mandarte una señal para dirigirte hacia cierto camino.

»En otra ocasión reconociste que en la vida no podemos hacerlo todo solos, que el peso parece más ligero cuando lo soportan dos personas.

»Pues bien, ¿no crees que ha llegado el momento de demostrar que crees en lo que dices?»

«Me he enterado de que tu madre te ha hablado de las cartas y de que le has ordenado que las queme. No has sido muy amable, ¿sabes? ¿Crees que comportándote como un capullo conseguirás que me vaya? No me marcharé, puedes estar seguro. A fin de cuentas, sé que no soportas la idea de que me marche.

»¿Me estás poniendo a la prueba para comprobar hasta qué punto estoy motivada?

»Atento, podría sorprenderte.

»Además, si el pelo vuelve a crecerme entretanto, me lo cortaré otra vez».

A menudo me llevo los álbumes que me regaló Piper. Los apoyo en mi regazo y los coloreo. Tenía razón, es muy relajante. Los primeros días solo usaba colores oscuros, ahora he pasado a los más vivaces. Debería ser al contrario, creo, debería sentirme más desanimada a medida que me vas demostrando, con tu silencio y tu pasividad, que el espacio que nos separa es mucho más extenso que este pasillo, pero, por la razón que sea, tengo menos miedo. Quizá porque, al menos, ahora sé dónde estás, qué te pasa y qué se puede hacer. Que tú te niegues a hacerlo es, claro está, otra cosa, pero al menos no me tambaleo en la oscuridad. ¿Te gustaría ver mis pequeños cuadros? Te propongo una cosa: elegiré varios y los meteré en el sobre con la carta. Solo te mandaré los de colores más alegres.

»He revelado todas las fotografías del viaje. ¡Son preciosas! La cámara no es tan buena como la réflex que me regalaste, pero no nos dio tiempo de sacar ninguna con ella. Ya habrá tiempo. Entretanto, debes contentarte con estas. Te meto también varias con los mandalas de colores: en ellas aparecemos nosotros, los lugares donde estuvimos, Fred. Son fragmentos de nuestro viaje, algunos desenfocados, pero también ese revoltijo tenía un sentido.

»Esta noche he dormido con una de tus fotos —pues sí, te saqué algunas sin que te dieras cuenta, pero tú hiciste lo mismo: he visto la que tienes en la pantalla de tu móvil— debajo del almohadón. Tuve la impresión de sentir tu aroma. Dios mío, cuánto te quiero, Channing. Dios mío, cuánto te quiero.»

«No te gustará saber esto, pero he hablado con Cedric por teléfono. Charlamos un rato y no nos insultamos. Solo nos dijimos adiós. Me pareció incluso aliviado cuando comprendió que no pienso gritar a los cuatro vientos su relación con Michelle (ni lo cabrón que es, añado en voz baja) y que acepto que se diga que nos hemos separado de mutuo acuerdo (qué palabras tan solemnes, ni que fuéramos los herederos de la Reina de Inglaterra). Por lo visto, confiaba en que le diera las gracias por la idea, porque, según él, me ha evitado el deshonor de que me consideren la loca que escapó de casa de repente, pero a mí me trae sin cuidado lo que piensa y dice la gente. Por fin me trae sin cuidado. Así que no le di las gracias, solo le deseé lo mejor. ¿Sabes cómo me sentí después? Libre, feliz, tranquila, serena. No, no me sentí de ninguna forma. No sentí nada. Solo pensé que quería escribirte para decírtelo, esperando que no te alteres al leerlo.»

«¿Por qué has roto las fotografías y todo lo demás? Savannah me ha dicho que agarraste el sobre y lo partiste en dos, sin abrirlo siquiera. De esta forma, has convencido definitivamente a los médicos de que mi presencia te turba. Creen que soy una auténtica acosadora, de seguir así me impedirán que entre en el hospital.

»¿Soy una acosadora, Channing?

»¿No he entendido nada?

»¿Me equivoco por completo?

»Han pasado dos semanas y sigues rechazándome y teniendo el móvil apagado. ¿De verdad no me quieres?

»¿Era tu amor, no el mío, el eslabón débil de nuestra cadena?»

«Hoy he tenido que defenderte ante mi padre.

»Se ha atrevido a decirme que es evidente que te doy igual. Que un joven enamorado me habría dado una respuesta, un indicio, una señal de humo, cualquier cosa. Que debería volver a casa y olvidarte.

»Pero yo no quiero olvidarte y, sobre todo, no puedo hacerlo.

»No obstante, tengo que pensar. Tengo que tratar de comprender.

»He decidido seguir el viaje hasta Santa Mónica para devolver el Corvette a Piper. Dijo que lo necesitaba a finales de septiembre, ¿te acuerdas?

»Mi padre se negó en redondo, me dijo: "Podríamos alquilar una barca para llevarlo hasta allí, es mucho más práctico y seguro".

»Pero, cosa rara, mi madre se puso de mi parte: "Creo que puede hacerlo, James", le dijo.

»Él la miró como si la buscara a sus espaldas, como si se preguntara quién era esa mujer tan resuelta, por qué no suspiraba ni lloraba, por qué no veía accidentes mortales ni atracos a mano armada. Fue un momento muy extraño y muy intenso. Los abracé a los dos con toda la fuerza de la que era capaz en ese momento.

»Sea como sea, mañana me marcho. Gladys, Kate y Edward vendrán conmigo. Así mi padre estará un poco más tranquilo. Claro que no le gusta que conduzca casi mil trescientos kilómetros, pero no me hará cambiar de idea por mucho que se empeñe. Se ofreció a acompañarme, pero hace dos semanas que no trabaja y tiene un montón de compromisos a los que atender, así que debe volver a New Haven. En cualquier caso, yo no habría aceptado: quiero seguir sola. Puedo arreglármelas. Si incluso mi madre, que siempre ha tenido miedo de todo, se fía de mí, ¿qué puedo temer?

»¿Te alegrarás cuando Savannah te diga que ya no estoy en esta silla de la sala de espera o te entristecerás? ¿Echarás de menos tener mis pensamientos a tu lado?

»Durante estos días pensaré en lo que debo hacer. No he dejado de quererte, al contrario, te quiero más que antes, pero si tú no me quieres, no puedo obligarte.

»Dímelo, Channing. Dime si mi presencia te hace daño de verdad. Mándame una señal. Te juro que, si intuyo que eres sincero, que lo que pretendes no es simplemente protegerme, sino que, en realidad, te doy igual o pongo en peligro tu salud, dejaré de importunarte. Siempre te jactabas de que casi nunca mentías: pues bien, elimina el "casi" y sé totalmente sincero, sin máscaras.

»Te dije que nunca esperaría nada, aunque me hubieras prometido la Atlántida, El Dorado y una boda en alfombras voladoras.

»Pero si me quieres, haz lo que sea, yo estaré a tu lado en un santiamén».

Llegaron a Santa Mónica el primer día de otoño. La Ruta 66 terminó delante del océano Pacífico, al lado de una noria panorámica, en la bahía. El sol empezaba a ponerse, de forma que todo resultaba magnífico y desgarrador.

Mientras Gladys y Edward admiraban el paisaje del océano invadido de luces, Grace y Kate se sentaron en un banco próximo a un cartel que rezaba: «*ROUTE 66 – END OF THE TRIAL*». Habían quedado con Piper en ese punto del muelle. El Corvette estaba aparcado a poca distancia.

Alrededor resonaba una música alegre, que le recordó el carrusel de Central Park. Grace rememoró lo feliz que era ese día, mientras se aferraba a su potro blanco temblando un poco, como si temiera que un caballo de carne y hueso la tirara al suelo. Por un instante, había tenido la impresión de que el caballito estaba vivo de verdad, aunque quizá fuera ella la que por fin estaba viva, tan viva que había oído incluso un relincho imaginario y el repique de un galope, además de sus carcajadas infantiles.

Por desgracia, si dejaba que los recuerdos la asaltaran, incumplía el juramento que se había hecho a sí misma: no volver a llorar. Así pues, desechó el recuerdo, lo apartó como si fuera una cosa que se podía mover de una habitación a otra y esconder detrás de una puerta, y cambió de tema.

—¿Qué piensas hacer? —preguntó a Kate.

El viaje casi había terminado para todos ellos. De hecho, el océano parecía un límite puesto allí para obligarlos a tomar decisiones.

—Yo volveré a Pennsylvania, pero solo por un tiempo. No dejaré que me bauticen, quiero ser médico. Creía que era solo una obsesión, pero ahora sé que es mi destino. Seré cardióloga.

Grace le estrechó la mano como habría hecho con una hermana más pequeña y no pudo impedir que sus ojos brillaran. Sentía ya una dolorosa nostalgia.

—¿Irás a ver a tu Kenneth?

—No, no es el momento adecuado. Solo tengo dieciséis años. Me trataría como una niña. Lo buscaré cuando me matricule en la universidad. Si no me espera hasta entonces, será porque no era el hombre que el destino me había asignado, a pesar de que, regalándome ese libro, hizo ya mucho por mí.

—También por mí. Si no hubieras sabido hacer el masaje cardíaco…

—¡Digamos que lo intenté! Y entendí que tengo buenas dotes, además de sangre fría, pero tú también pusiste tu granito de arena. ¿Channing no te ha escrito, no te ha llamado por teléfono?

Grace negó con la cabeza.

—Tiene el móvil apagado.

—Qué idiota, te aparta de su lado para que no sufras y no entiende que así sufres más.

—Quizá no me quiera de verdad. Si me quisiera, querría vivir, ¿no crees? Y se está abandonando. Su madre está desesperada. ¿Qué puedo hacer si no permite que me ocupe de él, si no lee mis cartas ni responde a mis llamadas?

En ese momento, una nueva voz terció en la conversación.

—Deja de buscarlo, de escribirle y de mandarle fotos.

Piper estaba delante de ellos, vestida con unos cómodos vaqueros con vuelta en el bajo, una camiseta blanca que dejaba entrever la suavidad de su pecho y su barriga, y la melena pelirroja cortada al estilo Marilyn Monroe. En su boca en forma de corazón brillaba un sensual pintalabios rojo.

Se sentó en el banco, entre Grace y Kate.

—Deja que te dé este consejo antes de pasar a los abrazos, al cómo estás y al cómo estoy, y a las presentaciones. Siento la necesidad de dártelo desde que me dijiste por teléfono cómo se está comportando ese adorable cabezota. Ya sabes que lo quiero como a un hermano, pero… Para comprender cuánto queremos a alguien tenemos que haberlo perdido *de verdad*. Tú has hecho todo lo que podías, ahora deja que Channing te demuestre que tiene huevos. ¿Cuál es tu próxima meta?

—Pensaba volver a verlo después de devolverte el coche y…

—No vuelvas. Haz otra cosa. Haz que te eche de menos. Debe desear recuperarse para ir a buscarte. Me dijiste que querías visitar Pacific Grove. Ve. Termina el viaje que trazaste y no dejes de esperar.

«Puede que nunca recibas esta carta, porque quiero entregártela en persona y no sé si volveremos a vernos. La estoy escribiendo en el bosque del museo de las mariposas, en Pacific Grove. Estamos sentados debajo de un pino. Gladys va vestida de color naranja y parece una mariposa madre, una mariposa abuela y una mariposa diosa. Edward ha traído una *Asclepias curassavica*. Dice que quiere donársela a las mariposas, que en cuanto las vea se la ofrecerá con una reverencia, porque no se va a casa de una señora sin llevarle flores. No digamos si las señoras son muchas, mejor dicho, muchísimas. Kate tiene la cámara fotográfica preparada: ella sacará las fotos por mí. Yo no puedo, tengo la impresión de que ya no puedo percibir los detalles del mundo. Quizá porque los detalles me parecen solos, abandonados, niños que se han quedado rezagados.

»Fred casi ha entrado en letargo, le hemos comprado un transportín para gatitos, lo hemos forrado de papel y pasa casi todo el tiempo durmiendo. ¡Su supieras lo mono que está cuando se acurruca! ¡A veces duerme boca arriba y ronca, ronca como un niño con vegetaciones! Quién sabe con qué sueña.

»Nos han dicho que las mariposas se ven cuando hace más calor y, como hoy es un día más bien fresco para California, tendremos que esperar a que el sol esté alto en el cielo.

»Así que, entretanto, escribo. Escribo a alguien que jamás ha intentado ponerse en contacto conmigo y que, por lo visto, ha decidido recorrer un camino donde solo hay mandalas de colores oscuros.

»Anoche lloré, hacía mucho tiempo que no lloraba. Te busqué en mi cama, deseaba que tus brazos rodearan mi cuerpo, pero no los encontré. Cada vez tengo más miedo de que quieras excluirme, pero, por encima de todo, de que hayas decidido no vivir. Hace tres días que no he hablado con Savannah, no responde al móvil. También he llamado al hospital de Farmington, pero solo me han dicho que ya no estás ingresado allí. Como no somos parientes, no me han dado más información. En realidad, soy una extraña y no merezco saber qué ha sido de ti. Es evidente que ya no estás en Nuevo México, pero ¿dónde estás?

»No espero que aparezcas de repente rodeado de mariposas como en las películas. Kate suele decir que la fe en la magia de Gladys no me ha contagiado tanto como para haber olvidado que un paciente en tus condiciones no puede viajar por California como si nada. Así que no te espero: solo espero a las mariposas.

»Mañana volveré a New Haven en avión. Gladys y Edward acompañarán a Kate a Pennsylvania y se quedarán en el condado de Lancaster hasta que Fred salga del letargo, así podrá dormir tranquilo y sin sobresaltos. Además, quieren quedarse un poco más con Kate, se han encariñado mucho con ella, pero no pienses que quieren convertirse en amish, de eso nada. Solo quieren buscar una casa tranquila en el campo y descansar después de este largo viaje. Me han prometido que el próximo verano vendrán a verme.

»Si pienso en el próximo verano, me echo de nuevo a llorar, porque el próximo verano me hace pensar en este verano y este verano me hace pensar en otro verano, uno cualquiera, en el que no estarás conmigo. Podría ir a buscarte a Providence, pero solo lo haría movida por mi deseo de verte. Dudo que te gustase, siempre y cuando tú… siempre y cuando tú…

»La mera idea de no encontrarte, y no porque estés por ahí de viaje, me mata. La mera idea de que hayas dejado de existir no es solo una cuchillada: es como si me hubieran extirpado el alma, la hubieran pisoteado y la hubieran esparcido sangrante por el Valle de la Muerte.

»Te lo ruego, Channing, vive. Vive, te lo ruego. Si vives, te prometo que no te buscaré más. Solo deseo que permanezcas en este mundo. Si estás en él puedo soportar cualquier cosa, incluso el dolor de no volver a verte. Me basta que estés vivo: así que vive, te lo suplico. Donde quieras, con quien quieras, pero vive.

»Dios mío, no quiero pensar en eso, no debo pensar en eso. Estás bien, lo único que pasa es que no quieres verme, punto.

»Y ahora te contaré la historia de las mariposas. Seguro que sabes que vienen de Canadá para hibernar aquí, en este preciso lugar de los Estados Unidos. ¿Sabes cuántos kilómetros recorren para sobrevivir? ¿Sabes lo valientes que son esas cositas insignificantes hechas de aire y de una deliciosa salpicadura de pintura del color del atardecer? Pero, sobre todo, ¿sabes que las mariposas que parten de Canadá no son las mismas que llegan a California? Las mariposas no viven tanto como para poder recorrer un camino tan largo. De esta forma, durante el trayecto ponen los huevos y mueren, luego, sus hijas prosiguen el viaje. Estas también ponen los huevos y mueren, así que las que llegan aquí son, en realidad, las nietas. ¿Te das cuenta de lo maravilloso que es eso? Unos seres minúsculos emprenden un viaje y desafían a la muerte conscientes de que no llegarán vivos a su destino. Y encuentran ese destino sin haberlo visto jamás, ¿te imaginas? Los mismos árboles: encuentran los mismos árboles que vieron sus abuelos, bisabuelos y tatarabuelos, no unos árboles parecidos en un lugar casi idéntico, sino los mismos troncos que han albergado otras generaciones. Todo esto sin que nadie se lo haya explicado, sin haber leído un mapa, con el simple instinto y una necesidad absoluta de no rendirse a la naturaleza, que las quiere tan frágiles y tan longevas como una flor.

»Termino. Están a punto de llegar. El sol está alto en el cielo y las copas de los árboles se mueven. Hace tiempo tuve una pesadilla, soñé que me atacaban como pirañas, pero ahora sé que no eran las mariposas: eran mis miedos. Hoy, sin embargo, no tendré miedo. ¿Cómo podría ante estas criaturas tan valientes, que simbolizan la victoria de la vida sobre la muerte?»

Dobló la hoja mientras el aire se iba llenando de lepidópteros resplandecientes. Parecían ángeles minúsculos y hadas de los bosques. Una mariposa se posó en uno de sus dedos un instante. Grace le sonrió.

«Hola, pequeña. Gracias por haber venido. Gracias por haber querido vivir».

Cuando se disponía a meter la carta en la mochila para concentrarse en el espectáculo lleno de color y conmovedor, vio que el móvil estaba sonando.

El miedo empezó a devorarla de nuevo como en esa pesadilla. Era la madre de Channing. Respondió con un terrible presentimiento.

—¿Dígame?

Las lágrimas de Savannah, al otro lado de la línea, le dijeron todo lo que había que decir antes incluso de decirlo.

CAPÍTULO 22
CHANNING

No consigo olvidar su desesperación.

¿Cuánto daño te he hecho, Bambi? ¿Cuánto habría podido hacerte?

Si pienso en todas las veces que podría haber tenido un ataque mientras conducía el coche o incluso el kart y en el horrible accidente, mucho peor del que sucedió de verdad, en el que podría haberla involucrado y matarla, me siento un monstruo, un asesino y un loco.

Estará mejor sin mí, desde luego. No puedo consentir que se quede en este sitio de mierda, cerca de un tipo que no se sabe si morirá o no. Mejor dicho, *cuándo* morirá. Fuera hace sol y ella debe estar en el sol, no en la penumbra gris de una habitación, a la cabecera de la cama de un viejo.

Porque me siento viejo. Me siento como si tuviera cien años y estuviera esperando el final natural de las cosas. Estoy tan cansado que me gustaría que hubiera terminado todo en Four Corners.

O puede que no. No. No ante sus ojos. Así no.

Mejor de esta manera, a distancia, donde no puede verme, en el lugar del que llegará la noticia, transportada de boca en boca, con la ligereza de una trama que no ha visto en persona, con la ligereza de una historia que solo se la han contado.

Estará mejor sin mí, desde luego.

Por desgracia… yo estoy fatal sin ella y no me refiero solo al lugar en que me encuentro, al vaivén silencioso y tiránico de los médicos, al ruido incesante de las máquinas que espían mi corazón, a la ausencia de ventanas, incluso de un ojo de buey, por el que poder ver el cielo, aunque solo sea un pedazo.

Me refiero a *su* ausencia, a la simple ausencia de su sonrisa, de su voz, del ruido de sus pasos.

Le dije que estaba mal por su culpa, que tenerla cerca era nocivo para mí, pero ¿cómo estoy ahora?

Estoy inquieto, duermo mal, como poco y añoro a Grace.

A la hora de las visitas mi madre da vueltas alrededor de la cama como un fantasma. No sé si es una impresión, pero parece haber envejecido un siglo. Por otra parte, estoy seguro de que, si yo me mirase a un espejo, vería también el reflejo de un desconocido.

Me gustaría preguntarle por Grace, pero me callo. Podría pensar que quiero volver a verla. Cuando le dije que no quería que volviera a cruzar el umbral de este infierno, se quedó de piedra y no querría que pensara cosas raras.

Solo me gustaría saber cómo está.

Qué estúpido soy, es una pregunta superflua, ¿no?

Le dije que se marchara para que estuviera bien y, sin duda, está bien.

Quizá haya vuelto a New Haven o haya continuado el viaje, seguro que conocerá otros lugares, otra gente, se enamorará de otro y…

No consigo enfadarme, me fallan las fuerzas, estoy tan débil como un niño.

Pero, en el silencio de la noche, puedo permitirme el llanto.

Grace me ha escrito.

Me ha escrito continuamente.

No se ha movido de este jodido hospital.

A pesar de las cosas que le he dicho y de la manera en que se las he dicho, se ha quedado fuera, a pocos metros de distancia, sentada siempre en la misma silla, esperándome. Eso me cabrea.

No quiero que su vida se reduzca a peregrinar detrás de las puertas para saber si estoy vivo o muerto.

La idea de saber que está aquí al lado me altera.

Me enfurece y en parte, solo en parte, crea una sensación de mariposas en mi interior.

—Quema las cartas, no quiero leerlas —me obstino en decir a mi madre para matar las mariposas, la esperanza, la necesidad de Grace y mi egoísmo.

—Esa chica pasa horas ahí fuera, todos los días: me da igual que no quieras leer lo que te escribe, no pienso quemar nada. Además, si crees que podrás detenerla, te equivocas. Es tan resuelta como una leona. Sus padres intentaron convencerla de que volviera a casa por todos los medios. Por un pelo no se encadenó al radiador. ¿De verdad no te importa nada?

No logro contener la voz. La máquina que monitoriza el estado de mi corazón se asusta.

—Claro que me importa, maldita sea —digo, no en voz alta, no tengo bastante energía como para permitirme una exclamación, pero en tono seco, como si estuviera mostrando una cosa obvia a alguien que no la ve—. Por eso quiero que se vaya. ¿Te parece que está viviendo bien? Mira alrededor: soy un bonito paquete de delicias para una chica, ¿no? ¿Quién querría pasar las vacaciones con un moribundo?

—¡Si aceptaras el trasplante, no serías un moribundo! ¡Podemos recibir una llamada en cualquier momento!

—Si llega, haré lo que ya he hecho: la rechazaré. Si no la rechazara, sería un moribundo que se engaña a sí mismo. En cualquier caso, podría no sobrevivir. ¿Qué hago? Voy y le digo: Grace, imagínate que muero en el quirófano, que mi cuerpo rechaza el nuevo corazón y muero de todas formas; si, en cambio, sobrevivo, imagínate un año de mierda en el que pasaré la mayor parte del tiempo en el hospital y en el que no podré hacer nada, salvo, más o menos, vegetar. Por no hablar de la vida que me espera después, tomando una cantidad de medicamentos que mataría a un tiranosaurio rex. Menuda alegría, ¿verdad? ¡Superguay! ¡Qué novio tan estupendo has encontrado!

—Ella te quiere, Channing. ¡Si vieras sus ojos! No le importaría esperarte, ayudarte y estar a tu lado en los momentos de tristeza y fatiga.

—¡Me importaría a mí!

Creo que he sido demasiado brusco. Mi madre se deja caer en una silla y me mira con desesperación. Después rompe a llorar tapándose la cara con las manos. Siento verla así. Siento que sufra. ¿Por qué no entiende que es justo esto lo que quiero evitar, que me gustaría morir enseguida para dejar de molestar a todos?

—No llores, mamá —murmuro—. Disculpa.

—No debes disculparte —susurra entre sollozos—. Debes vivir, pero has renunciado incluso a intentarlo y no puedo hacer nada. Grace tampoco puede hacer nada. Y eso nos destroza, porque si no quieres vivir y salir de esa cama, nadie puede hacerlo por ti.

La hora de la visita ha terminado. Se marcha con paso lento, arrastrando los pies, sin mirarme siquiera a la cara.

No me pregunta si quiero ver las fotos que me ha mandado Grace, me las tiende directamente, casi con rabia.

Miro el sobre que las contiene y me quedo sin aliento. Por un instante siento deseos de abrirlo. Las malditas mariposas vuelven a molestarme, invaden mi estómago, y por un instante me siento absurda y peligrosamente vivo.

Así que, para acabar con la tentación, las rompo con violencia.

Y mientras lo hago me siento como si le estuviera haciendo daño a ella, casi la siento físicamente y le pido perdón con el pensamiento.

La añoro más que la luz del sol, las rocas y la esperanza de un futuro.

No hago más que soñar con ella. Grace ocupa mi mente durante varias noches y los sueños son tan vívidos que me despierto con la seguridad de verla, que, invariablemente, se ve decepcionada. Mi madre no me ha vuelto a decir nada de ella ni me ha traído sus cartas.

Los días pasan en un silencio que me sofoca.

Luego, una tarde, pierdo el dominio de mi voz:

—Grace… ¿Sabes cómo está?

—Se ha marchado —me responde—. Se ha ido. Has ganado tú.

Es más que justo, es el efecto que quería conseguir, el resultado perfecto. He ganado, sí, pero no me siento como uno que ha ganado. Me siento como si hubiera caído en un agujero negro.

He tenido una crisis grave. Los médicos me miran y se miran.

Cuando llega mi madre le digo la última cosa que le gustaría oír:

—Me marcho.

No quiero morir en esta habitación, con estas caras que parecen gárgolas que me escrutan y este maldito repiqueteo. Podría ir al Gran Cañón y quedarme allí. No está muy lejos, unos cuatrocientos ochenta kilómetros. Si consiguiera llegar allí podría bajar por la garganta y quizá morir durante el descenso.

No se lo digo a mi madre, claro, lo único que quiero es que me den el alta.

Me observa con aire resignado y un fondo de rencor.

—Ya que estás tan decidido, es inútil que intente hacerte cambiar de idea. Es tu vida, Channing, pero quiero que sepas que estás tirando al váter muchas cosas buenas. —Es la primera vez que la oigo pronunciar una palabra que, haciendo un esfuerzo de imaginación, podría corresponder a un taco—. Como te consideras capaz de decidir todo, piensa en lo que quieres hacer con estas cosas. Yo no quiero tirarlas, ocúpate tú de ellas. A fin de cuentas, dado lo que te importa…

Abre el bolso y saca las cargas de Grace y el sobre con las fotografías, aún roto, con el contenido partido en dos. Deja caer todo a mis pies y sale con paso algo rabioso.

Me muevo un poco en la cama y cierro los ojos, como si estuviera rodeado de pequeños fuegos y las chispas les hicieran daño. No voy a leer nada, ni a mirar nada, no quiero…

Observo con temor, con la expresión de un niño que quiere demostrar su audacia mirando con el rabillo del ojo la escena más atroz de una película, y mi alma se hunde en un vacío igualmente atroz. Del sobre ha caído una foto. Es una de los retratos extraños, temerarios, un poco confusos, que Grace se hizo mientras viajábamos por la Ruta 66. En ella aparece de pie en el coche, con la capota bajada y el viento en el pelo, al hacerla frunció los labios, que aparecen en el centro de la foto. En la otra mitad es muy probable que aparezca una estela de rizos agitados por el viento. Su boca está quieta en la imitación de un beso. Parece una flor roja.

Una nostalgia asesina me invade y me devora. No puedo controlarme, no puedo. Miro las demás fotos, presa de la inquietud de un alcohólico que, al llegar al centésimo día de sobriedad, cede de nuevo a su pecado y retrocede más de cien días. Las miro, una a una, recuerdo, tiemblo, sintiendo que aún estoy allí, en esos momentos, en esa vida.

Después leo sus cartas. Enciendo el móvil y encuentro sus mensajes y más fotos. Si no me muero ahora, no me moriré. Si mi corazón soporta estos golpes, quizá sea un *highlander*.

Paso la maldita noche releyendo todo. Parezco loco. Es como si bebiera agua hecha de palabras sin dejar de tener sed. Me adormezco y sueño con ella. Su nombre ocupa toda mi mente, además de sus labios, que mandan besos como flores. Cuando me despierto tengo fiebre, la fiebre emotiva que padezco cuando está a punto de ocurrir algo importante, cuando está en curso un verdadero cambio. La fiebre propia de cuando estoy aterrorizado y me siento aliviado.

¿Ahora qué es, pánico o valor?

Cuando mi madre llega, me encuentra de pie. No puedo estar parado, la cama se ha convertido en una prisión. Me mira y la miro. Sus ojos, iguales que los míos, no contienen las lágrimas. Ha comprendido todo. No sé si por un sexto sentido innato o porque soy transparente. Luego me entran ganas de llorar también. Maldita sea, no estaba previsto, había decidido ser fuerte y llegar hasta el fondo con el valor de un león, pero cuando estás delante de una encrucijada y eliges un camino que te da miedo y no eres un dios y eres solo un hombre, puedes llorar también, hostia.

CAPÍTULO 23

Grace miró alrededor. La sala era más que amplia, casi kilométrica, sin una sola pared que no fuera un ventanal: el sol de California, el de ese día en particular, tan caluroso y soleado como en junio, aunque estaban a finales de octubre, lo hacía resplandecer todo.

Había silloncitos de color azul pastel por todas partes, de un tono idéntico al del Corvette de Piper. Ese detalle y el recuerdo que evocó la hizo llorar.

No era, desde luego, una reacción insólita: había contenido las lágrimas durante mucho tiempo, había sido tan fuerte como uno de los inmensos picachos del Valle de los Monumentos, pero ese día parecía hecha de agua salada desesperada.

De repente, Savannah apareció en la puerta de la sala. Se precipitaron la una hacia la otra como dos niñas.

—¿Cómo está? —le preguntó enseguida Grace sin más preámbulo. El corazón le latía tan fuerte que le sorprendía que los presentes en la sala no tuvieran que taparse las orejas, aturdidos por el ruido.

—Bien, cariño, bien. La llamada llegó mientras aún estábamos en Nuevo México. Fue un momento intenso y milagroso: jamás había pensado en aceptar, pero esta vez lo hizo. Lo trasladaron enseguida a Los Ángeles. La operación duró cinco horas exactas, el corazón empezó a latir enseguida, sin vacilar. Hasta ahora no ha tenido ningún síntoma de rechazo, pero deberán mantenerlo monitorizado. Tendrá que permanecer en cuidados intensivos dos semanas más. Luego podrá comenzar a vivir poco a poco.

—¿De quién es el corazón? —preguntó Grace con la voz quebrada por los sollozos.

—De un chico de San Francisco. Un deportista como él que murió en un accidente de moto. La familia decidió enseguida donar sus órganos. Se llamaba Dylan. Rezaré siempre por él.

—¿Por qué tardaste tanto en llamarme?

—Channing me lo pidió. Dijo que debía esperar a que terminara la operación y luego una semana más. Quería asegurarse de que la buena noticia era realmente buena. Te ruego que me perdones por haber llorado cuando te llamé. Eran lágrimas de alegría, pero seguro que te asusté.

—Pues sí, lo reconozco, me llevé un buen susto, pero después pensé que era una estúpida: estaba rodeada de mariposas, así que no podía recibir malas noticias, pero… ¿puedo… puedo verlo?

—Sí, pero solo un instante y a través de un cristal. No te asustes cuando lo veas, cariño: está muy delgado, pero enseguida se recuperará.

—Si está vivo, nada me da miedo.

—En ese caso, vamos.

Embocaron un largo pasillo que no tenía nada de lúgubre. A un lado había una sucesión de ventanas por las que se veía un césped bien cortado, maravillosamente verde.

Poco antes de llegar a la doble puerta por la que se accedía al área de cuidados intensivos, Grace se detuvo. Se alisó la falda: se la había regalado Gladys y, cuando giraba sobre sí misma, formaba una rueda azul y amarilla. Encima llevaba una sencilla blusa blanca y en los pies los zapatos de gótica-lolita con los que había bailado en Indianápolis.

Se pasó una mano por sus rizos cortísimos. ¿Le gustarían a Channing? ¿Se reiría? Lo deseó con todas sus fuerzas.

Recordó el miedo con el que había recorrido el pasillo del hospital de Farmington. En ese momento, en cambio, caminaba hacia la esperanza.

Se movió con rapidez, buscándolo con los ojos.

Lo vio.

Estaba allí, de pie, esperándola. Sabía que iba a visitarlo.

Channing se acercó al cristal que los separaba.

Vestía una bata blanca, estaba en los huesos, tenía también el pelo más corto y, para compensar, un poco de barba. Con todo, sus ojos, que llevaban el cielo a las habitaciones, seguían siendo los mismos.

Se sonrieron a la vez, como si fueran un solo cuerpo reflejado en un espejo. Con idéntica simetría, los dos levantaron una mano y la posaron, abierta como una estrella, en el cristal. Palma contra palma.

Grace tuvo la impresión de que sentía su calor y confió en que el suyo le llegara también. Tenía mucho en su interior, tenía incendios, magma volcánico, fuegos artificiales en la cima de las montañas y hogueras encendidas con piedras y metal. Tenía corazones que latían, deseos que gritaban, nanas, caricias, viento en el pelo y besos antes de adormecerse.

—Te quiero —le dijo.

—Te quiero —le leyó en los labios, siempre hermosos, siempre suyos. Un susurro al otro lado del cristal acompañó ese movimiento lento.

—Gracias por no haberme abandonado.

—Gracias a ti, Bambi. Tú eres quien no me abandonó antes.

—Te queda bien la barba.

—Y a ti el pelo corto. Estás guapísima. No veo la hora de estrujarte.

De repente, Channing le enseñó la muñeca derecha.

—¿Recuerdas la pulsera de la suerte?

—Claro que sí. ¿Dónde está?

—Se rompió la mañana de la operación, antes de que me la quitara para entrar en el quirófano. Se enganchó no sé cómo en la camilla y se rompió.

—¿Qué deseos habías expresado?

Channing se acercó más al cristal.

—Pedí que fueras feliz. Lo pedí tres veces. Entonces comprendí, por fin, que estaba haciendo lo correcto.

—Se han cumplido en este momento.

No dejó de mirarlo durante todo el tiempo que duró el encuentro, demasiado breve, sin poder contener las lágrimas: hacía casi un mes que no lo veía, necesitaba retenerlo en el fondo de sus ojos lo más posible. A cambio recibió una amplia sonrisa y una mirada igualmente incapaz de despegarse de ella.

No lloraba por estar triste, lloraba porque también se sentía renacida, como si su corazón, después de haberse visto desarraigado, hubiera encontrado un cofre que lo protegería durante el resto de su vida. Estaba segura de que todo saldría bien, que harían cosas, verían lugares y tendrían hijos juntos.

Porque, cuando deseas vivir, cuando has decidido que no puedes rendirte, porque tienes demasiados sueños por cumplir, y que vale la pena combatir, has ganado la mitad de la batalla.

EPÍLOGO

SIETE AÑOS DESPUÉS

Edward cruzó el umbral de su casa con su saquito de cerezas. A pesar de tener setenta y siete años, era un hombre que rebosaba energía, que adoraba llevar zapatos de colores llamativos y chalecos desabrochados, y que seguía teniendo la costumbre de dejarse el pelo largo: le llegaba hasta los hombros y era lanoso y abundante, con un leve tono azul en aquel precioso pelo blanco.

Dejó las cerezas en la mesa de la cocina y salió al jardín silbando *Stranger in Paradise* de Tony Bennett.

En marzo, el clima de Key West era fresco y seco y a Gladys le gustaba dedicarse a la jardinería sin correr el riesgo de que la sorprendiera un chaparrón repentino o de derretirse como la mantequilla por culpa del bochorno. Vivían allí desde hacía un año, después de haber vivido durante cierto tiempo en Pennsylvania y California, además de un periodo en Roma. Quedarse demasiado tiempo en un lugar nunca había sido su punto fuerte, pero en ese momento era necesario echar raíces en alguna parte, así que habían decidido hacerlo en Florida. El jardín que había en la parte trasera de la pequeña casa de madera blanquísima de la calle Duval estaba abarrotado de árboles que Gladys cuidaba con amor, sobre todo desde que Fred se había reencarnado en un cornejo del que brotaban dulces flores de color rosa. Fred, el lirón, había muerto hacía tres años y lo habían incinerado, después lo habían enterrado debajo del cornejo, dentro de un joyero de laca cubierto de cuentas.

Sin embargo, ese día Gladys no estaba cuidando sus flores y sus plantas. Estaba tumbada en una hamaca y leía una carta.

—¿Ha vuelto a escribir Kate? —preguntó Edward.

—No, esta vez es de Grace —le respondió Gladys esbozando una amplia sonrisa—. Me encanta que nuestras chicas nos escriban cartas de verdad, en lugar de esos odiosos SMS, ellas siempre han sido especiales.

—¿Qué dice? ¡Cuéntame!

—¡Mira el sello del sobre! ¡Es maravilloso, con esas mariposas y koalas!

Edward se puso las gafas y su expresión fue exultante.

—¡Al final han ido!

—Sí, los tres. ¡Y nos mandan también una fotografía!

Se la enseñó: tres personas sonrientes delante de una montaña en apariencia ensangrentada en un paisaje marciano. Ayers Rock. Un hombre alto, con una melena negra y dos ojos azules formidables, una mujer rubia con un millón de rizos y un niño de casi tres años, con el pelo tan rizado como el de su madre, pero oscuro como el del padre, del que había heredado también los ojos.

—No han subido hasta la cima, pero Grace escribe que, aun así, ha sido magnífico y que la roca cambia de color, pasando del oro, al bronce e incluso al morado en el mismo día, según le dé el sol. Dylan ha dicho que parecía una chocolatina gigante y ha preguntado si podía morderla. Channing le ha contestado que es una montaña sagrada y que las cosas sagradas no se pueden morder, como mucho se pueden acariciar. Así que han sacado una foto del pequeño acariciándola y dándole un beso.

—¡Es una ricura!

—Los tres lo son, tres almas maravillosas. Me alegro de que todo les vaya bien. Ya sabes que no soy dada a llorar sobre las cosas tristes del pasado ni tampoco me atormento con la incertidumbre del futuro, pero algunas noches sueño con ese momento, cuando Channing iba a morir, y aún me estremezco.

—Todo eso se acabó, amor mío —la tranquilizó Edward.

Sin embargo, él también pensaba en aquel momento. Por suerte, el joven ahora estaba bien: su vida no era exactamente igual a la del chico de veintinueve años que había nacido con su corazón, que había estallado en el desierto, debía prestar atención a muchas cosas, pero se había adaptado a los cambios y su cuerpo y su espíritu habían demostrado tener tanta hambre de vida que, siete años después de la operación, aún no había sufrido ningún síntoma de rechazo. Como si el corazón que le habían donado con tanta generosidad hubiera sido creado para él. Claro que ya no podía practicar los deportes extremos de antes, pero compensaba la pérdida de esas pasiones con la pasión por su familia y por el trabajo que se había inventado. Había creado una pequeña empresa con su amiga de Chicago: reparaban viejos motores y restauraban coches *vintage,* algunos VIP se habían dirigido a ellos para que les fabricaran motos y coches personalizados.

También la pequeña Grace había crecido. Sus exposiciones fotográficas eran todo un éxito y algunas de sus imágenes más originales —sobre todo lugares, lugares llenos de una nada aparente que solo revelaba detalles a las miradas más profundas: seres humanos ocupados en actividades sencillas, sus expresiones, que manifestaban sus emociones, la manera en que la luz se derramaba por las cosas, animales que quizá fueran animales o quizá hermanos, flores que vencían al viento— se habían exhibido en Nueva York, Milán, París y Nueva Delhi.

Pero su victoria más grande, de estas victorias ya de por sí grandes, era el amor. Y Dylan, un pequeño ángel por cuyas venas fluía sangre china, irlandesa, holandesa, italiana, francesa y sueca.

—Vendrán a vernos en mayo con una bonita sorpresa.

—¿Otro hijo?

—No creo, por el momento no, al menos. ¡Creo que es un Cadillac de color rosa fucsia para mi cumpleaños!

—¡Están locos! En cualquier caso, mi dulce hada, creo que, salvo nosotros dos, es la pareja más bonita que hemos conocido nunca. Si nuestra Kate encontrara un amor tan grande, moriría feliz.

Gladys le dio una cariñosa palmadita en una mejilla.

—¡Tú no morirás, querido Eddie, ni feliz ni triste, en muchos años! ¡Tu aura tiene el color de la vida! En cuanto a Kate, yo no me desesperaría. Kenneth no era el hombre que le estaba destinado, no en sentido romántico, al menos, pero hace poco conoció a un nuevo vecino de casa, una especie de escritor de maneras cuestionables, y no deja de hablarme mal de él.

—¿Y eso es lo que debe impedir que me desespere?

—Ya sabes que veo más allá de las apariencias y tengo la impresión de que ese jovencito le gusta. En cualquier caso, no tiene mucho sentido hablar de eso ahora, porque, después de todo, esa es otra historia.

FIN

AGRADECIMIENTOS

Vosotros, mis lectores, seguís siendo los principales destinatarios de mi agradecimiento. Y, dado que no sé vuestros nombres, permitidme que os dé las gracias con una frase de Marcel Proust:

«Debemos estar agradecidos a las personas que nos hacen felices, son los fascinantes jardineros que convierten nuestra alma en una flor».

Gracias porque, dándome confianza, llenáis mi corazón de capullos de rosas.

Made in the USA
Lexington, KY
10 November 2018